De logé

Lezersreacties op *De logé* van Nelle Lamarr:

'Totaal verslavend! Elk vrij moment greep ik het boek om een volgend hoofdstuk te lezen. Het einde...? WAUW. Ik dacht te weten hoe het zat, maar niets bleek minder waar!'

'Onmogelijk om weg te leggen, deze pageturner van Nelle Lamarr. Perfect voor fans van Freida McFadden en Colleen Hoover.'

'OMG... dit boek! Alles aan deze thriller is geweldig en bovendien leest het als een trein!'

'*De logé* is zo'n boek waarvoor je hard naar huis wilt rijden om weer verder te kunnen lezen!'

'Op het puntje van mijn stoel tijdens het lezen van dit boek...'

'Hooked. Vanaf de eerste pagina word je gegrepen door deze verslavende thriller.'

'Net als je denkt dat je weet hoe het zit, neemt het verhaal weer een wending die je niet aan zag komen. Echt zó goed gedaan.'

'Dit boek heeft me letterlijk mijn nachtrust gekost, ik móést weten hoe het zou aflopen.'

'Dit is een logé die je niét in je huis wilt hebben. Waanzinnig goed gedaan door Lamarr.'

'Een van de beste psychologische thrillers die ik ooit las, dit boek wil je echt in één keer uitlezen!'

'*De logé* blies me echt van mijn sokken en hield me wakker tot diep in de nacht.'

'Zo'n goeie thriller heb ik in jaren niet gelezen! Wát een boek is dit zeg!'

'Een totaal verslavende thriller. Elke vrije minuut heb ik benut om door te kunnen lezen.'

'Het einde van *De logé* is zó verontrustend dat het kippenvel op je armen blijft staan lang nadat je het boek hebt dichtgeslagen.'

'Ik miste een paar uitstaphaltes van mijn bus, omdat ik zó verdiept was in deze geweldige thriller.'

'Je zal maar zo'n logé in huis hebben… Lamarr weet de spanning goed op te voeren.'

Nelle Lamarr

De logé

Weet wie je in huis haalt...

Vertaald door Lia Belt

De Fontein

Eerste druk januari 2024
Tweede druk september 2024

Oorspronkelijke titel *The Family Guest*
First published in Great Britain in 2023 by Storyfire Ltd trading as Bookouture.

Vertaling Lia Belt
Omslagontwerp Studio Jan de Boer, Utrecht, op basis van een ontwerp van Lisa Brewster/The Brewster Project
Omslagbeeld © Arcangel
Opmaak binnenwerk Mat-Zet bv, Huizen
ISBN 978 90 261 7510 7
ISBN e-book 978 90 261 7135 2
ISBN luisterboek 978 90 261 7136 9
NUR 332

www.uitgeverijdefontein.nl

Uitgeverij De Fontein vindt het belangrijk om op milieuvriendelijke en verantwoorde wijze met natuurlijke bronnen om te gaan. Bij de productie van het papieren boek van deze titel is daarom gebruikgemaakt van papier waarvan het zeker is dat de productie niet tot bosvernietiging heeft geleid.

Voor mijn familie

Proloog

Het was niet mijn bedoeling dat ze zouden sterven.

Het waren ongelukken.

Dat heb ik de politie althans verteld.

En dat is wat ik mezelf heb verteld.

Maar ik geloof er niets van.

Ik heb opgesloten gezeten in een web van geheimen en leugens.

En ik kan er niet meer mee leven.

Het moet stoppen.

Vandaag ga ik eindelijk biechten.

Alles opbiechten.

Al.

Mijn.

Zonden.

En dan ga ik op mijn knieën en smeek om vergiffenis.

1

Paige

'Daar is ze!' Mijn moeder wees naar een rijzig meisje met een roze honkbalpet voor de internationale aankomsthal van LAX. In stijlvol wit gekleed - een linnen capribroek, een oversized sweater en designer-muilen — sprong ze uit de auto. Ze had een groot bord gemaakt, met een heleboel rode hartjes en de tekst: *WELKOM IN LA, TANYA!* Het was zo klef dat ik haast moest kotsen.

Mijn moeder stak het bord met beide handen hoog in de lucht en brulde Tanya's naam om haar aandacht te trekken, terwijl mijn vader de motor van onze auto uitzette en achter haar aan ging. Lusteloos duwde ik het achterportier open en ging bij mijn ouders op de stoep staan. Het was een drukte van belang op het vliegveld, maar we hadden een parkeerplekje dicht bij de terminal weten te vinden. Wat mij betreft hadden we een kilometer verderop kunnen parkeren. Of tien. Ik verheugde me niet op een ontmoeting met onze uitwisselingsstudent.

Mijn blik bleef bij het meisje toen ze ons opmerkte. Zwaaiend, met een brede glimlach, werkte ze zich door de drukte naar onze auto toe, die we niet onbeheerd konden achterlaten. Op de foto die mijn moeder me had laten zien, was haar haar korter, meer asblond, en was ze wat zwaarder geweest. Maar dit meisje was superslank, met lang platinablond haar en trendy gekleed in skinny jeans, een hoody en spierwitte sneakers. Hoewel ze een rugzak en een enorme rolkoffer bij zich had, liep ze als een supermodel, met lange, verende passen. Van een afstand vond ik haar een beetje op mijn zus Anabel lijken, maar dan langer, slungeliger en blonder. Hoewel wat mij betreft alle blondines op elkaar leken, vooral hier in het zuiden van Californië, was het een beetje griezelig.

Misschien had mijn moeder onbewust een vervangster gezocht toen ze besloot deze uitwisselingsstudent in huis te nemen. Het trauma, had onze familietherapeut gezegd, kon vreemde, blijvende effecten op ons hebben. Ons, trouwens, bestond uit mij, mijn moeder, mijn vader en mijn broertje Will, die vandaag naar een of ander niet te missen roboticacongres was. Onze twaalfjarige Will was nogal een nerd.

Ik had ook dringende dingen te doen, zoals langsgaan bij mijn beste vriendin Jordan, die morgen naar Berkeley zou vertrekken, en afspreken met mijn vriendje Lance, die de hele zomer weg was geweest, maar mijn moeder wilde per se dat ik meeging naar het vliegveld om kennis te maken met onze uitwisselingsstudent. Het was idioot. Ik zat niet te wachten op een nieuw familielid, zelfs al was het maar tijdelijk.

Mijn zus Anabel, vijftien maanden ouder dan ik, was meer dan twee jaar geleden overleden en ik vond het prima om de enige dochter te zijn. Mijn zus en ik waren nooit close geweest. Ze was mijn moeders favoriet en ik kon niet aan haar tippen. Bij lange na niet. 'Dit is mijn dochter Anabel,' zei mijn moeder vroeger altijd tegen mensen. 'En dit is mijn ándere dochter Paige.' Ik was altijd de ándere dochter, en nog steeds.

Maar in elk geval was ik voor mijn broertje wel altijd de nummer één geweest. Ik was dol op Will en wilde hem nooit meer kwijt. Als hem iets vreselijks zou overkomen, zou ik gek worden.

Tanya zigzagde door de menigte vermoeid uitziende mensen die terugkeerden naar LA of op bezoek kwamen in onze City of Angels, wat ik trouwens een belachelijke bijnaam vond voor deze stad vol misdaad. Haar rolkoffer was zo'n gestroomlijnd hardcase model. Donkerrood en glanzend.

Eindelijk kwam Tanya bij ons aan. Mijn uitgelaten moeder legde haar bord op de grond en verwelkomde haar uitbundig. Onze familiegast liet haar koffer los en ze vielen elkaar in de armen als goede vriendinnen die elkaar jaren niet hadden gezien.

Uiteindelijk maakte ze zich los. 'Ik vind het geweldig om hier te zijn, mevrouw Merritt.'

'Heb je lang gewacht? Sorry dat we zo laat zijn.'

'Niks aan de hand. Het is niet uw schuld. Het vliegtuig was een halfuur eerder geland. En ik was zó door de douane. Na een charmante glimlach en een vrolijk hallo liet de douanier me meteen doorlopen.' Ze had een Brits accent zoals Emma Watson en een stralende filmsterrenglimlach: van oor tot oor, met een perfect, parelwit gebit. Op een klein spleetje tussen haar voortanden na, dan.

Haar glimlach bereikte haar ogen. In de verwachting dat ze blauwgroen zouden zijn, zoals de ogen van mijn zus, was ik verbaasd te zien dat ze zo bruin waren als mijn vaders ogen. In combinatie met haar dikke, dropzwarte wenkbrauwen, die ook op de zijne leken, vroeg ik me af of ze wel van nature blond was. Hoe dan ook, met haar slanke lichaam en exotische uiterlijk was ze in één woord bloedmooi.

'Hoe was je vlucht, lieverd?' vroeg mijn moeder, die nog steeds gebiologeerd naar haar keek. 'O, en zeg alsjeblieft gewoon Natalie.'

In elk geval zei ze geen 'mam'. Of 'Nat', zoals mijn vader haar noemde. Hij had trouwens nog geen woord gezegd.

'Prima, maar wel heel lang, mevrouw Merritt.' Ze giechelde. 'Ik bedoel Natalie. En trouwens, wat ben je knáp! Nog knapper in het echt!'

Wat een slijmbal.

'O, alsjeblieft. Je bent te aardig!' Mijn blonde, blauwogige moeder, een ex-model met maatje S, bloosde. Het was alsof er in die seconde een band voor het leven tussen haar en Tanya werd gesmeed.

Ik dwong mezelf om hoi te zeggen, in een poging de aandacht af te leiden die mijn moeder over haar uitstortte.

Onze uitwisselingsstudent keek me grijnzend aan. 'Jij moet Paige zijn. Je moeder heeft me heel veel over je verteld.'

Vanbinnen kromp ik ineen. *Zoals? Ze heeft liever kleren van de vlooienmarkt dan van designers en draagt Birkenstocks met sokken erin. Ze eet rare dingen en moet nodig vijf kilo afvallen. O, en ik denk dat ze nog maagd is.*

'Dat is leuk.' Ik wist beleefd te glimlachen. Of nep, eigenlijk.

Ik was ervan overtuigd dat mijn moeder Tanya foto's van me had gestuurd, maar ik hoorde haar niet tegen *míj* zeggen dat ik in het echt veel knapper was. Waarschijnlijk omdat ik dat ook niet was. Ik had helemaal niets van mijn moeders slanke schoonheid geërfd, behalve haar wijd geplaatste saffierblauwe ogen. Met mijn bos kastanjebruin haar, vierkante kaaklijn en grove botten leek ik meer op mijn vader. Maar hoewel hij onmogelijk knap was, had ik zijn klassieke gelaatstrekken nou net niet geërfd. Sommige meiden hebben gewoon geluk en worden mooi geboren. Ik voelde een steekje van afgunst.

Toen brak Tanya's montere stem op mijn gedachten in. 'Ik kan niet wachten om samen leuke dingen te doen. Misschien kunnen we een keer gaan shoppen.'

Dat laatste was meer een statement dan een vraag.

Gelukkig hoefde ik daar niet op te reageren, want mijn moeder stelde mijn vader voor, Matt. Yep, dat zijn mijn ouders: Matt en Nat. Ze zouden eigenlijk een delicatessenzaak moeten openen: Matt 'n Nat's. Een stomerij zou ook kunnen.

Mijn vader de succesvolle zakenman stak een brede, langvingerige hand uit. (Nou, die had ik in elk geval wel van hem geërfd, samen met zijn atletische lichaam, waardoor ik sterspeler had kunnen worden in het damesbasketbalteam van mijn school.)

Mevrouwtje Slijmbal pakte sierlijk zijn hand en glimlachte nog eens suikerzoet. 'Wat leuk om u te ontmoeten, meneer Merritt.'

'Welkom in Los Angeles, Tanya.' Hij hield zijn blik langer dan noodzakelijk op haar gericht. De vage gelijkenis tussen haar en Anabel viel hem vast ook op. En de afmeting van haar borsten. Die waren onmogelijk over het hoofd te zien. 'We vinden het reuzeleuk dat je je vierde jaar bij ons doorbrengt.'

Spreek voor jezelf, pap. Tanya was niet mijn idee. Ons leven begon net weer terug te keren naar normaal (wat dat ook was) en nu kwam er een nieuw iemand bij die de formule van ons gezin weer uit zijn evenwicht zou brengen. Een onbekende variabele.

Tanya bedankte hem en voegde eraan toe: 'Ik vind het fantastisch om hier te zijn. Dit is mijn eerste keer in Los Angeles.'

Als dochter van een diplomaat moest ze ongetwijfeld veel hebben gereisd, maar vreemd genoeg zat er geen deukje in haar koffer. Nog geen krasje. Misschien was hij splinternieuw en had ze hem in plastic laten wikkelen op Heathrow, al zag ik geen bagagestickers. Maar misschien had ze die er al af gehaald, wat ik zelf ook altijd meteen na een vlucht deed.

Whatever.

'Mijn vrouw en Paige zullen je vast graag wegwijs maken,' antwoordde mijn vader.

'Ik kan niet wachten om naar Urban Outfitters te gaan!'

Inwendig rolde ik met mijn ogen. Met de schat aan attracties die Los Angeles te bieden had, van museums van wereldklasse tot Hollywood-memorabilia, niet te vergeten Disneyland en de adembenemende kust, zou een of andere winkelketen waar je online kon bestellen en die ze waarschijnlijk ook in Londen hadden niet heel hoog op mijn prioriteitenlijstje staan. Ze had overduidelijk andere interesses dan ik.

Mijn vader reikhalsde om naar onze auto te kijken. Een stukje erachter stond nu een wagen van de luchthavenpolitie. 'We kunnen beter gaan voordat ik een boete krijg. Ze controleren hier heel streng hoelang je blijft staan.'

Hij bood aan om Tanya's koffer over te nemen, maar ze zei dat ze zich wel redde. We haastten ons terug naar de auto, net op tijd om een boete te voorkomen. Ik keek toe terwijl mijn vader de beugel van Tanya's koffer omlaagdrukte en hem in de kofferbak van zijn glanzende zwarte BMW 750i legde.

Het verbaasde me hoe moeiteloos hij de grote rode koffer optilde. Ook al was mijn vader bijna 1 meter 90 lang en deed hij regelmatig aan hardlopen, zwemmen en trainen met gewichten, het leek wel alsof die koffer helemaal niets woog. Maar toen hij Tanya met haar rugzak hielp, kreunde hij alsof hij een spier had verrekt.

'Jemig. Wat zit er in die tas? Hij is loodzwaar.'

'O, alleen maar mijn laptop, wat make-up en persoonlijke spulletjes.' Grijnzend schoof ze naast mij op de achterbank.

Terwijl we wegreden vroeg ik me af: waarom heb ik een slecht gevoel over dit meisje?

2

Natalie

'O god! Jullie huis is zó mooi. Het lijkt wel een landhuis uit van die glossy woontijdschriften.'

Ik glimlachte om Tanya's enthousiasme terwijl we de oprit op reden. Het wás een mooi huis. Tienduizend vierkante meter grond aan een van de beste straten in Hancock Park, en een huis in Italiaanse stijl uit 1926 met vijf slaapkamers. Hoewel het niet zo'n McMansion in Beverly Hills was, bewoond door de Hollywood-elite en 'nieuw geld', was het met zijn hoge plafonds, statige toegangshal en gebogen marmeren trap mijn droomhuis. Veel details waren nog origineel en ik had het nauwgezet ingericht met artdecovondsten, sommige ervan reproducties, maar allemaal kloppend met de periode. Nadat ik van mijn zenuwinzinking was hersteld, had ik de buitenkant mediterraan roze laten schilderen en het grote gazon aan de voorkant laten aanvullen met borders vol Engelse rozen, waardoor het er nu majestueuzer dan ooit uitzag. Ons minipaleis in Los Angeles.

Terwijl Matt de auto parkeerde, keek ik via de achteruitkijkspiegel naar onze uitwisselingsstudent. Met haar honkbalpet achterstevoren op haar hoofd kon ik haar gezicht beter zien. Donkere ogen met lange wimpers, volle lippen, hoge jukbeenderen en een krachtige kin met een kuiltje. Haar wijd uiteen staande ogen deden me denken aan Anabel, mijn dochter met haar joie de vivre, zo bruut afgekapt door een gewelddadige dood. Ik knipperde snel met mijn ogen om die verschrikkelijke herinnering te verdrijven.

Mooie, pittige Tanya zou dit huis wat dringend noodzakelijk nieuw leven inblazen. Daar was ik van overtuigd.

We maakten allemaal tegelijk onze gordels los. Nou, behalve

Paige, die met gekruiste benen achterin zat en een dik boek over Renaissance-beeldhouwers las. Terwijl Tanya en ik onderweg geanimeerd hadden zitten praten over alles wat er in Los Angeles te zien en te doen was en de beste plekken om te winkelen, had Paige de hele tijd haar neus in haar boek gehouden. Ze was altijd al gesloten geweest, maar nog meer sinds de dood van haar zus, waar ze nooit over sprak. Tegen mij, althans. Maar in alle eerlijkheid, misschien had ik haar ook nooit de gelegenheid gegeven wanneer ze daar behoefte aan had.

Ik draaide mijn hoofd naar mijn dochter toe. 'Paige, we zijn thuis. Stop je boek weg en maak je gordel los.'

Zonder op te kijken zei ze dat ze haar boek wilde uitlezen en met haar vader mee wilde om Will op te halen.

'Best.' Ik perste mijn lippen op elkaar omdat ik geen ruzie wilde maken in het bijzijn van Tanya, vooral niet op haar eerste dag hier. En bovendien zou het mij en onze nieuwe logé wat tijd geven om elkaar beter te leren kennen.

Matt sprong als eerste uit de auto en liep met Tanya's bagage naar de voordeur. Mijn blik bleef op het slanke lichaam van mijn man gericht. Zelfs met zijn rug naar me toe vormde hij in zijn designerjeans en nauwsluitende overhemd een fraaie aanblik. Lang en atletisch, met brede schouders, een smal middel en gespierde benen; zijn lichaam was zijn tempel en hij sportte fanatiek. Hij had het gezicht van een filmster, met krachtige, gebeeldhouwde gelaatstrekken, dikke wenkbrauwen om jaloers van te worden en golvend roodbruin haar dat net begon te grijzen, wat hem alleen maar aantrekkelijker maakte. En hij was rijk. Geen miljardair, maar rijk genoeg om zich dit huis van vijf miljoen dollar, luxe auto's, designerkleding en eersteklas reizen te kunnen veroorloven. Al onze kinderen waren naar elitaire particuliere scholen gegaan en ik kon me de levensstijl veroorloven van een huisvrouw in Beverly Hills: een dagelijks regime van spinnen bij Soul Cycle of pilates, winkelen aan Rodeo Drive, lunchen met vriendinnen, wat cosmetische ingrepen hier en daar, en wat voor liefdadigheidswerk er op een bepaalde dag ook te doen viel. Mijn vriendinnen grapten vaak dat ze een moord zouden doen voor een man als Matt. De perfecte echtgenoot.

Niet echt. En ik was niet de perfecte echtgenote. Als hij mijn geheimen kende, wist ik zeker dat ik hem zou kwijtraken.

Maar in plaats daarvan was ik Anabel kwijtgeraakt.

Ik zette die duistere gedachten van me af toen we het huis betraden.

Tanya had het niet meer. 'Vanbinnen is het al net zo mooi als vanbuiten. Wat prachtig! Ik zou hier altijd kunnen wonen!'

Dat gold ook voor mij, dacht ik toen Matt terugging naar de auto en achteruit de straat weer op reed. Terwijl ik de voordeur dichtdeed, zag ik Paige op de achterbank zitten, nog steeds met haar neus in dat boek. Ze maakte niet één keer oogcontact met me.

Soms dacht ik dat ze me haatte.

Alleen niet zo erg als ik mezelf soms haatte.

Een luide blaf, gevolgd door het krassen van nagels op de gladde hardhouten vloer, maakte een eind aan die gedachte.

Er kwam een enorm, harig beest op ons af gestormd. Hij holde recht op Tanya af, ging op zijn achterpoten staan en sprong woest blaffend tegen haar op, waardoor hij haar bijna omver kegelde.

Vechtend om in evenwicht te blijven gilde Tanya het uit, haar ogen groot van paniek.

Hoewel ik wist dat zijn geblaf onschuldig was, gewoon zijn opgewonden manier om elke bezoeker te begroeten, zou ik ook zijn geschrokken als ik haar was. Onze grote bruine hond zag er nogal intimiderend uit.

Tanya was lijkbleek. 'Haal hem van me af! Ik ben bang voor honden.'

'Maak je geen zorgen. Hij is heel lief!'

'Alsjeblieft!' Een wanhopige, bevende smeekbede.

Ik greep zijn roodleren halsband vast en probeerde hem van haar af te trekken. Met zijn gewicht van zeventig kilo en zijn kop die bij

Tanya tot schouderhoogte kwam, was hij ondanks zijn negen jaar een hele handvol.

'Beer, áf!' beval ik, waarop hij meteen inbond. 'Braaf!'

'Dank je...' stamelde Tanya, overduidelijk nog aangedaan.

Ik voelde me vreselijk. Ze was net twee minuten in ons huis en dan gebeurde dit. Ik had de kinderen gevraagd hem in de achtertuin te laten, maar kennelijk hadden ze dat niet gedaan. Of misschien had onze huishoudster Blanca hem binnengelaten. Ze was dol op onze lobbes en had dat wel eens eerder gedaan.

Op mijn hurken, met mijn hand op zijn halsband, verontschuldigde ik me en stelde Beer aan Tanya voor. 'Maak je alsjeblieft geen zorgen, lieverd. Hij doet echt geen vlieg kwaad. Eigenlijk is hij een lieve grote teddybeer.'

De kinderen, behalve Anabel – die totaal geen zin had gehad om een hond uit te laten of zijn rommel op te ruimen – hadden om een hond gesmeekt. Matt had het aanvankelijk niet zo zien zitten, maar na een reeks inbraken in de buurt was hij van gedachten veranderd en had hij gezegd dat hij wel een hond wilde, zolang het maar een waakhond was. Dus waren we naar het asiel gegaan en hadden we de grootste hond uitgezocht die ze hadden. Die toevallig ook de schattigste was. Zodra we zijn grote bruine neem-me-mee-naar-huis-ogen zagen, was hij van ons. De verliefde vierjarige Will had hem zijn naam gegeven. 'Mama, hij ziet eruit als een grote beer.' Vandaar zijn naam... Beer. Ik zal nooit vergeten hoe mijn kleine jongen onze nieuwe hond knuffelde en Beer hem natte kwijlzoenen in zijn gezicht gaf.

Matt had een oogje toegeknepen omdat hij onze zoon niet van streek wilde maken, maar later die dag had hij tot mijn afgrijzen ook nog een vuurwapen gekocht. Echte bescherming. Hij bewaarde het ding in onze afgesloten safe. Geladen, nog wel. Ik hoopte dat we het nooit nodig zouden hebben.

Tanya, die nog steeds bang keek, geloofde me niet. 'Natalie, kun je hem alsjeblieft bij me weghalen?'

'Natuurlijk. Ik zal hem naar buiten doen.' Gelukkig was de hond graag in onze grote tuin en was het vandaag mooi weer. Hij had ook zijn eigen hondenhok buiten.

Toen ik terugkwam, was Tanya weg.

Ik nam aan dat ze naar de keuken was gelopen, misschien om thee te zetten.

Fout. Ik vond haar in de woonkamer. Waar ze zichzelf hielp aan een dure fles cabernet uit onze bar.

'Lieverd, wat doe je?' vroeg ik terwijl ze een kristallen glas tot aan de rand met bloedrode wijn vulde.

'Ik hoop dat je het niet erg vindt. Ik moest even chillen na Beer.' Ze zette het glas aan haar lippen en nam een grote slok. 'Wil jij ook?'

Ik onderdrukte de neiging om haar te berispen. En de neiging om ja te zeggen. 'Laat je vader je drinken?' *En zo vroeg op de dag?* Het was nog niet eens drie uur.

Nog een slok. 'In Engeland mag je drinken vanaf je zeventiende, als er maar een volwassene bij is.'

'Hmm. Dat wist ik niet.'

Er trok een gegons van schuldgevoel door me heen. Vroeger dronk ik wel eens een beetje wijn met Anabel. Achteraf had ik daar spijt van. Anders was ze misschien nog bij ons geweest.

'Tanya, ik heb toch liever dat je dat glas en die fles wegzet.' Met een lichte frons deed ze dat. 'Kom, ik zal je je kamer laten zien.'

Tanya's gezicht klaarde op. 'Ik ben zo benieuwd!'

Mijn maag draaide zich om. Nu wenste ik dat ik toch een wijntje had genomen. Ik was al meer dan twee jaar niet meer in die kamer geweest. Overdag niet, in elk geval. Ik haalde diep adem om me te vermannen en ging onze uitwisselingsstudent via de gebogen marmeren trap voor naar boven.

'Voorzichtig.' Ik hoorde de trilling in mijn stem terwijl ik over mijn schouder naar haar keek. Mijn nieuwe protegee wilde per se haar zware rugzak en grote koffer mee naar boven nemen. De moeiteloze manier waarop ze de trap beklom wees erop dat ze fit was, maar toch werd ik zenuwachtig. 'Hou de leuning vast. Ik wil niet dat je van de trap valt op je eerste dag.' Bij die gedachte liep er een koude rilling over mijn rug.

'Geen zorgen, mevrouw Merritt. Oeps! Ik bedoel Natalie. Komt goed.'

Tot mijn opluchting pakte ze de bewerkte ijzeren spijlen, ook een origineel kenmerk van het huis, met haar vrije hand vast. Ik slaakte een zucht van verlichting toen we op de overloop stonden.

Tanya's blik schoot heen en weer. 'Welke kant op?'

'Naar rechts.'

Ik liep achter haar aan terwijl ze haar koffer door de lange gang rolde. Hij gleed soepel over de gewreven donkere eiken vloer. Onwillekeurig viel me op hoe sierlijk de slanke, langbenige jonge vrouw zich bewoog. Als een gazelle.

'Zeg maar stop,' riep ze achterom.

We kwamen langs Wills kamer, zijn badkamer. Paige' kamer en nog een badkamer. Aan het eind van de gang zei ik: 'Stop!' Ik stapte voor haar, draaide aan de messing klink en duwde de deur open. Meteen werd ik bestookt door een explosie van knalroze en zonlicht. Ik voelde me duizelig. Een beetje misselijk.

'Gaat het wel?' vroeg Tanya toen ze aanvoelde dat er iets was.

'J-ja. Alleen een beetje buiten adem van het traplopen,' loog ik. Dankzij het spinnen en de pilates was ik beter in vorm dan ooit.

Terwijl ik op adem kwam, liet ik Tanya als eerste naar binnen gaan.

Haar ogen werden groot. 'O god, wat fantástisch! Net een prinsessenkamer.'

Dat was het ook. Er was in deze kamer niets veranderd sinds ik hier voor het laatst was geweest. Ik had Blanca gevraagd de kamer precies zo te houden als toen Anabel nog leefde. Mijn blik ging langs het hemelbed met ruches en haar geliefde pluchen beesten, de bijpassende cottage-witte meubels, de Justin Bieber-posters, haar trofeeën van het cheerleaden en de ingelijste foto's die een kroniek van haar korte leven vormden. Alles lag op zijn plek. Alsof Anabel ieder moment weer naar binnen kon stappen.

Tanya liet haar bagage op het hoogpolige roze kleed staan, liep meteen door naar het bed en dook als een zeester op de sprei. Ze keek naar de hemel boven het bed en slaakte een lange, tevreden zucht.

'Ik zou eeuwig in dit bed kunnen slapen. Heerlijk!' Ze pakte een willekeurig knuffelbeest van Anabel en drukte het tegen haar borst. Even speelde mijn geest spelletjes met me: ik zag Anabel in plaats van Tanya. Ik knipperde dat beeld weg toen ik haar accent weer hoorde.

'Niet te geloven dat je deze kamer speciaal voor mij hebt ingericht. Met alles wat ik me maar zou kunnen wensen.'

Mijn borst verstrakte en ik kauwde op mijn onderlip. 'Eigenlijk was deze kamer van mijn andere dochter.' Een pijnlijke stilte. 'Anabel.'

Onze nieuwe familiegast ging rechtop zitten en liet haar lange benen over de rand van het bed bungelen. Met het pluchen beest in haar armen, een schattige koala, keek ze me verbaasd aan. 'Heb je nóg een dochter?'

'Hád,' corrigeerde ik haar, met prikkende tranen in mijn ogen. 'Ze is een paar jaar geleden overleden.'

'O, wat erg!'

'Ik had het je moeten vertellen...'

'Hoe oud was ze?'

'Zestien.' *Sweet Sixteen.*

Tanya sloeg een hand voor haar mond. 'O jeetje! Wat jong. Mag ik vragen hoe ze is overleden?'

Mijn hart stotterde in mijn borst. 'Ik praat er liever niet over.'

'Dat begrijp ik. Het moet nog steeds heel moeilijk voor je zijn.'

Ik stelde prijs op haar gevoeligheid, zette de verschrikkelijke herinnering van me af en richtte me weer op onze nieuwe bewoner. 'Lieverd, ik wil dat je je hier thuis voelt.'

Tanya gooide de koala op het bed, sprong eraf en keek om zich heen. 'Mag ik wat dingetjes veranderen? Je weet wel, er wat eigen dingetjes aan toevoegen bijvoorbeeld?'

Achteraf bezien had ik Anabels persoonlijke spullen moeten weghalen. Haar foto's en posters en haar geliefde pluchen beesten.

Die laatste bevatten bitterzoete herinneringen; ik had haar er elk jaar een voor haar verjaardag gegeven. Helaas was de koala de laatste geweest.

'Ja,' antwoordde ik, 'zolang je de meubels niet verplaatst. Je kunt je kleren in die ladekast leggen; die is leeg. En de rest kan in haar kast. Ik hoop dat je het niet erg vindt dat er nog veel kleren van haar hangen, maar er zou nog ruimte moeten zijn voor de jouwe.'

'Geen probleem. Ik heb niet veel meegebracht. Is het oké als ik wat van haar kleren leen?'

Ik aarzelde, maar zei toen ja. Ik wilde niet dat onze uitwisselingsstudent me een geobsedeerde mafkees zou vinden. Eigenlijk was ik dat ook. 'Je hebt waarschijnlijk dezelfde maat. Maar zorg er wel goed voor.'

'Natuurlijk.' Ze zette haar honkbalpet af en harkte met haar slanke vingers door haar lange platinablonde lokken. 'Kunnen we van de week een keer samen gaan shoppen, Natalie? Ik heb echt een LA-garderobe nodig.'

Ik glimlachte. 'Dat lijkt me heel leuk. Waarom doen we dat niet meteen morgen, na school?'

'Cool! Dank je! O, en Natalie, nog één ding... Ik moet echt even naar het toilet. Kun je me wijzen waar dat is?'

Ik wees naar een andere deur. 'Daar. Het is een doorloop naar Paige' kamer.'

Ze trok haar neus op en haar donkere wenkbrauwen kropen naar elkaar toe. 'Wat! Serieus? Moet ik de badkamer met háár delen?'

Ze klonk een beetje kregel, maar misschien was ze gewoon moe en had ze wat geruststelling nodig. 'Ja, lieverd. Maar maak je geen zorgen. Er zijn twee wastafels. En Paige is heel netjes. Jullie komen er vast samen wel uit.'

'Vast wel.' Haar gezicht ontspande, maar zonder glimlach.

Anabel was nooit goed geweest in het delen van de badkamer met Paige. Meestal had zij hem in beslag genomen. Ik hoopte dat het met Tanya beter zou gaan.

'Als ik je nou eens rustig laat settelen? Ga douchen of even slapen als je wilt. We eten om halfzeven, in de eetkamer.'

'Perfect!' De glimlach keerde terug. 'Ik kan niet wachten.' Ze beende naar me toe en gaf me een knuffel. 'Nogmaals bedankt, Natalie, voor deze geweldige kans. Ik wil...' Ze brak haar zin af. 'Ik wil graag proberen deel uit te maken van je familie terwijl ik hier ben. De perfecte gast.'

Haar woorden ontroerden me. En de warmte van haar armen om me heen was troostend. Ik voelde een steekje van optimisme. Het zou goed voor me zijn om nog een tienermeisje in huis te hebben.

Terwijl ze me steviger omhelsde, verkrampte mijn hart en merkte ik dat ik huiverde.

Zou de geest van Anabel terugkomen om bij me te spoken?

3

Paige

Tijdens de autorit om mijn broertje op te halen had ik besloten Tanya het voordeel van de twijfel te geven. Ze leek een beetje oppervlakkig, maar verder best aardig. Niet zo verwaand als mijn zus. Of zo ijdel. Ik moest haar op z'n minst een kans geven... maar dít?

'Wat doe je in mijn kamer?' Ik probeerde mijn stem zo neutraal mogelijk te houden.

'O, hoi!' zei ze monter, zonder naar me te kijken.

Onze nieuwe uitwisselingsstudent zat op mijn bed haar teennagels te lakken. Oké, ik snapte dat ik de badkamer met haar moest delen, maar dit was niet acceptabel. Vooral zonder het te vragen. Ik probeerde cool te blijven, maar dat viel niet mee.

Tanya had haar eigen kamer – die van mijn zus – aan de andere kant van de badkamer. Ze noemden zoiets een Jack and Jill-badkamer, een van de zogenaamd charmante kenmerken waardoor mijn moeder dit huis had willen hebben. Ze had gedacht dat zo'n indeling goed zou zijn voor de band tussen mijn zus en mij. Toen we hier waren komen wonen, was Anabel dertien, toen al lang en slank en met een perfecte huid; ik was twaalf, nog steeds met babyvet, een beugel en puistjes. Onze hormonen gierden, ik haatte haar en zij haatte mij. Mijn moeder had het verkeerd ingeschat. En hoe.

Het laatste wat ik had gewild, was een badkamer delen met mijn zus, die langer voor de spiegel stond dan elk ander meisje dat ik kende. Ze zat uren in bad en was niet uit de douche weg te slaan. Ik had altijd het gevoel dat ik een afspraak moest maken om naar de wc te gaan of privé te douchen.

Soms kon ik haar wel wurgen, en dat had ik haar ook verteld. Hoewel ik nooit écht wenste dat mijn zus zou doodgaan, moest ik toegeven dat het fijn was om de badkamer voor mezelf te hebben toen zij er niet meer was. Ik had mijn moeder geprobeerd over te halen om onze uitwisselingsstudent de logeerkamer te geven die zij als kantoortje gebruikte, maar dat weigerde ze pertinent omdat ze haar persoonlijke ruimte nodig had nu het galaseizoen voor de deur stond. Mijn moeder zat in het bestuur van talloze culturele instellingen en stichtingen en was altijd wel actief in een of andere commissie die fondsenwervingen organiseerde. Anders dan ik, nogal een einzelgänger, was zij een sociaal dier. Zoals mijn zus ook was geweest.

Met mijn armen over elkaar geslagen wachtte ik op antwoord. 'Nou?' vroeg ik, iets luider.

Geconcentreerd op haar tenen en kauwgom kauwend maakte ze nog steeds geen oogcontact met me. 'Wat denk je? Ik lak mijn nagels. Mooie kleur, hè? Het flesje stond op mijn slaapkamer.'

Míjn slaapkamer. Dat bezittelijk voornaamwoord stak me. Het was niet haar slaapkamer. Hij was van mijn zus. In feite was niets in dit huis van haar. Ik had nog geen uur met dit meisje doorgebracht, maar de kans dat ik haar zou mogen nam met de seconde verder af.

'Ga. Van. Mijn. Bed.'

'Wauw! Iemand hier moet even chillen.' Ze blies een kauwgombel en liet hem klappen. 'Ik dacht dat het leuk zou zijn om samen te hangen. Elkaar te leren kennen. Maar maak je niet druk; ik ben bijna klaar.'

Briesend (ik moest inderdaad chillen) keek ik toe terwijl zij van teen naar teen ging. Het kon me niet ontgaan hoe slank en gewelfd haar voeten waren, hoe fijntjes haar tenen. De metalig rode nagellak liet haar teennagels op edelsteentjes lijken en deed me denken aan die van mijn zus en mijn moeder. Net als al het andere had ik ook mijn vaders platvoeten en stompe tenen geërfd. Bovendien waren mijn teennagels een zooitje door het basketballen en het vele trainen. Kartelig en afgescheurd. Een paar ingegroeide nagels. Mijn moeder zeurde altijd dat ik beter voor mijn voeten moest zorgen, dat ik met haar mee moest gaan voor een manicure en pedicure, iets wat ze vroeger elke week deed met Anabel.

Nee, dank je.

De woede borrelde in me op terwijl Tanya de tijd nam en zorgvuldig nagellak aanbracht. Ik kreeg de overstelpende neiging om mijn dekbed onder haar uit te trekken, maar zette mijn vuisten in mijn zij om me in te houden. Woedebeheersing was beslist niet mijn sterkste punt; een eigenschap die ik van mijn temperamentvolle vader had geerfd, dacht ik.

Terwijl ze haar nagels bleef bewerken met het kwastje, streek ze met haar vrije hand een lok van dat verdacht blonde haar uit haar gezicht. 'Ik heb wat qualitytime doorgebracht met je moeder. Voordat ze me mijn kamer liet zien, hebben we een wijntje gedronken. Een heerlijke cabernet uit Califo–'

Ik kapte haar af. 'Heeft mijn moeder je alcohol laten drinken? Je bent toch nog geen eenentwintig?'

Ze blies nog een kauwgombel en liet hem klappen. 'Ik ben zeventien, maar in Engeland mag je dan thuis drinken als er een volwassene bij is. Papa en ik doen graag samen een drankje als hij in de stad is.'

Mijn ouders zouden me levenslang huisarrest geven als ze me op drinken zouden betrappen. Ik had me altijd afgevraagd of ze wisten dat Anabel al op haar dertiende wodka en whisky uit mijn vaders kast pikte. En zo ja, waarom ze dat door de vingers hadden gezien.

Tanya kapte mijn gedachten af. 'Maar goed, je moeder heeft me zoveel over jullie verteld.'

Ik wilde het niet weten. De perfecte familie. De perfecte leugens. Dat deed wijn met mijn moeder: het was haar uitlaatklep. Wijn, Xanax en alle zorgvuldig geplande activiteiten waarmee ze elke minuut van haar saaie leven vulde.

'Wat doet je vader precies?' vroeg ze.

'Hij is geldmanager.'

Ik begreep eigenlijk niet zo goed wat mijn vader deed. Hij zei dat hij het geld van andere mensen investeerde, en zijn clientèle bestond uit beroemdheden en magnaten. Het was een win-winsituatie: zij verdienden eraan, hij verdiende eraan. Daardoor konden we in dit grote huis wonen, mooie reizen maken en allerlei andere dingen doen die alleen rijke mensen deden. Maar al het geld van de wereld kon mijn zus niet terughalen. De dag van morgen wordt aan niemand beloofd, had ik ontdekt.

'En jouw vader?' vroeg ik aan Tanya, alsof ik het niet wist.

'Heeft je moeder je dat niet verteld?'

'Nee,' loog ik. 'Ik weet eigenlijk niet zoveel over je.' Dat was in elk geval waar.

Ze keek niet op van haar voeten. 'Papa is diplomaat. Hij reist de hele wereld over. Daarom heeft hij me naar een kostschool gestuurd.'

'En je moeder?'

Ze haalde haar schouders op. 'O, die is dood. Ze is overleden in het kraambed toen ik werd geboren.'

'Dat spijt me voor je.' Dat waren de enige woorden die me te binnen schoten. Meer kon ik ook niet opbrengen.

'Hoeft niet. Ik heb haar nooit gekend.' Een korte stilte. 'Heel anders dan dat jij je zus verloor. Dat moet vreselijk zijn geweest.'

'Hoe weet je dat?'

'Je moeder vertelde het.'

Mijn bloed bevroor. Wat voor leugens had ze verteld? Zelfs ik kende de waarheid achter de dood van mijn zus niet. 'Wat heeft ze je precies verteld?'

Tanya bekeek haar tenen; haar ene voet was klaar. 'Ze wilde er niet over praten.'

Mooi, want ik wilde er ook niet over praten. Als mijn zus was blijven leven, was ze waarschijnlijk geheel verlamd geweest, vanaf de nek omlaag. Aan een rolstoel gebonden en afhankelijk van anderen. Voor zo'n vrije geest en sociaal dier als zij zou dat waarschijnlijk erger zijn geweest dan de dood. Dus misschien was het een zegen dat ze was overleden. Een geluk bij een ongeluk.

Tanya voorkwam verdere gedachten aan die fatale dag door van onderwerp te veranderen. 'Ik kijk ernaar uit om je broertje te ontmoeten.'

'Will is irritant,' antwoordde ik, omdat ik hem niet met haar wilde delen. Totaal niet.

Zwierig legde ze een drupje nagellak op haar linker kleine teen. 'Het zal zo fijn zijn om deel uit te maken van een gezin. En om voor het eerst in mijn leven een moeder te hebben.'

Ze is níét je moeder, wilde ik zeggen, maar ik hield mijn mond dicht, blij dat ze klaar was.

'Wil je dat ik jouw nagels ook doe?' vroeg ze liefjes.

'Nee, bedankt.'

'Oké. Misschien een ander keertje.'

Ze zette de nagellak op mijn nachtkastje, klom voorzichtig van mijn bed en bleef op haar hielen staan, met haar gelakte tenen opgekruld. 'Zeg, heb jij toevallig een paar slippers te leen? Ik wil mijn nagellak niet verpesten.'

Ik had vast wel ergens een paar slippers liggen, maar ik wilde niets meer delen met dit meisje. Ik zei nee.

'Geen punt. Ik zal ze aan mijn shoppinglijstje toevoegen.' Ik keek haar na toen ze stijfjes op gekromde voeten naar de badkamer tussen onze kamers liep. 'Ik ga een dutje doen. Ik wil het avondeten niet missen door de jetlag. Mijn eerste familiemaaltijd in tijden!' Ze zwaaide met wiebelende vingers naar me. '*Ta-ta*. Later.'

Zodra ze verdwenen was, rende ik naar de badkamerdeur en draaide hem op slot. *Klik*. Ik wilde niet dat ze nog een keer mijn kamer in dwaalde. Toen rende ik naar de andere deur om die ook op slot te doen, maar dat verrekte slot, dat waarschijnlijk net zo oud was als dit huis, zat vastgeklemd. Mijn broertje Will kon dat wel fiksen. Hij kon alles fiksen. Ik durfde te wedden dat hij zelfs een nieuwe deurklink kon plaatsen waardoor ik mijn kamer van buitenaf kon afsluiten. Een tochtje naar de doe-het-zelfwinkel in het naburige Larchmont Village kon me niet snel genoeg komen.

En een nieuwe deurklink was niet het enige wat ik zou kopen.

Een valse glimlach trok aan mijn lippen.

4
Natalie

Voor het eerst sinds Anabels dood genoot ik van onze avondmaaltijd. Hoewel de meeste gezinnen tegenwoordig in de keuken aten, deed ik dat liever in onze formele eetkamer. We hadden er een, dus konden we die net zo goed gebruiken. Vanwege de drukke en overlappende agenda's van iedereen in huis aten we alleen 's avonds samen, al zouden Paige en Will veel liever op hun eigen kamer eten. Maar dat ging niet gebeuren. Daar viel niet over te praten, en ik had de steun van mijn man.

Ik bereidde gewetensvol het avondeten. De maaltijden plande ik vooruit, en ik was altijd om vijf uur thuis om eraan te beginnen. Het was een vorm van ontspanning voor me en ik vond het prettig om nieuwe recepten uit te proberen onder het genot van een glas wijn. Ik had eens gelezen dat een zelfbereide maaltijd een manier was om je familie te laten zien dat je van ze hield. Mijn moeder, die geen moer om me gaf, had nooit van haar leven gekookt, dus moest ik wel geloven dat het waar was.

Ik wist alleen niet zeker of de gevoelens van mijn familie ook mijn kant uit gingen. Ze gaven me nooit complimenten over iets wat ik had klaargemaakt, hoeveel moeite ik er ook in had gestoken. Paige en Will spraken alleen als je ze iets vroeg en beantwoordden vragen met zo weinig mogelijk woorden.

'Hoe was je dag?'

Oké.

'Wat heb je gedaan?'

Van alles.

'Iets bijzonders?'

Uh-uh.

Toen Anabel nog leefde, keek ik uit naar het avondeten omdat er dan, zelfs wanneer Paige strijdlustig en Will zwijgzaam was, een positieve energie hing. De extraverte Anabel vertelde graag over haar dag en wilde over mijn dag horen. Ze kon zelfs mijn workaholic van een man erbij betrekken en liet de kribbige opmerkingen van haar zus van zich af glijden. Sinds haar dood waren de gesprekken aan de eettafel ook doods.

Maar vanavond was het anders. Meer zoals vroeger. Tanya was enthousiast en geanimeerd. Daarbij verslond ze mijn gegrilde lamskoteletten met rozemarijn en knoflook alsof ze in tijden geen fatsoenlijke maaltijd meer had gegeten. Misschien was dat ook wel zo. Ze was nogal dun. Misschien was het eten op haar kostschool niet zo best.

'Mevrouw Merritt - ik bedoel Natalie - dit is heerlijk!' Met een brede glimlach stak ze nog een stukje mals, medium-rare vlees in haar mond.

'Dank je. Ik ben blij dat je het lekker vindt. Ik heb het vlees gekocht bij de slager op de Original Farmers Market. Een historische markthal uit de jaren dertig, naast de Grove, een van mijn favoriete winkelcentra in Los Angeles. Ze hebben er een Nordstrom, een Sephora en een heleboel andere mooie winkels en restaurants. Ik kan niet wachten om er met je naartoe te gaan.'

Tanya's ogen glansden van opwinding. 'Ik ook niet! Het klinkt allemaal zo geweldig.'

Verrukt nam ik nog een slokje van mijn pinot noir. Toen viel me op dat Paige de lamskoteletten niet had aangeroerd. Ze at alleen van de komkommersalade, snijbonen met amandel en rijstpilav. Ik richtte mijn aandacht op haar. 'Paige, wat is er? Vind je het lamsvlees niet lekker?'

Ze beantwoordde mijn vraag met een vraag. 'Zijn die bonen en rijst met boter klaargemaakt?'

'Natuurlijk. Dat maakt ze lekkerder.'

Ze trok een walgend gezicht en spuugde een hap rijst uit. 'Ieuw! Ik heb je al hónderd keer verteld dat ik vegan ben geworden. Ik eet geen dierlijke producten meer.'

'Wauw! Wat nobel van je,' zei Tanya, snijdend in een koteletje. 'Dat zou ik heel moeilijk vinden.'

Paige kneep haar ogen naar Tanya samen en keek de tafel rond. 'Jullie zijn een stelletje kannibalen. Jullie zouden elkaar waarschijnlijk opeten als het kon.'

Ik keek haar streng aan. 'Zo is het genoeg, Paige. Eet wat je wilt, maar vel alsjeblieft geen oordelen. En kom straks niet klagen dat je honger hebt.'

Ze deed er het zwijgen toe en at met lange tanden haar groenten op. Ik hoopte dat ze geen eetstoornis aan het ontwikkelen was.

Tot mijn opluchting veranderde Tanya van onderwerp. 'Meneer Merritt –'

'Matt,' corrigeerde hij haar.

Ze glimlachte en bloosde. Zulke prachtige jukbeenderen. Maar niet helemaal zo hoog als die van Anabel of mij.

'Matt.' Zijn naam klonk zacht op haar lippen. 'Paige zegt dat je geldmanager bent. Dat klinkt fascinerend.'

Blij dat hij het middelpunt van de aandacht was, klaarde het gezicht van mijn man op. In de volgende twintig minuten stelde Tanya hem allerlei vragen en ontdekte ik dingen over het werk van mijn man die ik nooit had geweten. Ik nam een tweede glas wijn terwijl zij bleven kletsen. Tanya, met grote ogen, leek aan zijn lippen te hangen. Alsof zijn woorden het evangelie waren.

'Waar heb je gestudeerd?' vroeg ze.

'Stanford voor mijn bachelor en daarna de businessopleiding.'

'Serieus? Daar wil ik ook naartoe!'

Paige spitste haar oren terwijl mijn man zijn mond afveegde met een servet.

'Het is een geweldige school. Een van de beste in het land. Paige gaat zich er aanmelden voor een *early decision*.'

Mijn dochter wierp dodelijke blikken op haar vader. 'Je weet dat ik niet naar Stanford wil. Ik wil naar RISD.'

Riz-Dee. De Rhode Island School of Design. Ooit was het mijn droom geweest om daarheen te gaan en illustrator te worden. Dat was nooit gebeurd.

Fronsend met zijn dikke wenkbrauwen pareerde Matt haar dodelijke blikken. 'Er valt niet over te discussiëren. Geen dochter of zoon van mij gaat naar een of andere artistiekerige designschool. Je hebt een echte opleiding nodig om vooruit te komen in deze wereld. Tanya lijkt dat wel te begrijpen.'

Bij het horen van haar naam gloeide onze gaste als een lantaarn. Ze keek naar mijn man alsof hij God was.

Matts ogen waren donker, samengeknepen en kil, en ze bleven gefixeerd op onze rebelse dochter. Hij legde met een klap zijn bestek neer, maar ik was al blij dat hij zijn vork of mes niet in onze kostbare satijnhouten tafel stak. Zijn temperament was in de loop der jaren erger geworden. 'Paige, je meldt je aan bij Stanford, dus ik zou maar beginnen aan de essays die je binnenkort moet inleveren. Einde discussie.'

'Matt, wat houdt een early decision in?' vroeg Tanya, die haar hoofd scheef hield terwijl Paige pruilde. 'Ik ben niet zo bekend met het Amerikaanse proces van universiteitsinschrijvingen.'

Matt keek haar aan. 'Het betekent dat je je aanmeldt bij slechts één universiteit, en als ze je meteen accepteren, moet je daarvoor gaan.' Hij nam nog een flinke hap van zijn koteletten. 'Tanya, als je echt naar Stanford wilt, moet je ervoor gaan. Paige kan je helpen een inschrijvingsformulier te downloaden, en anders help ik je er zelf graag mee. Of je kunt het Will vragen. Hij is goed met computers.'

Will streek met zijn hand door zijn kastanjebruine krullen en rolde met zijn groenbruine ogen. 'Jemig. Zo moeilijk is het niet. Zelfs een domme meid kan het.'

Zoveel woorden had hij al een eeuwigheid niet meer uitgesproken aan de eettafel. Ik zag Paige grijnzen. Tanya keek gepikeerd, maar dat kon ik haar niet kwalijk nemen. Ik was blij dat ze niet op de sneer inging. Ik had geen zin in ruzie aan tafel.

'Over school gesproken: wie heeft er zin in de eerste dag morgen?' vroeg ik monter.

Will en Paige keken naar me alsof ik ze had gevraagd de wc schoon te maken of hondenpoep op te rapen. Bijna op hetzelfde moment klonk er geblaf.

Will keek met een verwonderd gezicht op. 'Wat doet Beer nog in de achtertuin?'

'Lieverd, Tanya is bang voor hem. We zullen hem buiten moeten laten als zij niet boven in haar kamer is.'

Mijn zoon fronste. 'Dat is hartstikke oneerlijk!'

'Ja, echt!' viel Paige hem bij. Ze nam het altijd voor haar broertje op, ongeacht waarover het ging. 'Hij maakt deel uit van dit gezin en hoort binnen, bij ons. Kan Will hem niet op zijn eigen kamer houden als zij hier is?'

'Dat zou ook wel kunnen.' Ik keek Tanya aan. 'Zou je dat oké vinden, lieverd?'

'Best.' Ik bespeurde onwil in haar stem. Gelukkig maakte niemand een opmerking.

Toen dat besloten was, klapte ik in mijn handen. 'Goed, kan iemand dan nu alsjeblieft mijn vraag beantwoorden? Wie heeft er zin om morgen weer met school te beginnen?'

Paige en Will gingen verder met eten en zeiden weer eens geen woord. Soms kon ik ze wel door elkaar schudden.

'Ik!' riep Tanya. 'Coldwater Academy klinkt super.'

Met een goedkeurend knikje stak Matt zijn duim naar haar op. 'Het is de beste particuliere school in Los Angeles. Misschien wel in heel Californië. Je zou denken dat mijn kinderen dankbaar zouden zijn voor zo'n eminente educatie, maar dat zijn ze niet. Soms denk ik dat we ze naar een openbare school zouden moeten sturen. Ze eens kennis laten maken met de echte wereld.'

'Matt, hou op!' smeekte ik. 'Ik weet zeker dat ze alles waarderen wat we ze geven.'

'Mag ik van tafel, alsjeblieft?' vroeg Paige.

'En ik ook,' zei Will. 'Ik ga Beer naar mijn kamer halen.'

Zonder op toestemming te wachten sprongen die twee van hun

stoel en beenden de eetkamer uit. Ze waren net een tweemansleger. Soms dacht ik dat als ze een geweer zouden hebben, ze het op mij en hun vader zouden gebruiken. Ik had horrorverhalen gelezen over ouders die waren doodgeschoten door hun kinderen, wat alleen maar voer was voor mijn strijd met Matt om het vuurwapen dat hij had gekocht het huis uit te doen. Een strijd waarvan ik wist dat ik die nooit zou winnen.

'Dank je, Natalie,' zei Tanya, waardoor ik opschrok uit mijn gedachten. 'Ik heb nog nooit zo lekker gegeten. Kan ik je helpen met afruimen?'

Ik was aangenaam verrast. Paige en haar broertje boden dat nooit aan. En mijn workaholic van een echtgenoot ook niet, die altijd meteen na het eten naar zijn kantoortje liep om nog een paar uur te werken.

Ik glimlachte hartelijk naar haar. 'Dat is heel lief aangeboden, maar het is echt niet nodig.'

'Zeker weten?'

'Zeker weten. Als jij nou naar boven gaat en relaxt met de kids? Of in je eigen kamer. Je hebt morgen een grote dag voor de boeg.'

Ze lachte terug en zei beleefd welterusten tegen mij en Matt, waarbij ze ons nog eens uitgebreid bedankte voor onze gastvrijheid.

'Wat een prima meid,' merkte mijn man op toen ze weg was. 'Misschien werken haar dankbaarheid en gezonde verstand aanstekelijk op Paige.'

Ik grinnikte. Terwijl ik opstond om de tafel af te ruimen dacht ik aan Tanya.

Ik begon nu al van haar te houden alsof ze mijn eigen kind was.

5
Paige

De wekker van mijn mobieltje trilde in mijn oren. Mijn ogen gingen open en het bewustzijn spoelde over me heen. Vandaag was de eerste schooldag. Mijn laatste jaar op de middelbare school. Godzijdank. Ik was klaar om verder te gaan. Mijn eigen soort mensen opzoeken en alle haters achterlaten. Duf werkte ik me overeind en wankelde naar de badkamer.

Ik draaide het slot van de deur en zwaaide hem open. In de hete luchtvlaag die tegen me aan blies, puilden mijn slaperige ogen uit.

De badkamer stond vol stoom en was een onvoorstelbare puinzooi. Er lag een plas water op de tegelvloer, met ernaast proppen vochtige handdoeken. Het toilet zat verstopt met God mocht weten wat en mijn föhn, nog heet en met de stekker in het stopcontact, bungelde er gevaarlijk boven. Al mijn persoonlijke hygiëne- en verzorgingsproducten waren gebruikt, stuk voor stuk. Van mijn tandpasta en deodorant tot mijn moisturizer en haarbalsem. Niet één ding was opgeruimd. Ze had zelfs mijn wasbak gebruikt, die nu vol zat met smurrie en lange goudblonde haren. Getver! En als dat al niet genoeg was om te willen gillen of haar te willen wurgen, lag het hele meubel, met vlekken van mondwater met muntsmaak, stampvol met haar schoonheidsspulletjes en make-up. Mascara. Eyeliner. Lipgloss. En meer. Zoveel meer. De badkamer zag eruit als een drogisterij na een aardbeving van kracht 6. Een rampgebied.

Die trut van een Tanya!

Ik vloekte hardop. Briesend draaide ik aan de klink van haar deur en smeet hem met zoveel kracht open dat ik bijna haar kamer in kukelde. *Jack en Jill kunnen doodvallen.* Het lieve broertje en zusje of wat ze ook waren, mochten wat mij betreft rotten in de hel. En ik begreep nog steeds niet waarom zo'n slaapkamerindeling met tussenliggende badkamer naar een stom kinderrijmpje was vernoemd.

'Goedemorgen!' kirde Tanya terwijl ik mijn evenwicht herstelde. Haar stem was vrolijk als een zonnestraaltje, de mijne zo donker als een onweerswolk.

'Hoe dúrf je de badkamer zo achter te laten!'

Hoewel ik echt geen smetvrees had, hield ik wel van schoon en netjes. Mijn narcistische zus ook. De toestand van de badkamer van vanochtend, zoiets had ik nog nooit gezien. En ik voelde me echt geschonden omdat ze aan mijn spullen had gezeten. Ze droeg zelfs mijn donkerblauwe fluwelen badjas! En borstelde haar geföhnde haar met míjn borstel. Daar zaten nu pietjes in, wat mij betrof.

'Paige, sorry. Ik wilde het naderhand opruimen, maar je gaf me de kans niet. Ik had niet verwacht dat je net zo vroeg wakker zou zijn als ik.'

'Ruim het dan nu op!' beval ik, wensend dat ik een foto van die zooi had gemaakt. 'En leg míjn borstel weg!' Eigenlijk maakte het niet uit, want ik zou toch een nieuwe moeten kopen.

'Tuurlijk.' Ze liep heupwiegend de badkamer in, en ik liep door naar mijn kamer en sloeg de tussendeur achter me dicht. Ze begon een van de lievelingsliedjes van mijn zus te zingen, 'Oops!... I Did It Again' van Britney Spears. Zo vals als de hel. En toen hoorde ik de wc doorspoelen. Ik vond het een walgelijk idee dat ik een wc-bril met haar moest delen. Ze kon wel een soa hebben.

Ik wenste dat ik haar mond kon volproppen met wc-papier en haar kon doorspoelen.

Een halfuur later was ik klaar voor mijn eerste dag terug op school. Hoewel het nog niet perfect was, had Tanya de badkamer toch vrij aardig opgeruimd, en daarna had de hete douche veel van mijn woede weggespoeld. Ik wierp nog een laatste blik op mezelf in de spiegel van mijn dressoir, blij met wat ik zag. Ik droeg precies de juiste hoeveelheid make-up, mijn haar was niet al te pluizig en mijn afgeknipte spijkerbroek en tie-dye T-shirt (allebei van de kringloopwinkel) flatteerden mijn atletische figuur. Ik greep mijn rugzak en liep naar mijn slaapkamerdeur, maar toen ik de gang in stapte kreeg ik mijn tweede schok van die ochtend. Deze keer bleef mijn hart stilstaan.

'Wat doe je in de kleren van mijn zus?' blafte ik zodra mijn hart weer klopte.

Tanya droeg Anabels witte minirok met ruches die haar lange gebruinde benen mooi liet uitkomen, en een koraalrode haltertop die haar al net zo gebruinde armen en haar aanzienlijke decolleté benadrukte. Ze droeg zelfs de zilveren bedelarmband van mijn zus – die mijn moeder haar voor kerst had gegeven. Hoewel ik sinds de dood van mijn zus niet meer in haar kamer was geweest, wist ik dat mijn moeder er niets had veranderd en niet één kledingstuk van haar had weggegeven. Mam hield die roze prinsessenkamer met het hemelbed intact alsof het een heiligdom was. Soms hoorde ik haar daar laat op de avond huilen. Bidden om vergiffenis.

Tanya verschoof haar rugzak en keek me perplex aan. 'Je kijkt alsof je een spook hebt gezien.'

Dat leek ook bijna zo. Heel even dacht ik dat ik mijn zus zag. Alsof ze uit de dood was opgestaan. Ik denk dat het door dat lange blonde haar en dat slanke, atletische lichaam kwam. Hoewel ze slechts oppervlakkig op haar leek, was ik er meer dan ooit van overtuigd dat mijn rouwende moeder Tanya had uitgezocht als vervangster. Ik, het rebelse brutaaltje met het pluizige haar, was geen vervangster voor de mooie blonde dochter die ze had aanbeden. En om wie ze zo erg rouwde dat ze er een inzinking van had gekregen.

Ik betekende niets voor haar.

Ik haalde diep adem om te kalmeren. 'Ik ben alleen maar geschokt om je in de kleren van mijn zus te zien.'

Ze glimlachte zoetjes. 'Je moeder zei dat ik ze mocht lenen totdat we konden gaan shoppen.'

'En die grote rode koffer van je dan?'

Ze wapperde achteloos met haar hand. 'O, daar zit amper iets in. Ik heb de meeste van mijn kleren thuis gelaten. Lelijke schooluniformen en niks geschikts voor LA. Spul voor het koude Londense weer. En zó saai. De dochter van een diplomaat kan zich niet in al te gewaagde kleren vertonen. Het zou in alle roddelbladen staan.'

Terwijl ze dat zei, herinnerde ik me hoe moeiteloos mijn vader haar koffer in de achterbak had getild. Ze moest dus de waarheid spreken.

'Maar papa zei dat ik een nieuwe garderobe kon kopen in LA en heeft me een koffer gegeven om met al mijn nieuwe kleren te vullen.'

Daarom zag hij er zeker splinternieuw uit. Ik had geen zin in discussie en zei dat we naar beneden moesten. 'Will is er waarschijnlijk al. Ik wil niet te laat op school komen.'

En toen kreeg ik mijn derde schok te verwerken. Niet dat die arme Beer alweer in de achtertuin zat, jankend en krabbend aan de openslaande deuren. Maar bij mijn ouders en broertje in de keuken zat nog iemand...

Mijn vriendje, Lance.

Ik bleef abrupt staan. Onze blikken kruisten elkaar.

'Hé!' riep hij.

'Hé!' papegaaide ik terwijl ik hem onderzoekend opnam.

Ik had hem de hele zomer niet gezien. Hij was naar een antropologische opgraving bij de Galápagoseilanden geweest en gisteren pas thuisgekomen. Hij zag er anders uit. Langer. Gebruinder. Steviger. Zijn zandbruine haar was blonder en langer. Hij zag er goed uit – heel mannelijk – en zodra ik hem zag, voelde ik mijn lichaam warm worden en mijn hartslag versnellen. Ik kon mijn blik niet van hem losmaken en wilde hem zo graag zoenen dat mijn kaken er pijn van deden. Maar ik deed niet aan openlijke uitingen van genegenheid. Vooral niet in het bijzijn van mijn ouders.

We hadden wel geappt, en hoewel hij foto's en video's op Instagram had geplaatst, waren dat voornamelijk beelden geweest van de exotische locaties waar hij had gegraven en van dieren die hij was tegengekomen. Mijn telefoon stond vol foto's van de gewetensvolle ontdekkingsreiziger. Hij had gelezen dat universiteiten de social media van kandidaat-studenten bekeken en dacht dat zijn activiteiten voor het milieu en tegen het broeikaseffect hem zouden helpen op Brown toegelaten te worden. Een andere reden dat ik zo graag naar RISD wilde, was dat die school ook in Providence, Rhode Island was, op vijf minuten loopafstand van Brown.

Met stomheid geslagen en met tintelingen over mijn hele lijf keek ik verlangend naar hem. Ik hoopte dat hij 'Je ziet er geweldig uit' of 'Ik heb je gemist' zou zeggen, maar zijn blik was al niet meer op mij gericht.

Hij keek naar Tanya. 'Hé, wie is je nieuwe vriendin?'

In mijn vervoering was ik haar totaal vergeten. En nu wenste ik vurig dat ik de schoonheid in haar minirok kon laten verdampen als water.

'O, Lance,' zei mijn moeder, die me de moeite bespaarde, 'dit is Tanya Blackstone. Onze uitwisselingsstudent. Ze is het hele jaar bij ons te gast... of in elk geval tot het einde van het schooljaar.'

'Hoi,' zei hij met een schaapachtige grijns. Er was een glans in zijn lichtbruine ogen verschenen die er eerst niet was. 'Paige heeft het over je gehad.'

Ja. Bijvoorbeeld hoe kwaad ik op mijn moeder was omdat ze haar had uitgenodigd.

Tanya lachte terug. Dezelfde zogenaamd verlegen glimlach die ik gisteravond bij het eten had gezien. 'Hoi. Ben jij Paige' vriendje?'

Lance bloosde. 'Zoiets.'

Wát? Hij wás mijn vriendje. Oké, ik was nog niet met hem naar bed geweest, maar iedereen op school wist dat we een stelletje waren. Ik friemelde aan de ketting die hij me had gegeven voor hij op reis ging. Het gouden hartje dat eraan hing voelde koud tussen mijn vingers.

Zijn blik bleef aan haar vastgehaakt. 'Ben je Engels?'

Haar glimlach-met-spleetje werd breder. 'Ja, klopt.'

'Cool. Welkom in LA. Heb je al veel gezien?'

Ze schudde haar hoofd. 'Nee. Ik ben hier pas sinds gisteren.'

'Dan zal ik je moeten rondleiden.'

Eh... over mijn lijk!

'Super! Dat zou ik heel leuk vinden.' Ze gooide haar hoofd naar achteren en harkte met haar hand door haar weelderige haar. Ze zag eruit alsof ze auditie deed voor een shampooreclame. Of voor hem.

Voor dit gesprek verder kon gaan, of ik de keukenschaar zou pakken om haar haar af te knippen, kapte ik het af. 'We moeten gaan, anders komen we te laat.' Ik griste een mueslireep van het aanrecht. Tanya deed me na.

'En de lunch?' vroeg mijn moeder.

'We halen wel iets bij de foodtruck.' Ik opende de verpakking van de reep, nam een hap en bood aan om mijn auto te pakken.

Eigenlijk was het de auto van mijn zus. Een dure Jeep Cherokee die ze amper had kunnen gebruiken, en eerlijk gezegd was ik blij dat hij nu van mij was. Ik stalde hem in onze vrijstaande garage voor drie auto's en onderhield hem onberispelijk. Ik keek er niet naar uit dat Tanya hem zou besmeuren.

'Hoeft niet,' zei Lance. 'Ik mocht de Escalade van mijn vader lenen. Daar passen we allemaal in.'

Vijf minuten later zaten Will en ik op de achterbank in de gordels. Tanya had de passagiersstoel voor mijn neus weggekaapt en kletste Lance de oren van het hoofd. De eerste schooldag begon al slecht.

Ik wilde haar wurgen.

En ik wist dat het alleen nog maar erger zou worden.

6

Natalie

De maandag was altijd een drukke dag voor me. Vandaag had ik om negen uur mijn privéles pilates, mijn wekelijkse föhnbeurt bij de kapper, dan een bestuursvergadering bij het Getty Center en daarna een late lunch met Gloria Zander, CEO van het lingeriemerk Gloria's Secret en oprichtster van Girls Like Us, een kleine non-profit die mishandelde meisjes hielp. Ze overwoog met mij samen te gaan werken om GLU uit te breiden.

Onze lunch duurde twee uur en was fantastisch. Ik bewonderde Gloria, een bloedmooie vrouw die net als ik een uitdagende achtergrond was ontgroeid. Ze bood me een baan aan, en ik zei dat ik erover na zou denken. Eigenlijk wist ik niet zeker of Matt het wel zou goedkeuren.

De lunch duurde langer dan verwacht, maar ik had nog net genoeg tijd om Tanya op te pikken na school en met haar te gaan shoppen. Ik had Paige geappt dat ze mee kon, maar zij had al iets anders na school, net als Will. Terwijl ik over Coldwater Canyon reed, vroeg ik me af hoe de eerste dag van onze uitwisselingsstudent op Coldwater Academy was gegaan. Op een nieuwe school beginnen, laat staan in een ander land, kon niet gemakkelijk zijn. Vooral de middelbare school. Gelukkig had ze Paige om haar wegwijs te maken. En misschien Lance ook.

Ik wilde graag horen hoe haar dag was geweest en keek ernaar uit om met haar te gaan winkelen. Ik had al zo lang geen moeder-dochterwinkeldagje meer gehad, want Paige bestelde liever online of ging naar tweedehandswinkels en vlooienmarkten die ik weerzinwekkend vond. Dingen uit mijn verleden waar ik liever niet naar terugkeerde.

Slechts één ding baarde me zorgen terwijl ik naar de school reed. Dat ik misschien Alexa Roth zou tegenkomen, de moeder van een van Paige' klasgenootjes. Het was een eufemisme om te zeggen dat we een geschil hadden gehad; Alexa had bijna mijn hele leven verpest.

Mijn angst verdween toen ik de parkeerplaats bij Coldwater op reed en een plekje zocht. Alexa en haar opzichtige rode Bentley waren nergens te zien. Er trok een glimlach over mijn gezicht terwijl ik naar Tanya speurde. Ze was niet mijn dochter, maar ik had een ogenblikkelijke connectie met haar gevoeld en genoot er nu al van om tijd met haar door te brengen. Ze was een frisse wind.

Ondanks de menigte leerlingen die naar buiten stroomde terwijl de laatste bel ging, zag ik haar meteen. Met haar lange, slungelige, goudharige schoonheid viel ze op in de drukte. Ik toeterde, riep haar naam en zwaaide. Toen ze me zag, glimlachte ze en holde ze mijn kant op.

'Hoi,' zei ze vrolijk terwijl ze het portier aan de passagierskant openmaakte. Ze ging zitten en zette haar rugzak en laptoptas op de vloer tussen haar voeten. 'O god! Wat een geweldige auto. Je had niet gezegd dat je een cabrio had. Ik heb nog nooit in een cabrio gereden.' Diep onder de indruk bekeek ze het luxe interieur en wreef over de roomwitte leren armsteun. 'Wat een prachtige auto! Ik had verwacht dat je zo'n monsterlijke moederwagen zou hebben.'

Ik lachte. 'Vroeger wel, maar toen Anabel eenmaal haar rijbewijs en een eigen auto had, had ik hem niet meer nodig.'

Eigenlijk had ik een hekel gehad aan mijn Range Rover, ook al was het de Rolls-Royce onder de SUV's. Ik voelde me er oud en truttig in, en parkeren was een nachtmerrie met dat bakbeest. De dag nadat Anabel zestien werd, ruilde ik hem in voor de auto van mijn dromen: deze schitterende tweezits Mercedes SL Roadster in donker metallic blauw, passend bij de kleur van mijn ogen. Helaas had hij bijna een jaar in onze garage gestaan na haar dood, vanwege mijn inzinking. Uiteindelijk, na mijn herstel, stapte ik weer achter het stuur. En nu voelde ik me elke keer fantastisch als ik erin reed, met het dak omlaag en de wind in mijn gezicht. Als Grace Kelly in *To Catch a Thief*, die over de kronkelwegen van de Côte d'Azur reed.

'Ik voel me net een filmster in deze auto,' kweelde Tanya terwijl ze haar gordel omdeed. 'Ik kan niet wachten tot we gaan rijden.'

'Je zult het heerlijk vinden.' Ik vertelde haar dat er een extra zonnebril in het dashboardkastje lag. Toen ze haar gordel omhad, opende ze het kastje en zette de bril op. Het was een pilotenbril van Ralph Lauren en hij stond haar geweldig, en dat vertelde ik haar.

'Hoe was je eerste dag op Coldwater?' vroeg ik terwijl we de parkeerplaats verlieten en door de canyon naar Ventura Boulevard reden.

'Fantastisch. Ik heb veel dezelfde lesuren als Paige. En een paar met Lance. Lance was net een grote broer en heeft me alles laten zien. Hij heeft me ook voorgesteld aan een paar van zijn knappe vrienden, al is hij zelf ook behoorlijk cute.'

'Hij is echt een stuk volwassener geworden deze zomer,' zei ik, terugdenkend aan hoe verbaasd ik was toen ik hem vanochtend zag. Ik had hem bijna niet herkend. Hij zag er zongebruind en wat steviger uit en was nu een knappe jongeman. Ik gaf het niet graag toe, maar ik snapte niet wat hij in Paige zag. Maar misschien zag hij iets wat ik niet zag. Het deed me pijn om te beseffen dat ik mijn tweede dochter amper kende. Alweer iets waar ik niet trots op was.

'Hoelang hebben Paige en hij al iets?'

'Sinds het begin van hun tweede jaar, toen hij naar Coldwater kwam vanaf een andere particuliere school.' Ik zweeg even. 'En zij had toen net haar zus verloren... in mei.'

'Dat moet vreselijk zijn geweest. Dat je dochter overleed, bedoel ik.'

'Ja, dat was het ook.' Ik moest van onderwerp veranderen. Met de wind in mijn gezicht en zulk goed gezelschap was ik happy. Dat wilde ik zo houden. 'Dus, heb je zin om te gaan winkelen?'

'Súperveel zin! Ik heb nooit een moeder gehad om mee te winkelen.'

Bij die woorden verkrampte mijn hart. Ik wist hoe moeilijk het was om op te groeien zonder moeder. De mijne had net zo goed dood kunnen zijn.

Ik werd uit mijn gedachten opgeschrikt door getoeter achter me. Het verkeerslicht was op groen gesprongen, maar ik stond nog stil. De vent achter me toeterde nog eens.

'Rot op, *asshole*!'

'Ja, opzouten, *arsehole*!' viel Tanya me met haar charmante Britse accent bij.

We staken allebei onze middelvinger naar hem op toen hij langs ons heen scheurde en gierden het uit van de lach. Terwijl we naar Hollywood reden, wees ik op een paar dingen langs de route. De Hollywood Bowl en het beroemde Hollywood-bord in de verte. Tanya, niet onder de indruk, had verwacht dat het groter zou zijn.

Urban Outfitters zat aan de trendy Melrose Avenue, vijf minuten van ons huis. Ik vond snel een parkeerplekje in een zijstraat en arm in arm huppelden we naar de populaire winkel. Ik voelde me net Dorothy in *The Wizard of Oz*.

Er was een Starbucks aan de overkant. 'Wil je eerst koffie?'

'Nee, hoeft niet. Ik kan echt niet wachten om te gaan shoppen.'

'Wat heb je nodig?'

'Alles!'

Ik lachte. Hoewel ik aannam dat ze een bankpas had en haar vader de diplomaat haar zakgeld had gegeven, zou ik haar trakteren op een nieuwe garderobe. Wij zouden het geld niet missen, en ik zou er enorm van genieten.

Een uur later waren we uitgewinkeld. We zeulden allebei met twee grote tassen vol kleren en accessoires. Plus wat sexy lingerie waarvan Tanya had gezegd dat ik het moest kopen toen ze me naar de kanten niemendalletjes had zien staan kijken. 'Ik wed dat Matt die heel mooi zal vinden,' had ze gefluisterd.

De passie die Matt en ik ooit hadden gehad, was gestorven op de dag dat Anabel stierf. Nu was er niets meer van ons seksleven over.

Maar misschien had dit vrijzinnige meisje gelijk.

Het werd tijd om zijn vuurtje weer op te stoken.

7
Paige

Voor de vierde keer vandaag puilden mijn ogen uit. Terwijl ik mijn zware rugzak vol boeken in de gang zette, kwam Tanya de trap af hollen. In de kaki overall, het witte T-shirt en de Doc Martens die ik online had besteld bij Urban Outfitters. Een paar basics voor het nieuwe schooljaar. Mijn pakket zou eigenlijk pas aan het eind van de week komen, maar moest eerder zijn bezorgd. En zij had het opengemaakt! Wat een lef!

'Hoi,' zei ze vrolijk terwijl ze haar haar in een slordige knot draaide. 'Hoe was je bijeenkomst van de schaakclub –'

Ik kapte haar af. 'Hoe durf je een pakketje open te maken dat aan mij geadresseerd was!'

Ze keek me niet-begrijpend aan. 'Waar heb je het over?'

Ik wees naar haar. 'Die overall! Die is van mij! Ik heb hem online besteld bij Urban Outfitters.'

'Relax. Dit is de mijne. Je moeder heeft hem voor me gekocht bij Urban. We zijn vanmiddag wezen winkelen. Het was zo gezellig!' Ze draafde langs me heen. 'Misschien kunnen we hem allebei tegelijk naar school aantrekken, dan zijn we net een tweeling.'

Ik knarsetandde. *Ammehoela.* Zij zag er in die overall uit als een covergirl. Ik zou er waarschijnlijk dik en flets in uitzien. Met kokend bloed pakte ik mijn rugzak en sleepte hem de trap op, die ik met twee treden tegelijk beklom.

Tanya riep me van beneden na. 'Wil je zien wat je moeder nog meer voor me heeft gekocht? Ik kan een modeshowtje geven.'

Nee, dank je! Het zou me niet verbazen als ze vanochtend terwijl ik onder de douche stond mijn kamer in was gelopen, op de een of andere manier toegang had gekregen tot mijn account en alles wat ik net had besteld had gekopieerd, alleen maar om mij pissig te maken. Nog op de overloop haalde ik mijn telefoon uit mijn rugzak en annuleerde mijn bestelling.

'Ik ga je moeder helpen met het eten,' hoorde ik haar zeggen terwijl ik mijn telefoon wegstopte, een ding dat ik nu zorgvuldig zou moeten bewaken, samen met mijn laptop. 'Kun jij me daarna met mijn wiskundehuiswerk helpen?'

Ik antwoordde niet, maar stampte naar mijn kamer en deed de deur achter me op slot, en ook de deur naar onze gedeelde badkamer. Ik had nu echt heel dringend een nieuwe klink nodig voor de deur naar de gang, zodat ik die van buitenaf kon afsluiten. Misschien zou ik dat morgen doen. Of Will even naar de doe-het-zelfzaak laten fietsen om er een voor me te halen. Hij zou precies weten wat hij moest kopen.

Maar nu was ik in elk geval veilig voor haar. Ze kon mijn kamer niet in komen. Ik zou aan mijn huiswerk moeten beginnen, maar kon me niet concentreren. Ik bleef aan haar denken. Ze nam al mijn gedachten in beslag. Hoe ze liep te slijmen bij mijn moeder, mijn vader én mijn vriendje. Dat Lance haar vandaag wegwijs had gemaakt op school was al erg genoeg, maar toen hij tijdens de lunch zijn broodje tonijn met haar deelde, moest ik bijna kotsen.

Ik trapte mijn Birkenstocks uit en dook op mijn bed. Mijn vader zei altijd dat je om te slagen in het zakenleven je vijanden moest kennen. Zo simpel was het. Tanya mocht dan lief en aardig tegen me doen, ze wás mijn vijand.

Wat weet ik over haar?

Eigenlijk... bijna niets. Ik wist alleen dat ze Engels was, geboren in Londen, en enig kind. Haar vader was diplomaat en reisde veel. Haar moeder was overleden bij haar geboorte. O, en ze was zeventien en zat op een of andere chique kostschool. Vreemd genoeg had ik haar niet op social media gevonden toen ik in het tussenuur had gekeken. Niet op Facebook, Instagram, Snapchat of TikTok. Elk tienermeisje dat ik kende, zelfs ik, zat minimaal op Insta. Waarom zij niet? Misschien omdat het niet van haar vader mocht?

Ik haalde mijn laptop, een schrift en een potlood uit mijn rugzak. Mijn moeder had online een scheepslading schoolspullen voor mij en Will en ook voor Tanya besteld, zodat we niet naar Staples hoefden te midden van de hordes andere leerlingen. Op die tijd na dat ze zich in haar kamer opsloot na Anabels dood, dacht ze altijd vooruit. En ze was altijd grondig en methodisch. Het werd tijd dat ik wat meer op haar ging lijken. Vooruit denken. Grondig en methodisch zijn.

Ken je vijand.

Ik opende mijn schrift en schreef erin:

- *Vaders volledige naam*
- *Moeders naam*
- *Naam van kostschool en contactinfo*
- *Social media nog eens controleren*
- *TB's persoonlijke eigendommen bekijken*
- *TB's paspoort opzoeken. Studentenvisum. Rijbewijs?*
- *TB's ticket/instapkaart van British Airways opzoeken*
- *Toegang krijgen tot TB's mobiel*
- *Toegang krijgen tot TB's computer*

Die laatste twee items zouden het lastigst zijn, want ze waren waarschijnlijk met een wachtwoord beveiligd. Misschien kon Will me helpen. Hij was goed met techniek en kon waarschijnlijk elk account hacken.

Ik overwoog haar kamer in te sluipen, maar dacht niet dat ik er genoeg tijd voor zou hebben. En ik wilde beslist niet dat ze me betrapte op rondsnuffelen. Ik zou een manier moeten bedenken om haar een paar uur de deur uit te krijgen. En misschien vroeg ik Will dan om mee te gaan als mijn partner in crime.

Met dat in gedachten begon ik mijn onderzoek en googelde ik *Blackstone Britse diplomaat.* Ik vond een heleboel links naar een of andere firma van vermogensbeheerders (wat dat ook was) die Blackstone heette, maar niets wat aan mijn omschrijving voldeed. Na wat scrollen diende zich een mogelijkheid aan: *Sir Warren Blackstone*. Opgewonden klikte ik erop. Ik las een korte beschrijving van zijn diplomatieke carrière. Het belangrijkste: hij was dood. Hij was vijf jaar geleden omgekomen toen zijn privéjet neerstortte. Er stonden geen nabestaanden of overlevenden vermeld. Raar.

Ik hoorde de auto van mijn vader de oprit op komen en keek hoe laat het was. Hij was altijd stipt om zes uur thuis. Hij zou zich gaan opfrissen, een halfuurtje ontspannen met een glas whisky, en om precies halfzeven gingen we aan tafel.

Omdat ik nog tijd had voor wat meer onderzoek, besloot ik nog eens naar Tanya's social media te kijken. Wederom niets op Facebook, Snapchat of TikTok, maar tot mijn verbazing had ze nu een Instagram-account. Haar *handle* was @TanyaBDreamer. Ze had een stuk of tien foto's van de kamer van mijn zus geplaatst met de hashtags #denkroze, #homesweethome, en #prinsessenkamer... talloze selfies van haar in haar nieuwe outfits met de hashtags #supermodel, #urbangirl en #LAgirl... een paar foto's met mijn moeder tijdens hun shopuitje met de hashtags #shopaholics, #fashionistas en #zomoederzodochter... en nog één laatste foto... van Lance met de hashtags #hottie, #boyfriendmaterial en #ColdwaterAcademy, die waarschijnlijk de aandacht van alle leerlingen zouden trekken. Klasgenoten postten er al walgelijke opmerkingen onder zoals *Ga ervoor! Jullie zien er hot uit samen! Duw zijn onbeschofte preutse vriendin aan de kant!* God mocht weten wat ze morgen in mijn gezicht zouden zeggen. Wat een lef! Om het nog erger te maken: Lance volgde haar! Alweer een lid van haar snelgroeiende gevolg van honderden.

'Het eten is klaar!' hoorde ik mijn moeder roepen.

Ik was zo woest, ik had geen trek.

Bovendien bleef deze vraag door mijn hoofd malen: waarom had Tanya vóór vandaag nog nooit iets op Instagram geplaatst?

8

Natalie

Ik keek uit naar weer een etentje met het gezin.

Voor vanavond had ik zalm in kruidenkorst gemaakt volgens een eenvoudig recept uit mijn lievelingskookboek, *The Barefoot Contessa*. Ik had ook een mooie citroenvinaigrettesalade gemaakt met palmhart, aardbeien en botersla, en een grote schaal pasta met verse tomaten, basilicum en olijfolie. Ik hield rekening met Paige' nieuwe dieet – ik had zelfs een paar vegan kookboeken besteld – en hoewel ze de zalm waarschijnlijk zou wegwuiven (gelukkig was het geen hele vis met ogen), kon ze zich tegoed doen aan de salade en pasta. Het was heel leuk geweest om Tanya als assistente in de keuken te hebben; ze had er handigheid in om de borden prachtig te presenteren. Net als allebei mijn dochters en ikzelf had ze een artistieke flair.

Matt gaf me, voor het eerst in een eeuwigheid, een compliment over de maaltijd en ik vertelde hem dat Tanya had geholpen bij het bereiden, waarbij ik wegliet dat we onderwijl een hele fles sauvignon blanc hadden leeggedronken. Met een goedkeurend knikje vroeg Matt onze gast naar haar eerste dag op Coldwater. Ze vertelde hem er geanimeerd alles over, liet geen detail weg. Hij was blij dat het goed was gegaan. Toen hij Paige en Will naar hun dag vroeg, antwoordden ze allebei met drie monotone woorden. 'Het was oké.'

Paige' hoofd bleef gebogen terwijl ze met lange tanden van haar salade at en haar pasta ronddraaide met haar vork.

'Paige, is alles goed?'

'Ik heb geen trek.'

'Ik denk niet dat je voldoende eet.'

'Ze weet niet wat ze mist,' merkte Tanya op, die nog eens opschepte. 'Kan iemand me de pasta even aangeven?'

Matt deed dat en merkte op hoe schattig Tanya's outfit was. Paige trok haar neus op terwijl onze uitwisselingsstudent stralend lachte, met glanzende ogen.

'Bedankt, meneer Merritt... Ik bedoel Matt. Natalie is na school met me naar Urban Outfitters gegaan. We hebben zo leuk gewinkeld. Ze heeft zelfs een cadeautje voor jou gekocht.'

Matts wenkbrauwen schoten omhoog. 'O, echt? Wat dan?'

Tanya knipoogde. 'Daar zul je zelf achter moeten komen.'

De blik van mijn man vond de mijne en voor het eerst in een eeuwigheid voelde ik een steekje van opwinding. In de sexy kanten lingerie die ik vandaag had gekocht, klemde ik onder de tafel mijn benen tegen elkaar om het tintelende gevoel daar de kop in te drukken. God, dat voelde fijn! Het deed me denken aan alle mooie tijden en de eerste keer dat we elkaar ontmoetten.

Alsof Tanya mijn gedachten had gelezen, vroeg ze: 'Waar hebben jullie elkaar ontmoet?'

Mijn adem stokte in mijn keel. Ik nam een grote slok wijn, en Matt ook. Zijn ogen glinsterden met een spoortje verlangen en hij glimlachte droogjes. Ik denk dat hij ook terugdacht aan onze allereerste ontmoeting.

'Kom op!' spoorde Tanya ons aan. 'Vertel. Ik wil het echt weten. Ik wed dat het heel romantisch was.'

Paige en Will rolden allebei met hun ogen. 'Moeten we dat verhaal nou serieus nog een keer aanhoren?' vroeg Paige.

We hadden het al talloze keren verteld. Op feestdagen. Tijdens etentjes. Familiepicknicks. Anabel, de romanticus, kon er geen genoeg van krijgen. Paige, de cynicus, was het verhaal kotsbeu. Will vond het eigenlijk totaal niet interessant.

'Het was liefde op het eerste gezicht,' begon mijn man, die zijn wijnglas neerzette en Paige' protesten negeerde.

'Echt waar?' vroeg Tanya met sterretjes in haar ogen.

'Ja,' antwoordde ik. Eigenlijk was het eerder lust op het eerste gezicht geweest.

'Waar hebben jullie elkaar ontmoet?'

Matt antwoordde: 'Hier, in Los Angeles. Op een eh... speelgoedbeurs.'

Godzijdank zei hij niet dat het een eroticabeurs was. Vol kramen met seksspeeltjes.

'Komen jullie allebei uit LA?'

'Nee,' zei Matt. 'Ik kom uit San Francisco... Nob Hill.'

Snob Hill, dacht ik terwijl hij doorging.

'Mijn ouders wonen daar nog steeds. En Nat komt uit Palm Springs.'

Nou, dat is wat ik hem had verteld. En de kinderen. Het kwam dicht genoeg in de buurt.

'Hoe hebben jullie elkaar ontmoet?'

'Nat assisteerde het bedrijf waarin ik overwoog te investeren op die beurs. Ze demonstreerde het baanbrekende product dat ze hadden ontwikkeld. Ik zat destijds in VC.'

'Venture capital,' zei onze uitwisselingsstudent trots.

Matt leek onder de indruk. 'Je bent een slimme meid, Tanya. Ik weet zeker dat Will en Paige dat niet hadden geweten.'

Paige en Will wisselden een blik alsof ze zwijgend met elkaar communiceerden. Tot mijn frustratie deden ze dat vaak. Tanya zag het niet.

'Ik zag het op je LinkedIn-profiel staan en heb het opgezocht.'

Ik vond het een beetje onaangenaam dat Tanya onderzoek naar ons had gedaan, maar ik nam aan dat elke intelligente uitwisselingsstudent wat meer zou willen weten over het buitenlandse stel bij wie ze een jaar zou wonen. Ik wed dat ze mij ook had gegoogeld. Dan zou ze hooguit hebben gelezen over mijn liefdadigheidswerk en foto's hebben gezien van Matt en mij op de vele vijfhonderd-dollar-per-couvert-benefiet-evenementen die ik had georganiseerd. Gelukkig zou ze nooit iets over me kunnen vinden van vóór ons huwelijk. Ik had mijn verleden succesvol begraven onder vele lagen van leugens. Als Matt daarvan had geweten, zou ik nooit zijn gekomen waar ik nu ben. Wie weet hoe mijn leven dan zou zijn geweest? Lang en gelukkig is geen zekerheidje voor mensen die de harde school van het leven hebben doorlopen, vooral niet voor iemand zoals ik.

'Ik was beursmodel,' kwam ik tussenbeide, om terug te keren naar het verhaal. Soms deed ik 'volwassen dingen' omdat de betaling te goed was om te laten lopen, al haatte ik het verschrikkelijk. Met dat geld kon ik mezelf transformeren. Mijn tanden recht laten zetten. Mijn haar laten verven. Fatsoenlijke kleren kopen. Een eigen woning huren, ver weg van de plek waar ik was opgegroeid.

Matt had geen idee.

Tanya's ogen werden groot. 'Wauw! Ben je model geweest? Want ik heb je online nergens bij modeshows of in modebladen voorbij zien komen.'

Ik lachte nerveus. 'Waarom zou ik liegen?' De hypocrisie van mijn woorden vrat aan me. Ik leefde twentyfour-seven een leugen.

Tanya drong aan. 'Deed je modellenwerk onder je meisjesnaam?'

'Ja. Natalie Taylor.' *Alweer een leugen.* Gelukkig had Natalie Taylor geen online-aanwezigheid. Of althans, díé Natalie Taylor niet. Nu deelde een of andere zingende TikTok-sensatie mijn naam.

Matt ging door, en ik moet zeggen dat terwijl hij over me praatte - over ons - er een vlammetje van verlangen in me ontstak. Terwijl ik elke levendige seconde herbeleefde, zat ik te wurmen op mijn stoel. Hij vertelde Tanya meer over onze eerste ontmoeting, waarbij hij grafische details van hoe ik het 'speelgoed' had gedemonstreerd wegliet.

Hoe geanimeerd ik was.

Hoe overtuigend ik was.

Hoe verleidelijk ik was.

Ik had hem niet alleen overtuigd van het bedrijf, maar ook van mezelf. Hij vroeg me mee uit eten, na het eten nodigde hij me uit voor een slaapmutsje in zijn hotelkamer, en de rest was geschiedenis. Na een stormachtige romance vroeg hij me ten huwelijk. We trouwden met ons tweetjes in Vegas om zijn heerszuchtige moeder te pesten. Negen maanden later werd Anabel geboren.

Voor het eerst in jaren stuurde Matt de kinderen al naar boven voordat ze zelf van tafel wilden. Paige en Will gingen daar meteen op in, maar Tanya bood aan om mij te helpen met de afwas.

'Hoeft niet, Tanya,' zei Matt. 'Het is míjn beurt om mijn vrouw vanavond te helpen.'

Met een alwetende glimlach sloop ze weg. Matt en ik bleven zitten, tegenover elkaar. Na een paar opgelaten, zwijgende momenten stond ik op en begon de tafel af te ruimen.

'Stop,' beval Matt. Ik kon me de laatste keer niet herinneren dat ik die toon van hem had gehoord. Hij was weer de assertieve alfaman met wie ik was getrouwd. 'Kom, we gaan naar mijn kantoor.'

Vijf korte minuten later waren we in zijn kantoortje, met de deur op slot en de lichten gedimd.

'Doe je kleren uit.' Woordeloos deed ik wat hij vroeg, tot ik alleen nog mijn nieuwe, doorschijnende zwartkanten ondergoed droeg. Mijn huid tintelde terwijl hij me bekeek. 'Verdomd. Je bent nog steeds zo hot, Nat. Kant staat je goed.'

Vijf lange, verhitte minuten later puften we uit van onze euforische hoogtepunten. Hij had me over zijn bureau gelegd. Over de rand. Dat had hij al tijden niet meer gedaan. En ik had me al een eeuwigheid niet meer zo gevoeld. Totaal meegesleept. Totaal de zijne.

Voor het eerst sinds Anabel was overleden stond ons huwelijk weer op de rails en zat er weer leven in.

Mijn man ritste zijn gulp dicht en kuste me. Hij hield zijn lippen op de mijne. 'Ik hou van je, schat,' fluisterde hij.

'Ik ook van jou.'

Later zetten we wat we waren begonnen op onze slaapkamer voort en vielen bezweet en uitgeput in elkaars armen in slaap. Het was de beste nacht met mijn man in jaren.

Tanya had zo ontzettend gelijk gehad. Ik had alleen maar zijn vuurtje hoeven opstoken.

9

Paige

Ik klopte op Wills slaapkamerdeur met het bordje WEGBLIJVEN! Eronder stond een schedel met gekruiste botten.

Will was op zijn privacy gesteld, en ik respecteerde dat. Het gevoel was wederzijds.

Ik klopte nog eens. 'Willster, ik ben het. Mag ik binnenkomen?'

'Kom maar.'

Ik draaide aan de klink, verbaasd dat de deur niet op slot was, en duwde hem open.

Will zat in kleermakerszit op zijn stapelbed, met zijn computer op schoot. Eigenlijk was het meer dan een bed. Het was een enorme unit van blond hout, met bovenin een bed en onderin een bureau met planken vol Legodozen, Harry Potter-boeken, Star Wars-speeltjes en verschillende soorten robots die hij had gebouwd. Er waren treden naar het bed. Het was zijn toevluchtsoord. Zijn nerdtroon, zoals ik het noemde. Mijn geniale broertje had hem zelf gebouwd. Eronder lag Beer opgerold op het kleurige ruimtevaartkleed, naast mijn broertjes nieuwste robotcreatie. Gelukkig had Will een manier gevonden om hem in huis te houden, weg bij Tanya. Beer leek het niet erg te vinden om in zijn kamer te bivakkeren. Onze hond was dol op mijn broertje en sliep toch al trouw elke nacht bij hem. Dat was in elk geval niet veranderd.

Mijn broer keek omlaag. 'Wat is er, Pudge?'

Pudge was zijn bijnaam voor mij. Zo had hij me als peuter genoemd omdat hij geen Paige kon zeggen, en het was blijven hangen. Als iemand anders me zo zou noemen, zou ik hem een oplawaai verkopen, maar van Will was de bijnaam vertederend.

Ik keek hem in de ogen. 'Heb je even tijd?'

Hij klapte zijn laptop dicht. 'Ja, tuurlijk.'

Even later zat ik tegenover hem op zijn bed. Aan de muur boven hem hing een banner Star Wars-poster.

'Wat vind jij van Tanya?'

Will haalde zijn schouders op. 'Weet ik niet. Ze is wel oké, denk ik.'

Je kreeg gemakkelijker een splinter uit een vinger dan een opinie uit Will. Zo waren jongens van twaalf. Hoe groter de nerd, hoe lastiger. Maar ik moest zeggen dat Will schattig was met zijn krullende kastanjebruine haar, mopsneus en sproeten. We leken veel op elkaar en ik wist zeker dat hij later net zo knap zou worden als onze vader. Een echte meidenmagneet, al had hij op dit moment nog weinig belangstelling voor meisjes. *Uiteraard.*

'Steekt het je niet dat ze Beer haat?'

'Zolang hij bij mij mag blijven, kan het me niet schelen.'

'Vind je niet dat er iets raars met haar is?'

'Alle meisjes zijn raar.'

'Ik ben toch niet raar?' Ik trok een grappig gezicht dat mijn normaal zo serieuze broertje aan het lachen maakte.

'Jij bent best cool voor een meisje.'

'Bedankt.' Ik woelde even door zijn haar. Will en ik waren altijd close geweest, op onze eigen ingewikkelde manier. Na Anabels overlijden waren we nog hechter geworden. Ik zal nooit vergeten dat ik zijn hand vasthield terwijl we stoïcijns toekeken hoe de kist van onze zus in de aarde zakte. Allebei in het zwart gekleed, ik in een afgrijselijke knielange jurk die ik van mijn moeder aan moest en mijn tienjarige broertje in een zwart pak dat hem twee maten te groot was. Terwijl mijn moeder de hele tijd snikte, hadden wij allebei geen traan gelaten. Hij was nooit close geweest met Anabel, die met haar drukke sociale leven geen belangstelling had gehad voor de interesses van kleine jongens. Lego, videogames en robots hadden geen plek gehad in haar egocentrische wereld. Voor haar was Will alleen maar een ergernis geweest.

Ik, echter, vond het heerlijk om mijn broertje te helpen dingen te bouwen met Lego – van honden en Mindstorms-robots tot uitgebreide steden en ruimtestations –, misschien omdat het niet zo heel anders was dan beeldhouwen. Beeldhouwen was mijn passie. Nog een reden dat ik naar RISD wilde: ze hadden daar een van de beste beeldende-kunstenprogramma's in het land. Gelukkig voor mij had ik een ateliertje in de achtertuin. Mijn *happy place*. Ik dankte elke homp klei dat mijn moeder me niet had gevraagd die ruimte op te geven om onze uitwisselingsstudent erin onder te brengen.

Wetend dat mijn tijd met mijn broertje beperkt was, vroeg ik: 'Doet Tanya jou ook aan iemand denken?'

'Ja, een beetje aan Anabel.'

'Een beetje veel,' corrigeerde ik hem. Je hoefde geen Sigmund Freud te zijn om te bedenken dat mijn moeder een vervangster zocht. En dat Tanya letterlijk in de schoenen van mijn zus was gestapt. 'Vond je het niet pijnlijk dat ze gisteren Anabels kleren droeg?'

'Is dat zo?'

Jongens. Inwendig rolde ik met mijn ogen. Het werd tijd om ter zake te komen.

'Willster, ik heb een slecht gevoel over haar.'

'Zoals wat dan?'

'Ik weet niet of ze wel is wie ze beweert te zijn.'

Will hield zijn hoofd schuin. 'Hoezo?'

'Nou, om te beginnen zegt ze dat haar vader een Britse diplomaat is, maar ik kan hem nergens vinden op internet. De enige vent die erop leek, is dood.'

'Dat is raar...'

'Heel raar. En tot vandaag zat ze niet op social media. Ik ken niet één meisje van onze leeftijd, inclusief mezelf, dat niet op Instagram zit. En nu heeft ze ineens een Insta-account. Ik zal het je laten zien.'

Ik pakte mijn telefoon uit mijn zak, opende Tanya's nieuwe Insta-account en liet hem de foto's zien die ze had geplaatst. Onvoorstelbaar genoeg had ze al meer dan duizend volgers.

Wills ogen werden groot terwijl ik over mijn scherm swipete. 'Wat doet die foto van Lance daar?'

'Ja, daar werd ik echt pissig van. En ze doet het voorkomen alsof hij háár vriendje is.'

'Dat is ruk.'

'Zeker weten.'

Will pakte mijn telefoon van me aan en swipete verder, en toen trok hij een vies gezicht. 'Jeuw!'

'Wat?'

Zijn sproeten sprongen bijna van zijn gezicht. Hij gaf me mijn telefoon terug en ik zag wat hij zo walgelijk vond.

'O god!' Foto na foto van Tanya die poseerde in piepkleine bikini's en haar goddelijke lichaam showde. Terwijl ik hier zat met Will, stond zij in de kamer van mijn zus halfnaakte selfies te maken. Nu al plaatsten jongens van school commentaren als *Vet hot! Ik ben verliefd op je! Je bent super!* met hartenoogjes en vlammende emoji's. De paniek welde in me op. Wat als Lance die zag? Het kostte me al mijn zelfbeheersing om niet door te slaan waar mijn broertje bij was.

'Moet ik dit aan mam en pap laten zien?'

Will, de denker, overpeinsde mijn vraag. 'Neuh.'

'Waarom niet?'

'In het beste geval geven ze haar waarschijnlijk alleen maar een preek. Misschien nemen ze haar telefoon een paar dagen in beslag. Maar in het slechtste geval maakt ze haar Insta-account privé.'

Ik woog Wills woorden af. Hij had gelijk. Ik moest toegang tot haar Insta houden. Wat ze daar plaatste, kon veelzeggend zijn. En God wist hoe ze anders zou terugslaan. Misschien verzon ze wel iets om Lance te naaien, recht voor mijn neus.

'Oké, Einstein, wat moet ik dan doen?'

'Je moet haar volgen.'

'Nou, ik kan haar moeilijk elke minuut van de dag schaduwen.'

'Nee, dombo. Ik bedoel op Instagram.'

'Dan zal ze denken dat ik haar bespioneer.'

Hij rolde met zijn ogen. 'Maak gewoon een nieuw account aan met een nep-ID. Dan weet ze van niks.'

God, ik was dol op mijn broertje. Het genie van onze familie. Hij had zelfs een klas overgeslagen en ging volgend jaar al naar de middelbare school.

'Superidee!' zei ik, en ik logde uit bij Instagram.

Hij grijnsde. 'Dat had jij ook wel kunnen bedenken, maar ja, jij bent een domme meid.'

Ik wist dat hij me alleen maar pestte, maar besloot erin mee te gaan. 'Ja, ik ben een sufkop, en daarom heb ik je hulp nodig. Het punt is: er woont een vreemd, afstotelijk meisje in ons huis en we weten vrijwel niets van haar. Ik wil alles uitzoeken wat er te weten valt, zelfs al moet ik haar computer hacken.'

Wills gezicht klaarde op. 'Dat zou ik kunnen.' Hij knipte met zijn vingers als een goochelaar die een konijn wil laten verschijnen. 'Makkie.'

'We moeten er alleen toegang toe krijgen.'

'Er moet een manier zijn.'

Ik glimlachte. 'Waar een Will is, is een weg,' zei ik altijd tegen hem.

Ik had nu officieel een handlanger. En onze geheime missie had een naam: *Operatie Tanya.*

'Nog één ding. Ik heb je hulp nodig bij het plaatsen van een nieuwe deurklink, eentje die ik van buiten en van binnen kan afsluiten. Ik wil niet dat ze in mijn kamer kan komen. Het is al erg genoeg dat ik een badkamer met haar moet delen. En even zodat je het weet: ze is echt een zwijn!'

Will knorde. Ik sloeg dubbel van het lachen.

Vijf minuten later was ik terug in mijn kamer.

En @TanyaBDreamer had er een Instagram-volger bij. Ik keek trots naar de avatar die ik had gemaakt. Ze droeg een superheldenoutfit met een masker en cape. Geïnspireerd op mijn stoere jeugdheldin. @SpyGirl2.

10

Natalie

'Natalie, wat doe je?'

Die stem, hoewel ik hem herkende, liet me schrikken. Tanya. Ik kromp ineen en gooide bijna mijn glas wijn om.

Ik keek op en ontmoette haar blik. 'O, hoi, lieverd. Ik had niet verwacht dat je zo vroeg uit school zou zijn.'

Nog gewapend met haar rugzak en laptoptas liep ze naar me toe en bekeek de vele bierviltjes die over de eettafel verspreid lagen. 'Wat ben je aan het doen?'

'De tafelindeling plannen voor een gala dat ik eind oktober organiseer. Een benefiet voor FAFAK.'

Ze keek me vragend aan. 'FAFAK?'

'Free Arts For Abused Kids. Een non-profit voor mishandelde kinderen dat me na aan het hart ligt. Ik zit in het bestuur en organiseer het jaarlijkse gala, waarbij honderdduizenden dollars worden opgehaald.'

'Cool. Kan ik helpen?'

'Tuurlijk. Zet je spullen neer en kom zitten.' Ze zette haar tassen op het vintage Chinese kleed en liet zich sierlijk op de stoel naast me zakken; ik zat in het midden van de tweeënhalve meter lange tafel zodat ik overal goed bij kon.

Ze keek naar mijn halflege wijnglas. 'Natalie, mag ik ook een glaasje wijn?'

Hoewel we gisteren stiekem samen wijn hadden gedronken, betwijfelde ik of ik haar moest laten drinken op een doordeweekse avond.

'Dat lijkt me geen goed idee. Ik wil niet dat iemand je ziet drinken.' *Vooral Paige niet.* 'Wat denk je van een lekker kopje thee?'

Ze trok een walgend gezicht. 'Serieus?'

Ik vond haar reactie vreemd. Alle Britten waren toch dol op thee? Ze dronken het praktisch vanaf hun geboorte.

Afwezig speelde ze met een viltje. 'Ik heb een idee. Je kunt wat wijn in een van die mokken schenken die ik in de kast heb zien staan. Die met die tribal-tekeningen. Zo ziet niemand wat ik drink.'

Hoewel ze beweerde dat ze in Engeland al mocht drinken, had ik er nog steeds gemengde gevoelens over, maar ik wilde niet truttig overkomen. Bovendien wist ik zeker dat de helft van de leerlingen in Paige' klas al dronk, met of zonder medeweten van hun ouders.

'Oké, een beetje dan,' besloot ik, en ik liep naar de keuken. Even later keerde ik terug met een halfvolle mok sauvignon blanc.

'Die mok is echt leuk,' zei Tanya toen ik hem aan haar gaf, blij dat ze tevreden was met dat kleine beetje wijn.

Ik glimlachte. 'Ja, hè? Matt kwam ze tegen toen we op vakantie waren in Hawaii. Hij vond het leuk dat ze op tikibeelden leken en dat ze er in verschillende kleuren waren. Zoals alles in ons leven móést hij ze hebben. We hebben zoveel spullen die we niet eens nodig hebben en nooit hebben gebruikt. We zouden letterlijk een cadeauwinkel kunnen openen.'

Tanya giechelde en nam een slokje wijn. Ik vond het heerlijk dat ze hetzelfde gevoel voor humor had als ik. Anabel had dat ook gehad, maar Paige rolde meestal met haar ogen om mijn grapjes.

Ze dronk nog wat wijn. 'Wat gaaf dat jullie naar Hawaii zijn geweest. Ik ben er nog nooit geweest.'

'We gaan misschien met kerst weer. Deze keer naar Maui in plaats van het grote eiland.'

'Ik zou dolgraag meegaan!'

Ik was eerder verbaasd dan blij. 'Lieverd, wil je niet naar huis met de feestdagen, naar je familie in Engeland?'

Tanya haalde haar schouders op. 'Niet echt. Papa is er nooit met kerst en het is meestal zo koud in Londen.' Er daalde een bedroefde wolk over haar neer. 'En eenzaam.'

Die arme meid! Mijn hart deed pijn bij de gedachte dat ze met de kerstdagen alleen zou zijn. 'Dan mag je natuurlijk met ons mee.'

'O god! Echt wáár?' Haar gezicht lichtte op als een kerstboom.

'Natuurlijk. Je bent niet zomaar een logé. Je maakt nu deel uit van de familie... maar laten we ons eerst met het gala bezighouden. Ik heb nog maar een uur voordat ik aan het eten moet beginnen.'

'Prima.' Ze keek naar de met viltjes bedekte tafel. 'Waar vindt het plaats?'

'In onze achtertuin. Het is de eerste keer dat ik hier een gala organiseer. Ik heb een financiële analyse gemaakt, zónder Matts hulp, kan ik eraan toevoegen. Door te besparen op een belachelijk dure hotelbalzaal houden we veel meer geld over voor al die arme, mishandelde kinderen die kunst nodig hebben om hun leven te verrijken.'

'Dat is geniaal.' Ze zweeg even. 'Natalie, wat voor jeugd heb jij gehad?'

Ik was zo onthutst vanwege die vraag dat ik niet meteen antwoordde. Ik nam een slokje wijn en probeerde een rem te zetten op alle woorden die door mijn hoofd raasden. *Kies er een.* 'Gewoon.'

Ze keek verbaasd. 'Ik dacht echt dat je was opgegroeid in een mooi groot huis en een sprookjesjeugd had gehad.'

'Niet bepaald.' Om ervoor te zorgen dat ik niet verder zou gaan – ik had al te veel gezegd – nam ik nog een paar slokken wijn. 'Tanya, lieverd, laten we van onderwerp veranderen.'

'Geen probleem.' Ze richtte zich op haar eigen wijn.

Ik was dankbaar dat ze niet doorvroeg. Er stond te veel voor me op het spel. Matt had geen idee wat ik had doorgemaakt. En zijn arrogante ouders uit Nob Hill ook niet. Als ze erachter waren gekomen, zou alleen God weten hoe anders mijn leven eruit had gezien.

Tanya zette haar mok neer. 'Waar wonen al die mishandelde kinderen eigenlijk?'

'Overal en nergens. Veel ervan in pleeggezinnen omdat ze zijn weggehaald bij de ouders die hen mishandelden of in de steek zijn gelaten.'

'Wat droevig.' Ze beet op haar lip. 'Weet je, soms voel ik me ook in de steek gelaten.'

Ik keek haar indringend aan. 'Hoezo?'

'Nou, je weet wel, ik heb mijn moeder nooit gekend. Mijn vader is altijd op reis voor zijn werk. Arme ik krijg hem nóóit te zien. Ik wou dat papa meer thuis was, zoals Matt. En ik zou willen dat ik een moeder zoals jij in mijn leven had.' Er kwamen tranen in haar ogen. 'Ik heb me wel eens zo alleen en verwaarloosd gevoeld dat ik dood wilde.'

Haar woorden raakten me hard. Hoe vaak had ik me zelf niet zo gevoeld in mijn leven! Vooral in mijn jeugd.

'Arme schat. Hier, laat me je een knuffel geven.' Ik draaide opzij en sloeg mijn armen om haar dunne lichaam.

Ze snufte en sloeg haar armen ook om mij heen. 'Jij en Matt hebben me al zoveel gegeven. Voor het eerst in mijn leven voelt het alsof ik wél een familie heb. Will en Paige hebben zoveel geluk met jullie als ouders.'

Dat klopt, dacht ik stiekem. Maar afgaand op de manier waarop ze zich gedroegen, zou je denken dat zij het niet beseften.

'Natalie, mag ik je nog iets anders vertellen?' Ze zweeg even. 'En beloof je dat je niet boos wordt?'

Aarzelend zei ik ja.

'Soms vind ik dat mijn vader in de gevangenis thuishoort.'

Ik trok één wenkbrauw op. 'Waarom zeg je dat?'

'Omdat een kind in de steek laten een misdaad is,' zei ze, en toen voegde ze er snel aan toe: 'In Engeland in elk geval wel.'

Ik verkilde. 'Ja, hier ook.' Ik nam een grote slok wijn. 'Lieverd, ik weet dat je dat niet echt meent. Kom, laten we weer aan het werk gaan.'

'Bedankt voor je begrip, Natalie.' Tot mijn opluchting ging ze meteen weer terug naar haar normale vrolijke, *pleasende* zelf. 'Wat wil je dat ik doe?'

Nog een beetje ontdaan door haar uitspraken gaf ik haar een zwarte viltstift. 'Als jij de tafels nou eens nummert – ik bedoel de viltjes – terwijl ik aan de tafelschikking werk.'

Ik pakte de uitdraai van de stoel naast me, een lijst van alle gasten die ik verwachtte. Driehonderd man. Dat betekende dertig tafels met tien personen. Beslissen wie er bij wie zou zitten was altijd de grootste uitdaging bij het organiseren van dit soort evenementen. Sommige mensen hadden een tafel van tienduizend dollar geboekt om te delen met vrienden, maar velen hadden ook afzonderlijke tickets gekocht, en geloof me, niet iedereen mocht elkaar of was het met elkaar eens. Ik moest erop letten dat ik gelijkgestemde mensen bij elkaar zette in deze politiek gepolariseerde wereld.

'Is er een thema?' vroeg Tanya terwijl ze soepel om de tafel heen liep en de viltjes nummerde.

'Alleen een kleurenthema. Dit jaar is het blauw en wit. Ik heb nog niet bedacht wat voor bloemen ik op de tafels moet zetten.'

Tanya keek mijn kant op. 'Wat dacht je van vergeet-me-nietjes? Die zijn blauw, en ze herinneren aan alle mishandelde en in de steek gelaten kinderen op de wereld.'

'Wat passend! Dank je, lieverd.'

'Graag gedaan.' Ze glimlachte en gaf me de stift terug. 'Klaar.'

Ik bekeek de genummerde viltjes. Perfect.

'Kom, ga zitten. Genoeg werk voor vandaag. Ik ben heel blij met je hulp.' In gedachten hoorde ik een stemmetje dat me eraan herinnerde dat Paige me nog nooit bij een van mijn gala's had geholpen. Ik sloot me ervoor af en zei tegen Tanya: 'Laten we onze wijn opdrinken.'

Ze kwam bij me zitten en we kletsten over haar tweede dag op school. Zo te horen vond ze haar draai daar en genoot ze van de lessen.

'Wat fijn! Ik heb geen moment aan je getwijfeld.'

'Bedankt! En, hoe ging het gisteravond met Matt?'

Bij die onverwachte vraag voelde ik dat ik bloosde. Onze geweldige seks had een tintelende warmte in mijn lichaam achtergelaten die ik nog de hele dag had gevoeld. 'Eh, we hebben een heerlijke avond gehad.'

'Dacht ik al. Je bent heel mooi, Natalie, maar vandaag straal je helemaal.'

'Dank je.' Ik legde mijn hand op mijn hart. Het hart dat weer klopte met liefde voor mijn man.

'Trouwens, wat trek je naar het gala aan?'

'Weet ik nog niet, maar het moet blauw zijn.'

'Wat dacht je van de japon die je afgelopen mei naar dat feest voor de geestelijke gezondheid aanhad? Die was goddelijk.'

Ze verwees naar een van mijn Dior-jurken. 'Hoe wist jij van die japon?'

'Er stond een foto van je op internet. Je zag er adembenemend uit!'

'O. Dank je,' zei ik, terugdenkend aan hoeveel paparazzi er op dat goedbezochte evenement waren geweest. 'Ik zal erover nadenken.'

Tanya pakte haar tassen en stond op. 'Nou, ik ga naar boven om aan mijn huiswerk te beginnen. En te proberen die inschrijving voor Stanford te downloaden.'

'Laat het ons weten als je daar hulp bij nodig hebt.'

Ze liep naar de gang. 'Ik zie je bij het eten.'

'Nogmaals bedankt, lieverd, voor je hulp.'

Voor alles.

11

Paige

Mijn onderzoek naar Tanya's verleden vorderde niet erg in de volgende paar weken en ik was supergefrustreerd. Een slak ging nog harder.

Op voorstel van Will vroeg ik mijn moeder, niet Tanya, naar de naam van haar school in Engeland. Hij had gezegd dat onze uitwisselingsstudent argwaan zou kunnen krijgen als ik het haar vroeg, en daar was ik het mee eens. De naam van de school was Briarwood. Toen ik dat googelde, bleek het een chique particuliere meisjesschool op het platteland even buiten Londen te zijn. Ik stuurde ze een e-mail met de vraag of ze een leerlinge met de naam Tanya Blackstone hadden, zogenaamd omdat we afgelopen zomer in Londen beste vriendinnen waren geworden en ik haar een verjaardagscadeautje wilde sturen. Kennelijk was het de voorkeursschool voor veel Engelse aristocraten en diplomaten, en ze antwoordden dat ze nooit informatie over leerlingen verstrekten en dat ik het beste het geschenk naar de school kon opsturen, ter attentie van de directrice. Of Tanya daar leerling was, bleef onduidelijk.

Ik vroeg mijn moeder ook of Tanya met de feestdagen terugging naar Engeland, in de hoop dat ik haar vliegticket of paspoort te zien kon krijgen. Niet te vergeten de hoop dat ik dan even respijt van haar zou hebben. Stel je mijn schok en verbijstering voor toen ik ontdekte dat ze de feestdagen bij ons zou doorbrengen omdat haar zogenaamde vader dan niet thuis zou zijn. Was hij er ooit wél?

Toen vroeg ik naar haar terugkeer naar Engeland als het schooljaar voorbij was. Mijn moeder zei dat dat nog onbeslist was. Tanya had haar verteld dat ze misschien eerst nog naar een andere Amerikaanse stad zoals New York of Miami wilde voordat ze terugging naar Engeland, dus had ze nog geen ticket naar huis geboekt. Omdat ik mijn moeders toegangscode wist, snuffelde ik in haar iPhone in de hoop een e-mail of berichtje van onze uitwisselingsstudent te vinden met info over haar heenvlucht met British Airways. Tot mijn teleurstelling vond ik niets. Misschien had mijn moeder het al gewist en de gegevens elders genoteerd. Hoewel we Tanya hadden opgehaald bij de internationale aankomsthal van LAX, was er nog steeds geen bewijs dat ze aan boord had gezeten van een vliegtuig van Londen naar Los Angeles. En ik wist dat de luchtvaartmaatschappij nooit informatie over passagiers zou verstrekken.

Om de naam van Tanya's moeder te achterhalen, vroeg ik haar daar rechtstreeks naar op een ochtend op weg naar school. Een beetje afwijzend antwoordde ze: 'Waarom zou het belangrijk voor jou zijn om dat te weten?'

'O, ik was gewoon nieuwsgierig.'

'Wat maakt het uit? Ze is dood.' En toen sloot ze me buiten en richtte zich weer op haar telefoon. Vanuit mijn ooghoeken keek ik toe terwijl ze nog maar eens met getuite lippen een selfie maakte en die postte bij de honderden andere die al op Instagram stonden. Ze had inmiddels bijna tienduizend volgers.

Toen ze al bijna een maand bij ons woonde, wist ik nog steeds niet heel veel meer over Tanya Blackstone, behalve dat de Insta-queen een tong had die bijna net zo lang was als die van Miley Cyrus. Tot mijn frustratie had Will noch ik toegang weten te krijgen tot haar kamer. Zij zat daar altijd wanneer wij thuis waren. En ze bewaakte haar laptop en telefoon met haar leven, alsof het verlengstukken van haar waren.

Van de ene op de andere dag was ze het populairste meisje in mijn klas geworden. Alle meisjes wilden haar zijn. Alle jongens wilden haar hebben. Ze waren vol ontzag over haar soepele, langbenige, zorgeloze schoonheid, waren dol op haar stijl en vleiden haar met haar Engelse accent.

Op academisch vlak was ze niet zo'n helder licht. Ze had moeite met haar schoolwerk en wist vreemd genoeg bar weinig van de klassieke Britse auteurs. Toen ik vroeg of ze van George Eliot hield, zei ze dat hij een van haar favoriete Britse zangers was en begon ze te zingen: 'Wake Me Up Before You Go-Go'. Ja, Tanya was geknipt voor Stanford.

Maar ondanks haar academische beperkingen was onze 'Engelse' uitwisselingsstudent slim. Ze had een benijdenswaardige flair om ongestraft dingen te kunnen flikken. Als ze bepaalde opdrachten niet aankon, kreeg ze anderen wel zover dat die haar hielpen. Zo redde ze zich. Vooral onze mannelijke leerkrachten waren vergevingsgezind, waar ik kotsmisselijk van werd.

Het ergste van alles was dat ik haar niet kon ontlopen. Terwijl ik haar al tegenkwam bij alle vakken die ik volgde, behalve scheikunde en beeldhouwen, besloot ze ook nog eens een poging te doen om bij het meisjesbasketbalteam te komen. Ik spoorde haar aan om voor voetbal te gaan, een sport waarvan ze beweerde dat ze die thuis had gespeeld, maar ze wilde per se iets nieuws proberen. Met haar lengte en lenigheid was ze een natuurtalent. *Ze schiet, ze scoort.* Nu mijn beste vriendin en teamgenoot Jordan naar Berkeley was vertrokken, was er een vacature voor een voorhoedespeler in het team; uiteraard kreeg Tanya die plek.

In september trainden we elke dag na school ter voorbereiding op de eerste wedstrijd tegen onze rivaal Huntley Hall, een al net zo prestigieuze particuliere school niet ver van Coldwater. En dus kreeg ik tot taak om Tanya na de training naar huis te rijden. Ze was altijd spraakzaam, wilde dingen weten over mijn ouders en vooral mijn vriendje Lance. Ik was gesloten, en uiteindelijk zei ik dat ze moest kappen met die vragen over mijn privéleven. Het ging haar niets aan. Ze haalde haar schouders op, mompelde whatever en hield zich de rest van de weg met haar telefoon bezig.

Elke dag miste ik mijn beste vriendin Jordan meer. Haar volledige naam was Jordan Jackson, maar iedereen in het team noemde haar Air Jordan, een verwijzing naar de legendarische speler van de Lakers, Michael Jordan. Mijn bijnaam voor haar was Fly, omdat ze niet alleen vleugels onder haar voeten leek te hebben, maar ook stijlvol en aantrekkelijk was, en fel en uniek. Het werd hoog tijd dat we weer eens facetimeden. Ik wilde heel graag met haar bijpraten en mijn gal spuwen over Tanya, maar ik wist dat Jordan nog moest wennen aan het universiteitsleven en wilde haar niet belasten met mijn problemen.

Ondanks alle onrust in mijn leven en het feit dat Tanya erin voorkwam, als een teek onder mijn huid, vloog september voorbij. Op de eerste maandag van oktober begon het basketbalseizoen officieel. We hadden onze eerste wedstrijd tegen het team van Huntley. Hoe vaak ik zo'n dag ook al had meegemaakt, ik was op van de zenuwen. Mijn maag zat in de knoop en mijn huid speelde op met pijnlijke, cysteachtige onderhuidse puistjes die maar niet weggingen. En om alles nog erger te maken, wilde Tanya – de doorn in mijn vlees – met mij meerijden naar de campus van Huntley.

'Kun je niet met iemand anders meerijden?' vroeg ik met overduidelijke irritatie in mijn stem, wensend dat Fly bij me was in plaats van Tanya. Ze droeg haar onlangs lichter gekleurde blonde haar in een hoge paardenstaart en ze had ons teamtenue al aan – een donkerrood met witte short en bijpassende mouwloze jersey – en het kon me niet ontgaan hoe gespierd haar lange, gebruinde armen en benen waren geworden sinds ze bij het team zat. Ze waren altijd al het aanschouwen waard geweest; nu waren ze nog spectaculairder. Ze hoorde thuis op de cover van *Sports Illustrated.*

Ze stond bij mijn Jeep en hield het portier aan de passagierskant open.

'Ik zou ook liever niet met jou meerijden, Paige, en in je walgelijke harige okselgeur zitten, maar het is handiger. Ik kan al mijn spullen in je auto laten liggen en met jou mee naar huis rijden. Al mijn vriendinnen in het team – of die naar de wedstrijd komen – wonen in Beverly Hills of Sherman Oaks en zouden moeten omrijden om mij thuis te brengen. En als we verliezen, zou dat extra vervelend voor ze zijn, terwijl ze waarschijnlijk zo snel mogelijk naar huis willen om hun verdriet te verdrinken.'

Hoewel ik een plotselinge neiging voelde om weg te rijden en haar te laten staan, gaf ik toe. Haar aanwezigheid alleen al werkte me op de zenuwen. Putte me uit.

'Best. Stap in. Maar praat niet tegen me. Ik moet me concentreren op het rijden. En de wedstrijd.'

Met een brutale grijns sprong ze in mijn Jeep. 'Ik weet zeker dat we gaan winnen,' kirde ze terwijl ze haar gordel omdeed. 'O, trouwens, wat is dat voor afgrijselijk iets op je kin?'

In de achteruitkijkspiegel zag ik de monsterlijke puist waaraan ik had zitten pulken, waardoor hij in een vurige rode puinhoop was veranderd. Ik trok grimassend mijn neus op.

'Heeft Lancey erin gebeten en de pus eruit gezogen?'

'Kop. Dicht.'

'Zijn wij even pissig vandaag.' Zonder nog een woord te zeggen haalde ze een geopend pakje kauwgom uit haar rugzak. Haar lievelingssmaak... Trident original. Ze trok er twee sticks uit, pelde ze open, stak ze in haar mond en gooide de papiertjes op de vloermat. Om het nog erger te maken begon ze te kauwen als een koe. Dat was irritant, maar beter dan dat ze aan mijn hoofd bleef zeuren.

De korte rit naar Huntley leek een eeuwigheid te duren. Het enige wat me uit mijn chagrijnige bui haalde, was een berichtje van Jordan.

Break a leg, Merritt!

Dat zei ze altijd voor onze eerste wedstrijd, met een high five. Het had ons altijd geluk gebracht. Toen we op de parkeerplaats van Huntley stonden, stuurde ik terug: Bedankt! Mis je! Love you!

Met een kussende emoji.

Zij sloot af met: F.L.Y.

Dat stond voor *Freaking Love You.*

Met een zelfingenomen glimlach keek ik Tanya aan. '*Break a leg*, Blackstone.'

Die domme blonde griet grijnsde. 'Bedankt.'

Alleen meende ik het echt.

De sporthal van Huntley zat bomvol met leerlingen en een paar ouders. Mijn ouders waren er zoals gewoonlijk niet bij. Mijn moeder had de hele dag vergaderingen om haar komende gala voor te bereiden en mijn vader zat in het vliegtuig, onderweg terug van een bespreking met een cliënt in Dallas. Lance was er ook niet, omdat hij hardlooptraining had. Hij zat in het crosscountryteam en liep bijna dagelijks na school een paar kilometer hard ter voorbereiding op zijn eigen wedstrijden.

Ondanks Lance' afwezigheid waren zijn vrienden er wel. Ik had nog nooit zoveel jongens in het publiek gezien bij een van onze wedstrijden. Daar kon maar één reden voor zijn: het team had nu de hotheid zelve in de vorm van het lange, slanke, prachtige lichaam van speelster nummer twaalf, Tanya Blackstone. Geloof me, die jongens waren geen van allen hier om haar met een bal te zien dribbelen. Eerder om haar grote borsten te zien stuiteren terwijl ze dribbelde. Voor zo'n mager iemand had ze een ongelooflijke voorgevel. Ik vroeg me af of ze implantaten had.

Coldwater en Huntley waren van oudsher rivalen. In het vorige seizoen was het meidenteam van Huntley middelmatig geweest en hadden we ze telkens ingemaakt, maar sindsdien hadden ze zich verbeterd. De bal ging tussen de teams heen en weer, van kant naar kant, en de dribbels waren zo snel dat je ze bijna niet kon volgen. Ik was buiten adem en bezweet. We waren nu bezig met het laatste kwart en stonden gelijk: 45-45. Tanya en ik hadden al veel gescoord, zij drie punten meer dan ik. Ik moest toegeven dat haar beginnersskills buitengewoon waren, en het kon me niet ontgaan hoe luid het Coldwaterpubliek juichte elke keer als ze scoorde.

Er waren nog maar vijf minuten te gaan in de wedstrijd en het was erop of eronder. De bal was bij ons. Met een gebaar van mijn kin gaf ik de speelster met de bal te kennen dat ze hem naar mij moest passen. Hoewel ik nog ongeveer zes meter van het net stond, wist ik zeker dat ik kon scoren. Een heel gefocuste Tanya, met gebogen knieën en uitgestoken armen, hijgde me in mijn nek.

'Achteruit!' riep ik tegen haar toen mijn teamgenote Claire de bal gooide. 'Deze is van mij. Ik regel dit!'

'Néé! Hij is voor mij! Ga uit de wég, dikke koe!'

Er was geen tijd te verliezen. De oranje bal vloog hoog over ons heen en we doken er allebei op af. Tanya sprong voor me, maar terwijl haar armen de lucht in gingen, gaf ik haar een harde zet. De bal suisde langs me heen en Tanya viel op de grond. De scheids blies op zijn fluit voor een time-out. Alles kwam tot stilstand terwijl het Coldwater-publiek joelde en beide teamcoaches het veld op renden. Ik keek naar Tanya. Ze hield haar rechterenkel vast.

'Je duwde me expres!' riep ze met giftige stem en tranen in haar ogen.

'Tanya, gaat het wel?' vroeg onze bezorgde coach meneer Whitney, een heel knappe en populaire leraar Engels. Hij hurkte bij haar neer en legde zijn handen om haar schouders, een beetje te teder. Het was overduidelijk dat hij een oogje op haar had. Zoals alle kerels op school.

'Kun je lopen?' vroeg de Huntley-coach, een vrijwilliger die al net zo hoteldebotel van haar was. *Engerd!*

Tanya grimaste. 'Weet ik niet.'

Ik keek toe terwijl ze haar overeind hielpen. Ze zakte met een van pijn vertrokken gezicht door haar enkel.

'Hou ons maar vast,' zei coach Whitney bijna kwijlend.

'O, bedankt,' kirde Tanya, fladderend met haar lange wimpers.

De actrice. Ik durfde te wedden dat ze fakete.

Ze legde haar armen om de twee coaches heen en hupte op één voet van het veld af. Mijn teamgenoten juichten en klapten voor onze topscoorder, samen met het verliefde publiek. Tanya blies ze theatraal handkusjes toe. De fans op de tribune gaven haar een staande ovatie en zongen haar naam steeds opnieuw, steeds luider. *Tan-ya. Tan-ya.* Het leek wel een op hol geslagen kudde rockfans. Ik moest haast kotsen.

Om het nog erger te maken verloren we de wedstrijd met slechts twee punten. En iedereen gaf mij de schuld omdat ik de bal had ingepikt. Met een zwaar gemoed reed ik alleen naar huis nadat ik Tanya nergens meer had kunnen vinden.

Ik had haar een gebroken been toegewenst. Helaas had ik moeten denken aan de wijze woorden van mijn geliefde oma, want die had altijd gelijk.

Pas op met wat je wenst.

12

Paige

Alle lichten waren aan toen ik thuiskwam. Nadat ik mijn Jeep naast de auto's van mijn ouders in de garage had gezet, sloop ik via de zijdeur het huis in. Ik vroeg me af of Tanya al terug was en mijn ouders over het incident had verteld. Misschien was ze naar de eerste hulp gebracht en onderweg door een vrachtwagen aangereden? Of was dat te veel gevraagd?

Zonder langs de keuken te gaan voor een snack of een dringend noodzakelijk glas water, ging ik meteen door naar mijn eigen kamer en liep naar de badkamer. Ik wist niet of ik moest plassen, poepen of kotsen, toen ik plotseling stemmen in Tanya's kamer hoorde.

Haar badkamerdeur zat niet op slot, dus ik gooide hem open. Mijn ogen werden groot, mijn mond viel open en ik had een lang moment nodig om te herstellen.

Ik bleef stokstijf in de deuropening staan. 'Lance, wat doe jij hier?' vroeg ik. Hij zat in zijn trainingspak op de rand van Tanya's bed, met haar voet op zijn gespierde bovenbenen, en hield een icepack tegen haar verbonden enkel.

'O... hoi, Paige.'

'Geef antwoord.'

'Ik was vroeg klaar met trainen en kwam even bij jullie wedstrijd kijken. Toen ik Tanya met een verbonden enkel buiten op je moeder zag staan wachten, heb ik haar een lift aangeboden. Het was het minste wat ik kon doen.'

'O, en heb je haar vervolgens het huis in en de trap op gedragen, Sir Lancelot?' De gedachte aan Tanya in zijn armen maakte me nog misselijker dan ik al was.

'O ja, zeker,' antwoordde Tanya dromerig, met een warme glimlach naar Lance die ik eerder flirterig dan dankbaar vond.

Ik wilde die lach als een pleister van haar gezicht rukken. En die dan op hém plakken. Voordat ik iets kon doen of zeggen waar ik spijt van kreeg, zwaaide haar slaapkamerdeur open en kwam mijn moeder binnen met een stel krukken. Ik geloof niet dat ze doorhad dat ik er ook was, want haar blik vol medeleven ging rechtstreeks naar Tanya toe.

'Arme lieverd. Kijk, deze hadden we nog in de kruipruimte liggen. Nog van Anabel, van toen ze haar kruisbanden had gescheurd bij het skiën in Aspen. Jij bent ongeveer even lang als zij, dus ik denk dat jij ze ook kunt gebruiken.'

Nog steeds onzichtbaar keek ik toe terwijl Tanya opstond en de krukken onder haar oksels zette. Aarzelend, met haar verbonden voet omhoog, deed ze een stap. En toen nog een.

Mijn moeder straalde. 'Dat gaat geweldig goed, Tanya. Anabel had een week nodig om eraan te wennen.' Ze wierp een blik op Lance. 'Lance, lieverd, ik wil niet dat ze op die krukken de trap af gaat. Veel te gevaarlijk.'

Er zakte een sluier van ongerustheid over haar heen. Ze dacht waarschijnlijk terug aan Anabels fatale ongeluk. Hoe vals het ook klinkt, ik wenste Tanya hetzelfde toe. *Ta-ta!*

Mijn moeder kapte mijn overpeinzingen af. 'Lance, jij bent een sterke, knappe jongeman. Denk je dat jij Tanya de trap af kunt dragen? En natuurlijk zouden we het heel fijn vinden als je bleef eten.'

'Natuurlijk, mevrouw Merritt,' antwoordde mijn o zo galante vriendje. Prompt tilde hij Tanya moeiteloos op. Met een grijns naar mij sloeg Tanya haar armen om zijn gespierde schouders.

Mijn handen waren tot vuisten gebald terwijl ik achter ze aan de trap af liep.

Hoe moeilijk zou het zijn om ze een zetje te geven?

Ik wilde haar uit mijn leven weg hebben.

Wat er ook voor nodig was.

13
Paige

De volgende paar dagen waren een hel. Iedereen bemoederde Tanya, die op haar krukken door het huis hobbelde. Ik zweer het je: als er aliens waren geland, dan zouden die haar ook hebben bemoederd.

Er was één uitzondering: ondergetekende, die nog niet het kleinste dingetje voor haar wilde doen alleen maar omdat ze het zelf niet kon. Lance had net zo goed bij ons kunnen intrekken, want mijn ouders hadden hem nodig om haar 's avonds de trap op te dragen en 's morgens weer naar beneden. Soms droeg hij haar in zijn armen, soms op zijn rug of over zijn schouder als een brandweerman, en die twee bleven maar giechelen. Meer dan eens wilde ik ze allebei van de gebogen marmeren trap af duwen. Hoewel mijn vader haar waarschijnlijk ook wel heen en weer had kunnen zeulen, was mijn moeder bang dat hij door zijn rug zou gaan, die af en toe opspeelde door een oude tennisblessure. Lance vond het prima om te helpen. Een beetje té prima, als je het mij vroeg.

De fysieke nabijheid tussen Lance en Tanya knaagde aan me als een vleesetende bacterie. En het bleef er niet bij dat hij haar de trap op en af hielp. Hij reed haar elke ochtend naar school en 's middags weer naar huis, droeg haar boeken van het ene lokaal naar het andere en, het meest verontrustend, hing rond in haar kamer om met haar huiswerk te helpen, terwijl ik wist dat hij al moeite genoeg had met zijn eigen huiswerk.

Ze hield beide deuren van haar slaapkamer op slot en ik vroeg me af wat ze daar écht deden. Als ik mijn oor tegen de badkamerdeur aan haar kant legde, hoorde ik vaak gegiechel en soms muziek. Ik folterde mezelf met de verwachting van gekreun en gehijg. Er bestond een woord voor iemand zoals ik, had ik geleerd bij psychologie: ik was een masochist.

Mijn enige troost was mijn broertje Will. Terwijl ik met hem rondhing op zijn nerdtroon, op Dag Drie van deze waanzin, vertelde ik hem mijn diepste, duisterste angst: ik raakte Lance kwijt aan onze manipulatieve uitwisselingsstudent.

'Heb je hem ermee geconfronteerd?' vroeg Will.

'Ja, toevallig wel. Hij vindt me jaloers. Misschien zelfs paranoïde.'

'Wil je écht weten wat er achter die gesloten deuren gebeurt?'

Ik dacht even over die vraag na. Wilde ik dat? Kon ik het aan als ik zou ontdekken dat mijn vriendje vreemdging met Tanya? Ik was maagd gebleven voor Lance, maar misschien was zij me al voor geweest en zijn eerste geworden. Ik voelde een steek van pijn diep vanbinnen terwijl ik mijn broers vraag beantwoordde.

'Ja.'

Will schonk me zijn geinige ik-kan-alles-oplossen-grijns. Hij had mijn deurklink al vervangen door een nieuwe, die automatisch op slot ging als ik de slaapkamerdeur achter me dichttrok. Ik had een sleutel nodig om weer binnen te komen, maar dat kleine ongemak was de moeite waard om Tanya buiten te houden. Ik keek toe toen Will zijn laptop openklapte. Zijn handige vingers gleden over het toetsenbord als een pianist, en toen draaide hij de computer om zodat ik het scherm kon zien.

Ik bekeek de afbeelding die erop stond. 'Wat is dat?'

'Een spycam. Als ik hem nu bestel, kunnen ze hem morgenochtend al leveren. We spijbelen het laatste lesuur om hem op te hangen. We kunnen een app op je telefoon en laptop installeren, dan kun je elke middag naar *De Lance en Tanya Show* kijken.' Hij maakte aanhalingstekens in de lucht.

Ik moest lachen. Hij liet het klinken als een afgezaagde talkshow. Of een heel slechte soapserie.

'Ga jij niet met me meekijken?'

Mijn broertje trok een gezicht. '*No way*. Walgelijk!'

Ik lachte weer, maar het gezicht van mijn broertje werd serieus.

'Luister: als je iets ziet waarvan je zou willen dat je het niet had gezien, moet je niet helemaal emo tegen mij gaan doen. Zo wel, dan ben ik klaar met Operatie Tanya. Punt uit.' Hij mimede theatraal dat hij zijn handen afklopte.

'Deal!' Ik gaf hem een klinkende high five.

'Deal!'

Naderhand dacht ik na over de gevolgen. Aan de ene kant had ik niets te verliezen.

Aan de andere kant had ik alles te verliezen.

De volgende dag knepen Will en ik er voor het laatste lesuur al tussenuit, maar ons plan liep niet zo gesmeerd. Er waren wegwerkzaamheden op de route naar huis waardoor we drie kwartier vertraging opliepen, dus hadden we weinig tijd om de spycam te installeren, die op ons lag te wachten op de oprit. Will sprong uit de auto om het pakketje te onderscheppen terwijl ik mijn Jeep in de garage zette. Mijn ouders waren allebei niet thuis.

Ik had gehoopt in Tanya's kamer te kunnen snuffelen, die verrassend genoeg opgeruimd was, maar er was niet genoeg tijd. Will had binnen no time de piepkleine camera in een hoek van het plafond opgehangen. Er zat een kleine, draaiende lens in die verschillende hoeken van de kamer kon opnemen: haar bureau en bed en een stukje erachter. Omdat hij wit was, viel hij niet op en leek hij op een rookmelder. De kans was groot dat onze Insta-queen, altijd met zichzelf bezig, hem niet eens zou opmerken.

Terwijl Will bezig was, hoorde ik voetstappen en giechelend geklets in de gang. *Zij*. Net op tijd was de installatie voltooid. We ontkwamen ternauwernood via de badkamer naar mijn kamer, en Will holde naar zijn eigen kamer zodra de kust veilig was.

Showtime. De eerste aflevering van *De Lance en Tanya Show*. In kleermakerszit op mijn bed barstte ik van de zenuwen. Aan de ene kant wilde ik mijn laptop dichtklappen. Er kwam weer een wijze uitspraak van oma in me op – *zalig zijn de onwetenden* –, maar die negeerde ik.

Met mijn hart in mijn keel staarde ik naar mijn scherm terwijl Tanya's deur opengind. Ze hobbelde de zuurstokroze kamer in. Lance kwam achter haar aan. Hij trapte met zijn hak de deur dicht terwijl Tanya op een afstandsbediening drukte en muziek opzette. Een trage danceremix van 'I've Just Begun Having My Fun' van Britney Spears werd afgespeeld.

Mijn ogen vielen bijna uit mijn hoofd toen Tanya haar krukken op het bed smeet en begon te dansen in de armen van mijn vriendje. Er was helemaal níks aan de hand met haar enkel! Zonder met mijn ogen te knipperen hield ik mijn blik alleen maar op het scherm gefixeerd terwijl ze perfect synchroon meedeinden met de muziek. Tanya's hoofd lag tegen zijn borst, haar ogen verrukt gesloten, en Lance danste met een dromerige glimlach en zijn armen om haar smalle middel.

Een vuurbol van woede schoot door mijn aderen, waardoor ik dacht dat ik spontaan zou ontbranden. Ik sprong van mijn bed en in mijn haast, hoe stom, struikelde ik over mijn oplaadsnoer en belandde hard op de vloer. Een scherpe pijn schoot vanuit mijn rechterenkel omhoog. Straks had ik die krukken nog zelf nodig, als ze geen onderdeel werden van een forensisch onderzoek.

Dankzij de adrenaline kon ik de brandende pijn in mijn voet negeren en mijn kamer uit stormen. Half sprintend, half strompelend rukte ik de deur naar Tanya's kamer open. Mijn gezicht was zo heet dat mijn wangen gloeiden.

Bijna imploderend bleef ik in de deuropening staan. 'Lekker aan het leren?'

Tanya en Lance hielden abrupt op met dansen. Tanya grijnsde naar me terwijl Lance knalrood werd.

'Paige, het is niet wat je denkt!' stamelde hij, en hij gooide afwerend zijn handen in de lucht.

'Ik heb ógen.' Ik strompelde naar de krukken op het bed en zette ze onder mijn oksels. Met een vertrokken gezicht loerde ik naar Tanya. 'Heb je deze nog nodig?'

'O, het gaat al veel beter met mijn voet.' Met een onnozele glimlach keek ze naar haar nog verbonden enkel en draaide ermee. 'En even ter informatie, ik leerde je vriendje slowdancing, voor het komende gala van je moeder waarvoor we zijn uitgenodigd. Iets wat een Logge Klosser als jij nooit zou kunnen.' Een korte stilte. 'Graag gedaan.'

Lance keek naar mij en zijn gezicht ontspande wat. 'Dat is echt zo, Paige. Tanya heeft me leren dansen in ruil voor wiskundebijlessen.'

'Aangezien jíj me die niet wilt geven,' voegde Tanya eraan toe.

Ik haalde een paar keer adem door mijn neus. 'Ik denk dat je beter naar huis kunt gaan, Lance.'

Zonder een woord te zeggen pakte hij zijn rugzak en liep snel de kamer uit.

Op de krukken strompelde ik terug naar mijn eigen kamer. Ik had ze niet echt nodig, maar ze zouden een goed wapen zijn als ik me ooit tegen haar moest verdedigen.

Ik besloot Lance het voordeel van de twijfel te geven en hem te geloven. Tanya vertrouwde ik voor geen meter.

Die spycam bleef hangen. En elke dag na school zou ik naar *De Tanya Show* kijken en al haar bewegingen in de gaten houden.

Uiteindelijk zou ik iets vinden om tegen haar te gebruiken.

14
Natalie

Op vrijdag kreeg ik een onverwachte gast.

Mijn schoonmoeder Marjorie Merritt. De ene helft van het stel dat Matt en ik grappend de M&M's noemden. Martin, haar man, was in La Jolla voor een golftoernooi dit weekend, en Marjorie had spontaan besloten naar Los Angeles te komen om bij Paige en Will langs te gaan, haar enige kleinkinderen als je Anabel niet meetelde. De droevige waarheid was dat Anabel misschien inderdaad niet meetelde. Marjorie had nooit om haar gegeven en had daar ook geen geheim van gemaakt toen ze nog leefde.

Mijn relatie met mijn schoonmoeder was in de loop der jaren verbeterd. Aanvankelijk had ze ijzig kil tegen me gedaan. Haast wraakzuchtig. Ze was ervan overtuigd dat het mijn idee was geweest om stiekem met Matt te trouwen, al was het zijn idee, en nam het mij kwalijk dat ze nooit de kans had gehad om een uitgebreide bruiloft te organiseren. Ze vertrouwde me niet – en respecteerde me niet – en dacht dat ik een golddigger was die haar zoon erin had laten lopen door zwanger te worden. Maar na verloop van tijd had ik haar ongelijk bewezen. Ze raakte onder de indruk van mijn vele liefdadigheidswerk, van mijn goede smaak en van mijn normen en waarden. Ze was van de oude stempel en vond dat een vrouw thuis hoorde te blijven. Om het huis gezellig te maken en voor haar man en kinderen te zorgen, en eventuele vrije tijd te gebruiken om de wereld een beetje te verbeteren. Ze vond ook dat een echtgenote de andere kant op moest kijken als de blik van haar man afdwaalde. Misschien had ik dat moeten doen.

Hoewel ik mijn relatie met mijn schoonmoeder nog steeds niet goed zou noemen, was hij op z'n minst beleefd. Ze hield afstand en had een kamer genomen in het nabijgelegen Four Seasons, en morgenochtend zou ze langs de kust doorrijden om zich bij haar man aan te sluiten.

'Je ziet er goed uit, Natalie,' zei ze toen we met gin-tonics in de woonkamer zaten, tegenover elkaar op de damasten banken. Ze dronk het liefst gin-tonic met een schijfje limoen, en hoewel ik veel liever een glas wijn had, had ik besloten met haar mee te doen. Ze nam een slokje van haar cocktail met ijs. 'Hoe gaat het tussen jou en Matthew?'

Marjorie noemde haar middelste kind altijd bij zijn volledige naam en had mij nog nooit Nat genoemd.

'Helemaal prima,' zei ik terwijl ik mijn hoge glas op de salontafel tussen ons in zette. Marjorie had me na de dood van Anabel op mijn dieptepunt gezien en was een poosje bij ons komen logeren om voor de kinderen te zorgen terwijl ik als een verlept plantje in bed lag. Ze had geen idee wat er echt was gebeurd. Anabels tragische ongeluk was er slechts een deel van.

'En hoe gaat het met de kinderen?'

Marjorie aanbad Will en Paige, en daar was ik dankbaar voor, want ik had zelf nooit liefdevolle grootouders gehad. Samen met Matts broer en zus gaven ze de kinderen een gevoel van familie, wat belangrijk voor me was.

'Goed. Paige gaat zich inschrijven bij een universiteit en Will is bezig met allerlei cyberdingen waar ik niets van snap.'

'Waar wil Paige zich inschrijven?' Mijn schoonmoeder had een zwak voor Paige. Misschien omdat ze op elkaar leken, al was Marjories haar nu zilvergrijs en in een korte, chique bob geknipt. Ze deelden ook veel dezelfde interesses, de voornaamste hun passie voor kunst.

'Zoals je weet, wil ze graag naar de Rhode Island School of Design, maar Matt staat erop dat ze zich aanmeldt bij Stanford.'

Mijn schoonmoeder trok een afkeurend gezicht. 'Niet iedereen hoeft net zoals Matthew en zijn vader naar Stanford te gaan om iets te kunnen betekenen in de wereld. Paige moet gaan studeren waar ze wil; succes is een nevenproduct van geluk. En ze is nog jong. Voordat ik morgenochtend naar La Jolla vertrek, zal ik even met Matthew praten.'

Ik glimlachte dankbaar. 'Dat zou ik op prijs stellen. Misschien dat hij naar jou luistert.'

Net toen ik van onderwerp wilde veranderen schalde er een charmante stem door de kamer.

'Hoi, Natalie. Ik dacht al dat ik hier stemmen hoorde.'

Tanya. Marjories blik volgde de mijne toen ik haar kant op keek.

'O, hallo, lieverd!' Tanya zien vrolijkte me altijd op. Ik was blij dat haar verstuikte enkel snel was genezen. We waren hechter geworden in de afgelopen week en ze had me nog een paar keer heel goed geholpen bij het organiseren van het gala, dat nu al over een paar weken was. Daarom was ik ook blij dat Marjorie na het avondeten naar haar hotel terugging: ik had heel veel te doen en mijn vooringenomen schoonmoeder zou me alleen maar in de weg lopen.

Marjorie bekeek Tanya met getuite lippen. 'Natalie, is dit de uitwisselingsstudent uit Londen over wie je me verteld hebt? Ik hoopte al dat ik haar zou kunnen ontmoeten.'

'Ja, dat klopt.' Ik wenkte glimlachend. 'Tanya, kom eens hier. Ik wil je voorstellen aan mijn schoonmoeder, Marjorie Merritt. Paige en Wills oma,' voegde ik eraan toe terwijl ze dichterbij kwam. 'Marjorie, dit is Tanya Blackstone.'

Tanya stak haar hand uit en mijn schoonmoeder stond op om die te drukken. 'Hallo.' Haar stem klonk zo ijzig dat je ervan zou gaan rillen.

'Mag ik u omhelzen?' vroeg Tanya.

'Een handdruk is wel voldoende.'

Alsof onze uitwisselingsstudent de pest had, maakte Marjorie zich los uit Tanya's greep en ging weer zitten. Ze streek haar grijze flanellen pantalon glad en kruiste haar enkels, waardoor je blik automatisch naar haar klassieke Ferragamo-instappers ging. Ze droeg nooit iets anders; volgens mij had ze die schoenen in alle kleuren.

'Kom even bij ons zitten,' zei ik tegen Tanya, en ik gaf een klopje op het dikke kussen links van me.

'Heel graag.' Ze plofte naast me neer, zette haar rugzak naast haar voeten en bekeek onze hoge glazen. 'Wat drinken jullie?'

'Gin-tonic.' *En nee, jij krijgt niet.*

Gelukkig vroeg ze me niet om een cocktail of een glas wijn in het bijzijn van mijn hyperkritische schoonmoeder, maar bekeek ze haar alleen onderzoekend. 'Marjorie –'

'Zeg maar mevrouw Merritt.'

Ik was gepikeerd om de hooghartige houding van mijn schoonmoeder, maar Tanya leek er niet mee te zitten en gehoorzaamde gewoon.

'Natuurlijk, mevrouw Merritt. Ik wilde alleen maar zeggen dat ik uw trui heel mooi vind. En die parels zijn echt prachtig.'

Marjorie keek naar haar zalmroze kasjmiertrui met ronde hals en een snoer van Zuidzeeparels met een diamanten sluitinkje, een erfstuk dat meer dan honderdduizend dollar waard was. Op een dag zou Paige het erven.

'Dank je,' zei Marjorie, en ze richtte haar blik weer op Tanya. 'Vertel eens, Tanya, waar in Londen woon je? Mijn man en ik zijn er heel vaak geweest. Het is een van mijn lievelingssteden.'

'De mijne ook! Papa en ik wonen in Belgravia.'

Marjorie knikte. 'Mooie buurt. Woon je dicht bij een park?'

'Niet ver ervandaan.'

'Welk park?' Marjories toon klonk steeds meer als een kruisverhoor. 'Er zijn er zoveel.'

'Kingsington Park.' Tanya pakte haar rugzak en stond haastig op. 'Het was heel leuk om kennis te maken, mevrouw Merritt, maar als u het niet erg vindt, ik heb een heleboel huiswerk.'

'Natuurlijk. We praten bij het avondeten wel verder.'

'Zeker.' Met een stralende glimlach draaide Tanya zich om en zwierde de kamer uit.

Toen ze weg was, nam ik nog een slokje van mijn gin-tonic.

'Charmant is ze, hè, Marjorie? Het is zo prettig om haar hier te hebben.'

Marjorie roerde in haar drankje en keek me toen nadrukkelijk aan. 'Hoe heb je dat meisje gevonden?'

'Via een geaccrediteerd uitwisselingsprogramma.'

'Hoeveel weet je van haar?'

'Nou, haar moeder overleed toen zij geboren werd en haar vader is diplomaat. Ze zit op een chique particuliere school buiten Londen.'

'Hmm.' Marjorie fronste. 'Hoewel ze uit een beschaafde, gegoede familie lijkt te komen, klopt haar accent niet.'

Ik hield mijn hoofd schuin. 'Hoe bedoel je?'

'Individuen met haar achtergrond spreken Queen's English. Zij niet. In feite kan ik haar accent niet eens plaatsen.'

'Misschien heeft haar omgang met Amerikaanse tieners invloed gehad op haar accent,' voerde ik aan.

'Maar dat is niet het enige. Ze sprak de naam van het gedeelte van Londen waar ze woont verkeerd uit. Je zegt Belgrévia, niet Belgrávia. En Kingsington Park bestaat helemaal niet. Het heet Kensington Gardens. Ik vind die faux pas heel vreemd en een beetje onrustbarend. O, en ze noemde mijn top een trui, terwijl elke Brit die ik ken het een *jumper* zou noemen.'

'Ze was waarschijnlijk gewoon nerveus omdat ze jou ontmoette.' Ik grapte soms tegen Matt dat ik zijn moeder eigenlijk 'Uwe Majesteit' zou moeten noemen. Hij was het daar niet mee oneens.

Marjorie dronk haar glas leeg. 'Ik zeg alleen maar dat je niet altijd op uiterlijkheden kunt afgaan.' Ze stond met het glas in haar hand op en bood aan om te helpen met het klaarmaken van het eten.

Hoezeer ik haar aanbod ook op prijs stelde, ik had veel liever Tanya bij me in de keuken. Dan konden we stiekem een glas wijn drinken en lachen. En ik kon haar alles vertellen zonder angst om te worden veroordeeld. Nou ja, bijna alles. Mijn geheimen waren van mij. Uitsluitend mijn last.

Mijn schoonmoeder won de prijs voor Meest Kritische Vrouw Ter

Wereld. Als zij mijn geheimen kende, zou ik uit deze familie worden verbannen.

En daar zou het niet bij blijven.

15

Natalie

Bij het avondeten ging het er levendiger aan toe dan gebruikelijk, want Paige en Will waren blij om hun grootmoeder te zien. Hoewel Marjorie en Martin niet zo ver bij ons vandaan woonden – San Francisco lag op zes uur rijden of iets meer dan een uur vliegen – zagen we ze nog maar drie of vier keer per jaar: met Thanksgiving, op hun verjaardagen en af en toe met kerst. Steeds minder sinds Anabels overlijden, omdat de drukke schoolroosters en buitenschoolse activiteiten van de kinderen voorrang kregen. Dus was dit onverwachte bezoekje een bonus voor hen.

Met zijn dominante moeder aan tafel kon Matt niet de hele tijd over zijn werk of politiek praten. Marjorie nam het over en richtte zich op de kinderen. Ze was blij te horen dat Wills roboticateam de eerste prijs had gewonnen en doorging naar de staatsfinale, en ze was verbaasd dat hij zo was gegroeid. 'Je gaat je vader voorbij en wordt nog véél knapper.'

Will straalde, trots op zijn prestaties. Ik had het gevoel dat hij op een dag naar MIT zou gaan en ingenieur zou worden. Dat hij zou breken met de familietraditie van mannen die de financiële business in gingen.

Marjorie richtte haar aandacht op Paige. 'Ben je afgevallen, lieverd?' Ze zei het niet alsof het een compliment was.

'Een beetje,' antwoordde mijn dochter, die met lange tanden haar salade at. Met de hulp van mijn schoonmoeder had ik een maaltijd bereid waar Paige geen aanstoot aan kon nemen: penne met pestosaus, boerenkoolsalade met quinoa en geroosterde asperges met knoflook.

'Voel je je wel goed?' vroeg Marjorie bezorgd.

'Ze is vegan geworden!' zei Tanya ineens.

Marjorie had haar tot nu toe genegeerd, maar wierp haar nu een vernietigende blik toe. 'Pardon, jongedame. Ik praatte niet tegen jou.' Ik voelde dat ik boos werd toen ze haar blik weer op mijn dochter richtte.

'Ja, oma. Ik volg nu een vegan dieet.'

'Vertel me daar eens over.'

Paige vertelde over haar nieuwe aversie tegen het eten van vlees en dierlijke producten. Tot mijn verbazing keurde mijn schoonmoeder dat goed en vertelde ze Paige over haar recente betrokkenheid bij dierenrechtenorganisaties en tegen het broeikaseffect. 'We hebben meer jonge mensen zoals jij nodig om onze planeet te redden.' Ze nam een slokje wijn. Vanavond een heerlijke pinot grigio. 'En hoe gaat het met je vriendje? Lance, toch?'

'Ja, klopt. Je hebt een goed geheugen, oma.' Mijn dochter keek even zijdelings naar Tanya voordat ze doorging. 'Het gaat goed.'

Ik hoorde twijfel in haar stem. Het was me opgevallen hoeveel Lance en Tanya met elkaar omgingen. Ik nam me voor daar met Paige over te praten, maar wist niet zeker of ze zich voor me zou openstellen. Het gesprek tussen mijn schoonmoeder en dochter ging door, maar nu over een ander onderwerp.

'Dus, lieverd, je moeder zegt dat je je in universiteiten aan het verdiepen bent. Dat je belangstelling hebt voor de Rhode Island –'

Matt kapte zijn moeder af. 'Ze gaat zich inschrijven bij Stanford. Dan zul je haar heel vaak kunnen zien. Palo Alto is maar een halfuur rijden van San Francisco.' Zijn blik ging naar Paige. 'Hoe gaat het trouwens met je inschrijving?'

Paige keek hem strak aan. 'Niét!'

'Hoe bedoel je?' vroeg mijn man met boosheid in zijn stem.

'In godsnaam, Matthew,' snauwde Marjorie. 'Laat haar met rust. Ze moet naar de universiteit van haar eigen keuze gaan.'

'Ik ga me wél inschrijven bij Stanford!' kraamde Tanya trots uit.

Mijn schoonmoeder keek haar met een ijzig gezicht aan. 'Eerlijk gezegd, lieverd, kan me dat niets schelen. Jij bent níét mijn kleindochter.'

'Marjorie!' snauwde ik, wensend dat ik haar kon vragen die onbeschofte opmerking terug te nemen. Maar dat kon ik niet doen. Het zou uitmonden in een lelijke patstelling die ik nooit zou winnen. Hare Majesteit was een natuurkracht en kon zeggen wat ze wilde, wanneer ze maar wilde. Ze gebruikte haar macht graag.

Omdat ik medelijden had met onze uitwisselingsstudent stond ik bijna op om haar een knuffel te geven. Tot mijn grote opluchting deed ze heel even haar mond open, maar liet hem weer dichtvallen en ging verder met eten. Eigenlijk had ze door niet te reageren gewonnen van mijn neerbuigende schoonmoeder, wier aandacht nu werd afgeleid door haar zoon.

'Moet je horen. Mijn nieuwe cliënt, een belangrijke sportzender, heeft me een paar tickets voor de Lakers gegeven. Vipplaatsen.'

Paige' blik klaarde op. Ze was gek op de Lakers, het populaire basketbalteam van Los Angeles, en ging dolgraag naar hun wedstrijden, ondanks onze zitplaatsen helemaal boven in het stadion. Ze was er stuk van geweest toen haar idool Kobe Bryant en zijn tienerdochter omkwamen bij een helikoptercrash. Ze huilde er dagenlang om en had zelfs een levensechte sculptuur van hem gemaakt, die ze in haar atelier had staan om hem te gedenken.

'O, pap! Wat gewéldig! Voor wanneer zijn die tickets?'

'De laatste zaterdag in oktober. Maar ik wil Tanya meenemen.'

Paige' mond viel open en haar gezicht betrok. 'Wát?'

'Rustig, Paige. Er komen nog wel andere tickets. Ik vond alleen dat ik Tanya een unieke Amerikaanse ervaring moest bieden zolang ze hier is. Een evenement dat ze nooit zal vergeten.'

'O god! Wat opwindend,' gilde Tanya terwijl de tranen mijn dochter in de ogen sprongen.

Paige was er kapot van, maar hield haar tranen binnen, stond op en excuseerde zich moedig om haar huiswerk te gaan doen. Ze gaf haar oma een knuffel. 'Ik hou van je, oma. Rij voorzichtig naar La Jolla en doe opa de groeten van me. Ik kan niet wachten om jullie allebei met Thanksgiving te zien.'

Nadat ze een verschroeiende blik op haar vader had geworpen vluchtte ze de kamer uit. Will ging achter haar aan.

'Heb ik iets verkeerd gezegd?' vroeg Matt eerder onthutst dan schuldbewust.

'Lieverd, als jij nou eens naar je kantoortje gaat? Ik ruim hier wel op.'

'Best.' Hij stond op en was snel weg.

Nu waren alleen wij drieën nog over. Ik, mijn schoonmoeder en Tanya.

'Natalie, kan ik je helpen met opruimen?' vroeg onze uitwisselingsstudent.

Marjorie antwoordde al voordat ik dat kon doen, alweer met die ijzige stem. 'Tanya, ik wil graag even met Natalie praten... alléén. Dus als jij nou eens naar de kinderen boven gaat?'

Tanya keek nijdig, maar toen glimlachte ze breed. 'Ik begrijp het. Veel plezier in La Jolla, en ik hoop u snel weer te zien.'

Mijn schoonmoeder keek haar met een onbewogen gezicht na toen ze de kamer uit glipte.

Geen zoenen.

Geen omhelzingen.

De laatste borden waren in de vaatwasser gezet.

'Wil je nog een slaapmutsje voordat je teruggaat naar je hotel?' vroeg ik aan mijn schoonmoeder.

'Alleen koffie. Decaf, als je hebt.'

Ik maakte snel de koffie met onze Keurig, zette de twee dampende mokken op het keukeneiland en we goten er allebei een wolkje half en half bij uit een porseleinen kannetje. Onze favoriete manier van koffiedrinken was een van de weinige dingen die we gemeen hadden.

Na een slokje van het loeihete drankje nam Marjorie het woord. 'Ik maak me zorgen.'

Mijn wenkbrauwen gingen omhoog. 'Waarover?'

'Over Paige. Ze lijkt ongelukkig.'

Ik nam ook een slokje. 'Het laatste schooljaar is lastig. Inschrijvingen bij universiteiten, het onbekende dat voor je ligt. Het is heel stressvol. Zoveel druk.'

'Ja, dat ben ik met je eens, maar het is meer dan dat.'

Ik keek haar in de ogen. 'Hoe bedoel je?'

'Ik voel een heleboel frictie tussen Paige en jullie uitwisselingsstudent.'

'Ik snap wel dat ze teleurgesteld is omdat Matt Tanya naar de Lakers meeneemt in plaats van haar.'

'Ze leek er stuk van. Ik voeg het toe aan het lijstje van dingen die ik van plan ben met hem te bespreken.'

'Succes. Je kent Matt. Als hij eenmaal een besluit heeft genomen, krijg je het niet meer uit zijn hoofd.'

'Hij is koppig, net als zijn vader.' Ze nam nog een slokje koffie. 'Kunnen ze het met elkaar vinden?'

'Wie? Matt en Paige?'

Ze keek me scherp aan. 'Nee. Paige en je uitwisselingsstudent.'

Ik aarzelde even. 'Ja, min of meer. Het is geen perfecte relatie. Je weet hoe meisjes zijn. Je weet hoe het was met Anabel.'

'Ik zeg het liever niet, maar laten we eerlijk zijn: we weten allebei dat Anabel nogal verwend was.'

Dat stak me. Maar het was wel waar. Ja, ik had Anabel verwend, maar vanuit een behoefte. Vanuit schuldgevoel. Ik beet op mijn onderlip zodat ik niets zou zeggen waar ik spijt van kreeg. Ondanks al haar tekortkomingen had ik met heel mijn hart van Anabel gehouden. Nog steeds.

Marjorie zag de pijn op mijn gezicht. 'Het spijt me, Natalie. Dat meende ik niet. Martin en ik hielden net zoveel van Anabel als van Paige en Will. We hadden alleen het idee dat we haar nooit tevreden konden stellen.'

Ik dacht terug aan een kerst van lang geleden, toen haar grootouders een mooie driewieler voor haar hadden gekocht en zij een driftbui kreeg omdat hij rood was in plaats van roze. En aan haar dertiende verjaardag, toen ze een nieuwe laptop kreeg, die ze niet wilde omdat het een MacBook Air in plaats van een MacBook Pro was. Ik neem aan dat het mijn schuld was dat ze zo lastig was, want vanaf het moment dat ze was geboren had ik gezworen haar alles te geven wat ik nooit had gehad. Alles wat ze wilde. En Matt maakte dat mogelijk.

Terugkijkend op het verleden voelde ik berouw in me opkomen. 'Anabel was een veeleisend kind. Ik denk dat ze zo geboren was.' Ik zou niet toegeven dat ik haar zo had gemaakt terwijl mijn schoonmoeder me zo onderzoekend bekeek.

'Ik geloof niet dat kinderen met een bepaald karakter geboren worden. Ze zijn wat je van ze máákt. Producten van hun omgeving.'

De waarheid was: ik geloofde dat sommige kinderen wél boosaardig geboren werden. Rotte appels die uitgroeien tot verkrachters, moordenaars en seriemoordenaars. Ongeacht wat hun ouders deden om ze te helpen, het zat in hun genen. Maar ik had geen zin om daarover met haar in discussie te gaan, dus was ik blij toen Marjorie op haar horloge keek en zei dat ze ervandoor moest.

Ik volgde haar met mijn blik toen ze opstond. Ze spoelde de rest van haar koffie door de gootsteen en zette de lege mok in de vaatwasser.

Toen draaide ze zich om en keek me recht aan. 'Natalie, ik weet dat we onze geschillen hebben gehad, maar je moet meer tijd doorbrengen met Paige. Die twijfelachtige uitwisselingsstudent neemt te veel van je tijd in beslag. Je dochter komt op de eerste plaats.'

Vervolgens regelde ze een Uber, en toen het tijd werd om afscheid te nemen gaf ze me een kus op mijn wang alsof ik naar gif smaakte.

Toen ik haar had uitgezwaaid bleef ik nog even buiten om de frisse herfstlucht in te ademen. En om na te denken over wat ze had gezegd.

Je dochter komt op de eerste plaats.

In de verte jankte een coyote. Ik kreeg koude rillingen.

Misschien had ik mijn dochters tekortgedaan als moeder. De ene was overleden en de andere had me buitengesloten.

Ik sloeg mijn armen om mijn lichaam om niet te rillen. Paige was een kostbaar geschenk. Ik was al één dochter kwijtgeraakt. En ik kon het niet aan om er nog een te verliezen.

Was ik nog niet genoeg gestraft voor mijn zonden?

16

Paige

Ik zag op tegen vanavond. Mijn moeders chique gala.

Hoewel ik de afgelopen maanden uitentreuren over dit evenement had gehoord, had niets me voorbereid op het spektakel dat me wachtte.

De achtertuin straalde. De bomen en struiken fonkelden van de feestlampjes en overal stonden tafels met kaarsen, glanzend wit linnen en hoge kristallen vazen vol mooie blauwe bloemen. Vergeet-me-nietjes, was me verteld. Het geld dat vandaag werd opgehaald zou naar een kunstopleiding voor mishandelde kinderen gaan. Niet alle kinderen hadden mijn geluk en privileges, of rijke ouders die hen naar een particuliere school konden sturen waar kunst en muziek onderdeel waren van het lesrooster; ik had zelfs mijn eigen beeldhouwatelier. Ik voelde een connectie met die organisatie en was trots dat mijn moeder die steunde. Maar ik voelde me ook een beetje schuldig: ik had haar moeten helpen met het organiseren van het gala. Het was immers voor een goed doel.

Terwijl een harpist *De vier jaargetijden* van Vivaldi speelde, liep ik tussen de gasten door. De mannen droegen allemaal smokings en blauwe vlinderstrikken en de vrouwen, druipend van de diamanten, waren gekleed in glinsterende jurken in chiffonwit of blauwtinten. Ik voelde me plotseling een beetje underdressed in mijn eenvoudige marineblauwe kokerjurk. Mijn enige sieraden waren Lance' ketting met het gouden hartje en een paar mooie saffieren oorknopjes, van oma gekregen voor mijn verjaardag.

Omdat ik Will was kwijtgeraakt aan zijn enige vriendje dat er vanavond was, ging ik op zoek naar Lance. Ik zag hem verderop staan, in de buurt van het zwembad, waar waxinelichtjes en waterlelies in dreven.

'Hé,' zei ik terwijl ik hem op zijn schouder tikte.

Hij schrok en draaide zich om.

'Hé!' Hij bekeek me heel even, met een klein glimlachje. 'Je ziet er leuk uit.'

Ik verpieterde een beetje. Of nee, ik verlepte helemaal. Was dat alles wat hij kon opbrengen? *Leuk?* Om mijn moeder blij te maken had ik moeite gedaan om er aantrekkelijk uit te zien. Ik had mijn wilde haar getemd in een nette knot. De klei onder mijn nagels vandaan geborsteld en ze gepolijst. En eerlijk, mijn gespierde, slanke lichaam zag er hot uit in deze nauwsluitende jurk. Voordat ik een woord kon zeggen, drong er een scherpe stem in mijn oren.

'Nou, nou, als het niet de Devil Wears Tweedehands is.'

Tanya. Bloedmooie Tanya! Tot in de perfectie opgemaakt, met haar blonder-dan-blonde haar opgestoken, zag ze eruit als een filmster. Ze had haar outfit, een strakke turquoise jurk zonder schouderbandjes, afgemaakt met zilverkleurige sandaaltjes met naaldhakken en glinsterende, traanvormige diamanten oorbellen die me bekend voorkwamen. In de ene hand had ze een halflege champagneflûte.

'Wauw! Je ziet er fantástisch uit,' kwijlde Lance. Hij bekeek haar van top tot teen en kon zijn blik niet van haar losmaken. Alsof hij zojuist Assepoester had ontmoet op het bal.

Ze glimlachte verleidelijk naar hem. 'Bedankt. Je bent zelf ook leuk opgedroogd, Lance-man.' Ze tuitte haar glanzende roze lippen en bekeek mij eens. 'Heb je dat vod uit een kringloopwinkel, Paige?'

Ik wilde haar een mep geven. 'Toevallig is dit een originele Marc Jacobs.' Eigenlijk was het een jurk van een onbekende designer die ik haast voor niets had gekocht op een site met gerecyclede kleding.

'Zou je niet zeggen.' Ze nam een grote slok champagne. 'Heb je mijn oorbellen gezien?' Voor het geval ze me waren ontgaan tikte ze met haar vinger tegen een van de bungelende diamanten. 'Van je moeder gekregen.'

'Wat aardig van haar om ze uit te lenen.'

Er kroop een zelfingenomen glimlach over haar gezicht. 'Eigenlijk,

Paige, mag ik ze hóúden. Een bedankje voor mijn hulp bij het gala.'

Mijn moeders gekoesterde limited-editions van Tiffany? Een trouwdaggeschenk van mijn vader? Ik was zo witheet dat ik die oorbellen uit haar oren wilde rukken en ze zo ver mogelijk weg wilde smijten. Nu had ik pas echt spijt dat ik mijn moeder niet had geholpen.

Tanya fladderde met haar lange wimpers. 'Kom mee, Lancey. Laten we iets te drinken gaan halen. Mijn glas is bijna leeg.'

Ik keek toe terwijl ze zijn hand pakte en hem meetrok. Ze had dan misschien mijn moeders oorbellen te pakken gekregen, maar echt niet dat ze mijn vriendje ook nog zou krijgen. Ziedend stak ik mijn voet uit.

Het volgende wat ik hoorde was een gil, en toen duikelde ze het zwembad in.

Het diepe.

17

Natalie

De avond had niet perfecter gekund. Het was heerlijk zwoel weer voor de tijd van het jaar. De achtertuin zag er spectaculair uit. Er was een geweldige opkomst en iedereen complimenteerde me met het toverachtig fonkelende decor en mijn blauwgroene Dior-japon, die Tanya me had aangeraden te dragen.

Gelukkig was de vrouw met wie ik vroeger dit evenement organiseerde er nu niet. Alexa Roth. De vrouw die bijna mijn huwelijk, mijn gezin én mijn leven had verwoest. Dus nu kon ik me ontspannen en genieten van al mijn harde werk.

Het feest was in volle gang en ik stond op het punt iedereen te verzoeken aan tafel te gaan, toen ik paniekerig geschreeuw hoorde. Gegil van een vrouw, een stem die ik niet herkende.

'Help! Iemand! Ik kan niet zwemmen!'

Mijn hart sloeg op hol. O god. Het kwam van het zwembad. Was een van mijn gasten erin gevallen?

'Help!' schreeuwde de stem weer.

Ik kneep mijn charmante echtgenoot in zijn arm. 'Matt, volgens mij verdrinkt er iemand!'

'Jezus.' Hij maakte zich van me los en rende naar het zwembad toe, en ik holde zo hard mogelijk achter hem aan op mijn torenhoge Louboutins, hopend dat ik niet viel en mijn nek brak. Inwendig vloekte ik. Was ik maar op mijn eigen gevoel afgegaan in plaats van naar de *event planner* te luisteren, die had gezegd dat ik het zwembad niet moest afdekken. Stel dat er iemand doodging op mijn gala? Een vreselijke mengeling van spijt en angst stroomde door me heen, en ik bad dat we op tijd zouden zijn om de drenkeling te redden.

Toen ik buiten adem aankwam, kreeg ik de schrik van mijn leven.

In het diepe deel van het zwembad spartelde onze uitwisselingsstudent, Tanya. Maaiend met haar armen, sputterend en gillend, hield ze amper het hoofd boven water. Paige' vriendje Lance was al achter haar aan gesprongen en probeerde haar naar de kant te krijgen. Ik keek met mijn hart in mijn keel toe toen Matt erbij dook om hem te helpen, waarna ze haar samen in veiligheid brachten. Ze lag nu plat op haar rug, hoestend en proestend. Een kleine menigte voyeurs had zich om ons heen verzameld.

Ik raapte het jasje op dat Matt van zich af had gegooid voor hij in het water dook, hurkte naast haar neer en bedekte haar rillende, drijfnatte lichaam. 'Tanya, lieverd! Gaat het wel?'

'Ze duwde me erin!' wist ze raspend uit te brengen, met een stem die in niets leek op de Britse stem die ik gewend was.

'Wie?'

Ze tilde zwakjes een hand op. 'Zij!' kraste ze.

Ik volgde de richting van haar vinger en slaakte een kreet. Ze wees recht naar Paige.

Mijn hart ging nog steeds als een dolle tekeer, maar ik probeerde mijn emoties te bedwingen. Die gingen alle kanten op. De ontzetting won het.

'Paige, is dat waar? Heb je Tanya in het zwembad geduwd?' Ik probeerde mijn stem vlak te houden.

Mijn dochter keek me recht in de ogen. 'Ik heb haar niet aangeraakt. Vraag maar aan Lance. Hij was erbij.'

Druipend van het water bevestigde Lance dat. 'Ik denk dat Tanya gewoon struikelde op haar hoge hakken, mevrouw Merritt.'

Paige glimlachte kleintjes. 'Precies. Plus, ze was een beetje tipsy.'

Tanya worstelde zich rechtop en keek vernietigend naar Paige. 'Ik had maar één glaasje champagne gehad, leugenaar. Nog niet ééns!' Het Britse accent was terug, maar ik kon niet geloven hoe giftig ze klonk.

'Whatever,' deed Paige haar Britse uitspraak na. Toen zei ze met haar normale stem: 'Het verbaast me dat je niet kunt zwemmen, vooral aangezien je chique kostschool in Engeland een binnenzwembad van olympisch formaat heeft.'

'Ik heb het nooit geleerd. En het gaat je niks aan.'

'Genoeg, meisjes!' Ik meende het. Ik wilde verder met mijn gala en wilde niet dat deze onaangename gebeurtenis het succes daarvan in de weg stond. Ik keek naar de groeiende menigte toeschouwers. Iedereen hield wel van een beetje drama; daarom kreeg je ook kijkersfiles bij ongevallen op de snelweg.

Tijd om de boel weer op gang te brengen. 'Oké, mensen, we kunnen aan tafel. Het eten wordt zo meteen opgediend.' Ik hielp Tanya overeind en schikte Matts jasje om haar schouders.

Terwijl de mensen zich verspreidden, keek ik mijn drijfnatte echtgenoot aan. 'Matt, als jij je nou even gaat omkleden? En neem Lance mee. Je hebt vast wel iets wat hem past.'

Hij knikte.

'Ik bekommer me wel om Tanya. We hebben ongeveer dezelfde maat, dus ze kan een van mijn jurken lenen.'

Tanya, bijna weer haar charmante Britse zelf, glimlachte. 'Dank je, Natalie.' Ze voelde aan haar oren. 'En godzijdank ben ik die prachtige diamanten oorbellen die je me had gegéven niet verloren in het water.' Ze zei dat zo luid dat Paige haar hoorde. Mijn dochter beende zwijgend weg.

Terwijl ik met onze uitwisselingsstudent naar het huis terugliep, bekroop me een verontrustend gevoel. Ik dacht terug aan het gesprek met mijn schoonmoeder van een paar weken geleden. Over Tanya's ongewone Britse accent en het verkeerd uitspreken van haar exclusieve Londense buurt. Net als Paige vond ik het vreemd dat ze niet kon zwemmen. Maar misschien had ze een traumatische ervaring gehad in haar jeugd?

En misschien was het Amerikaanse accent van vanavond toe te schrijven aan het feit dat ze een beetje aangeschoten was. Bovendien was ze hier al bijna twee maanden en klonk ze met de dag meer als een Amerikaanse.

Terwijl ik haar hielp zich om te kleden in een van mijn Versace-jurken, een nauwsluitend kobaltblauw ding, liet ik al mijn twijfels gaan. Ik zei dat de jurk haar perfect stond en zij omhelsde me en zei hoeveel ze van me hield.

Stilletjes dankte ik God dat ze niet was verdronken. Ik moest er niet aan denken om dit mooie, bekoorlijke meisje te verliezen, van wie ik begon te houden als van een dochter.

De hemel wist dat ik in mijn leven al genoeg had verloren.

18

Paige

Mijn atelier in de hoek van de achtertuin was mijn toevluchtsoord. Mijn eigen plekje, waar ik alleen kon zijn en kon ontstressen. Beeldhouwen was mijn redding. Ik vond het heerlijk om met mijn handen in de koude, natte, grijze klei te zitten en er alles van te maken wat ik wilde, of het nu iets bestaands was, een buste van een persoon of iets abstracts. Ik was dol op het gevoel. De geur. En de transformerende kracht ervan.

Het was mijn drug.

Met het basketbalseizoen in volle gang had ik al een poosje niet meer de kans gehad om hier te zijn. Mijn atelier was ooit een tuinschuurtje geweest, tegelijk met het huis gebouwd. Aangezien onze hoveniers hun eigen spullen meebrachten, hadden we het schuurtje zelf niet nodig, en dus had ik mijn moeder overgehaald me er een atelier van te laten maken waar ik kon beeldhouwen. Het was het aardigste wat ze ooit voor me had gedaan.

Al vanaf heel jonge leeftijd vond ik het heerlijk om dingen van klei te maken. Echte klei, niet die kauwgomroze Play-Doh waar mijn zus mee speelde. In de loop der jaren was ik van slangen en pannenkoeken overgegaan op veel complexere dingen. Ik had cursussen gevolgd en veel boeken over technieken gelezen, waaronder een paar van de grootste beeldhouwers ter wereld. Michelangelo. Rodin. Brancusi. Mijn helden. Op een dag hoopte ik me bij ze aan te sluiten. Dat mijn werk in galerieën zou staan. Stukken in musea en op veilingen van Sotheby's. Dat ik de volgende Louise Bourgeois zou worden, ook weer een van mijn idolen.

Mijn atelier was klein maar functioneel. Het was er goed verlicht, er stonden een tekentafel en een kruk en er waren planken voor mijn gereedschap, materialen en naslagwerken. Er was ook een gootsteen waar ik mijn klei vochtig maakte en mijn vieze handen kon wassen. Aan de muren hingen inspirerende posters met werken en citaten van mijn favoriete beeldhouwers, en achter in de hoek stond een kleine oven waar ik mijn creaties bakte om ze te transformeren tot keramische sculpturen.

Vanavond had ik echt behoefte aan deze uitlaatklep. Mijn vader was met Tanya naar de wedstrijd van de Lakers en ik wilde er niet aan denken hoe leuk ze het hadden op hun vipplaatsen. Ik moest mijn jaloezie en woede loslaten. Het in de klei kanaliseren.

Met symfonische metal op de AirPods in mijn oren zat ik geheel in mijn eigen bubbel. Ik werkte aan een borstbeeld van mijn moeder, waarmee ik haar wilde verrassen voor haar veertigste verjaardag. Ze wilde er graag een sinds ze de buste had gezien die ik van mijn oma had gemaakt; naast mijn broertje was oma het enige andere familielid dat mijn droom om beeldhouwer te worden steunde. Oma had me die oven gegeven; een ding dat twee keer zoveel kostte als mijn MacBook Pro.

De buste begon te vlotten en ik was blij met de gelijkenis, al moest er nog behoorlijk wat aan bijgeschaafd worden. Beeldhouwen vergde een hoop geduld, maar het eindresultaat – en de voldoening die het me gaf – was de tijd en moeite waard. Kobe Bryant had een keer gezegd dat je onvoorstelbare dingen kon bereiken met hard werken en doorzetten, en ik geloofde hem. Ik had het geluk gehad dat ik hem vaak had zien spelen. Het was pure magie hoe soepel, sierlijk en snel hij zich over het veld had bewogen. Hij schiet; hij scoort. Zijn tragische dood, samen met zijn dochter Gianna, had me echt geraakt. Waarom overkwamen goede mensen slechte dingen? Als eerbetoon had ik een sculptuur van hem gemaakt, tijdens een sprong en met een basketbal in zijn hand. Het had me geholpen mijn verdriet te verwerken. Op een dag hoopte ik het aan zijn familie te kunnen geven. Misschien kon mijn vaders nieuwe cliënt ons met elkaar in contact brengen.

Op de hoek van de tafel, verlicht met een klemspotje, gaf het beeldje me kracht en vastberadenheid terwijl ik aan mijn moeders neus en jukbeenderen werkte. Als ik werkte, verloor ik alle besef van tijd. Ik nam opzettelijk mijn telefoon niet mee naar mijn atelier om niet afgeleid te worden. En ik had hier ook geen klokken, omdat ik nooit tijdsdruk wilde voelen.

Omdat ik AirPods droeg en zo gefocust was op de buste van mijn moeder hoorde ik de deur niet opengaan. Daardoor schrok ik van een klopje op mijn schouder. Mijn hart sloeg een slag over, ik keek met een ruk om en zag Tanya staan. Ze droeg een roze-met-wit gestreepte pyjamabroek en een Lakers-sweater.

Binnen een tel sloeg mijn initiële schrik om in pure, onversneden haat, en ik plukte mijn AirPods uit mijn oren. 'Wat doe jij hier?' vroeg ik ziedend.

'Ik zag licht branden vanuit mijn kamer en besloot te komen kijken. Ik had er last van, het hield me uit mijn schoonheidsslaap.' Ze draaide haar vlecht om haar vinger. 'O, en trouwens, de Lakerswedstrijd was geweldig. Ze hebben met één punt gewonnen en ik heb LeBron James ontmoet, die het winnende punt scoorde. Met een dunk!'

Woede pulseerde door elke cel van mijn lichaam. Ik overwoog haar neer te steken met mijn boetseerspatel. 'Ga weg hier. Dit is mijn privéruimte.'

Ze deed alsof ze me niet hoorde en ging rechts van me staan, zodat ze de buste beter kon zien. 'Dat lijkt wel een beetje op je moeder.'

'Dat ís het ook.'

Ze bekeek de sculptuur. 'Niet lullig bedoeld, maar haar neus is smaller en ze heeft veel hogere jukbeenderen. Meer zoals de mijne.'

Mijn zenuwen gierden. Mijn bloed borrelde. 'Ga weg, Tanya!'

'Nog niet.' Ze gaf geen millimeter toe, en haar blik belandde op mijn Kobe-beeld. Ze schuifelde er dichter naartoe. 'Is dat soms een beroemde basketbalspeler of zo?' Ze streek met haar gemanicuurde vingers over zijn achterwerk.

'Afblijven!'

Ze negeerde me en tilde opstandig het beeldje van tafel om het te bekijken, waarbij ze het nonchalant gooiend om zijn as liet draaien. Ik wilde het uit haar handen grissen, maar was bang dat het een touwtrekwedstrijd zou worden. Dat zou de kwetsbare sculptuur niet overleven.

'Alsjeblieft, Tanya. Blijf eraf!'

Ze grijnsde zelfingenomen. 'Best, joh.'

Tot mijn afgrijzen liet ze het beeldje los. Met een oorverdovende klap viel het op de cementen vloer aan stukken.

'O god! Wat doe je nou?'

'Duh! Je zei dat ik eraf moest blijven, dus deed ik dat.'

Met een dikke keel van de tranen sprong ik van mijn kruk en hurkte op de vloer. Ik keek op naar Tanya. 'Ga weg. Ga alsjeblieft weg!'

'No problemo. Truste. En droom maar fijn!'

Ik was zo radeloos dat ik haar niet nakeek. Met ogen vol tranen staarde ik naar de scherven van mijn Kobe-meesterwerk. Het was net zo aan gruzelementen als mijn hart toen ik hoorde dat hij was verongelukt.

Onherstelbaar.

Met een kartelige scherf in mijn hand zakte ik op de vloer. Ik begon te huilen en kon niet meer stoppen. Mijn schouders schokten, mijn neus liep en ik voelde me totaal kapot en verslagen. Tanya verwoestte mijn leven, en nu had ze mijn geliefde beeldje verwoest.

Vreemd genoeg was er één deel heel gebleven, en dat was Kobes hoofd. Het was van het lichaam afgebroken, maar wonder boven wonder nog intact. Voorzichtig pakte ik het op en wiegde het in mijn handpalm. Ik staarde ernaar terwijl tranen mijn zicht wazig maakten en op de klei belandden.

Toen herinnerde ik me ineens Kobes credo. Zodra je opgeeft, laat je iemand anders winnen. Ik absorbeerde die woorden. Ze doordrongen mijn hele wezen. Als een verlepte bloem die opgefleurd wordt door water stond ik op.

Mijn snikken ebden weg. Ik legde een vochtige doek over de buste van mijn moeder, borg mijn materialen op en deed het licht uit. Vastbesloten beende ik mijn atelier uit. Elke stap sterker. Vastberadener.

Ik zou niet opgeven.

Ik zou Tanya niet laten winnen.

19
Paige

Tanya verslaan bleek moeilijker dan ik had gedacht. Elke dag werd ze populairder op school en maakte ze zich geliefder bij mijn ouders. Ik zweer het: als mijn moeder een favoriet moest kiezen, zou ze Tanya aanwijzen – die niet eens haar kind was.

Tanya was nu betrokken bij al mams goede doelen, die twee gingen samen shoppen en kwamen vaak thuis met bij elkaar passende outfits, ze lieten samen hun nagels doen, ze probeerden samen nieuwe recepten uit, en meer dan eens betrapte ik ze erop dat ze samen een fles wijn leegdronken. *Natanya*, mijn nieuwe bijnaam voor die twee, plande ook onze jaarlijkse vakantie naar Hawaii, een plek waar ik niet graag weer naartoe wilde gaan. *Been there; done that*. Ik hield niet van bakken op het strand of van surfen. Hoewel de mogelijkheid van een tsunami die onze uitwisselingsstudent van het strand wegvaagde wel een beetje aantrekkelijk was.

Ik wilde veel liever naar Mexico, specifiek naar Mexico-Stad, om Frida Kahlo's Blauwe Huis en de omliggende piramides te zien, en daarna naar het naburige San Miguel de Allende, een artiestenkolonie die heel mooi en inspirerend moest zijn. Dat leek Will ook cool, maar niemand luisterde naar wat wij wilden. Mijn vader gaf ons een preek over hoe stom het zou zijn om naar een land te gaan waar we konden worden ontvoerd door een Mexicaans drugskartel. Dat was alleen maar weer voer voor een nieuwe boosaardige fantasie: een Mexicaanse drugsbaron die Tanya ontvoerde, martelde en dreigde haar mooie koppie af te hakken als mijn vader geen losgeld betaalde.

Jammer genoeg was dat laatste onwaarschijnlijk, want Tanya had mijn vader ook al om haar vingertje gewonden. Ze was een vreselijke slijmbal, complimenteerde hem doorlopend met alles van zijn kleren tot zijn aftershave. Ze ging sinds kort 's morgens voor school met hem hardlopen (wat haar toch al benijdenswaardig lange, gespierde benen nog gespierder maakte) en vatte extreem veel belangstelling op voor zijn zakelijke leven. Toen we een keer doordeweeks geen les hadden, ging ze met hem mee naar zijn werk en bleef ze daar de hele dag.

Die avond kwam mijn vader met tomeloze energie thuis. Aan tafel bleef hij maar bejubelen hoe hulpvaardig Tanya was geweest. Hoe intelligent ze was! Er wachtte haar een grote carrière in de financiële wereld en hij meende het half toen hij zei dat ze zijn zakenpartner kon worden als ze van Stanford kwam. Ik zweer het je: hij behandelde haar als zijn eigen vlees en bloed.

Als je het mij vroeg, lag haar enige talent met cijfers in het verzamelen van nieuwe Instagram-volgers, intussen bijna tienduizend. Het kostte me serieus moeite om te geloven dat ze zo intelligent was. Ze smeekte me al meer dan een maand om haar te helpen met haar inschrijving voor Stanford. Vooral het persoonlijke essay naar aanleiding van de vraag: 'Waardoor zul jij opvallen op Stanford?' Ik spuugde haar bijna in het gezicht en zei dat als ze geschikt was voor Stanford, ze dat zelf moest kunnen verzinnen.

Om mijn vader tevreden te stellen schreef ik me in bij zijn alma mater, maar ik koos voor *early action* in plaats van *early decision*, wat betekende dat ik me ook nog bij andere universiteiten kon aanmelden en mijn besluit tot mei kon uitstellen als ik werd toegelaten. Omdat ik mijn zinnen had gezet op RISD, kostte het me een eeuwigheid om mijn essay voor Stanford te schrijven. Ik had al zeker honderd verschillende kladversies in de prullenbak gegooid. Uiteindelijk koos ik er een uit en stuurde het vlak voor de deadline in. Tanya had haar aanvraag een paar weken eerder al ingezonden. Aan de ene kant zou ik wel willen lezen wat ze had geschreven, om eens flink te lachen. *Ik zal opvallen op Stanford omdat ik het domste blondje op de campus zal zijn.* Dat zou ik hebben geschreven als ik haar was.

De tijd die ik besteedde aan mijn aanvraag voor Stanford viel in het niet bij de tijd die ik besteedde aan het samenstellen van een portfolio van mijn werk voor RISD. Ik deed er mijn uiterste best op, want ik wilde dat het uitstekend was. Het was net zo moeilijk om op RISD te komen als op Stanford, want slechts twaalf procent van de kandidaten werd toegelaten. Mijn vader was er nog steeds faliekant op tegen dat ik beeldhouwer wilde worden. Hij vond het niet alleen tijdverspilling, maar een verspilling van mijn leven en van zijn geld. Hij bleef dreigen dat hij mijn schoolgeld niet zou betalen als ik daarheen ging. Misschien kon ik een studiebeurs krijgen.

'Hebben jullie al iets van Stanford gehoord?' vroeg mijn vader na een hap van zijn kalfsmedaillons, *Natanya*'s gourmetmaaltijd van vandaag. Ik hield het bij mijn vegan dieet en at een smakelijke Indiaanse curry met linzen en bloemkool. Ik had een paar sites gevonden die goede vegan diepvriesmaaltijden leverden. Hoewel mijn moeder wel aanbood om verse vegan maaltijden voor me te maken, kon ik haar hulpje Tanya niet vertrouwen. Ik zag haar er best voor aan dat ze zou proberen me te vergiftigen.

'Volgens mij is het nog te vroeg,' antwoordde ik, want op school ging het gerucht dat early decision- en early action-aanvragen vlak voor Thanksgiving iets zouden horen. Om eerlijk te zijn hoopte ik dat ze mijn inschrijving waren kwijtgeraakt.

Maar mijn moeder kwam tussenbeide. 'Eigenlijk, Paige, is er vandaag een envelop voor je gekomen.'

Ik voelde een draadje van angst uitrollen in mijn maag. Als je zo snel iets hoorde, betekende dat meestal dat ze je ofwel geweldig, ofwel verschrikkelijk vonden. Hopelijk was het dat laatste en kon ik er straks om lachen met oma.

'Waar is hij?' vroeg mijn vader gretig.

'In de keuken.' Mijn moeder stond op. 'Ik pak hem wel even.'

Even later keerde ze terug met een witte envelop.

'Geef maar aan mij,' zei mijn vader.

'Maar hij is aan Paige geadresseerd,' kaatste ze terug.

Mijn vaders gezicht betrok. 'Natalie, doe gewoon wat ik vraag en geef hem aan mij.' Hij noemde mijn moeder altijd alleen maar bij haar volledige naam wanneer hij gefrustreerd of boos op haar was. 'Nu!'

De kleur trok uit het gezicht van mijn moeder weg en ze gaf hem de envelop. Ik keek met een mengeling van hoop en angst toe terwijl hij hem openscheurde. Zijn ogen fonkelden van opwinding, terwijl ik mijn adem inhield. Hij haalde het enkele vel papier eruit en begon het zwijgend te lezen. Toen trok er een uitdrukking over zijn gezicht die ik nog nooit had gezien: donker en dreigend, met opengesperde neusgaten en vertrokken lippen.

Zijn ogen, twee gloeiende kooltjes, richtten zich op mij. 'Wat krijgen we verdómme nou, Paige?'

'Matt, je taalgebruik. De kinderen!' zei mijn moeder berispend.

'Hou je kop, Natalie!'

Mijn moeder kromp ineen alsof hij misschien zou opspringen en haar zou slaan.

Mijn vaders vurige ogen bleven op mij gericht. 'Paige, hoe haal je het in je hoofd? Ik schaam me dood voor je.'

Ik fronste zo diep dat het pijn deed. 'Ik snap het niet. Waar heb je het over?'

Zijn gezicht werd zo knalrood dat ik dacht dat er stoom uit zijn oren zou komen. Zijn stem werd een paar decibel luider. 'Plagiaat! Je hebt bijna woord voor woord het essay van iemand anders overgenomen.'

'Wát? Niet waar!' Ik voelde dat ik trilde.

'Ze hebben je essay door software gehaald die aantoont dat het nagenoeg identiek is aan dat van een andere leerling die het drie weken eerder had ingeleverd.' Zijn verhitte gezicht zag er demonisch uit. 'Ik zal je er wat stukjes van voorlezen.'

Mijn hart ging zo tekeer dat ik dacht dat het uit mijn ribbenkast zou barsten en op tafel zou ploffen, en ik bleef als verlamd zitten.

'Van die ander: *We moeten elke dag ten volle leven omdat het leven in een oogwenk kan veranderen. Vandaag hier, morgen weg. Kijk maar naar Michael Jackson!*

Van jou: *We moeten elke minuut ten volle leven omdat het leven in een oogwenk kan veranderen. Vandaag ben je er nog, morgen kun je weg zijn. Kijk maar naar Kobe Bryant en zijn dochter!*

Van die ander: *Ik wil het maximale uit mijn leven halen. Elke morgen als ik opsta, wil ik me laten verrassen door de nieuwe dag.*

Van jou: *Ik wil mijn leven zo goed mogelijk benutten. Elke morgen als ik opsta, wil ik me verheugen op de nieuwe dag.*

Van die ander: *Bovenal wil ik mijn leven leiden zonder spijt. Ik weet zeker dat als ik op Stanford kom, ik er nooit spijt van zal krijgen dat ik naar deze geweldige universiteit ben gegaan.*

Van jou: *Bovenal wil ik mijn leven leiden zonder spijt. Ik weet zeker dat als Stanford me toelaat, ik nooit spijt zal krijgen van mijn besluit om naar die geweldige onderwijsinstelling te gaan.*'

Mijn vader zweeg even. Hij keek me met schroeiende minachting in zijn ogen aan. 'Is het zo duidelijk, Paige? Of moet ik nog even doorgaan?'

Ik kreeg een droge mond. Ik wist niet wat ik moest zeggen.

Plotseling kraamde een tot dan toe ongewoon stille Tanya uit: 'O god! Ze heeft míjn persoonlijke essay gestolen.'

'Wat?' riep ik voordat mijn vader daarop kon reageren.

'Ik kan het bewijzen! Ik zal het uitprinten.'

Tanya sprong van tafel en rende de eetkamer uit. Binnen een minuut was ze terug met het korte essay. Ze gaf de uitdraai aan mijn vader en ging weer zitten, kijkend naar hem terwijl hij het las.

'Mijn god, niet te geloven!' Hij sloeg met zijn handpalm tegen zijn voorhoofd, zijn gezicht vertrokken van afgrijzen. 'Het is identiek!'

Ze glimlachte zelfingenomen naar hem. 'Meneer Merritt, ik bedoel Matt, Paige moet het van mijn bureau hebben gepikt of het op mijn computer hebben gezien. Ze kan via de gangdeur in mijn slaapkamer komen.'

Ik staarde haar aan. 'Dat heb ik helemaal niet gedaan! Jij hebt dat essay van míj gestolen!'

'Niet waar! Ik kan niet eens in je kamer komen. Hij zit van twee kanten op slot.'

'Paige, lieverd,' zei mijn moeder, die weer was gaan zitten, 'kun je bewijzen dat jij het hebt geschreven?'

'Néé! Ik heb geen exemplaar op mijn laptop bewaard omdat ik er serieus niets om gaf.'

Mijn hoofd liep om. Hoe had Tanya verdomme toegang gekregen tot mijn essay? Mijn gedachten maakten salto's, maar toen drong het tot me door. De kladjes die ik had weggegooid. Ik had zelfs per ongeluk tien keer de bijna-definitieve versie uitgeprint en weggegooid zonder ze door de shredder te halen. Die moest ze hebben gevonden.

'Pap, Tanya heeft mijn essay gevonden en overgetypt.' Er prikten tranen in mijn ogen. 'Je moet me geloven!'

Mijn woedende vader bleef zwaar ademen. Ik verwachtte dat er elk moment rode vlammen uit zijn neus zouden komen, zoals bij een draak. 'Paige, je zet jezelf volkomen voor schut. En onze familie. Alle Merritts zijn naar Stanford gegaan.'

Hij las weer voor uit de brief. 'We begrijpen dat uw familie van oudsher onze universiteit bezoekt en er een grote sponsor van is, maar we hebben een zerotolerancebeleid als het gaat om plagiaat. We delen u dan ook met grote spijt mee dat we u niet bij onze instelling kunnen toelaten en wensen u elders veel succes. Hoogachtend, Richard H. Shaw, hoofd toelatingen.'

Met gloeiende wangen van woede scheurde mijn vader de brief in duizend stukjes en sloeg toen zo hard met zijn vuist op tafel dat de borden rammelden. 'Paige,' beet hij me toe, 'ga naar je kamer. Ik neem voor onbepaalde tijd je telefoon en autosleutels in beslag.'

Er viel een diepe stilte aan tafel. Tanya keek me triomfantelijk aan toen ik opstond en de kamer uit sloop.

'Mag ik ook van tafel, alsjeblieft?' hoorde ik mijn broertje zeggen terwijl ik de hoek om ging.

Vijf minuten later zaten we op mijn bed. Ik huilde. Tanya had het weer geflikt.

'Willster, geloof jij me?'

'Moet je dat serieus nog vragen?' Hij keek me ernstig aan. 'Die griet is zo dom dat ze een haarband om moet doen om haar gedachten in haar hoofd vast te houden.'

Ik lachte door mijn tranen heen. 'Maar ze wordt er niet voor gestraft. En nu heb ik geen telefoon of auto.'

'Hé, Pudge, bekijk het van de positieve kant. Nu hoef je niet naar Stanford.'

Voor het eerst die avond glimlachte ik echt. 'Je hebt gelijk!'

We gaven elkaar een high five.

Mijn vader kon de pot op. Tanya kon de pot op. Ik zou er niet van opkijken als ze iemand had omgekocht om te frauderen met haar cijfers. Ze was de ultieme bedriegster.

De rest van die avond werkte ik aan mijn portfolio voor RISD. Ik vroeg Will om het op zijn kamer te bewaren, om te voorkomen dat die psycho het vond en verbrandde. Of het inpikte.

Ik wist dat niets haar te min was bij haar pogingen om mij te verwoesten.

20

Natalie

'*Happy birthday to you!*'

Twee jaar geleden, toen ik in bed lag en overwoog een einde aan mijn leven te maken, had ik gedacht dat ik dat refrein nooit meer zou horen. Of de harmonieuze stemmen van mijn familieleden die het zongen.

Met een tintelende glimlach op mijn gezicht liep ik de ontbijtkamer in, waar we alleen bij speciale gelegenheden ontbeten. Ik was dol op deze kamer. Hij lag naast de keuken en was achthoekig, met ingebouwde helderblauwe kastjes en een met de hand beschilderd plafond. Allemaal originele kenmerken van het huis. Omdat het zo'n luchtige kamer was, had ik hem ingericht met een ronde glazen tafel en vintage mosgroene rieten stoelen met beeldige chinoiserie-print-kussens. De kamer was mooi genoeg om in een woontijdschrift terecht te komen.

Dit jaar viel mijn verjaardag op de eerste zondag van november. Matt, Paige en Will, nog in pyjama net als ik, stonden om de tafel heen. Hij was mooi gedekt met placemats en mijn gebloemde Herendporselein, een housewarmingcadeau van mijn schoonmoeder, en in het midden een kristallen Lalique-vaas met prachtige roze pioenen. Mijn lievelingsbloemen. Op het antieke dressoir lagen netjes ingepakte cadeautjes naast het zilveren koffieservies, kannen met sinaasappelsap en melk, een schaal vers fruit en een schaal met verschillende baksels: croissants, muffins en vlinderkoekjes van mijn favoriete banketbakker. Een van de lekkernijen – een met glanzend glazuur bedekte bosbessenmuffin – stond al op mijn bord, met één roze kaarsje in het midden.

Ik lachte. 'Jongens! Ik ben veertig geworden, hè? Vier-nul in plaats van één.'

Matt grinnikte. Ik geloof niet dat mijn kinderen mijn gevoel voor humor op prijs stelden, want ze rolden allebei met hun ogen.

Matt gaf me een kus op mijn wang. 'Maak je niet druk, schat. Je ziet er geen dag ouder uit dan negenendertig.' Dat zeiden mijn afgunstige vriendinnen ook altijd tegen me. Ze moesten eens weten...

De waarheid: ik wás ook geen dag ouder dan negenendertig. Eigenlijk was dit mijn zesendertigste verjaardag. Toen ik Matt op die beurs ontmoette, was ik pas zeventien en dus minderjarig. Ik had over mijn leeftijd gelogen (en over een hoop andere dingen) en hem verteld dat ik eenentwintig was. Ik zag er wat ouder uit dan ik was, volwassener, en was uit noodzaak een uitstekende actrice geworden. Bijna twintig jaar later acteerde ik nog steeds.

'Waar is Tanya?' vroeg ik toen ik plotseling besefte dat zij niet bij ons was.

'Waarschijnlijk nog met een kater in bed,' grapte Paige.

Ik keek met samengeknepen ogen naar mijn dochter. 'Dat is echt niet aardig. Tanya is een heel lief meisje. Soms zou ik willen dat je wat meer op haar leek.'

Voordat we konden gaan kibbelen, het laatste wat ik wilde op mijn verjaardag, pakte Matt zijn goudkleurige aansteker met monogram en stak het kaarsje aan. Hij zei dat ik hem moest uitblazen en een wens moest doen.

Met het vlammetje dansend voor mijn ogen overpeinsde ik mijn wens. Ik had er maar één: dat mijn geliefde Anabel bij me kon zijn om mijn verjaardag te vieren, en de rest van mijn leven. Vechtend tegen de tranen blies ik het kaarsje in één keer uit.

Mijn familie klapte en juichte en verdreef mijn bedroefde bui.

'Laten we eten!'

We hielpen onszelf aan het heerlijke continentale ontbijt, met onder andere ook vegan maanzaadmuffins en amandelmelk voor Paige. Terwijl ik met een kop koffie en een bordje vol heerlijkheden aan tafel plaatsnam, ging mijn telefoon. Ik haalde hem uit de zak van mijn ochtendjas.

Op het schermpje stond: LAPD. Politie Los Angeles. Ik kreeg een akelig voorgevoel.

Toen ik opnam, hoorde ik een serieuze mannenstem aan de andere kant van de lijn. 'Hallo, spreek ik met mevrouw Merritt?'

Ik bevestigde dat.

'U spreekt met agent Hamilton, politie LA.'

Mijn hart bonkte. Mijn maag verkrampte. Ik had altijd geweten dat deze dag zou komen, maar probeerde zo kalm mogelijk te blijven. 'Kan ik iets voor u doen, agent?'

'Er is een ongeval gebeurd met een voertuig dat op naam staat van uw man.'

'Hoe bedoelt u?' Ik was opgelucht en verward tegelijk om de reden waarmee de politie me belde. 'Al onze auto's staan in onze garage.'

'Bezit u een witte Jeep Cherokee uit 2020, kenteken 823KYZ?'

'Ja, dat is de auto van mijn dochter, maar zij zit naast me.'

Paige, die kon meeluisteren met het gesprek, keek me vragend aan.

De agent ging door. 'Er reed een ander meisje in het voertuig. Ze had geen andere legitimatie bij zich dan een studentenpas met haar naam, Tanya Blackstone, en met u als contactpersoon bij noodgevallen.' Een korte stilte. 'Mevrouw Merritt, bent u familie van haar?'

'Nee, maar wel een soort voogd, zou je kunnen zeggen. Ze is te gast bij onze familie... een uitwisselingsstudent uit het buitenland die bij ons logeert.' Ik haalde diep, bevend adem. 'Gaat het goed met haar?'

'Daar kan ik niet op antwoorden, mevrouw. Ze is tegen een boom gebotst en met een ambulance naar het medisch centrum Cedars-Sinai gebracht. De spoedeisende hulp.'

'O god!' Mijn mond viel open en ik begon te beven. De telefoon trilde mee in mijn hand.

'U moet weten, mevrouw Merritt, dat ze bewusteloos was toen we haar aantroffen.' Mijn hart brak haast door mijn ribben heen terwijl hij doorging. 'De auto is weggesleept. Ik zal u het nummer geven dat u kunt bellen om hem terug te krijgen.'

Omdat ik geen pen bij de hand had, vroeg ik of hij me dat nummer kon appen. Ik was zo in paniek dat ik nauwelijks fatsoenlijk kon praten.

'Natalie, wat is er?' vroeg Matt toen ik had opgehangen.

'We moeten nu meteen naar Cedars. Tanya heeft een zwaar auto-ongeluk gehad!'

In alle waanzin had ik niet gemerkt dat Paige was weggeglipt. Ze stormde nu met een rood gezicht van woede de ontbijtkamer weer in. 'Die gestoorde gek! Ze heeft mijn auto gestolen en hem waarschijnlijk total loss gereden.'

Ik voelde mijn bloeddruk pieken. Woede in mezelf opborrelen. 'Hoe kun jij je druk maken om je auto terwijl Tanya's léven op het spel staat?' snauwde ik mijn dochter toe.

Ze kneep haar ogen samen en schonk me een vernietigende blik. 'Ik hóóp dat ze doodgaat!'

'Hoe durf je dat te zeggen?' Kwaad sprong ik uit mijn stoel en beende naar haar toe totdat we oog in oog stonden. Maar ze vertrok geen spier en bleef me woedend aankijken. Alsof ze me uitdaagde om haar te slaan.

Gelukkig kwam Matt tussenbeide. 'Ga je aankleden, Nat. We gaan naar het ziekenhuis.'

Dit was totaal níét hoe ik me mijn verjaardag had voorgesteld.

Een helse verjaardag.

21

Paige

Met een fruitsalade voor mijn neus zat ik nog steeds te briesen. Ik voelde me net een bom die elk moment kon ontploffen. Will zat tegenover me aan tafel en propte zich vol met luchtige muffins. Mijn linkerhand werd een vuist en ik kwam in de verleiding om een muffin plat te slaan. Zo kwaad was ik.

'Wat een léf, verdomme! Dat ze mijn auto heeft meegenomen! Hij is waarschijnlijk rijp voor de sloop!'

Mijn broertje nam een slok melk en veegde zijn melksnor weg met de rug van zijn hand. 'Maar Pudge, jij kunt er nu toch niet in rijden.'

Daar had hij gelijk in. Hoewel ik mijn telefoon had teruggekregen, had mijn vader nog steeds mijn autosleutel. Ik denk dat hij met dat 'onbepaalde tijd' voor eeuwig bedoelde. Hij kon soms zo'n klootzak zijn.

Maar wacht! Als mijn vader de sleutel nog had, hoe was Tanya er dan aan gekomen? Had ze hem gevonden, of had hij hem aan haar gegeven? Als het dat laatste was, haatte ik mijn vader nog meer.

'Willster, ik meende wat ik zei. Ik hoop dat ze doodgaat en wegrot in de hel.' Dat duivelsgebroed had mijn leven in een nachtmerrie veranderd. Ik doorstak een bes met mijn fijnzilveren vork, maar plotseling schoot me weer een van oma's wijze pareltjes te binnen: *Achter de wolken schijnt altijd de zon.*

'Hé broertje, we hebben hier een kans.'

'Om Beer binnen te laten?' Onze hond liep te blaffen in de tuin.

'Ja, dat ook. Maar ook nog iets anders.'

'Wat dan, Pudge?'

'We gaan detective spelen. In haar kamer kijken.'

De spycam had niet veel opgeleverd. Hij had kuren, werkte niet in het donker en kon Tanya niet overal filmen. Meestal zag ik beelden van Tanya die zat te appen, selfies maakte of zich optutte voor de spiegel. Als die exhibitionist weer eens halfnaakt door haar kamer paradeerde, sloeg ik mijn handen voor mijn ogen.

Wills grijns bereikte zijn sproeten. 'Alleen als ik Sherlock Holmes mag zijn.'

Mijn voorlijke broertje had alle verhalen van Sir Arthur Conan Doyle gelezen. Sommige boeken twee keer.

'Best. Dan ben ik Watson.'

Wauw! Als ik had geweten wat voor hels oord we zouden betreden, hadden we hazmat-pakken aangetrokken. De beelden van de spycam gaven alleen maar een hint. Tanya's kamer was een regelrechte zwijnenstal. Totaal anders dan mijn keurig nette zus hem had onderhouden. Die dag dat ik Lance daar betrapte, moest Blanca er net zijn geweest om op te ruimen. Ik had medelijden met die arme, hardwerkende vrouw omdat ze met deze afgrijselijke bende geconfronteerd werd. Ik hoopte dat mijn moeder haar extra betaalde.

Het hemelbed was niet opgemaakt. De geliefde pluchen beesten van mijn zus lagen verspreid over de vloer. Overal slingerden kleren. Lades stonden half open. En tussen de kauwgompapiertjes op de vloerbedekking lagen overal doorschijnende slipjes in alle kleuren.

'Getver!' Mijn broer trok een walgend gezicht. 'Waar zoeken we naar?'

'Alles wat ons een idee kan geven wie ze werkelijk is. Ik kijk in de laden en in de kast. Denk je dat jij in haar computer kunt komen?'

'*Elementary, my dear Watson.*' Zijn Engelse accent was perfect – even goed als dat van Tanya – en ik grinnikte.

Terwijl mijn broertje aan haar bureau zat, begon ik mijn zoektocht bij haar ladekast. Ik ging een voor een door de lades, en ze werden almaar stuitender. Ondergoed en losse sokken tussen shirtjes, spijkerbroeken en pyjama's gepropt. Niets was opgevouwen of netjes gestapeld. Terwijl ik in de lagen groef, dreef de geur van haar parfum mijn neus tegemoet. Hetzelfde weeïg bloemige luchtje dat mijn zus vroeger altijd droeg. Bah.

Met elke la verloor ik meer hoop. Ik hoopte een paspoort, studentenvisum of haar instapkaart van British Airways te vinden. Of zelfs een bonnetje van Heathrow. Iets. Maar nee. Noppes. Misschien bewaarde ze dat soort dingen in haar rugzak, die nu – behalve als hij in de kast of onder het bed lag – niet in haar kamer leek te zijn. Ik vermoedde dat ze hem waarschijnlijk bij zich had gehad. Even dacht ik weer aan mijn vernielde Jeep en vervloekte haar in stilte, maar toen liet ik het los.

Teleurgesteld bekeek ik haar nachtkastje. Een halfleeg blikje cola light, samen met de CliffsNotes-versie van *Jane Eyre* en een ingelijste foto van haar met mijn ouders. Vreemd genoeg niet één foto van Tanya met haar eigen vader.

Ik schoof de enkele, diepe la open en mijn ogen werden groot. Naast een doos Trident-kauwgom stonden vier grote, witte plastic potten, allemaal met namen erop die ik amper kon uitspreken.

Haloperidol... Aripiprazol... Quetiapine... Risperidon.

Ik draaide de kindveilige doppen open en keek erin. In de potten zaten pillen in verschillende kleuren en ze waren allemaal zo'n beetje halfvol.

'Hé, Sherlock. Kom eens hier. Dit wil je zien.'

Will kwam naar me toe en bekeek ze. 'Dat lijken me medicijnen.'

'Weet jij waar ze voor zijn?'

'Geen idee.'

'Moeten we ze in beslag nemen?' vroeg ik.

'Nee, dat is een slecht idee. Maak er foto's van met je telefoon, dan googelen we ze later wel.'

Wederom was Will de slimste van ons tweeën. Ik was het met hem eens. 'Daarom ben jij Sherlock en ik Watson.'

'Kraak jezelf niet af. Je bent een goeie Watson.'

'Bedankt. Ben je al in haar computer gekomen?'

'Ja, net.'

'Heb je iets gevonden?'

'Ja. Hij is geregistreerd door ene Mary C. Burton.'

'Wat raar.'

'Inderdaad.'

'Heb je haar opgezocht?'

'Nog niet. Dat kan ik later nog doen. Eerst wil ik kijken wat er op haar desktop staat en proberen in haar e-mail te komen.'

Ik woelde door zijn haar. 'Ga weer aan het werk, Sherlock!'

Hij keerde terug naar de computer terwijl ik mijn telefoon pakte en foto's maakte van de medicijnen. Toen ik de laatste pot in de la had teruggezet, zag ik iets onder de doos Trident. Ik trok het slanke gele doosje eronder vandaan en herkende het meteen: Ortho Tri-Cyclen. De pil, hetzelfde merk dat ik ook slikte. Voldoende voor drie maanden. Onze huisarts, dokter Lefferman, had me de pil voorgeschreven vanwege menstruatiekrampen en huidproblemen, maar ik wist ook dat de pil later dit jaar goed van pas zou komen, als ik afscheid nam van mijn maagdelijkheid. Ik keek eens wat beter naar het label van de apotheek. Deze was ook voorgeschreven door dokter Lefferman... op 7 september, tien dagen na haar aankomst hier.

Voorzichtig opende ik het doosje en liet de inhoud eruit glijden. Ze had twee strips al leeg en er was er nog maar één over. Ik had Tanya nooit horen klagen over menstruatiekrampen, niet tegen mij en niet tegen mijn moeder. En haar huid was smetteloos. Maar toen raakte het besef me als een baksteen op mijn hoofd. Misschien slikte ze de pil met een andere reden. Ze had mijn auto gestolen en gesloopt. Was het volgende item op haar agenda dat ze mijn vriendje wilde stelen en onze relatie wilde slopen? Hoewel ik haar ronduit had gezegd dat ze bij hem uit de buurt moest blijven, kon ik haar voor geen cent vertrouwen. Misschien wás ze al met hem naar bed geweest; wist ik veel. Gal kwam in mijn keel omhoog terwijl ik de medicijnen allemaal precies zo terugzette als ik ze gevonden had, zodat ze niet zou merken dat ik in haar kamer was geweest.

Als ze überhaupt terugkomt.

Misschien lag de vriendjes- c.q. autodief wel op haar sterfbed. *Ha! Eigen schuld, dikke bult!* Die boosaardige gedachte kalmeerde me wat; ik haalde een keer diep adem en liep naar de inloopkast. Net als de rest van de kamer was het een rampgebied, alsof er een orkaan doorheen had geraasd. Ik begon het idee te krijgen dat haar slaapkamer meer nodig had dan alleen onze huishoudster Blanca. Eerder een landelijke reddingsdienst.

Mijn zus organiseerde haar spullen altijd heel nauwgezet, hing haar kleren netjes op kleur en plakte etiketten op schoenendozen, die ze keurig opstapelde. Nu lagen haar spullen samen met die van die slons van een Tanya overal, het meeste in scheve stapels op de vloer in de kast. Ook andere eigendommen van mijn zus, zoals foto's, boeken en trofeeën, waren achteloos in de kast gegooid. Het zou uren kosten om het allemaal door te spitten, dus besloot ik tot een vluchtige doorzoeking. Zoals verwacht stond Tanya's rugzak niet in de kast, maar ik vond er wel iets anders. Haar grote, glanzende rode koffer. Helemaal achterin. Misschien bewaarde ze daar haar reispapieren... en haar geheimen.

Ik liet me op mijn knieën zakken. Aangezien er een cijferslot op de koffer zat, verbaasde het me toen de rits soepel openging. Het sissende geluid bezorgde me kippenvel. Ik klapte de koffer open.

Weer een grote verrassing.

Er zaten tientallen foto's in van mijn moeder, vader, Anabel, Will en mij. Foto's die een periode van tien jaar besloegen. Ik huiverde. Wat ongelooflijk eng. Hoe kwam ze hieraan? Van internet? Facebook? Instagram? Het leek wel alsof ze ons had gestalkt. En wat nog enger was: op alle foto's waar ik op stond, had ze mijn gezicht doorgekrast met rode stift. Alsof ze me cancelde.

Er zat één afwijkende foto bij: een klassenfoto van Indio High School. Er stond geen jaartal op. Ongeveer vijfhonderd kinderen in vrijetijdskleding op een tribune, allemaal breed lachend voor de camera, op één mager, onopvallend meisje midden op de derde rij na. Anders dan haar klasgenootjes keek zij chagrijnig, alsof ze niet op de groepsfoto wilde. Vreemd genoeg was haar gezicht omcirkeld met rode stift. Wie was dat meisje, en waarom was ze interessant voor Tanya? Vol vragen veegde ik de foto's bij elkaar en rende de kast uit.

'Will, stop even met waar je mee bezig bent! Kom hier eens naar kijken.' Mijn broertje kwam naar me toe en ik liet hem de foto's zien. 'Wat denk je hiervan?'

Hij bekeek de foto's alsof ze onder een microscoop lagen. Toen keek hij mij aan. 'Misschien had mam die naar haar opgestuurd voordat ze hierheen kwam?'

Daar had ik nog niet aan gedacht. Dat zou echt iets voor mijn moeder zijn, oude familiefoto's inscannen. Ik nam me voor haar ernaar te vragen. Maar mijn doorgekraste gezicht gaf me nog steeds de rillingen. 'Sherlock, waarom denk je dat ze mij heeft doorgestreept?'

Mijn broertje rolde met zijn ogen. 'Overduidelijk, mijn beste Watson, omdat ze je niet mag.'

Ik grinnikte. Dat was een understatement. Ik liet hem de laatste foto zien, de klassenfoto van Indio High.

Hij keek er met gefronste wenkbrauwen naar.

'Herken jij dat meisje in het midden dat omcirkeld is?'

Hij tuurde. 'Geef me mijn vergrootglas eens aan.'

'Ha-ha. Heel grappig.' Eigenlijk zou ik willen dat we het favoriete stuk gereedschap van de boekendetective hadden, want de foto was korrelig en het meisje was moeilijk te zien. 'Nou, Sherlock?'

Will schudde zijn hoofd. 'Sorry, geen idee.'

Ik ook niet. 'Hoe oud denk je dat die foto is?'

Hij plooide zijn lippen. 'Lastig te bepalen. Ze lijken me allemaal een jaar of vijftien, zestien, en de meesten dragen spijkerbroeken, T-shirts en hoody's. Hij kan gisteren gemaakt zijn, of een paar jaar geleden. Maar ik zou zeggen dat hij niet ouder kan zijn dan twintig jaar.'

'Hmm, wat moeten we met die foto's doen?'

'Met je telefoon foto's maken van de foto's waar jij op staat, maar laten we een kopie maken van die klassenfoto... en dan stoppen we ze in haar koffer terug.'

'Goed idee. Ben je haar e-mailaccount al in gekomen?'

'Ja. TanyaBdreamer@gmail.com.'

'Net zoals haar Instagram.'

'Ja. En het adres is pas de dag voordat ze hierheen kwam aangemaakt.'

'Raar. Heb je nog veelzeggende e-mails gevonden?'

'Eigenlijk is wat ik níét heb gevonden veelzeggender. Niet één mail naar haar vader, of vice versa. Hij staat niet eens in haar adresboek.'

'Dat is ook raar.' Ik wilde vragen of er mails naar Lance waren, maar hield me in. Als ze al met hem communiceerde, deed ze dat waarschijnlijk via de telefoon. Appjes. Mijn generatie gebruikte zelden e-mail. Net als Facebook was mailen meer iets voor ouwe sokken zoals mijn ouders en grootouders.

'Verder nog iets?'

Hij knikte. 'Een paar desktopbestanden, maar voornamelijk met schooldingen.'

'Heeft ze er een voor haar Stanford-inschrijving?'

'Interessant dat je dat vraagt.' Hij hief een vinger. 'Die heeft ze inderdaad.'

Ik liep met hem mee naar het bureau van mijn zus – het prikbord erboven hing nu vol met foto's van Tanya – en hij opende de map met de naam *Stanford*. Er zaten een paar Google Docs in... waaronder het persoonlijke essay dat ze van mij had gepikt. Ik kwam in de verleiding om het te wissen, maar wat zou dat uithalen? Het kwaad was al geschied.

'Heb je haar browsergeschiedenis al kunnen bekijken?' vroeg ik.

'Nog niet. Zullen we dat samen doen?'

'Tuurlijk.' Mijn stem klonk aarzelend, bang dat ik na mijn vondst van die onrustbarende foto's 'De perfecte moord plannen' en 'Top tien dodelijkste gifstoffen' in haar cache zou vinden, maar haar recente zoekopdrachten waren beperkt tot onlinewinkels, Britse roddelbladen en mijn ouders. Ze had inderdaad mijn vader opgezocht op LinkedIn en mijn moeders uiteenlopende filantropische activiteiten verkend. Ik zette mijn teleurstelling van me af.

Er waren nog twee dingen die we moesten doen voordat we haar kamer verlieten, namelijk haar bureauladen doorzoeken en onder haar bed kijken. Aangezien hij een stuk kleiner en leniger was dan ik, besloot Will dat laatste te doen terwijl ik het bureau voor mijn rekening nam.

Mijn broer kwam al snel met een verschrikt gezicht onder het bed vandaan. Alleen maar nog meer vuil ondergoed, en een paar enge beestjes. En ik had alleen maar schoolspullen en een paar pakjes kauwgom gevonden. Totdat ik de onderste la opende.

Er lag een verkreukeld, handgeschreven concept in van mijn Stanford-essay dat ik had weggegooid. Ik voelde mijn woede weer opborrelen. Aan de ene kant wilde ik mijn vader laten zien wat ik had gevonden en bewijzen dat Tanya dit van míj had gepikt, maar dat kon ook verkeerd uitpakken. Het laatste wat ik wilde, was dat mijn vader een brief zou schrijven naar het hoofd toelatingen om hem op andere gedachten te brengen. Dankzij Tanya hoefde ik nu niet naar Stanford. Ze had me onopzettelijk een enorme dienst bewezen.

En nu had ik eindelijk bewijs dat Tanya een vuile leugenaar en een dief was.

Maar, belangrijker nog, ik had het gevoel dat ze iets verborg.

Iets veel sinisterders dan donkere uitgroei.

Het was bijna twaalf uur 's middags en mijn ouders waren nog steeds niet thuis. Will en ik gingen naar zijn kamer, installeerden ons op zijn nerdtroon en waren weer Pudge en Willster. Met mijn handige notitieboekje op schoot en een potlood in mijn hand beoordeelden we samen onze bevindingen. Die bevestigden grotendeels wat we al vermoedden. Dat Tanya:

1) Niet per se uit het Verenigd Koninkrijk kwam.
2) Heel beslist een leugenaar en een dief was, en mogelijk labiel.
3) Mogelijk vervreemd was van haar vader, of geen vader had.
4) Geobsedeerd was met mijn ouders op een goede manier.
5) Geobsedeerd was met mij op een slechte manier.

Het enige wat ik mijn broertje niet had verteld, was mijn ontdekking dat ze aan de pil was en de mogelijkheid dat ze Lance neukte. Een jongen van twaalf hoefde dat soort dingen niet te weten.

Op een nieuwe bladzijde in mijn notitieboek maakte ik met de hulp van Will een to-dolijstje. Net zoals mijn methodische moeder deed voor al haar grote benefiet-evenementen.

TO DO

Will:
- Mary C. Burton/MacBook-eigenaar googelen
- Onderzoek naar Tanya's medicatie

Paige:
- Mam vragen of ze van Tanya's vader heeft gehoord
- Mam vragen of ze Tanya's paspoort, studentenvisum en reisschema heeft
- Mam vragen of zij Tanya foto's van ons had gestuurd

En als laatste nog een taak die ik niet opschreef of hardop uitsprak tegen Will... Mam vragen of zij met Tanya naar dokter Lefferman was gegaan voor de pil. En waarom.

Ik wist niet helemaal zeker of ik het antwoord wilde horen.

22

Natalie

Terwijl ik naast Matt in de wachtkamer bij de spoedeisende hulp zat, kneep ik in zijn hand. Mijn hart ging tekeer en mijn borst voelde zo strak dat ademhalen pijn deed terwijl mijn gedachten me de slechtst mogelijke scenario's voorschotelden.

Wat als Tanya verminkt was?

Verlamd?

In coma?

Hersendood?

Aan de beademing?

Of als ze al...

O god. Dit kon niet nog een keer gebeuren. Eerst mijn geliefde Anabel, nu mijn lieve Tanya. Mijn duisterste gedachte werd onderbroken door het geluid van voetstappen. Een arts. Ze was aantrekkelijk, in de veertig, en droeg een blauwe overall met een witte jas eroverheen. Met mijn hart in mijn keel sprong ik van mijn stoel. Matt deed hetzelfde.

Ze stelde zich voor als dokter Lawrence, neuroloog.

Ondanks mijn uitdroging en spanning tuimelden de woorden uit mijn mond. 'Dokter, is ze in orde?'

'Uw uitwisselingsstudent heeft heel veel geluk gehad.' Ze schoof haar bril met schildpadmontuur wat hoger op haar neus. 'Gelukkig droeg ze een gordel tijdens de botsing. De airbag is in haar gezicht beland en heeft wat schade aangericht, maar niets ernstigs. Ze heeft ook meerdere kneuzingen en is bont en blauw. Het kan zijn dat ze een hersenschudding heeft. Ik wacht nog op de uitslag van de MRI en wil haar een nachtje hier houden ter observatie.'

Door haar monotone stem en mijn opgefokte toestand voelde het alsof ze me iets van Wikipedia had voorgelezen. Ik verwerkte haar woorden langzaam, kon er niet op reageren.

Matt wel. 'Dus u bedoelt dat het goed met haar gaat, dokter?'

Ze knikte. 'Tot nu toe wel. Al weet je het nooit zeker met hoofdletsel.'

Alle 'wat-alsen' staken de kop weer op en mijn gedachten schoten terug naar mijn geliefde Anabel. Al het leven uit haar verdwenen. Een ijzig, misselijk gevoel balde zich samen onder in mijn maag.

De deur van Tanya's ziekenhuiskamer stond op een kier. Matt en ik stapten aarzelend naar binnen. Zijn warme hand om die van mij, die klam en koud was, voelde aan als een reddingslijn. Toen ik haar zag, ging er een schok door me heen. Pijn in mijn borst. Mijn arme, lieve Tanya! Ze zag er verschrikkelijk uit. Haar haar in pieken, haar gezicht vlekkerig en gezwollen, haar ogen paarsig en opgezet, en boven haar rechterwenkbrauw zat een kartelige snee met een hechtstrip erover. Alle monitoren en infusen waaraan ze gekoppeld was, maakten me alleen maar ongeruster.

'Hoi, lieverd...' zei ik zachtjes, met bevende stem.

Ze draaide langzaam haar hoofd naar me toe, en zodra ze me zag, barstte ze in tranen uit. Mijn hart brak.

Ik maakte me los van Matt, draafde naar haar bed en streek haarlokken uit haar gezicht; ze voelde een beetje koortsachtig aan. Ik weerstond de neiging om haar te omhelzen. Ze zag er zo teer uit in dat ziekenhuisbed, ik wilde haar beurse lichaam niet nog meer pijn bezorgen.

'Het... het spijt me zo, zo erg!' riep ze snikkend.

Matt kwam naar me toe terwijl ik haar natte wangen depte met een tissue.

'Sst,' zei ik sussend. 'Het belangrijkste is dat alles goed komt met je. Hoe voel je je?'

'Alsof ik door een vrachtwagen ben overreden,' wist ze zwak en hees uit te brengen, amper luider dan een fluistering.

'Arm kind!' zei ik ademloos. Haar pijn was aanstekelijk en elk bot in mijn lichaam leed met haar mee alsof ze mijn eigen kind was.

'Vertel eens wat er is gebeurd,' zei Matt.

'Ik had Paige' auto geleend. Ik vond de sleutel in de keuken.'

Ik keek Matt verwonderd aan. Ik dacht dat hij die sleutel had verstopt.

'Ik had hem net weer aan het sleutelrekje gehangen, Nat. Ik was van plan hem na je verjaardagsontbijt aan Paige terug te geven.'

Tanya ging door. 'Ik weet dat ik hem niet had moeten pakken, of Paige' auto. Maar ik had vroeg willen opstaan om naar de boerenmarkt van Larchmont te lopen, om bloemen te kopen voor Natalies verjaardag.' Gesnuf. 'Maar ik had me verslapen en kwam tijd tekort.'

Op zondagochtend met onze uitwisselingsstudent naar de boerenmarkt lopen was een wekelijks ritueel geworden. Iets wat ik vroeger met Anabel deed, maar sinds haar dood niet meer. Tanya en ik keken er allebei naar uit. Ze genoot ervan om fruit en groenten met me uit te zoeken en verse bloemen te kiezen. Soms gingen we eerst naar Starbucks of Noah's Bagels voor een ontbijtje. Ik had Paige al vaker gevraagd om ook mee te gaan, maar zij had geen belangstelling. Hoe hechter ik werd met Tanya, hoe meer afstand er ontstond tussen mij en mijn dochter.

Ik begon te denken dat mijn uitwisselingsexperiment mislukt was. De enige die er voordeel bij leek te hebben dat Tanya bij ons woonde, was ik zelf, en nu wist ik het niet meer zo zeker.

'Natalie,' zei ze raspend, waarmee ze mijn gedachten onderbrak, 'kun je me wat water geven alsjeblieft?'

'Natuurlijk.' Ik pakte de plastic beker van het nachtkastje en hield hem voor haar droge lippen. Ze nam een paar grote slokken door het rietje.

'Ga door, Tanya,' spoorde Matt haar met stijgend ongeduld aan. 'Vertel eens wat meer over wat er is gebeurd.'

'Alsjeblieft, Matt. Doe een beetje rustig aan. Ze heeft een traumatische ervaring gehad.'

'Ik wil alleen maar de feiten, Natalie.' Zijn stem verzachtte niet, maar werd in elk geval ook niet norser.

Tanya was uitgedronken. 'Alles ging goed. Ik kwam er heelhuids aan en vond het perfecte boeket voor Natalie. Twaalf prachtige roze rozen met lange stelen en wat gipskruid erbij.'

'Dat klinkt heel mooi.'

Terwijl ik kleintjes glimlachte, werden Tanya's ogen weer vochtig. 'Het spijt me dat ik ze je niet kon geven. Ik neem aan dat ze nog in de auto liggen.'

Ik zette de beker weer op het nachtkastje en pakte haar hand vast. 'Maak je daar alsjeblieft niet druk om... Het gaat om de gedachte. Het belangrijkste is dat je nog leeft.'

'Hoe is het ongeluk gebeurd?' vroeg Matt, die nog steeds op een missie was om antwoorden te krijgen.

'Op weg naar huis stak een eekhoorn de straat over. Ik wilde hem niet raken, dus maakte ik een noodstop. Of dat was de bedoeling. Maar in mijn opgefokte toestand trapte ik per ongeluk het gas in. Ik verloor de macht over het stuur en botste frontaal op een boom.'

Ik kneep even in haar hand. 'Godzijdank droeg je een veiligheidsgordel. Anders was je misschien door de voorruit gelanceerd en...' Er zat een brok zo groot als een golfbal in mijn keel vast en ik kon mijn zin niet afmaken.

Dat deed Tanya voor me. 'Ik weet het... Ik had wel dood kunnen zijn.'

Mijn hart brak bijna bij de gedachte om haar te verliezen. Er prikten tranen achter mijn ogen, maar ik hield ze binnen.

'Is de auto total loss?' Haar stem klonk klein en aarzelend.

'Weet ik niet,' antwoordde Matt. 'De politie hintte erop dat hij er niet best aan toe is, maar we hebben hem zelf nog niet gezien.'

'Paige zal me wel voor eeuwig haten.'

'Ze komt er wel overheen. De auto is verzekerd. Als hij nog te repareren is, laten we hem repareren. Zo niet, dan kopen we een andere auto voor haar, al verdient ze dat eerlijk gezegd niet na die shit die ze uithaalde met Stanford.'

'Zij heeft een fout gemaakt. Ik heb een fout gemaakt.' Haar onderlip trilde. 'Als jullie me willen terugsturen naar Engeland, dan begrijp ik dat, maar vertel alsjeblieft niet aan mijn vader wat er is gebeurd.'

Ik boog me naar haar toe, streelde haar haar en keek haar teder aan. 'Liefje, we zouden je nooit terugsturen. Het was gewoon een stom ongeluk. We vinden het heerlijk om je bij ons in huis te hebben. Je bent het beste wat me is overkomen sinds we onze Anabel verloren.'

'O, Natalie, dank je. Ik heb zoveel geluk met jou en Matt in mijn leven. Jullie zijn als een vader en moeder voor me geweest.' De dammen braken weer door.

Ik kon er niet meer tegen. Ik ging op de rand van haar bed zitten en nam voorzichtig haar kwetsbare lichaam in mijn armen. Ik voelde haar hartslag, haar warmte, en liet haar op mijn schouder uithuilen tot ze niet meer kon.

'Het is al goed, lieverd,' fluisterde ik met mijn lippen tegen haar hals.

Na een paar lange minuten maakte ze zich van me los en ik gaf haar een tissue om haar tranen te drogen en haar neus te snuiten.

'Hoelang moet ik hier blijven?'

'De dokter wil je een nachtje ter observatie houden.'

'Ik wil naar huis! Alsjeblieft, Natalie!'

Haar ogen waren vochtig; mijn hart brak.

Ik vertelde haar dat dat niet kon en kuste haar ten afscheid zachtjes op haar voorhoofd.

Ze sloot haar ogen toen Matt en ik de kamer verlieten.

Ik kon niet wachten om haar weer thuis te hebben.

Hoe eerder hoe beter.

Er ging een huivering door me heen. Weer zo'n verkillende 'wat als'.

Wat als het toch ineens slechter met haar ging?

23
Paige

Tanya kwam maar al te gauw weer naar huis. De volgende dag al. Ik moest toegeven dat ze er behoorlijk slecht uitzag. Misschien dat die lelijke snee boven haar wenkbrauw een litteken zou blijven. Dat had ze dan verdiend! Ze bood niet eens haar excuses aan voor het stelen en in de prak rijden van mijn auto.

We hadden vandaag geen school. Zo'n zogenaamde studiedag die de leraren gedurende het schooljaar af en toe hadden. Ik wist dat ze alleen maar een smoes waren om de leraren een lang weekend te bezorgen, maar dat vond ik best.

Tot nu toe was Tanya haar kamer nog niet uit gekomen. Mijn moeder bleef thuis, had al haar activiteiten en vergaderingen afgezegd en bekommerde zich om haar. Behandelde haar alsof ze een breekbare porseleinen pop was. Will en ik bekeken ze via de spycam tot we er niet meer tegen konden. Bovendien hadden we veel belangrijkere dingen te doen.

Terwijl Will probeerde Mary Burton op te sporen, de geregistreerde eigenaar van Tanya's laptop, deed ik onderzoek naar de medicijnen die ik in haar nachtkastje had gevonden. Dat was niet moeilijk, maar wel opzienbarend. Het waren allemaal antipsychotica, voorgeschreven voor schizofrenie, bipolaire stoornissen en extreem agressief gedrag. Vragen tolden door mijn hoofd. Hoe kwam Tanya aan al die medicatie? Wie was ze echt? Hadden we een psychopaat in huis gehaald?

Ik moest dringend met mijn moeder praten. Informatie uit haar lospeuteren. Een kans diende zich uiteindelijk aan toen Tanya een dutje ging doen en mam naar beneden kwam. Ik liet Will bij Beer achter en ging naar haar toe. Ze zat aan het keukeneiland met een glas wijn, bladerend door een dik boek.

Ik schraapte mijn keel. 'Hoi, mam.'

Ze draaide zich met een ruk om.

'O... hoi, lieverd.' Ze graaide naar haar glas en nam een slokje witte wijn. 'Je liet me schrikken.'

'Sorry.' Korte stilte. 'Wat ben je aan het doen?'

Ze zette het glas neer en tilde het boek op. *The Vegan Gourmet's Soup to Nuts Cookbook*. 'Ik zoek iets voor de lunch wat iedereen lekker zal vinden.'

Dat verwarmde mijn hart. Ik moest het mijn moeder nageven: ze respecteerde mijn vegan dieet en deed haar best.

'Kom zitten en help me een recept uit te zoeken. Dan maken we het samen.'

Koken met mijn moeder? Dat zou voor het eerst zijn. Iets wat ik me in elk geval niet kon heugen uit de tijd toen mams oogappel Anabel nog leefde. Of sinds die slijmerd van een Tanya hier woonde.

'Tuurlijk.' Ik ging naast haar aan het eiland zitten. Ook voor het eerst. Alleen wij tweeën. Een perfecte kans om haar wat informatie te ontfutselen. 'Hoe gaat het met Tanya?'

Alsof me dat wat kon schelen, maar het was een binnenkomer.

Haar gezicht klaarde op. 'O, lieverd, wat lief dat je het vraagt. Gisteren had ze het echt heel zwaar, maar vandaag lijkt het al beter te gaan. Minder pijn.'

'Dat is mooi.' *Dat is ruk.*

Terwijl ik door het kookboek bladerde, dronk mijn moeder nog wat wijn. Ik vond het er een beetje vroeg op de dag voor, al wist ik zeker dat ze dagelijks een glas of twee dronk als ze ging lunchen met haar vriendinnen. Belangrijker nog, het zou ervoor zorgen dat ze ontspannen bleef.

'Is dokter Lefferman bij haar langs geweest in het ziekenhuis?' vroeg ik.

'Nee, maar ze was in september al bij hem geweest. Je school wilde dat ze een medische keuring kreeg.'

'En, had hij iets gevonden?' *Zoals dat ze gestoord is? Of een dodelijke ziekte heeft?*

'Nee, ze is kerngezond.'

'Heeft hij haar medicijnen gegeven?'

'Alleen de pil. Dezelfde als jij.'

'Waarvoor heeft ze de pil nodig?' *Zodat ze mijn vriendje kan naaien?*

'Ze zei tegen dokter Lefferman dat ze veel last heeft van menstruatiepijn.'

Leugenaar! Ik had haar nog nooit horen klagen over haar ongesteldheid.

'Had ze verder nog iets nodig?' *Zoals Risperidon, bijvoorbeeld?*

'Eigenlijk beval hij ook cannabisolie aan.'

'Waarvoor?'

'Ze vertelde hem dat ze soms paniekaanvallen kreeg, nu ze in een ander land was en op een totaal nieuwe school zat, en dat ze moeite had met slapen.'

Ik was verontwaardigd. Ze wilde waarschijnlijk alleen maar high worden met Lance en hem dan naaien. Het enige waar zij zich mogelijk druk om zou kunnen maken, was de kans dat onze hond haar aanviel of dat ik haar in ons zwembad smeet en onder water hield. Verder was ze nergens bang voor. Verdomd, ze was zelfs gaan joyriden met mijn auto.

Alsof mijn moeder mijn gedachten had gelezen, zei ze: 'Die arme meid voelt zich verschrikkelijk omdat ze je auto heeft geleend en een ongeluk heeft gehad.'

Ja, tuurlijk. Ik besloot maar niet op een excuus van haar te wachten.

Mijn moeder legde vervolgens de 'verzachtende' omstandigheden uit. Ik deed alsof ik vergevingsgezind was, maar eigenlijk haatte ik Tanya meer dan ooit. Als ik een voodoopop had, zou ik hem Tanya noemen en er een miljoen spelden in steken.

Een paar minuten later vonden we een eenvoudig recept voor minestronesoep die ons allebei lekker leek. Ik bleef zitten terwijl mijn moeder alles wat we nodig hadden naar het keukeneiland bracht. Een lading verschillende groenten, snijplanken en messen.

'Wat wil je dat ik doe?' vroeg ik. Ik kon me de laatste keer niet herinneren dat ik had aangeboden mijn moeder te helpen. Verbazingwekkend was dat ik er niet aan doodging. Eigenlijk voelde het goed.

Mijn moeder glimlachte waarderend. 'Het zou fijn zijn als jij kon helpen bij het snijden van de groenten. Maar pas op dat je je vinger er niet afhakt.'

Ik lachte onwillekeurig. 'Maak je geen zorgen. Als ik met een boetseermes kan omgaan, lukt een keukenmes ook wel.'

Naast elkaar zittend gingen we aan het werk. Ik was al een eeuwigheid niet meer zo dicht bij mijn moeder geweest. We deden iets samen, iets anders dan kibbelen. Eigenlijk voelde het best fijn. En samen groenten snijden was ontspannend.

Ik voelde dat ze naar me keek. 'O, helemaal vergeten. Die buste die je van me hebt gemaakt was prachtig.'

'Heb je hem gevonden?'

'Ja. Toen we gisteren terugkwamen uit het ziekenhuis. Ik heb hem op mijn bureau gezet, in mijn kantoor. Sorry, ik had je eerder willen bedanken.' Ze legde haar mes neer en draaide zich naar me toe om me op mijn wang te kussen. Ik was verbaasd te merken hoezeer ik dat op prijs stelde. Hoe het me verwarmde. Misschien, als Tanya hier niet was, zouden mijn moeder en ik een kans hebben om hechter te worden. Een echte band aan te gaan.

'Geeft niet,' zei ik met een glimlach. 'Je had een hoop op je bordje.'

Mijn moeder pufte. 'Zeg dat wel. Gelukkig gaat het goed met Tanya.'

Helaas, dacht ik stiekem terwijl ik een ui pelde. Mijn gevoelige blauwe ogen gingen ervan tranen.

'Huil je, lieverd?'

Ik knikte, met lekkende tranen.

'Je hoeft je geen zorgen te maken om Tanya. Het komt echt goed met haar.'

Ik moest op mijn onderlip bijten om een lach binnen te houden. Mijn moeder was zo onnozel. Tijd om haar uit de droom te helpen. 'Het komt gewoon door die ui, hoor.' De ui was klaar en ik ging verder met de bleekselderij. En met mijn agenda. 'Mam, mag ik je wat vragen stellen?'

'Natuurlijk.'

'Heb je Tanya's vader op de hoogte gebracht van het ongeluk?'

'Ze smeekte me wel om het hem niet te vertellen, maar natuurlijk heb ik geprobeerd hem te pakken te krijgen. Mijn mail aan hem bouncete, en het telefoonnummer dat ik heb was niet in gebruik.'

Maf.

'Lieverd, help me onthouden dat ik Tanya om zijn nieuwe gegevens vraag, want hij moet het lesgeld voor Coldwater betalen. Iemand van de administratie belde er al over.'

Dat vond ik ook interessant. Had haar vader de vijfenveertigduizend dollar lesgeld nog niet betaald, of een deel ervan? Behalve als je een beurs kreeg, zoals mijn beste vriendin Jordan, had Coldwater een zerotolerancebeleid ten aanzien van late betalingen. Ha! Misschien werd ze wel van school getrapt. Al wist ik dat mijn ouders dat nooit zouden laten gebeuren en dan waarschijnlijk het geld zouden voorschieten, in de verwachting dat het terugbetaald zou worden.

Ik pakte nog een stengel bleekselderij om in blokjes te snijden. 'Heb jij ooit een foto van haar vader gezien?'

Geconcentreerd op de aardappel die ze aan het schillen was, schudde mijn moeder haar hoofd. 'Nee, maar eigenlijk heb ik er ook nooit om gevraagd.'

'Vind je het niet raar dat ze geen foto van hem in haar kamer heeft? Niet één?'

Mijn moeder haalde haar schouders op. 'Misschien wilde ze die niet meeslepen in haar koffer en heeft ze foto's op haar telefoon. Ik weet wel dat ze hem vreselijk mist, vooral aangezien hij zoveel reist.'

'Heb jij haar ooit foto's van onze familie gestuurd?'

'Niet rechtstreeks naar haar, maar wel een paar naar het uitwisselingsbureau.'

Het uitwisselingsbureau! Ik gaf mezelf mentaal een tik op de vingers. Waarom hadden Will en ik daar niet eerder aan gedacht?

'Maar je moet alle formulieren nog hebben die je had ingevuld.' *Jackpot!* 'En Tanya's persoonlijke info, inclusief haar paspoortnummer, studentenvisum en privéadres.'

'Die hád ik.'

'Hoe bedoel je?'

'Het is heel raar, maar dat bestand is van mijn desktop verdwenen. Ik kan het zelfs niet meer in de Prullenbak vinden. En ik weet ook niet meer hoe ik het had genoemd.'

Twee dingen: ofwel mijn moeder had een overdosis Xanax en wijn genomen, ofwel Tanya had het bestand verwijderd. Ik gokte op Tanya. Ze bleek buitengewoon handig met de computer. Ik zou er niet van opkijken als ze een hacker was.

'Had je ook foto's van Anabel opgestuurd?' ging ik door.

Bij de verwijzing naar mijn zus nam mijn moeder een grote slok wijn. 'Nee. Ze wist niet eens dat je een zus had.'

Mijn hoofd liep om. Waar had ze dan al die foto's vandaan? Van Facebook? Instagram? De social-media-accounts van mijn zus waren inactief, dus daar kon ik niet op kijken. Maar misschien wist Tanya hoe je erin kon komen.

'Heb je Tanya's paspoort?' Nogal een verandering van onderwerp, maar mijn moeder scheen het niet erg te vinden dat ik haar met vragen bestookte.

'Nee. Ik denk dat het op haar kamer ligt.'

Verkeerd gedacht.

'Ze zou het eigenlijk altijd bij zich moeten hebben, voor het geval ze nog eens een ongeluk of een ander noodgeval heeft. De enige legitimatie die ze bij zich had was haar studentenkaart, maar dat is niet voldoende.'

'En haar studentenvisum dan? Had ze dat niet bij zich?'

'Blijkbaar niet.'

Mijn vermoeden: dat had ze vast helemaal niet.

Toen de bleekselderij gesneden was, ging ik verder met de pastinaak. 'Je zou op z'n minst een kopie van haar paspoort moeten maken en die bij de onze bewaren. Je weet wel, voor het geval ze het ooit kwijtraakt.'

'Dat is een uitstekend idee, Paige.'

'Wat zijn jullie aan het doen?' Bij het horen van haar stem draaide ik me met een ruk om.

Tanya! Gekleed in de glanzende roze ochtendjas van mijn zus zwierde ze de keuken in. Ik keek ervan op dat ze niet stram liep. En ze zag er geweldig uit. Haar geblondeerde haar was gewassen en geföhnd en haar gezicht een stuk minder gezwollen. Bijna weer normaal.

'Tanya!' Mijn moeder liet haar schilmesje vallen. 'Wat doe jij uit bed?'

Ze kwam naar ons toe en harkte met haar vingers door haar lange lokken. 'Ik kon niet slapen, en ik begon me te vervelen.'

Mijn moeder bekeek haar onderzoekend en glimlachte. 'Je ziet er stukken beter uit, lieverd.'

'Dank je. Ik heb een lang, heet bad genomen, en dat heeft echt geholpen. Ik voel me ook veel beter.'

Met dat rozenparfum op en haar huid zo fris als de ochtenddauw leek ze wel een Engelse roos. Zoals de meisjes in het Madonna-prentenboek dat mijn zus en ik vroeger zo prachtig vonden. Mijn zus vond dat ze veel leek op het knappe blonde meisje in het boek. Dat was ook zo. Tanya trouwens ook. Ik identificeerde me meer met de buitenstaander met de bril. Logisch.

Mijn moeder onderbrak mijn gedachten. 'Kom zitten, Tanya. Ik wil niet dat je zo lang staat met je hersenschudding.'

'Het is maar een lichte.'

'Alsjeblieft, ga zitten.' Onze wonderbaarlijk herstelde uitwisselingsstudent nam tegenover me plaats. 'We maken soep. Daar zul je van opknappen.'

'Bedankt, Natalie. Je bent geweldig.' Ze keek naar mijn moeders halflege glas wijn. Ik verwachtte al dat ze zou vragen of ze ook wijn mocht, maar toen verbaasde ze me door mijn moeder te vragen: 'Heb je al iets over de auto gehoord?'

'Nog niet. Matt gaat in de lunchpauze even bij de garage langs.'

Tanya keek mij aan. 'Sorry, Paige.'

Ik hoorde helemaal niets oprechts in haar zangerige stem, maar toen schoot me iets te binnen en inwendig grijnsde ik. Het was een poging waard.

'Het moet best eng voor je zijn geweest om aan de andere kant van de weg te rijden. Vooral bij bochten naar links.'

Ze trok grimassend haar wenkbrauwen op. 'Huh? Waar heb je het over?'

Ha! Hebbes!

'Nou, in Engeland zit het stuur van je auto toch aan de rechterkant en rijden ze links?'

'O, j-ja.'

Ik onderdrukte een valse glimlach. *M'n reet.* Onze verwarde uitwisselingsstudent was net zo Brits als ik.

Mijn moeder had niks in de gaten. 'Ja, Matt vond het ook lastig om in Londen te rijden toen hij daar in april voor zaken was.' Ze keek onze uitwisselingsstudent aan. 'Het is een wonder dat je niet het leven hebt gelaten.'

Ja, jammer.

Ik was er nu meer dan ooit van overtuigd dat ze geen uitwisselingsstudent was.

En geen Engelse roos.

Alleen maar een giftige doorn in mijn vlees, die ik onder mijn huid vandaan moest zien te krijgen.

Maakten ze maar reuzenpincetten zodat ik mezelf voor altijd van haar kon ontdoen.

24

Paige

Will zat met zijn neus in zijn laptop op zijn nerdtroon toen ik terugkeerde naar zijn kamer. De trouwe Beer lag opgerold op de vloer te snurken. Hij begon oud te worden. Ik was benieuwd wat mijn broertje te weten was gekomen over de persoon die Tanya's computer had geregistreerd.

Ik klom op zijn bed en deelde alles met hem wat ik net had ontdekt. Tanya's afkomst was beslist twijfelachtig. Ze was in elk geval níét de Engelse uitwisselingsstudent die ze beweerde te zijn.

'En jij, Sherlock?'

'Ik heb ook een beetje voortgang geboekt, mijn beste Watson.'

'Weid eens uit?'

'Het slechte nieuws: er zijn duizenden Mary Burtons verspreid over de hele wereld, de meeste in de VS, Canada en Engeland. Het is nogal een populaire naam. Een van hen is zelfs een bestsellerschrijver. Het goede nieuws: volgens Intelius wonen er maar achtennegentig Mary C. Burtons in de Verenigde Staten.'

'Wat is Intelius?'

'Een website om mensen op te sporen. Je kunt er hun telefoonnummer vinden, en soms hun privéadres en e-mail.'

'Heb je ook info kunnen vinden over Mary C. Burtons in Engeland?'

'Intelius geeft alleen informatie over inwoners van de VS.'

Ik fronste. 'Dat is jammer.'

'Kop op. Alle bewijzen die we hebben, maken het zéér onwaarschijnlijk dat onze verdachte een computer heeft gestolen van iemand in Engeland, maar ik zal Scotland Yard vragen hun eigen onderzoek te starten.'

Ik lachte weer, monterde wat op. 'Heb je Tanya opgezocht?'

Met een zelfingenomen glimlach stak mijn broertje een vinger omhoog. 'Ik wist dat je dat zou vragen, en dat heb ik inderdaad gedaan. Ik kon geen Tanya Blackstone in de Intelius-database vinden.'

'Dat maakt me nóg argwanender. Kost het geen vermogen om lid te zijn van die dienst?'

'Ik heb een proefabonnement van een week voor negenennegentig cent.'

'Uitstekend. Dus wat is de volgende stap?'

'*Elementary, my dear Watson.* Als eerste nemen we contact op met alle Mary C. Burtons. Vragen of er onlangs een MacBook van ze is gestolen.'

Ik zuchtte. 'Dat blijven nog steeds een heleboel mensen om te bellen.'

'We verdelen het werk.' Hij pakte een kleurige plastic map – een van zijn vele huiswerkmappen met robots, ruimteschepen en aliens erop – en haalde er twee velletjes papier uit. Het ene gaf hij aan mij, het andere hield hij zelf.

'Wat is dit?' vroeg ik.

'Een Excel-spreadsheet. Ik heb alle Mary's met hun telefoonnummers op een rijtje gezet. Ik weet niet zeker of het mobiele nummers of vaste lijnen zijn, maar ik heb ook hun e-mail erbij gezet als dat beschikbaar was.'

'Indrukwekkend. Hoe heb je dat geleerd?'

'Van pap.'

'Aardig van hem.' Nou, in elk geval besteedde pap wat qualitytime met mijn broertje. Nerdy Will was niet bepaald de Little League-honkballer waarop mijn vader had gehoopt, al voetbalde hij wel.

'Ik doe de eerste helft, jij de tweede.'

'Deal.'

We pakten allebei een potlood en gingen aan het werk. We namen contact op met alle Mary C. Burtons, meestal door te bellen of te appen. Het kostte ons de hele middag. Geen geluk.

Ik was moe, somber en stond op het punt het op te geven. En toen kreeg ik ineens een appje terug. Eén kort, schreeuwerig woord in antwoord op mijn vraag:

Is je MacBook recent gestolen?

JA!!!

'Bingo!' Ik gaf mijn al net zo opgewonden broertje een high five. 'Wat moet ik terugsturen?'

'Zeg dat je hem gevonden hebt en bij haar terug wilt brengen.'

Ik deed wat mijn broertje zei. Ze appte meteen terug.

Godzijdank!

Waar woon je?

Will en ik herkenden het netnummer geen van beiden, en er had geen adres van haar op de site gestaan. We moesten maar hopen dat ze niet in Alaska woonde.

Tot onze grote opluchting woonde ze in Redlands, ongeveer honderd kilometer verderop. Ze appte ons haar adres.

Twee vragen dienden zich aan: Hoe moesten we die laptop bij haar krijgen?

En waarom had Tanya hem überhaupt gestolen?

25
Natalie

De zondag erop, precies een week na Tanya's ongeluk, zat ik alleen aan tafel in onze charmante ontbijtkamer met een kop koffie en een heerlijk boterige croissant, en wederom gebruikte ik het mooie porselein dat we van mijn schoonmoeder hadden gekregen. Zij had hetzelfde servies, dat ze dagelijks gebruikte. Ik bewaarde mijn servies voor speciale gelegenheden... zoals verjaardagen. Vandaag was zo'n dag.

De zon scheen door de openslaande deuren naar binnen en hulde de kamer in een gouden gloed. Hoewel ik dol was op regen, was ik blij dat het vandaag zonnig was. Het monterde me op, en zíj zou hebben gewild dat deze dag perfect was.

'Hoi, Natalie. Wat zie jij er opgedoft uit voor de boerenmarkt.'

Ik keek op en zag Tanya mijn kant op komen. Anders dan ik, in een bloemetjesjurk van Prada en een fijne pashmina, droeg zij een gescheurde spijkerbroek, een naveltruitje en roze slippers met glitters.

Ze was fris als de ochtenddauw en zag er mooi uit. Ze had zich snel hersteld van haar vreselijke auto-ongeluk en het wondje boven haar oog genas goed, al kon je het nog steeds zien. Om ervoor te zorgen dat ze zich er niet zo opgelaten om voelde, had ik haar meegenomen naar mijn kapper in Beverly Hills, die een pony bij haar had geknipt om het te camoufleren. De pony stond haar goed en liet haar er jonger uitzien.

'Dat had ik je moeten vertellen. Ik ga vandaag niet naar de boerenmarkt.'

'O. Waarom niet?'

'Kom ontbijten, dan leg ik het uit.'

Ik zette snel nog een bord neer en gaf haar koffie, vers fruit en een van de heerlijke gebakjes die ik gisteren op de terugweg van Wills roboticabijeenkomst had gehaald.

'En, Natalie, waar ga je heen, zo opgedoft?' vroeg ze terwijl ze een bes in haar mond stak. 'O, en trouwens, je ziet er echt heel mooi uit.'

Ik glimlachte flauwtjes. Voelde de emoties omhoogkomen. Een strak gevoel in mijn borst. 'Bedankt. Vandaag is Anabels verjaardag. Ze zou negentien zijn geworden.' Mijn stem klonk alsof hij van ver weg kwam. Droevig.

Ik nam een versterkend slokje koffie. 'Anabel was het licht in mijn leven. Ik ga zo naar de kerk, en naderhand naar haar graf.'

'Gaan jullie allemaal?' vroeg onze gaste. 'Je hele gezin?'

'Nee. Ik ga liever alleen.' Ik droeg mijn verdriet altijd in mijn eentje.

Het welde nu ook in me op. Mijn zicht werd troebel en ik kon een paar tranen niet tegenhouden. Ik depte mijn ogen met een linnen servet.

Tanya stak haar hand over de tafel uit en pakte teder mijn vrije hand vast. Haar ogen waren vol warmte en medeleven. 'Natalie, als je het goed vindt, wil ik graag met je mee. Het zou veel voor me betekenen.'

Weer glimlachend kneep ik in haar hand. 'Dat zou ik heel fijn vinden.' Ik wilde niet langer alleen zijn.

'Moet ik iets zwarts aantrekken?'

'Nee, juist niet. Doe iets vrolijks en kleurigs aan!' Mijn glimlach werd breder. 'Vandaag rouwen we niet, maar víéren we Anabels leven.'

Een kwartier later kwam Tanya de trap af hollen. Even kon ik mijn ogen niet geloven. Ze had een van Anabels lievelingsjurken aangetrokken, een roze mini-jurk met blote schouders en witte stippen. Met haar nieuwe pony dacht ik even dat ik mijn dochter zag. Ik hoorde dat ik mijn adem naar binnen zoog, maar toen schudde ik mijn hoofd en zette de illusie van me af.

De Saint Andrew-kerk stond aan Windsor Square, op loopafstand van ons huis, maar ik had besloten de auto te nemen zodat we meteen na de dienst naar de begraafplaats in de Valley konden doorrijden.

De grote neogotische kerk, ongeveer tegelijk met ons huis gebouwd, zag eruit als gebouwen die je in Engeland zou kunnen vinden, elegant en statig. Het interieur was adembenemend, met hoge, gewelfde plafonds en schitterende glas-in-loodramen waardoor licht de kapel in scheen. Dat licht voelde als de aanwezigheid van God en vervulde me altijd met ontzag. Ik was niet bijzonder gelovig en ging niet regelmatig naar kerkdiensten; meestal alleen op feestdagen zoals Kerstmis en Pasen en voor een paar speciale gelegenheden zoals de communie van mijn kinderen. En vandaag.

De dienst van kwart voor tien 's morgens, de populairste, zat vol. We vonden zitplaatsen voor het koor. Ik herkende veel van de kerkgangers op de kostbare mahoniehouten bankjes en begroette er een paar met een knik of een zwaaitje. Er klonk zacht geroezemoes, maar het werd helemaal stil toen dominee Francis het altaar betrad.

Ik las mee in mijn gebedenboek terwijl de imposante maar welwillende witharige dominee ons door de dienst heen leidde. Hij was een grote troost voor me geweest na Anabels overlijden, maar niet genoeg om mijn inzinking te voorkomen. Toch was ik hem dankbaar, dus bleef ik gul bijdragen aan de kerk en hielp ik ook bij hun fondsenwerving.

Af en toe keek ik even naar Tanya. Haar gebedenboek lag gesloten op haar schoot en ze zag er verveeld en onrustig uit, alsof ze niet kon wachten om hier weg te gaan. Misschien had ze er spijt van dat ze had gevraagd of ze mee mocht. Maar daar kon ik op dit moment niets aan doen, dus richtte ik mijn aandacht op de dienst.

De mis was altijd hetzelfde. De opbeurende liederen, de psalmen, communie en de preek. Vandaag werd er gelezen uit Jeremia 14:10.

Ik luisterde aandachtig naar de donderende stem van de dominee.

Zijn vurige blik bleef op mij gericht, alsof hij rechtstreeks tegen me sprak.

'De Heer schept geen behagen meer in hen. Nu brengt Hij hun wandaden in rekening, nu bestraft Hij hun zonden.'

Die woorden galmden door mijn hoofd. Lieten me rillen. Schuldgevoel kneep in mijn hart en knaagde aan mijn ziel. God zou me mijn zonden nooit laten vergeten. Nóóit.

'Gaat het wel?' fluisterde Tanya toen ze merkte dat ik rilde.

Ik knikte woordeloos, blij dat ze mijn hand niet pakte. Die trilde en was ijskoud.

Nog steeds aangeslagen was ik blij toen de dienst voorbij was. Ik pakte mijn tas, stond op en schuifelde de rij banken uit, met Tanya achter me aan. Ik liep snel door, met gebogen hoofd om geen gesprekjes te hoeven aanknopen met bekenden. Ik was er niet voor in de stemming.

'Jemig, dat duurde lang!' kreunde Tanya. 'Had je me dat maar verteld.'

Ik was een beetje onthutst om die opmerking en vroeg me af waarom ze had gevraagd of ze mee mocht. Ze wist toch wel hoelang de zondagsmis duurde? 'Ga je thuis niet naar kerkdiensten? Om te bidden voor je moeder?'

Ze haalde haar schouders op. 'Niet echt.' Toen voegde ze eraan toe: 'Kunnen we nu gaan? Mijn voeten doen pijn van het vele staan.'

Haar ongeduld pikeerde me een beetje, maar ik liet het gaan. 'Ik moet nog één ding doen voordat we vertrekken.'

Ze rolde met haar ogen. 'Wat nu weer?'

'Een kaarsje aansteken.'

Pruilend volgde Tanya me naar de verzameling votiefkaarsen achter in de kerk. Vroeger hadden ze hier waskaarsen, maar de brandweer had een paar jaar geleden geoordeeld dat die te gevaarlijk waren en nu waren er deze led-kaarsjes zonder vlam.

Tanya kwam naast me staan en leek voor het eerst belangstelling te hebben. 'Waar zijn die voor?'

'Voornamelijk om overledenen te herdenken... om voor ze te bidden. En je kunt ook tot God bidden om hulp te vragen bij waar je het meeste behoefte aan hebt.'

'Cool. Mag ik er eentje aansteken?'

'Natuurlijk.'

Ze koos een kaarsje dicht bij het mijne uit.

Terwijl de emotie weer in mijn borst omhoogkwam en mijn vingers trilden, zette ik het schakelaartje om om de kaars te laten branden.

Toen het licht aanging, prevelde ik zachtjes in mezelf: 'Mijn allerliefste, mooie Anabel. Ik mis je verschrikkelijk, maar je leeft elke seconde van elke dag in mijn hart. Waar je ook bent, ik hoop dat je me hoort en mijn diepe liefde voelt.'

Terwijl de tranen mijn zicht vertroebelden, keek ik even naar Tanya. Ze staarde naar haar aangestoken kaars. Met een heel lichte grijns om haar lippen.

Plotseling liep er een rilling over mijn rug. Ik trok mijn sjaal steviger om mijn schouders.

Waar zou ze voor bidden?

26

Natalie

De rit naar de Forest Lawn-begraafplaats kostte ons twintig minuten. Of eigenlijk vijfentwintig, want ik maakte een korte tussenstop om bloemen te kopen. Verse, prachtige roze pioenen waar ik een boeketje van liet maken met een mooie witte strik eromheen. Anabels lievelingsbloemen, en de mijne.

De heuvelopwaartse tocht over het gras naar Anabels graf was een hele uitdaging op mijn hoge hakken. Stom van me. Ik had sneakers moeten aandoen, net als Tanya. Een paar keer verstuikte ik bijna mijn enkel en halverwege hield ik haar vast om in evenwicht te blijven, met de bloemen op mijn vrije arm. Ik was dankbaar dat zij bij me was, voor zowel fysieke als mentale steun.

We kwamen langs talloze grafzerken, vele ervan met kleurige boeketten erop. Ik was overduidelijk niet de enige die bij een dierbare op bezoek ging. Ze zeggen dat gedeelde smart halve smart is, maar de aanblik van andere rouwende nabestaanden vrolijkte me niet op. Met elke pijnlijke stap voelde mijn hart zwaarder aan.

Dertig lange, folterende minuten later waren we bij het graf. Ondanks al mijn spinninglessen was ik buiten adem. En bezweet.

'Wauw, ik ben blijkbaar niet zo fit als ik had gedacht.' Ik haalde diep adem, terwijl Tanya totaal niet moe leek na de uitdagende tocht.

'Dat viel ook niet mee,' antwoordde ze lachend. 'En je moet jezelf niet vergelijken met een achttienjarige.'

Was ze achttien? Ik dacht dat ze zeventien was. Misschien had ik haar verjaardag gemist. Ik wist nog dat haar leeftijd op haar inschrijving had gestaan, maar herinnerde me haar geboortedatum niet.

Ze staarde naar de grafsteen. 'Ligt Anabel hier?'

'J-ja.' Mijn stem begaf het nu al.

'Het is een mooie rustplaats.'

Ik keek om me heen. Het was eigenlijk ook zo. Het uitzicht was adembenemend, een panorama van de San Gabriel-bergen, en dit afgelegen terrein werd onberispelijk onderhouden. Matt en ik betaalden een van de hoveniers wat extra om ervoor te zorgen dat het graf nooit overwoekerde of groezelig werd. Anabel was een mooie ziel geweest, die het verdiende om in vrede en schoonheid te rusten. Ze was alleen veel te jong geweest om te sterven. De hemel had er een engel bij, maar ik was een dochter kwijt.

De stralende zon scheen in mijn ogen terwijl tranen zich achter mijn oogleden verzamelden. Ik haalde mijn donkere zonnebril uit mijn tas en zette hem op om mijn verdriet een beetje te verbergen. Met wazige ogen staarde ik naar de grafsteen. Hij was eenvoudig en elegant. Matts ouders hadden gewild dat we haar bijzetten in het familiegraf buiten San Francisco. Matt was het met hen eens geweest, maar ik had heftig geprotesteerd. Een paar kapotgegooide borden later was Matt door de knieën gegaan en had ik, op het randje van een inzinking, mijn zin gekregen. Ik wilde mijn dochter dicht bij me hebben. Op een dag zou ik hier ook begraven worden en zouden we eindelijk weer bij elkaar zijn.

Er liep een traan over mijn wang toen ik de bloemen voor de grafsteen legde in de hoop dat ze niet meteen zouden verwelken in de warmte, en stapte achteruit. Onder de jaren van haar leven stond haar epitaaf. Mijn tranende ogen richtten zich erop:

Anabel Elizabeth Merritt
Een buitengewone dochter, zus en vriendin.
Let the sunshine in.

Ik was blij dat Tanya niet naar die laatste regel van het grafschrift vroeg. Het was de titel van een lied uit de musical *Hair*. Het laatste optreden op de middelbare school waaraan Anabel had meegedaan.

In dezelfde rol die Diane Keaton op Broadway had gespeeld, was ze sensationeel geweest.

Ik zette die bitterzoete herinnering van me af en wapperde mezelf koelte toe. Het werd warmer, buitengewoon warm voor een novemberdag in Los Angeles. Het moest richting de dertig graden gaan. Had ik mijn slappe rieten hoed maar meegenomen. Maar in elk geval had ik me ingesmeerd, en Tanya ook.

'Vertel eens wat meer over hoe ze is overleden.'

Een wolk van duisternis daalde over me neer. 'Die kant wil ik niet op, Tanya. Denk eraan, dit is een viering van haar leven.'

'Sorry. Vertel dan eens iets over de dag dat ze werd geboren.'

Ik vertelde onze weetgierige uitwisselingsstudent dat ik een heel gemakkelijke zwangerschap had gehad. Geen dag van misselijkheid of pijn. Alles liep gesmeerd. En toen mijn vliezen braken, had Matt me opgewonden naar het ziekenhuis gereden – Cedars – en mijn hand vastgehouden terwijl ik met een ruggenprik en twee keer diep ademhalen Anabel naar buiten perste. Zodra ik haar zag, wist ik dat ik een prachtige engel had gebaard. Onze kleine blonde Anabel, een symbool van elegantie en schoonheid. Ze huilde amper. Toen ik haar voor het eerst in mijn armen hield en ze haar rozenknopmondje om mijn borst sloot, voelde ik een liefde die niet in woorden uit te drukken viel.

Tanya zuchtte. 'Ik wed dat eerstgeboren kinderen altijd een speciaal plekje in hun moeders hart hebben.'

Ondanks de warmte voelde ik dat mijn bloed verkilde. Ik forceerde een glimlach. 'Ja, lieverd, dat is zo.'

'Mijn arme moeder overleed in het kraambed. Door inwendige bloedingen. Je hebt zoveel geluk gehad dat jij niet zoiets hebt doorgemaakt.'

De kou verspreidde zich van mijn kruin naar mijn tenen.

Ik was ook een keer bijna doodgebloed. Ik keerde in een flits terug naar een van de véle slechte dagen van mijn leven, een herinnering zo scherp en helder als een glasscherf. De piepkleine, ongeventileerde kamer in de schroeiend hete woestijn. Het metalen bed met de bultige matras. De stank. De afgrijselijke pijn en het oorverdovende gegil. Bloed, zweet en tranen.

Bloed. Zoveel bloed! Terwijl het visioen van het drijfnatte rode laken mijn hoofd vulde, ging er een heftige rilling door me heen.

Tanya sleurde me terug naar het hier en nu. 'Gaat het wel, Natalie?'

'Ja.' Met bibberende stem zette ik de afschuwelijke herinnering van me af. 'Je moeder moet vreselijk hebben geleden. Godzijdank heb jij het overleefd.'

'Papa zei dat het niet veel had gescheeld. Ik was een erg ziekelijk kind... misschien omdat ik geen borstvoeding had gekregen. Ik moest zelfs een jaar doubleren op school. Ik wou dat ik een moeder zoals jij had gehad om voor me te zorgen.'

Een vlaag van moederliefde barstte in me los. Ik sloeg mijn armen om haar heen en omhelsde haar. 'Ach, arme schat. Ik wou dat ik er had kunnen zijn om voor je te zorgen.'

'Ik ook.' Haar stem werd waterig. 'Natalie... Ik wou dat je voor altijd in mijn leven kon blijven.'

'Dat doe ik ook,' zei ik zachtjes, en toen maakte ik me van haar los. 'Kom, we gaan even zitten. Het is zulk mooi weer, en mijn voeten doen pijn.'

Even later zaten we op het gras, op mijn sjaal voor Anabels grafsteen. Ik had mijn schoenen uitgedaan en zat op mijn knieën. Tanya zat naast me met haar knieën tegen haar borst. Ze trok aan de zoom van haar jurk en streek met haar vingers door haar lange blonde haar.

'Vertel eens wat meer over Anabel. Hoe was ze als kind?'

Beelden uit het verleden flitsten als een diavoorstelling door mijn hoofd. Hoe ze altijd sliep, opgerold en met een pluchen beest in haar armen. Haar eerste balletoptreden. Haar foto van de eerste klas met een stralende glimlach en een ontbrekende voortand. Haar eerste toneelstuk, *The Wizard of Oz*, waarin ze de heks had gespeeld en de show had gestolen. De dag dat ze bij het cheerleadingteam was gekomen. De vele toneelvoorstellingen op de middelbare school, van Shakespeare tot Broadway-stukken. Ze was echt niet perfect geweest, maar na haar dood had ik wat mijn therapeut een 'selectief geheugen' noemde. Ik herinnerde me alleen de goede dingen.

'Ze was een stralende ster. Letterlijk en figuurlijk. Overal waar zij ging, verlichtte ze haar omgeving. Iedereen, hoe oud of jong ook, werd door haar aangetrokken. Haar sprankelende persoonlijkheid. Ze was altijd het middelpunt van de aandacht.'

'Dat moet moeilijk zijn geweest voor Paige.'

'Niet echt. Paige was een beetje een einzelgänger die het liefst haar eigen gang ging. Hoewel ze qua leeftijd niet veel scheelden, waren ze eigenlijk nooit echt close.'

'Hield je evenveel van allebei?'

'Je bedoelt: hóú ik evenveel van allebei. Ik ben nooit opgehouden met van Anabel houden.' Ik zweeg even, woog mijn volgende woorden af. 'Het antwoord is ja, maar op een andere manier.'

De waarheid: Anabel was altijd mijn favoriet geweest, maar dat zou ik nooit toegeven. Misschien maakte dat me een slechte moeder.

'Was Anabel net zo slim als Paige op school?' ging Tanya door, waardoor ik daar niet verder over kon piekeren.

'Leren was niet haar sterkste kant. Zij had andere sterke punten. Charisma. Joie de vivre. En ze was een leider. Leerkrachten en andere studenten waren dol op haar. Ze was extreem populair... captain van het cheerleadingteam, en ze zou de *prom queen* worden.'

'Wauw! Had ze veel vriendjes?'

'Ik zou zeggen dat ze een hoop vrienden had, maar niemand in het bijzonder. Alle jongens op school keken naar haar en wilden wel iets met haar, maar zij hield ze allemaal op afstand. Ze was een ontzettende flirt en dol op aandacht.'

Tanya friemelde met een grasspriet. 'Wat wilde ze later worden?'

'Iets waar haar vader helemaal niet blij mee was.'

'Wat dan?'

'Actrice.' *Altijd de dramaqueen.* 'Dat wilde ze al vanaf de kleuterschool.'

'Serieus? Dat wil ik ook worden! Mijn toneellerares zegt dat ik een natuurtalent ben. En wat dacht je? Dat was ik je nog vergeten te vertellen, maar ik heb de hoofdrol gekregen in de theatervoorstelling op school. Ik ga Eliza Doolittle in *My Fair Lady* spelen. Het feit dat ik Brits ben zal me die rol wel hebben opgeleverd.'

Ik klapte opgewonden in mijn handen. 'Gefeliciteerd! Wat geweldig! Ik ben dol op dat stuk en kan niet wachten om je erin te zien spelen.'

Tanya straalde. 'Dank je. Ik wed dat Anabel haar acteerkunsten van jou had.'

Ik hield mijn hoofd schuin. 'Hoe bedoel je?'

'Je weet wel, als beursmodel. Producten demonstreren en pitchen is ook een vorm van acteren. Je moet doen alsof je het product geweldig vindt, ook al is dat misschien helemaal niet zo. En soms moet je ook doen alsof je iemand anders bent.'

Er ging weer een rilling door me heen. Ik deed al mijn hele volwassen leven alsof. Ik was de beste actrice die ik kende. Net als Henry Higgins (of meer als Richard Gere in *Pretty Woman*) had Matt me getransformeerd in een mooie, gedistingeerde societyfiguur, en met hard werken had ik die rol onder de knie gekregen. Om mijn buitengewone nieuwe leven vast te houden kon ik hem nooit laten ontdekken hoe het met mijn oude leven zat. Anders zou het exit voor mij betekenen. Dan was de show – de fantasie – voorbij. Het doek zou omlaag storten. En nooit meer opgaan.

Tanya onderbrak mijn onrustbarende gedachten. 'Ik denk dat ik dol zou zijn geweest op Anabel. Zo te horen lijken we veel op elkaar. Als... verwante geesten.'

'Ik denk er precies zo over.' Met een mijmerende glimlach kneep ik in haar hand. 'Zij zou ook dol op jou zijn geweest.'

'Het lijkt wel alsof we waren gescheiden bij onze geboorte.' Ze staarde naar Anabels grafsteen. 'We lijken zoveel op elkaar, en wist je dat we zelfs onze verjaardag delen?'

'Wat? Ben je vandaag jarig?'

Ze knikte met een schaapachtige grijns. 'Ja, mijn achttiende. Kun je geloven dat ik ben geboren op dezelfde dag als zij, alleen dan een jaar later? Maf, hè?'

Ja. Nee. Nee. Ja. Hoe kon ik dit niet hebben geweten? Te veel Xanax?

Daarom had ze dus die opmerking over achttienjarigen gemaakt.

'Waarom heb je niks gezegd?'

'Ik wist dat deze dag belangrijk voor je was. Ik wilde niet dat hij om mij ging draaien.'

'O, mijn lieve Tanya! Je maakt me weer aan het huilen. Ik voel me verschrikkelijk. Je had iets moeten zeggen. Ik heb niet eens een verjaardagscadeau voor je.'

'Jíj bent mijn cadeau. Ik hou zoveel van je, Natalie.'

Haar oprechte woorden beroerden mijn hart. Vol emotie legde ik een hand tegen mijn borst. 'Ik hou ook van jou.'

Ze grijnsde van oor tot oor. 'Dank je, Natalie, dat ik met je mee mocht hierheen. Het betekent heel veel voor me.'

'Nee, ik zou jou moeten bedanken. Jij hebt het zoveel gemakkelijker gemaakt om deze moeilijke dag door te komen.'

Ik had niet eens om Anabel gehuild, dacht ik terwijl ik haar nog een stevige, dankbare knuffel gaf. Misschien was het meer dan alleen maar toeval dat zij en Anabel op dezelfde dag jarig waren. Misschien was het voorbestemd.

Uiteindelijk liet ik haar los. 'Kom. We moesten maar eens gaan.' Ik trok mijn schoenen aan, pakte mijn tas en stond op. Zij kwam ook overeind en nam mijn pashmina-sjaal en haar rugzak mee. 'De rest van deze dag, lieverd, draait helemaal om jóú.'

Ik zou met haar gaan shoppen in The Grove. Ze mocht uitkiezen wat ze maar wilde. En vanavond gaf ik een verrassingsfeestje voor haar.

Het zou de beste avond van haar leven worden.

27
Paige

Mijn auto was terug van de garage. Gelukkig had Tanya hem niet total loss gereden. Hij had een nieuwe voorbumper nodig, twee nieuwe voorbanden, een nieuwe voorruit en nieuwe airbags, maar verder was hij zo goed als nieuw. Mijn vader gaf me de sleutels terug, die ik te allen tijde bij me hield voor het geval de autodief nog een keer met mijn Jeep wilde gaan joyriden.

Nu mijn moeder naar het graf van mijn zus was en Tanya om de een of andere reden met haar mee was gegaan, hadden Will en ik de perfecte kans om Tanya's kamer in te sluipen, haar laptop te stelen en op een roadtrip te gaan. Naar Mary C. Burton in Redlands. Aangezien Tanya haar MacBook altijd in haar laptoptas liet zitten, zou ze waarschijnlijk niet eens merken dat hij weg was tot ze de volgende ochtend die tas over haar schouder hing.

De pleuris zou uitbreken bij het ontbijt. Maar de geniale Will bedacht iets briljants: we zouden een van mijn moeders Le Creusetpannen in die tas stoppen. Zo'n pan woog ongeveer evenveel als een laptop. God, wat was ik dol op mijn broertje! Ik kon niet wachten tot het eerste lesuur, als Tanya haar tas openritste en de ruil opmerkte. Morgen werd een leuke, leuke dag! Ik had alleen waarschijnlijk wel een harnas nodig.

De rit naar Redlands was een makkie, toen ik eenmaal op Highway 10 naar het oosten reed. Het voelde goed om weer achter het stuur te zitten, over de snelweg te cruisen. Het was ook fijn om wat tijd door te brengen met Will. Doordeweeks waren we allebei druk met huiswerk en buitenschoolse activiteiten, en op zaterdag had hij zijn roboticaclub. Het leek erop dat zijn team de finale zou gaan halen. Robotica was voor Will wat beeldhouwen voor mij was: een passie.

Het was niet druk op de weg en we waren binnen een uur bij Mary Burtons huis. Ze verwachtte ons, want ik had haar geappt om zeker te weten dat ze thuis zou zijn. Het zou stom zijn geweest om hier op de bonnefooi naartoe te rijden.

We konden pal voor haar huis parkeren. Ze woonde in een bungalow met een leiendak en een aangebouwde garage, in een wijk met allemaal dezelfde huizen die waarschijnlijk in de jaren zeventig waren gebouwd. Mary's huis was netjes onderhouden, blauwgrijs geschilderd, met witte luiken en een keurig onderhouden gazon met kleurige bloemperken aan de voorkant.

Met mijn rugzak over mijn schouder en Will naast me belde ik aan. Ze had een dingdong-bel. Zwijgend wachtten we tot er iemand naar de deur kwam. Na een paar minuten begonnen we ongerust te worden.

'Pudge, had ze echt gezegd dat ze thuis zou zijn?' vroeg Will.

'Ja.' Ik belde nog een keer aan.

Toen klonk er tot mijn opluchting een galmende stem achter de deur. 'Kom eraaaaan!'

De deur werd ontgrendeld en ging een stukje open tot een veiligheidskettinkje hem tegenhield. Achter de spleet verscheen het gezicht van een vrouw. Ze had een onderkin en een bos wit haar.

'Mevrouw Burton?' vroeg ik.

'Ja.' Ze klonk aarzelend. Wantrouwig.

'Ik ben Paige. En dit is mijn broertje Will. We komen uw laptop terugbrengen.' *En meer ontdekken over de persoon die hem gestolen had.*

Ze keek me argwanend aan. 'Ik wil bewijs zien.'

Ik haalde mijn rugzak van mijn rug, viste mijn rijbewijs uit het zakje aan de buitenkant en hield het voor haar omhoog.

'Godzijdank!' Ze begon te glimlachen terwijl ze het kettinkje losmaakte en de deur openzwaaide. 'Sorry daarvoor. Je kunt tegenwoordig niet voorzichtig genoeg zijn. Bovendien is hier vlakbij een gevangenis en een gesticht.' Ze bekeek ons nog even. 'Alsjeblieft, komen jullie toch binnen.'

Mary's huis was netjes en opgeruimd, maar een beetje gedateerd. Versleten lichtblauwe vloerbedekking, saaie houten meubels met vale bloemetjesbekleding en overal snuisterijen.

Gekleed in een blauwe chenille duster en bijpassende blauwe pluchen pantoffels (blauw was blijkbaar haar lievelingskleur) ging ze ons voor naar haar keuken, een kleine maar vrolijke ruimte met vurenhouten lambrisering vol knoesten en een ouderwetse beige koelkast en fornuis.

Ze gebaarde naar de formica tafel en stoelen bij het raam met uitzicht op de kleine achtertuin. 'Ga zitten.' Nu ze niet meer argwanend was, zag ik warmte en vriendelijkheid in haar blauwe ogen met kraaienpootjes. 'Willen jullie iets drinken?' vroeg ze toen Will en ik naast elkaar zaten.

'Nee, ik hoef niets, dank u,' zei ik.

'Ik ook niet,' zei Will.

'Zeker weten? Ik heb verse limonade gemaakt, met citroenen van mijn eigen boom.'

Wills gezicht klaarde op. Hij was dol op limonade. 'Nou, in dat geval, graag!'

'Maak er maar twee van.' Eigenlijk had ik ook wel dorst.

Een paar minuten later zat Mary tegenover ons aan tafel en hadden we allemaal een glas limonade. Het was heerlijk en verfrissend.

Ik schoof mijn bijna lege glas opzij, pakte mijn rugzak en haalde Mary's laptop eruit. Ik zette hem op tafel, Will klapte hem open en liet Mary zien dat hij op haar naam geregistreerd was.

Haar reactie, een kruising tussen schrik en blijdschap, deed me denken aan een vrouw bij de *Antiques Roadshow*, toen ze ontdekte dat een schilderij dat zij voor vijf dollar op de rommelmarkt had gekocht vijftigduizend dollar waard was.

'O hemeltjelief, niet te geloven! Ik had nooit verwacht dat ik hem nog zou terugzien, en met mijn inkomen – ik leef van een pensioentje, een kleine uitkering en wat spaargeld – had ik me nooit een nieuwe kunnen veroorloven. De goede Heer zij dank dat jullie hem gevonden hebben!'

Ik vroeg me af hoe ze zich überhaupt zo'n top-of-the-line MacBook Pro had kunnen veroorloven. Die dingen kostten bijna tweeduizend dollar met de AppleCare-verzekering erbij. Mijn vraag werd beantwoord.

'En hij heeft grote sentimentele waarde voor me. Het was een afscheidscadeau van de middelbare school waar ik lesgaf tot ik met pensioen ging.'

'Wauw! Wat een gul cadeau. Het spijt me, maar eventuele bestanden die erop stonden zijn weg.'

'Dat is wel het minste van mijn problemen. Gelukkig had ik de meeste van mijn bestanden geback-upt in zo'n cloud-ding. Waar hebben jullie hem in vredesnaam gevonden?'

'Geloof het of niet: in een container in de buurt van ons huis,' loog ik.

'Waar wonen jullie?'

'In Los Angeles,' antwoordde Will.

'Hemeltje! Dat is een eind weg. Ik vraag me af of die vreselijke meid die hem van me heeft gestolen daar ook woont. Het was zo dom van me om haar te vertrouwen.'

Ik spitste mijn oren. 'Hoe bedoelt u?'

'Nou, in augustus – vrijdagmiddag 26 augustus, om precies te zijn – ging de bel. Ik liep naar de voordeur en keek door het spionnetje. Er stond een heel knap, lang meisje met lang donkerblond haar voor de deur. Ze leek me een jaar of zeventien, achttien.'

Tanya? Een blik opzij vertelde me dat Will zich hetzelfde afvroeg. Ik richtte mijn aandacht weer op Mary.

'Ze vertelde me dat ze enorme ruzie had gehad met haar vriend, dat hij haar de auto uit had gezet en was weggereden voordat zij haar tas had kunnen pakken. En dat ze helemaal hierheen was komen lopen vanaf de autoweg, terwijl het meer dan veertig graden was. Ze zag er heel verhit en nogal verfomfaaid uit en leek uitgedroogd. Ze vroeg of ze even bij mij mocht binnenkomen om uit te rusten. Een glaasje water te drinken. Toen begon ze te huilen.'

Dat klonk verdacht veel als Tanya, die ook naar believen tussen waterlanders en charme kon schakelen. 'Ze had zeker niet toevallig een Engels accent?' vroeg ik.

Mary schudde haar hoofd. 'Niet dat ik me herinner.'

Ik tuitte mijn lippen. Nog meer bewijs dat ze níét uit Engeland kwam. Maar ik had concreet bewijs nodig.

Mary schoof haar halvemaanvormige brilletje hoger op haar neus en ging door.

'Nou, ik kan echt niet tegen tranen, en ik kon die arme meid niet laten smelten in de bloedhitte, dus liet ik haar binnen. Ze was meer dan dankbaar. Ik installeerde haar op de bank in de woonkamer terwijl ik naar de keuken ging om water en een bordje zelfgebakken chocoladekoekjes te halen. Ze verslond ze alsof ze een maand niets had gegeten of gedronken en daarna leende ik haar mijn telefoon, zodat ze iemand kon bellen om haar te komen ophalen. Zij liep naar de andere kant van de kamer terwijl ik bleef zitten, en ik zag dat ze een nummer invoerde. Toen hoorde ik haar met iemand praten, zo te horen haar moeder. Ze had de telefoon niet op de speaker gezet, dus ik kon de andere kant van het gesprek niet horen, maar toen hing ze op en kwam terug naar de bank.

Ze zei dat ze slecht nieuws had. Dat haar ouders haar pas de volgende dag konden ophalen. Ze zei dat ze helemaal in de buurt van Fresno woonden. Haar ouders waren allebei arts en hadden patiënten die op hen wachtten. Toen ik vroeg wat zij hier dan deed, vertelde ze dat zij en haar vriendje hadden gekampeerd in Joshua Tree en op weg terug naar huis waren geweest. En toen kwamen de tranen weer en zei ze dat ze geen geld of slaapplaats had.'

'Hoe heette dat meisje?' vroeg ik toen Mary een slokje nam.

'Tabitha. Haar achternaam heeft ze nooit genoemd.'

'Had ze opvallende kenmerken?'

Mary dacht fronsend na, en toen knikte ze. 'Ja, eentje. Ze had een schattig spleetje tussen haar voortanden, en een kuiltje in haar kin.'

Tanya!

'Mijn hart ging naar haar uit. Ik zei dat ze bij mij mocht blijven slapen. Wat kon ik anders doen? Ik had een logeerkamer en zij leek onschuldig genoeg.'

'En toen?' vroeg ik, want Mary's verhaal werd almaar beter.

'Nou, lang verhaal kort: ze was de perfecte logé. Beleefd en dankbaar. Zo dankbaar voor de kip die ik had gebakken en haar mooie slaapkamer met airco. Ze gaf me zelfs een knuffel. Na een goede nacht slapen werd ik zoals gewoonlijk bij het krieken van de dag wakker. En zij was weg. Net als mijn tas met mijn laptop... en driehonderd dollar uit de koektrommel.'

Driehonderd dollar. Genoeg voor een buskaartje naar Los Angeles. En een koffer en een rugzak. Plus een paar spijkerbroeken, sneakers en een hoody bij een outlet of de Walmart waar we op weg hierheen langs waren gereden, al zou ik er ook niet van opkijken als ze alles proletarisch bij elkaar had gewinkeld. Ik overwoog de vrouw foto's van Tanya te laten zien, maar dat zou alleen maar vragen oproepen. Ik twijfelde er niet aan dat Tabitha en Tanya één en dezelfde persoon waren. Will keek me zijdelings aan: hij vermoedde hetzelfde.

'Wat verschrikkelijk!' zei ik.

'O, en ze heeft mijn mobiel ook gestolen. Een iPhone, maar gelukkig had ik die verzekerd toen ik hem kocht.'

Verdorie! Had ik Tanya's telefoon ook maar kunnen bemachtigen. Dat zou haar echt gek hebben gemaakt, want dat was haar reddingsboei. En God mocht weten wat voor vuiligheid we daarop hadden kunnen vinden.

Mary slaakte een zucht. 'Het is allemaal mijn eigen schuld. Wijlen mijn man George zei altijd dat ik veel te goed van vertrouwen was.'

'Het is niet uw schuld,' zei ik troostend. 'Mijn moeder zou hetzelfde hebben gedaan.'

Ze glimlachte. 'Jullie komen vast uit een goede familie.'

Ik dronk de rest van mijn limonade op en dacht daarover na. Hadden we een 'goede' familie? Mijn moeder was een borderline-alcoholist en had een zenuwinzinking gehad. Mijn vader was een eikel die alleen maar met zichzelf en met geld verdienen bezig was. Will en ik hadden goede normen en waarden en een uitstekende relatie met elkaar, maar onze oppervlakkige relatie met onze egocentrische ouders was niet iets om trots op te zijn.

Disfunctioneel. Dat is wat wij waren.

Ik zette mijn glas neer en antwoordde bevestigend. Ze moest eens weten.

'Mijn man, God hebbe zijn ziel, zei altijd dat goede mensen goede dingen overkomen. En daarom geloof ik dat jullie in mijn leven zijn gekomen en ik mijn computer heb teruggekregen. Hij geloofde ook dat je oogst wat je zaait.' Haar gezicht betrok. 'Die leugenachtige kleine feeks krijgt nog wel wat ze verdient. Ik weet het zeker!'

Ik knikte. 'Ik ook.' Ik kon me al wel een handjevol wraakstraffen voorstellen. Honderden zelfs, als ik wat harder nadacht. Zoals dat er korstige schimmel tussen haar perfect gemanicuurde tenen zou groeien. Dat ze een of andere weerzinwekkende vleesetende bacterie kreeg en al haar haar verloor. Een soa opliep. Dat lelijke litteken boven haar wenkbrauw was nog maar het begin.

Ik kapte mijn heerlijk boosaardige overpeinzingen af en keek op de wandklok. Het was al twee uur. 'We kunnen beter gaan,' zei ik. 'Het kan behoorlijk druk op de weg worden op zondagmiddag.'

Mary keek teleurgesteld. 'Het was heerlijk om jullie hier te hebben. Ik zou willen dat ik jullie een beloning kon geven, maar ik zit heel krap.'

'Geeft helemaal niks. U hebt ons al zoveel gegeven. Bedankt voor de limonade.' *En alle smerige details over Tanya.*

We moesten alleen nog even naar het toilet voordat we vertrokken. Het was zeker drie uur geleden dat we van huis waren gegaan, en met al die limonade...

Er was een toilet op de gang naar de woonkamer. Will ging eerst, en daarna ik. Ik ontplofte haast toen ik door de gang rende, maar was nog net op tijd. Op de terugweg zag ik iets aan de muur hangen dat ik voorheen in mijn haast niet had opgemerkt.

Een blauw-wit vilten vaandel. *Indio High*. Dezelfde school als op de mysterieuze foto in Tanya's koffer. Met bonkend hart keerde ik terug naar de keuken.

Ik pakte mijn rugzak van de vloer en vroeg aan Mary: 'Was u lerares op Indio High School? Ik zag dat vaandel in de gang hangen.'

Ze glimlachte. 'Bijna mijn hele volwassen leven. Ondanks doorlopende kostenbesparingen was het een geweldige school.'

'Waar is die?'

'Ongeveer een uur rijden hiervandaan, een stukje voorbij Palm Springs. Het was me het heen en weer rijden waard. Ik mis alle jongelui. Velen van hen onderhouden nog contact met me en laten me weten wat er in hun leven gebeurt. Ik heb veel bedankjes gekregen omdat ik hen had voorbereid op de universiteit en hun carrières. Een paar van mijn oud-leerlingen zijn later professoren, wetenschappers en artsen geworden.'

'Wat super,' zei ik. 'In welke jaren hebt u daar lesgegeven?'

'Van 1976 tot 2015. Bijna veertig jaar.'

De klassenfoto schoot weer door mijn hoofd. Mary was daar geweest! Ik durfde te wedden dat ze zich met haar scherpe geest alle leerlingen nog herinnerde. En dat ze het droevig kijkende meisje met de rode cirkel om haar gezicht zou kunnen identificeren.

Verdorie! Had ik die klassenfoto maar meegenomen, maar wie had dit nou kunnen bedenken? Zodra ik weer thuis was, zou ik de foto inscannen en naar Mary sturen.

Hopelijk zou ik dan eindelijk ontdekken wie dat mysterieuze meisje op de foto was.

28
Paige

De verkeersdrukte op de terugweg was erger dan ik had verwacht. Bumper aan bumper, de hele weg, want er waren drie ongelukken gebeurd, waaronder een gekantelde vrachtwagen. Will viel in slaap terwijl ik reed, de hele weg binnensmonds vloekend. Misschien zou mijn broertje op een dag vliegende robots bouwen die ons door de lucht konden vervoeren en konden we dit soort ellende dan omzeilen.

We waren even voor zes uur thuis, en de novemberhemel was al donker. Verbaasd zag ik hoeveel auto's er in onze straat geparkeerd stonden. Er was nergens een plekje meer vrij. Zo was het nooit op zondag, behalve wanneer iemand in de buurt een feestje gaf, en dat kwam zelden voor. Maar het maakte niet uit, want ik zette mijn auto toch altijd in onze garage. Alleen kon dat nu niet, want er stond een vreemde auto op onze oprit geparkeerd.

'Wat is dit nou weer?' riep ik, waardoor Will wakker schrok.

'Huh? Wat is er?' vroeg mijn broer toen zijn hoofd rechtop schoot.

'We zijn thuis. Maar weet jij van wie die auto is?' Het was een zwarte Explorer.

Hij wreef in zijn ogen en haalde zijn schouders op. 'Geen idee.'

Door de getinte ruiten van de SUV zag ik iemand achter het stuur zitten. Ik zette mijn Jeep erachter, draaide mijn raampje open en toeterde. 'Ga van mijn oprit af!'

Geen reactie. Ik moest me inhouden om niet tegen de SUV aan te gaan botsen tot hij de boodschap begreep. Ik wilde mijn auto niet weer beschadigen.

Woedend stapte ik uit, beende naar de SUV toe en bonsde op het raam aan de bestuurderskant. 'Doe open!' herhaalde ik als een gebarsten grammofoonplaat.

Eindelijk ging het raampje omlaag. 'Hé, chick, wat is je probleem?' Ik herkende die onuitstaanbare stem. Het was Xavier Forman, de populaire quarterback van onze school. Een verschrikkelijke eikel. Hij was groot en intimiderend, maar ik was niet bang voor hem.

'Ga met je dikke reet en je vette bak van mijn oprit af!'

'Chill, nerd girl.'

Ik zweer je dat ik hem op zijn smoel wilde stompen. 'Wat doe je hier?'

'Duh. Ik kom voor het feestje.'

'Wat voor feestje?'

'Tanya Blackstones verjaardagsfeestje. Iederéén is uitgenodigd. Ik sta alleen maar te wachten tot de valet terugkomt.'

Feestje? Valet? Wat gebeurde hier?

Eindelijk kon ik mijn auto in de garage zetten, en zodra ik uitstapte hoorde ik een enorm kabaal in onze achtertuin. Het zijhek naar de tuin stond wijd open, en ik liep er samen met Will doorheen. Mijn ogen vielen bijna uit mijn hoofd. Een gigantisch feest was in volle gang. Op de veranda stond een lange, L-vormige buffettafel met allerlei pizza's, gigantische schalen met salades en emmers vol frisdrankblikjes en flesjes water. Een spandoek met GEFELICITEERD MET JE VERJAARDAG, TANYA hing aan de pergola. Witte statafels stonden verspreid op het gras, versierd met roze, witte en zilverkleurige heliumballonnen en kaarsen.

Bijna onze hele klas was er, schransend bij de buffettafel of rondhangend op het gras terwijl Britney Spears uit de tuinspeakers schalde. Ik rook een vleugje marihuana. Veel rijke, bevoorrechte leerlingen van Coldwater rookten wiet, en het was geen geheim dat sommigen ook cocaïne en ecstasy gebruikten. Geen wonder dat onze school ook vaak Cokewater werd genoemd.

'Gatver!' zei mijn broer grimassend terwijl hij het tafereel bekeek.

'Wat je zegt!'

'Pudge, ik ben weg. Ik wil bij Beer langs om zeker te weten dat het goed met hem gaat. En mijn huiswerk afmaken.'

'Oké. Ik zie je straks nog. Bedankt dat je vandaag bent meegegaan.' Vreemd genoeg leek ons uitstapje naar Mary Burton nu alweer een eeuwigheid geleden. Terwijl Will wegliep, liep ik de drukte in. Niemand groette me, maar daar zat ik niet mee. Dit waren niet mijn mensen.

Ik zocht maar één persoon. Lance. Ik wist zeker dat mijn moeder hem had uitgenodigd. En ik was er meer dan zeker van dat Tanya hem hier zou willen hebben. Mijn blik schoot naar links en naar rechts terwijl ik doorliep. Ik zag ze geen van beiden. Ik werd een beetje weeïg. Mijn maag knorde. Geen wonder. Ik had de hele dag amper gegeten. Ik liep naar het buffet in de hoop dat er ook vegan pizza was.

Terwijl ik langs de buffettafel sjokte en somber naar de koud geworden en half opgegeten pizza's keek, hoorde ik een bekende stem achter me.

'Lieverd, waar heb jij in vredesnaam uitgehangen?'

Ik draaide me om. Mijn moeder. Met een glas witte wijn in haar hand. Ik was ervan overtuigd dat het niet haar eerste was.

'Will en ik hadden vandaag een hoop te doen,' antwoordde ik. 'We zijn de hele stad door geweest op zoek naar dingen die hij nodig had voor een schoolproject. En ik moest iets terugbrengen.' Dat laatste was in elk geval waar.

Ze nam een grote slok uit haar glas. 'Ik was bezorgd om je. Waarom heb je niet gebeld of geappt?'

Waarom jíj niet? Mijn moeder was zeker te druk geweest met het organiseren van dit feest voor haar geliefde uitwisselingsstudent om zich te bekommeren om de locatie van haar zoon en dochter.

'Maar goed, lieverd, ik ben blij dat je er bent. Ik ontdekte pas vandaag dat Tanya op dezelfde dag jarig is als Anabel. Niet te geloven, hè?'

Nee, inderdaad niet.

'Dus organiseerde ik dit lastminute-verrassingsfeestje voor haar. Je vader kon haar gelukkig even ergens anders mee naartoe nemen zodat ik alles hier kon regelen. Hij is met haar naar de schietbaan gegaan, en hoe ik ook op die verschrikkelijke wapenhobby van hem tegen ben, ik had weinig keus.'

Mijn moeder vond het vreselijk dat mijn vader een vuurwapen had. Een Magnum 45. En dat hij lid was geworden van een schietclub. Dat was nu een passie van hem. Hij ging elke zondagmiddag oefenen en schepte bij het avondeten op hoe goed het was gegaan. Mijn moeder vond het weerzinwekkend en wilde mijn broertje of mij niet in de buurt hebben van het wapen dat ze in hun kluis bewaarden. Zelf had ik nooit het verlangen gehad om te leren schieten, al begon ik me sinds de komst van onze uitwisselingsstudent te bedenken. Even fantaseerde ik dat ik haar tussen de ogen zou schieten en dat haar hersens dan in het rond spatten. Maar met zulke gedachten leek ik zelf wel een psychopaat.

Mijn moeder nam nog een slok wijn. 'Ik wou dat je erbij was geweest en haar reactie had gezien toen ze thuiskwam.'

Godzijdank niet.

'Ze was, zoals jullie jongelui zeggen, van de sokken geblazen. Praktisch in tranen. Ze zei dat nog nooit iemand zoiets voor haar had gedaan!'

Waarom zouden ze ook?

'Ik had zoveel geluk dat Trattoria al die pizza's nog kon leveren. Er is zelfs een vegan bij voor jou, met een korst van bloemkool, sojakaas en groenten.' Ze bekeek het buffet. 'Ach, daar staat hij!'

Ze wees naar de laatste pizza op tafel. Er waren nog maar drie stukken van over en hij zag er behoorlijk sneu uit: kaal, alle groenten eraf gepikt. Ik had al geen trek meer en pakte een flesje bruiswater uit een van de ijsemmers.

'Waar is Will?' vroeg mijn moeder.

'Boven, huiswerk doen.'

'Heeft hij al gegeten?'

'Weet ik niet, maar hij regelt vast wel iets voor zichzelf als hij honger heeft.' Ik draaide de dop van mijn flesje water en nam een slok toen de belletjes omhoogkwamen. 'Is Lance er ook?'

'Natuurlijk. Ik wist dat Tanya hem erbij zou willen hebben. Maar ik heb ze allebei al een poosje niet meer gezien.'

Plotseling trok er een scherpe krampscheut door mijn buik. Ik grimaste bijna. Toen nog een. Dat kon het begin van mijn ongesteldheid zijn. Hoewel het niet precies die tijd van de maand was, was mijn cyclus sinds mijn vegan dieet wat onregelmatiger geworden. Een volgende messteek van kramp trok door mijn buik, en nu grimaste ik wel.

'Lieverd, gaat het?' vroeg mijn moeder.

'Mam, ik moet weg. Even naar het toilet.' Ik liet het flesje water staan en rende naar de openslaande deuren van ons huis, in de hoop dat ik niet ongesteld zou worden waar al mijn klasgenoten bij waren. Dat zou verschrikkelijk gênant zijn. Het was me al eens eerder gebeurd, midden in een basketbalwedstrijd, toen ik het veld af moest rennen om mijn bebloede witte shorts uit te trekken. Ik kon het gejoel en gelach nog steeds horen toen ik naar de kleedkamer stormde.

Eenmaal binnen sprintte ik naar het gastentoilet. De deur zat dicht. Zonder te kloppen draaide ik aan de klink, opgelucht dat de deur niet op slot zat, en smeet hem open.

O. Mijn. God.

Blanca zou morgen mijn onderkaak van de vloer moeten schrapen.

29
Paige

Ik bleef als aan de grond genageld staan, ineens niet meer ongerust om mijn opkomende ongesteldheid. Ik kon mijn ogen niet geloven. Geconfronteerd met een halfnaakte Tanya en Lance. Graaiend. Zoenend. Kreunend. Hijgend.

'O, Lancey, je bent het beste verjaardagscadeau ooit,' kirde Tanya terwijl zijn gespierde lichaam tegen het hare wreef.

'*Happy birthday*, schatje.'

Schatje? Ik dacht dat ik moest kotsen. Maar ik vermande me met een diepe ademteug en sloeg mijn armen over elkaar. 'Pardon,' zei ik met mijn luidste, meest weerzinwekkende stem. 'Ik wilde het toilet even gebruiken.'

De twee stopten met waar ze mee bezig waren alsof ik 'handen omhoog' had gezegd en op het punt stond te gaan schieten. Als ik mijn vaders pistool had gehad, had ik dat misschien ook wel gedaan. Ze keken geschrokken mijn kant op. Tanya's gezicht was vurig, haar lippen vochtig en gezwollen. Lance was knalrood en hapte naar adem als de halfdode kogelvis die hij afgelopen zomer op Instagram had gezet.

'Paige –'

Ik kapte hem meteen af. Een bittere mengeling van kwaadheid en walging overspoelde elke atoom van mijn wezen. Er brandden tranen achter mijn ogen, maar ik hield ze binnen. Ik was niet van plan te gaan huilen waar die twee bij waren. Vooral de jarige job gunde ik dat pretje niet.

Met een felle blik keek ik ze recht in de ogen. 'Zeggen dat het niet is wat ik denk gaat deze keer niet werken. Het is me volkomen duidelijk, Lance.'

‘W-wat?’ stotterde hij.

Jemig. Was hij echt zo’n idioot?

‘Kijk naar mijn mond.’ Ik wees ernaar. ‘Het is úít.’ Ik spelde het voor hem. ‘U-I-T.’

Hij gaapte me onnozel aan, met een steeds leger gezicht. Woede vlamde in me op. Impulsief trok ik het hartkettinkje dat ik van hem had gekregen van mijn hals en smeet het naar hem toe. Het belandde in zijn gezicht. Ik was teleurgesteld omdat hij niet ineenkromp. Het gebroken kettinkje viel met een heel zacht tikje op de marmeren vloer.

Perplex keek hij ernaar. ‘Waarom doe je dat nou?’

‘Serieus, Lance?’ Ik wist niet of ik moest lachen of huilen. ‘Je hóórt bij haar.’

Ik zag dat Tanya triomfantelijk naar me lachte, maar mijn blik bleef op Lance gefixeerd. Mijn mond grauwend vertrokken. ‘En weet je wat, je zoent niet eens lekker. Je bent net een kapotte wasmachine.’

‘H-hoe bedoel je?’

Ik deed alsof ik een telefoon tegen mijn oor hield. ‘Hallo... Whirlpool-monteur? Overdosis kwijl hier.’

Zijn mond viel open. Hij leek oprecht beledigd. Of eigenlijk verbijsterd. Maar ik loog niet. Als hij zoende, lekte het spuug uit zijn mond. Hij bleef sprakeloos staan terwijl ik op hem inhakte.

‘Het kan me niet schelen, naai je níéuwe vriendin maar. Geef haar je verjaardagscadeautje maar. Het zal haar vies tegenvallen, wed ik. Zoveel stel je niet voor. En wie weet of je hem wel omhoog kunt krijgen.’ Lance’ mond hing nog steeds open alsof hij bij de tandarts zat. Ik zweeg even en keek de twee fel aan. ‘En nu oprotten. Allebei. Dit is míjn huis, míjn badkamer, dit zijn míjn regels.’

‘Whatever.’ Tanya haalde haar schouders op en bukte zich om haar fonkelende haltertopje te pakken. Ze trok het over haar hoofd en schikte het over haar grote borsten. Terwijl ze haar beha vastmaakte, ontstond er een valse glans in haar ogen. ‘Oeps! Ik vergeet iets.’

Mijn blik bleef op haar gericht terwijl ze weer neerhurkte om het gouden kettinkje van de vloer te grissen. Ze stond op, met het kapotte kettinkje bungelend aan haar vingers, en grijnsde naar me. 'Je weet wat ze zeggen... Wie wat vindt mag het houden.'

Ik stond zo dicht op het randje van de tranen dat ik ze al kon proeven. 'Hou dat stuk troep maar.'

Ze grinnikte. 'Je weet wat ze nog meer zeggen... Wat voor de een troep is, is voor de ander een schat.' Ze propte het kettinkje in de achterzak van haar nieuwe leren legging en pakte Lance' hand. 'Kom, Lancey, we gaan. Volgens mij is het tijd voor mijn verjaardagstaart.'

Ik keek de twee na terwijl ze het toilet verlieten. Eenmaal alleen, overstelpt door emotie, haalde ik een paar keer diep adem, deed de deur op slot en stapte naar de wastafel. Ik draaide de koudwaterkraan open en spetterde wat in mijn verhitte gezicht. Terwijl ik een gastendoekje pakte, zag ik mezelf in de spiegel. Mijn gezicht was vochtig en bleek. Ik had graag een zegevierende strijder gezien, maar zag alleen een verslagen soldaat. Verloren. Moegestreden. Neergesabeld. Ik had Tanya's laptop weten te stelen, maar zij had mijn vriendje weten te stelen. Je hoefde geen genie als mijn broertje te zijn om te weten wie er had gewonnen.

Hete tranen begonnen over mijn wangen te stromen en vermengden zich met het koude water. Toen voelde ik een plotselinge vlaag van vochtige hitte tussen mijn benen. Ik was inderdaad ongesteld geworden, en het was heftig. Kon deze avond nog slechter?

Een paar minuten later lag ik in pyjama op mijn bed, opgerold tot een balletje. Ik probeerde mezelf in slaap te huilen, maar het had geen zin. Dat had ik nog nooit van mijn leven gedaan, en hoewel ze zeggen dat er voor alles een eerste keer is, was dit niet zo'n geval. Het misselijkmakende plaatje van Lance en Tanya bleef maar door mijn kop malen. Het feest zou nu wel afgelopen zijn, dus waar waren die twee nu? Wat waren ze aan het doen? Droogneuken had ik ze al zien doen; en hoe moeilijk zou het voor Lance zijn om helemaal zijn zin te krijgen nu er niemand meer was om ze tegen te houden?

Bij die gedachte kwamen de tranen sneller achter elkaar. Ik was zo dom geweest om maagd te blijven voor Lance. Seks uit te stellen. Ik was waarschijnlijk het enige meisje in mijn klas dat haar diploma zou halen terwijl ze nog maagd was.

Ik moest met iemand praten. Dit van me af praten. Niet mijn broertje, dat op zijn prille leeftijd van twaalf nog niet klaar was voor liefdesperikelen. En helaas ook niet mijn moeder, die meer om onze boosaardige uitwisselingsstudent leek te geven dan om haar eigen dochter. Er was maar één optie.

Mijn beste vriendin, Fly.

Ik hees mezelf van het bed, strompelde naar mijn rugzak en pakte mijn telefoon. Toen kroop ik weer in bed. Met de telefoon in mijn hand kwam ik in de verleiding om op de spycam-app te klikken en te kijken of Lance in Tanya's kamer was, maar met alle wilskracht die ik in me had liet ik dat na. Ik was dan misschien een loser, maar ik was klaar met masochistje spelen.

Knus onder mijn dekbed, te midden van een stapel kussens, bladerde ik door mijn korte contactenlijstje langs Lance' naam. Ik stopte even om hem te verwijderen – wég! – en nam me voor hem te blokkeren, en toen bladerde ik naar de naam van mijn BFF. Ik tikte erop en belde haar nummer.

Haar telefoon ging over, en bleef overgaan. *Neem op, Fly! Alsjeblieft!*

Ik begon net de hoop te verliezen toen ze uiteindelijk toch opnam en de oproep doorzette naar FaceTime. Hoe afgrijselijk ik er ook uitzag, ik accepteerde het toch. Toen mijn gezicht op het schermpje verscheen, herkende ik mezelf bijna niet. Mijn huid was vlekkerig, mijn haar een puinhoop, mijn ogen rood en opgezet.

'Sweetpea!' Haar bijnaam voor mij. Alleen al het horen van haar hese, gronderige stem vrolijkte me op. Ze zag er schitterend uit. Zelfs zonder make-up en in een Berkeley-hoody kon de donkerharige, 1 meter 80 lange schoonheid met haar hoge jukbeenderen, volle lippen en levendige glimlach zo als model bij *Vogue* werken.

Ik bewonderde haar evenzeer als ik haar aanbad. Ze liet zich nooit afremmen door haar socio-economische achtergrond; in feite vormde die juist haar kracht. Haar hardwerkende alleenstaande moeder had haar geleerd dat je met doorzettingsvermogen, een goede opleiding en wilskracht alles kon worden wat je wilde. Dat je je omstandigheden te boven kon komen. De top kon bereiken. Op een dag hoopte ze een verschil te kunnen maken in de wereld. Ik wist dat het haar zou lukken.

Ze zat op haar kamer met gekruiste benen op haar bed. 'Ik zat net aan je te denken. Wat is er?'

Ik bleef stil. Ik zag dat ze me onderzoekend opnam.

'Meid, je ziet er vreselijk uit!' *Understatement.* 'Is alles oké?'

Mijn onderlip trilde, en toen barstte ik in huilen uit. 'Lance is vreemdgegaan.'

Fly's mahoniebruine ogen werden groot. 'Is hij met iemand naar bed gegaan?'

'D-dat weet ik niet zeker. Ik betrapte hem op zoenen met die uitwisselingsstudent waar ik je over verteld had. Ze was half uitgekleed in de gastenbadkamer... en hij kon niet van haar afblijven.'

'Getver! Ik wil Lance en die meid een schop geven!'

Een klein lachje brak door mijn tranen heen.

Mijn bestie ging door. 'Weet je, Lance is altijd al een eikel geweest.'

'Hoe bedoel je?'

'Serieus? Hij is zo fake! Denk je nou echt dat hij kunstgeschiedenis heeft gekozen om over Rembrandt en Picasso te leren?' Ze rolde geergerd met haar ogen. 'Echt niet. Hij nam dat vak alleen maar omdat het er goed uit zou zien op zijn lijst en zodat hij meiden zou tegenkomen.'

Daar had ik nooit aan gedacht. Zo hadden wij elkaar ontmoet. En de waarheid is dat hij inderdaad de enige heterojongen in de klas was. De andere jongen, Gavin, was gay en wilde curator worden.

'En afgelopen zomer op de Galápagoseilanden? Zet je schrap... Ik ken een meisje op Berkeley dat ook meeging op die studiereis. Meneer de Toekomstige Bedrijfsadvocaat had geen enkele belangstelling voor het bestuderen van de fauna. Behalve háár, dan. Hij probeerde in haar bikinibroekje te komen, maar zij wilde niks met zijn komodovaranentong te maken hebben.'

Bij het horen over zijn verraad ging er nog een steek van pijn door me heen. Toch kon ik een lach niet binnenhouden. Het beeld van die hagedis was beter dan de wasmachine. En veel grappiger.

'Waarom heb je niks gezegd?'

'Ik kwam er pas een week geleden achter. Ik probeerde nog te bedenken wat het beste moment zou zijn om die L-bom op je te laten vallen.'

'Bedoel je Lance of Likker?'

Ze lachte. 'Eén en dezelfde. Maar eerlijk, met je inschrijvingen voor universiteiten, je examens, en nu het meidenbasketbalteam het zo goed doet, wilde ik je niet afleiden.'

'Bedankt.' Ik was dol op mijn beste vriendin, die altijd recht voor z'n raap was, en stelde prijs op haar discretie. Ja, als ik eerder had ontdekt dat die klootzak me bedonderde, was ik misschien ingestort. Of had ik overhaaste dingen gedaan.

Ze streek met haar hand door haar achterovergekamde haar. 'Ik vind het heel rot dat je er op deze manier achter moest komen.'

'Geeft niet.'

'Hé, als het andersom was geweest, zou je mij dit dan hebben verteld?'

Daar moest ik even over nadenken. 'Waarschijnlijk niet.'

Ze keek me gemaakt boos aan. 'Nou, het is je geraden van wel! Ik wil niet zo'n klootzak van een vreemdganger in mijn bed.'

Ze maakte me weer aan het lachen. 'Oké, beloofd.' Een korte stilte. 'Kom je naar huis voor Thanksgiving?'

'Nee. Mijn moeder en ik willen het geld er niet aan uitgeven, en bovendien ben ik een paar weken later toch bijna een maand thuis voor kerst.'

'Hé, luister! Ik ga naar San Fran en ben met Thanksgiving bij mijn grootouders, zoals gewoonlijk. Ik kan de trein nemen en bij je langskomen op Berkeley.'

'Super! Je kunt zelfs blijven logeren als je wilt; mijn kamergenootje gaat wel naar huis en is er dan niet.'

Ik voelde me met de seconde beter. Niet alleen kon ik tijd doorbrengen met oma, maar ik kon ook mijn beste vriendin zien. Ik had iets om naar uit te kijken.

Jordan zuchtte. 'Sweetpea, ik moet ophangen. Ik moet morgen een opstel van twintig kantjes inleveren.'

'Bedankt, Fly, dat je er voor me was. Ik voel me stukken beter.'

'Geloof me, Lance is een min tien op de vriendjesschaal. Hij verdient zo'n geweldig iemand als jij niet. Die *asshole* is je tranen echt niet waard.'

'*Lancehole*!' corrigeerde ik haar.

Fly lachte haar hartelijke lach. 'Geloof me, Lancehole krijgt nog wel wat hij verdient.'

Fly geloofde ook in karma.

Net als Mary Burtons man. *Je oogst wat je zaait.*

We bliezen elkaar een kus toe en namen afscheid.

De slaap wachtte op me.

En hopelijk fijne dromen.

Of anders dromen waarin ik de verrader en Tanya vermoordde.

30

Natalie

Alweer maandag. Ik voelde me super toen ik wakker werd. Ik had lekker geslapen, en de blijdschap van onze uitwisselingsstudent om mijn verrassingsfeestje van gisteravond tintelde nog steeds na op mijn huid. Terwijl ik naar Beverly Hills reed voor mijn wekelijkse föhnbehandeling, dacht ik aan haar verraste gezicht toen ze de achtertuin zag. Onbetaalbaar. Ik voelde me gezegend omdat ik haar zoveel vreugde kon geven nadat zij datzelfde voor mij had gedaan.

De enige domper op deze ochtend was Paige geweest. Ze was wakker geworden met nare menstruatiekrampen en had gevraagd of ze thuis mocht blijven. Natuurlijk had ik ja gezegd. Ze miste bijna nooit een schooldag. Om Matt de tijdrovende rit naar school te besparen, kwam Lance Tanya en Will oppikken.

Ik vond het vreemd dat Lance niet naar Paige vroeg, en nog vreemder dat hij gisteravond op het feestje niet eens een minuut met haar had gekletst. Ik zag hem wel een poosje met Tanya praten, en later waren ze allebei verdwenen. Ik had het knagende gevoel dat daar iets speelde. Ik moest even met Paige praten. Dit goed uitzoeken, misschien later vandaag.

Pierre Michel, de ultra-chique, ultra-dure salon waar ik altijd kwam, zat aan Beverly Drive naast het hippe nieuwe Odéon Hotel. Omdat ik al laat was, liet ik een van de hotel-valets mijn Mercedes parkeren. De salon was extreem populair en vijf minuutjes te laat komen kon je je afspraak kosten. Met mijn overvolle agenda kon ik me dat niet veroorloven. Gelukkig kon ik me wel het schreeuwend dure valet-tarief veroorloven.

Ik zwierde de salon in. Het was er druk met cliënten die hun haar lieten knippen, kleuren, föhnen, of al het bovenstaande. Ik monterde op bij de symfonie van geluiden – het tik-tik-tik van scharen, het gegons van föhns, het geroezemoes van geroddel, de sexy Franse muziek. En ik keek vol bewondering naar de stylisten en kleurexperts die als ballerina's ronddrentelden. Puur theater. Ik vond het hier heerlijk. En de mega-getalenteerde eigenaar, Pierre Michel, was mijn persoonlijke stylist. Hij rekende een ongehoord bedrag voor een knipbeurt, maar het was me elke cent waard. Er ging geen dag voorbij dat ik niet dankbaar was. Dat ik niet bedacht hoeveel geluk ik had. En hoe anders mijn leven had kunnen zijn.

Met mijn monsterlijk grote nieuwe Saint Laurent-tas, een attent verjaardagscadeau van Matt, beende ik naar de receptioniste toe. Ze heette Bev en had piekhaar met paarse strepen, een arm vol tattoos en diverse piercings, waaronder een in haar neusvleugel. Ik was blij dat geen van mijn beide dochters – of mijn uitwisselingsstudent – van piercings en tattoos hielden. Ik vond ze afstotelijk, want ze deden me denken aan iemand die ik haatte. Iemand die ik wilde vergeten.

'Hoi, Bev,' zei ik. 'Ik hoop dat ik niet te laat ben. Het verkeer op Wilshire was een ramp!'

Ze keek me glimlachend aan. Haar glanzend witte tanden staken af tegen haar auberginepaarse lipstick. 'Nee, mevrouw Merritt, u bent precies op tijd. Giselle wacht op u. U kunt meteen doorlopen naar haar station.'

Giselle was mijn föhnmeisje. Pierre Michel, hairstylist van de sterren, deed dat soort eenvoudige dingen niet. Ik bedankte Bev en haastte me naar Giselles vaste plek. De bonkende muziek gaf mijn toch al blije tred extra power.

Toen ik op de aangewezen plek aankwam, kreeg ik haast een hartstilstand. Op de stoel naast de mijne zat de vrouw die bijna mijn leven had verwoest.

Alexa Roth.

31
Natalie

Ik zag haar via de spiegel. En zij zag mij, met een al net zo geschokt gezicht als ik. Alexa en ik hadden elkaar niet meer gezien sinds onze laatste ontmoeting, meer dan twee jaar geleden. Een ijzige rilling liep over mijn rug terwijl een montere Giselle me begroette en met me meeliep naar de wasbakken om mijn haar te wassen.

Meestal was ik dol op dit onderdeel van de föhnbeurt. Het is een hemels ontspannend gevoel om je haar te laten wassen. Het warme water dat op je hoofdhuid tintelt en sterke vingertoppen die je masseren. Het soppende, sussende geluid van de shampoo. En die heerlijk aromatische vanille-kokosgeur. Op de een of andere manier roken salonshampoo en -conditioner altijd lekkerder dan de producten die je thuis had. Normaal sloot ik mijn ogen om met een verheerlijkte zucht van mijn wekelijkse traktatie te genieten.

Maar vandaag, nu ik Alexa had gezien, toen ik achteroverleunde op de stoel en mijn hoofd in de wasbak legde zodat Giselle haar toverkunsten kon beoefenen, was ik allesbehalve ontspannen. Een vloedgolf van vreselijke herinneringen tolde achter mijn gesloten oogleden langs.

Ik herinnerde me die ochtend nog als de dag van gisteren.

Het was een dinsdag, medio mei. Mijn gezin zat aan het ontbijt. Will gaf Beer eten. De kinderen reden naar school in Anabels Jeep. Matt vroeg of ik zijn marineblauwe blazer naar de stomerij kon brengen en gaf me een kus op de lippen voordat hij naar zijn werk ging.

Toen iedereen de deur uit was, ruimde ik de keuken op en zette Beer in de achtertuin. Ik genoot altijd van deze tijd alleen nadat de ploeg weg was. Als ik het huis voor mezelf had en me rustig kon voorbereiden op de dag, een hete douche nemen en mijn agenda bekijken.

Het was gewoon een doorsnee dinsdag. Totdat het dat niet meer was.

Op weg naar de deur om naar pilates te gaan, dacht ik aan Matts jasje. Ik liet mijn sporttas bij de zijdeur staan en rende naar boven. Het jasje hing opgevouwen over een stoel op de slaapkamer. Ik hield het aan de schouders omhoog en inspecteerde het: er zaten drie lange, krullende rode haren op. Ik plukte er een af en hield hem tussen duim en wijsvinger alsof het ongedierte was. Toen drukte ik het jasje tegen mijn neus en rook eraan. Een bekend bloemig geurtje: jasmijn met een beetje lavendel.

Maar niet míjn luchtje.

Mijn maag draaide zich om.

Mijn hart verkrampte.

Mijn man ging vreemd! Met zijn eenentwintigjarige roodharige secretaresse! Een krachtige golf van misselijkheid rolde door me heen. Ik gooide het jasje terug op de stoel en rende naar de naastgelegen badkamer, waar ik net op tijd het toilet bereikte. Met mijn knieën op de koude marmeren vloer hield ik mijn haar naar achteren en bleef kokhalzen tot mijn maag pijn deed en mijn keel rauw aanvoelde. Met trillende hand spoelde ik door en stond op. Op benen die aanvoelden als pap strompelde ik naar de wastafel, draaide de kraan open en spetterde koud water in mijn gezicht. Ik keek even naar mezelf in de spiegel. Ik zag er flets uit. Verfomfaaid. *Oud.*

Nadat ik mijn mond had uitgespoeld wankelde ik, met de zure smaak van Matts ontrouw nog op mijn tong, weer naar beneden. In de keuken trok ik de koelkast open en greep de amper aangebroken fles chenin blanc die nog over was van gisteravond. De kurk zat er los in. *Plop!* Ik zette de fles aan mijn mond en dronk de wijn alsof het frisdrank was. Met de halflege fles in de hand pakte ik mijn telefoon, die lag te laden op het aanrecht, en ging aan het keukeneiland zitten. Tussen de slokken witte wijn door cancelde ik al mijn afspraken, mijn lunch en mijn privéles pilates. En ik nam een Xanax in.

Een halfuur later, toen de wijn bijna op was, had ik nog steeds geen traan gelaten. Niet één. En nu was ik te verdoofd. Te dronken. Ik kon amper helder nadenken, maar ik woog mijn opties af: ik kon doen zoals mijn schoonmoeder en de andere kant op kijken. Of ik kon Matt confronteren.

Optie één wás geen optie. Ik kon dit echt niet zomaar door de vingers zien. Vooral niet met mijn verleden. Ik had zo lang de andere kant op gekeken dat het me bijna de das had omgedaan. En dus zou het optie twee worden: mijn echtgenoot confronteren.

Wat waren de mogelijke uitkomsten? A) Matt zou het ontkennen en zeggen dat ik gek was. Of B) Matt zou bekennen... Maar wat dan? Kon ik hem vergeven en met hem getrouwd blijven? Of kon ik nóóit vergeven – of vergeten – en moest ik bij hem weggaan? Dan zou ik mijn gezin en alles waar ik zo hard voor had gewerkt stukmaken.

En er was nog een andere mogelijkheid... dat híj míj zou willen verlaten. Verdergaan met zijn secretaresse of iemand anders. Die gevolgen waren niet minder verwoestend. Misschien nog wel tien keer erger.

Ik had geen antwoorden. Alleen maar angst. Een allesverterende bankschroef van angst dat mijn leven zoals ik het kende uiteenviel. Dat hield me zo in de greep dat ik amper kon ademen. Ik wilde gillen, maar wat ik nodig had, was iemand die me kon helpen de zon achter de wolken te zien. Die me objectief advies kon geven. En ik kon maar één persoon bedenken. Mijn altijd eerlijke beste vriendin, Alexa Roth. De vrouw van Noah, een van Matts beste vrienden.

Met trillende hand belde ik haar nummer, blij dat haar naam aan het begin van mijn lange contactenlijst stond. Ze nam meteen op.

'Hé, hallo, *dahling*!'

'Alexa, ik moet je zien.' De woorden tuimelden mijn mond uit alsof ze aan elkaar geregen waren.

'Nat, je klinkt raar.'

Dronken om negen uur 's morgens.

'Is alles oké?'

'Nee!'

'Wat is er?'

'Ik wil er niet over praten aan de telefoon. Kunnen we ergens gaan lunchen?'

'Ja, wat dacht je van dat restaurant bij Neiman? Dan kan ik naderhand meteen even gaan winkelen en een paar schoenen terugbrengen.'

'Prima. Hoe laat?' Ik praatte heel snel, om haar niet de kans te geven van gedachten te veranderen.

'Eén uur?'

'Ja, goed. Tot dan.'

Als ik althans geen overdosis Xanax nam. Ik pakte de fles maar weer.

Het Neiman Marcus-café in Beverly Hills was al heel lang een plek voor 'Dames die Lunchen'. Hoewel de ouderwetse inrichting een update had gekregen, nu eigentijds en chic, was de clientèle nog steeds hetzelfde. Alleen een beetje jonger. Goedgeklede, perfect gekapte vrouwen met de nieuwste designerkleding en meestal minstens één tas van Neiman aan de arm.

De gastvrouw ging me voor naar ons tafeltje midden in het drukke restaurant. Alexa zat altijd liever in het open gedeelte dan weggestopt in een hoekje, want zij hield ervan om te zien en gezien te worden, zoals ze het zelf noemde. Ze was graag het middelpunt van de aandacht. Soms vroeg ik me af waarom ze mijn beste vriendin was. Behalve dat we in dezelfde commissies zaten, dat onze echtgenoten goed bevriend waren en dat onze kinderen naar dezelfde school gingen, hadden we eigenlijk niet zoveel gemeen. Zij was luidruchtig en schaamteloos, ik was eerder introvert en rustig. Ik kleedde me redelijk conservatief, zij opzichtig, liet haar keuzes nooit afhangen van haar leeftijd of rijkdom. Misschien mocht ik haar gewoon omdat ze gevoel voor humor had en zei wat ze dacht. Je kon er altijd op rekenen dat ze de laatste roddels kende, en belangrijker nog, dingen voor elkaar kreeg.

Ik keek op mijn telefoon: ik was een kwartier te vroeg. Ik bestelde een whisky zonder ijs – zoiets sterks dronk ik normaal eigenlijk nooit – omdat ik moed nodig had voor wat ik haar zou gaan vertellen.

Jenevermoed.

Alexa kwam een kwartier te laat. Tegen de tijd dat ze aankwam, was ik met mijn tweede drankje bezig. Aangezien ik eerder ook al bijna een hele fles wijn had leeggedronken, was het maar goed dat ik met een Uber was gekomen, want ik kon echt niet naar huis rijden, zo aangeschoten als ik nu was. Ik wist niet eens of ik de deur uit zou kunnen lopen zonder op mijn kont te gaan.

Alexa zag me zitten, grijnsde breed en zwaaide. Ze zag er chic uit als altijd, in een schitterend pak van Chanel met grove gouden sieraden, en ze zwierde naar me toe op torenhoge pumps. Ik was ervan overtuigd dat ze was geboren met naaldhakken aan. Het had mij een paar maanden en heel wat blaren gekost om op goedkope, namaakleren hakken van Payless te leren lopen, het enige wat ik me kon veroorloven voordat ik Matt kende.

Matt de rokkenjager.

Toen ze bij de tafel aankwam, stond ik op en omhelsde ze me met zo'n bekakte kus op beide wangen. 'Sorry dat ik zo laat ben, dahling.'

Ze kwam met een of andere slappe smoes. Maar dat ze laat was, vond ik niet zo verontrustend. Ze kwam altijd te laat. Het was iets anders. Iets waardoor ik opwarmde alsof ik koorts had.

Haar honingblonde haar had nu een levendige kleur rood en ze droeg het los, in natuurlijke slagen om haar schouders. Terwijl ze me omhelsde, kroop een bekende geur mijn neus in. Een onmiskenbare combinatie van jasmijn en lavendel. Een misselijk gevoel balde zich samen in mijn maag. Met slappe knieën, duizelig van de alcohol, zwaaide ik op mijn benen en ik dacht dat ik weer zou moeten overgeven. Alles draaide om me heen.

Zet de wereld stil! Ik wil eraf!

Ze hield haar groene kattenogen op mij gericht. 'Wat is er, dahling? Je ziet eruit alsof je je beste vriendin kwijt bent.'

Eigenlijk was dat dus ook zo. Ik zat vol rauwe emotie. Shock.

Woede. Ongeloof. Haat. Verontwaardiging. Walging. Hoe kon Alexa me dit aandoen? Omdat ik mijn impulsen niet kon bedwingen, of woorden kon vormen, tilde ik mijn hand op en sloeg haar zo hard in het gezicht dat mijn handpalm ervan prikte.

Ze slaakte een gil en deinsde achteruit, en ik zag de rode striem van vier vingers die ik op haar wang had achtergelaten.

'Vuile slet!' zei ik ziedend.

Zonder nog een woord te zeggen, en zonder voor mijn drankjes te betalen, greep ik mijn tas en zigzagde het restaurant uit, er niet eens mee zittend dat iedereen naar me keek.

Nee, Matt had geen affaire met zijn secretaresse.

Hij neukte mijn beste vriendin.

Eindelijk kwamen de withete tranen.

32

Natalie

De rest van die dag is één groot waas.

Alweer een van de vele ergste dagen van mijn leven.

Toen ik thuiskwam, slikte ik nog een Xanax, opende nog een fles wijn en dronk eruit tot ik op de bank in de woonkamer in slaap viel. Om vijf uur 's middags werd ik met een enorme kater wakker. Met bonkend hoofd en een droge mond ging ik langzaam rechtop zitten. De pijn van Matts – en Alexa's – verraad beroofde me van rationele gedachten. Dreef me ertoe hem hiermee te confronteren, ongeacht de gevolgen.

De zenuwen gierden door mijn buik bij de gedachte aan de nare confrontatie die me te wachten stond. Ik kon Matt niet de overhand laten krijgen. Ik moest mezelf harden. Mezelf presentabel maken. Ik sleepte me van de bank af en liep als een oud vrouwtje de marmeren trap op, er maar op hopend dat ik geen tree zou overslaan en naar beneden zou vallen. En mijn nek breken. Ik redde het naar de overloop en strompelde naar onze slaapkamer aan het eind van de lange gang. *Onze* slaapkamer. Ik vroeg me af hoelang het dat nog zou blijven terwijl ik mijn gekreukelde kleding uittrok en naar onze badkamer liep.

Ik stapte onder de douche, zette hem aan en liet de hete waternaaldjes elke cel van mijn lichaam opladen. Ik bleef zeker een halfuur onder de hete stralen staan. Toen ik er eindelijk genoeg van had, draaide ik de kraan dicht en stapte het hokje uit. Nadat ik me had afgedroogd trok ik mijn donzige badjas aan die naast de zijne hing. Ik kon zelfs in gedachten zijn naam niet eens zeggen.

Ik veegde de gecondenseerde spiegel schoon met mijn mouw en staarde naar mezelf. De douche had me verkwikt. Mijn huid gloeide, mijn ogen stonden niet meer zo glazig. In plaats van mijn haar te föhnen, haalde ik er een borstel doorheen en bond het in een paardenstaart. Toen bracht ik mijn make-up opnieuw aan, met lipstick in de kleur van bloed en zoveel mascara dat mijn wimpers puntig waren.

Toen ik me sterker voelde, keerde ik terug naar de slaapkamer en overwoog wat ik moest aantrekken. Een powersuit? Een spijkerbroek? Een sexy jurk? Geen van alle. Ik koos voor een zwartzijden pyjama die ik in Parijs had gekocht. Compleet met mijn hoogste naaldhakken voelde ik me net een ridder in een glanzend zwart harnas. Machtig. Ik gespte mentaal een zwaard om en beende de slaapkamer uit. Geduldig bleef ik bovenaan de trap staan wachten tot hij thuiskwam. Ik was klaar voor de strijd. Klaar voor wraak.

Tiktak. Tiktak.

De minuten verstreken in mijn hoofd. Matt zou om zes uur thuis moeten zijn. En inderdaad, stipt om zes uur hoorde ik zijn auto de oprit op rijden. Ik kende zijn routine. Hij zou door de zijdeur binnenkomen. Naar de bar lopen. Een borrel inschenken. Naar boven gaan om zijn jasje uit te trekken en zich op te frissen. Terwijl mijn hart bonkte van spanning telde ik af in mijn hoofd. Zong inwendig 'Negenennegentig flesjes bier op de muur'. Een liedje dat ik altijd met de kinderen zong tijdens lange autoritten. Alleen paste ik het een klein beetje aan: 'Negenennegentig flesjes bier op de trap'.

En als een daarvan per ongeluk valt... achtennegentig flesjes bier op de trap.

In gedachten zag ik flesjes bier op de trap staan. Op de overloop. Ik stelde me voor dat ik ze een voor een naar Matts hoofd zou smijten als een messenwerper in een circus, totdat een ervan hem raakte en hem de steile trap af kegelde. Een glimlach krulde om mijn lippen bij die zondig boosaardige fantasie. Ik keek ervan op hoeveel valsheid er binnen in me zat. Aan de andere kant, zo'n verrassing was het niet. Ik was immers voortgekomen uit het kwaad.

Ik was bij negenentachtig flessen aanbeland toen ik Matt de trap op hoorde komen. Hij liep marathons, dus hij beklom de treden moeiteloos, ondanks een lange dag op kantoor. Vanwege de bocht in de trap zag hij me pas op de overloop staan toen hij bijna boven was. Ik had mijn handen in mijn zij gezet en mijn ogen spuwden vuur. Was dat maar echt zo.

Zijn blik vond de mijne. 'Hé, schat. Waarom sta je daar zo?'

Ik had geen speech voorbereid. Mijn eerste woorden vlogen mijn mond uit als een salvo brandende pijlen. 'Hoe kón je?'

Hij was ook op de overloop aangekomen. 'Waar heb je het over?'

'Seriéús?' Ik stompte hem tegen zijn borst. Hard. Het voelde lekker. Toen schopte ik hem tegen zijn schenen.

Hij grimaste. 'In godsnaam, Natalie, wat is er met jou aan de hand?'

'Wat er met míj aan de hand is?' Ik drukte mijn wijsvinger in mijn borstbeen. 'Dat meen je toch niet?'

Hij kneep zijn ogen tot spleetjes. 'Ben je dronken?'

'Néé! Ik ben níét dronken!' Niet meer, althans. Ik was zo nuchter als een rechter. De nuchterheid dreef zowel mijn woede als mijn acties aan. Ik stak mijn armen uit om Matt de weg te versperren terwijl hij almaar bozer werd.

'Je doet belachelijk. Ga alsjeblieft uit de weg.'

Hij wilde zich langs me heen wurmen, maar ik greep met zoveel kracht zijn stropdas vast dat ik hem bijna wurgde.

'Jezus, Natalie. Laat me los! Ik krijg geen adem.' Hij probeerde zichzelf te bevrijden, maar mijn sterke echtgenoot kon niet tegen mijn door adrenaline aangedreven kracht op. Met zijn stropdas nog in mijn hand geklemd begon ik met mijn andere vuist op hem in te slaan. Steeds hardere stompen.

'Kappen!' wist hij verstikt uit te brengen. 'Je doet me pijn!'

Ik stompte harder. Sneller. 'Denk je dat je míj geen pijn hebt gedaan?'

'Waar heb je het verdomme over?'

'Alexa!'

'Shit.'

Dankzij dat ene woord wist ik dat hij schuldig was. Hij had mijn beste vriendin geneukt! Een fractie van een seconde maakte mijn woede plaats voor smart, en in dat korte moment van zwakte maakte hij zich van me los en gaf me een zet. Ik verloor mijn evenwicht en belandde met een plof op de hardhouten vloer. Op mijn kont.

Hij trok zijn jasje recht. 'Ik ga een eindje rijden. Misschien kom ik niet terug.'

'Vergeet 't maar.' Voordat hij zich kon omdraaien greep ik met beide handen zijn enkel en klemde me vast.

'Laat me los!'

Terwijl hij probeerde zijn voet los te schudden zette ik mijn tanden in zijn enkel en beet hem. Ik proefde de metalige smaak van bloed.

Hij vloekte. 'Je bent gestoord!'

'Inderdaad!' Woedend beet ik hem nog een keer. Ik leek wel een hondsdolle hond. Ik voelde zelfs dat ik schuimbekte.

Zijn volgende zet zag ik niet aankomen. Terwijl mijn tanden nog in zijn enkel stonden, schopte hij me met zijn andere voet in mijn gezicht. Zo hard dat ik sterretjes zag. Ik proefde nog meer bloed. Deze keer mijn eigen bloed. We waren allebei in wilde dieren veranderd. Ik keek omhoog en spuugde naar hem. Rood spuug vloog uit mijn mond. En een bebloede tand. De tand kletterde op de vloer tussen zijn voeten. Tranen brandden op mijn beurse wang.

Matt keek in mijn ogen. Ik verwachtte dat hij minachtend, triomfantelijk zou lachen, maar zijn gezichtsuitdrukking was ellendig, zijn ogen vermoeid. 'Sorry,' mompelde hij.

Sorry. Dat woord galmde in mijn oren. *Sorry voor wat?* Sorry dat hij me had bedrogen? Sorry dat hij me had mishandeld? Sorry dat hij met me was getrouwd? Het enige waar hij spijt van zou moeten hebben, was dat hij geboren was.

'Ik zal je overeind helpen.' Hij stak een hand naar me uit.

Ik schoof naar achteren, bij hem weg. Briesend als een draak door opengesperde neusgaten. 'Raak! Me! Verdomme! Niet! Aan!'

'Nat –'

'Kappen met dat "Nat".'

Nog steeds zwaar ademend zette ik mijn handen schrap op de vloer en werkte me overeind. Ik zwaaide op mijn benen en voelde bloed uit mijn mondhoeken druipen. Van een afstandje staarden we elkaar in doodse stilte aan. Tot hij die verbrak.

'Wat met Alexa is gebeurd, was een vergissing. Ik hou alleen van jou.'

Ik hou alleen van jou.

Die leugen duwde me over het randje. Een nieuwe energiestoot, sterk als een orkaan, ging door me heen. De woede spoelde door elke cel van mijn lichaam.

'Ik haat je!' Mijn stem weerkaatste tegen de muren. Bij mijn volgende opgefokte ademhaling besprong ik hem en sloeg mijn sterke benen om zijn middel. Ik trok aan zijn haar en krabde hem met mijn nagels. Ik was weer een wild dier. Vastbesloten mijn prooi te verscheuren.

Ik klemde me aan hem vast terwijl hij grimaste en vloekte. Het bloed droop van zijn gezicht op de kraag van zijn witte overhemd. Een kakofonie van gegil, gekreun en gegrauw drong in mijn oren. Samen met de scheldwoorden die tussen ons heen en weer vlogen.

We waren gevaarlijk dicht bij de rand van de overloop toen een andere stem door de waanzin heen drong.

'Mam, pap! Wat is er aan de hand?'

O god! Anabel! Gekleed in haar pyjama met hartjes kwam ze naar ons toe gerend. Met een mengeling van shock en angst op haar gezicht. Wat deed zij thuis? Ik dacht dat ze tot halfzeven cheerleadingtraining had. Later zou ik ontdekken dat ze me had geappt met de mededeling dat ze zich niet lekker voelde en eerder van school zou komen. In mijn dronken roes had ik mijn berichtjes niet bekeken. Nu was het te laat. Het lot had al besloten.

'Ga terug naar je kamer!' beval ik, maar het leek erop dat ze me niet hoorde.

'Wat doe je, mam?'

Matt, die probeerde mijn scherpe nagels te ontwijken, antwoordde voor me: 'Dit gaat jou niet aan.'

'Pap! Ze doet je pijn!' Ik hoorde tranen in haar stem. 'Stop, mam! Alsjeblieft, stop!'

'Ga gewoon!' smeekte ik.

'Alsjeblieft, mam! Laat hem los!' Snikkend trok ze aan mijn schouders, mijn armen, mijn benen. Wanhopige pogingen om haar vader te bevrijden.

Terwijl ze onophoudelijk aan me bleef trekken kwam er nog een adrenalinepiek in me boven. Ik draaide mijn bovenlichaam half naar haar toe en met mijn rechterelleboog gaf ik haar een duw, met een Hulkachtige kracht waarvan ik niet eens had geweten dat ik die in me had.

Ze had het niet zien aankomen, slaakte een kreet en verloor haar evenwicht. Voordat ik met mijn ogen kon knipperen, gebeurde het ondenkbare.

Ze viel de trap af, tree na harde tree, met klappen op het marmer, maaiende armen, niet in staat zichzelf af te remmen. Haar gekreun werd met elke volgende tree zwakker.

Tot het stil werd.

'O god!' riep ik met grote ogen van afgrijzen.

Ik liet Matt los en rende de trap af, waarbij ik geluk had dat ik mijn nek niet brak, al had ik achteraf vaak gewenst van wel. Matt kwam binnensmonds vloekend achter me aan. Onderaan de trap, haar lichaam in een rare hoek gedraaid, haar ogen glazige blauwe knikkers die naar het plafond staarden terwijl een plas bloed zich over de vloer verspreidde, lag mijn dochter. Mijn mooie dochter. O god! Wat had ik gedaan?

In shock, verlamd van afgrijzen, zag ik Paige en Will bij de voordeur staan. Starend naar hetzelfde als ik.

Mijn levenloze dochter. Mijn geliefde Anabel.

Ze was dood.

33

Natalie

'Sorry, mevrouw Merritt, er is zeker shampoo in uw ogen terechtgekomen.'

Giselles zangerige stem haalde me terug naar het hier en nu. Ik schrok.

'Eh, ach, een beetje maar. Niks aan de hand. Geen probleem.'

De waarheid was: ik had geen shampoo in mijn ogen. De tranen kwamen alleen maar door de levendige herinneringen aan die fatale dag.

'We zijn bijna klaar. Alleen nog wat conditioner.'

Terwijl ze het spul in mijn haar deed, snoof ik de kokosgeur op en zuchtte. Een kort moment van rust. Zodra ze de kraan dichtdraaide en een handdoek om mijn natte haar wikkelde, werd ik vervuld van angst. Ik zou Alexa weer onder ogen moeten komen. Maar met een beetje geluk was ze misschien naar een ander station verhuisd. Of de salon al uit.

Terwijl ik Giselle terug volgde naar haar station, voelde ik al mijn spieren aanspannen. Mijn hoop kwam niet uit. Alexa zat nog steeds op de stoel naast de mijne; een stylist was bezig haar schouderlange lokken, nu weer terug geverfd in een boterige kleur blond, te föhnen. Terwijl onze stylisten hun magie bedreven en kletsten, staarden wij naar elkaar via de spiegelwand.

Als altijd chic gekleed, vandaag in een roze Chanel-jasje met franje, skinny jeans en zwarte lakpumps met naaldhakken en met een Birkin-tas op schoot, leek Alexa even slecht op haar gemak als ik. Ik vroeg me af wat er door haar hoofd ging. Ik kon alleen maar blijven denken hoe erg ik deze vrouw haatte, hoe graag ik haar dikke gouden schakelketting van haar hals wilde trekken om haar ermee te wurgen. Zij had me het leven van mijn mooie dochter gekost.

Maar terwijl ik in de spiegel staarde, stortte er plotseling een golf van schuldgevoel en spijt over me heen. De afgrijselijke, onweerlegbare waarheid staarde me aan. Mijn spiegelbeeld sprak me vermanend toe. *Hou op met anderen de schuld geven. De enige die schuldig is aan Anabels dood, ben jij. Jij hebt haar geduwd. Jij bent verantwoordelijk.*

Ik haatte mezelf meer dan wie dan ook ter wereld. Inclusief Alexa.

De spanning die tussen ons in de lucht hing, was zo dicht dat zelfs een vlijmscherpe kappersschaar er niet doorheen kon komen. Onze kapsters waren ongeveer tegelijkertijd klaar met ons haar. We stonden tegelijkertijd op en omhelsden onze respectievelijke stylisten. Ik hing mijn tas over mijn arm en haastte me naar de balie voorin om snel te betalen en weg te komen, om aan haar te ontsnappen.

Wederom zat het me niet mee. Er stonden drie andere vrouwen in de rij voor de kassa. Binnen no time stond Alexa achter me. Ik voelde haar warme adem in mijn nek en rook haar geurtje; iets anders dan de vorige keer. Misschien een klassieke Chanel 5.

Terwijl ik strak voor me uit bleef kijken, voelde ik een tikje op mijn rechterschouder.

'Natalie...'

Met gonzende zenuwen en al mijn nekhaartjes overeind overwoog ik of ik moest reageren of niet.

'Nat, alsjeblieft...'

Langzaam, aarzelend, schoorvoetend, tegen beter weten in, draaide ik me naar haar om.

Ze trok een bedroefd gezicht naar me. 'Ik wilde alleen maar even zeggen dat het me spijt.'

Ik voelde dat ik verstijfde. Het woord 'spijt' had geen plaats in mijn vocabulaire of mijn leven. Ze kon niets zeggen of doen waardoor mijn Anabel zou terugkomen. 'Alsjeblieft... laat het verleden rusten.'

Bij die woorden sprongen de tranen in haar ogen. 'Het spijt me zo erg, wat er met Anabel is gebeurd. Ik heb altijd gedacht dat het mede mijn schuld was, maar je moet het hele verhaal horen.'

Ik zei niets. Matt en ik gingen door met ons leven. Wilde ik echt terugkomen op zijn affaire met mijn voormalige beste vriendin?

De rij werd korter; nu stonden we naast elkaar. 'Alsjeblieft, Nat. Ga gewoon even een kop koffie of een glas wijn met me drinken. Ik beloof je dat we elkaar na vandaag nooit meer hoeven te zien.'

'Best.'

Ik was aan de beurt om te betalen.

Misschien voor mijn zonden.

34
Natalie

Het was verrassend rustig in de chique, gedimd verlichte bar van het Odéon Hotel. De gastvrouw leidde ons naar een nis in de hoek. Het verbaasde me dat Alexa, die altijd het liefst op een zichtbare plek zat, niet protesteerde. Een ober in het zwart kwam langs om onze bestelling op te nemen. Alexa bestelde een kir royal. Omdat ik óp was van de zenuwen, bestelde ik hetzelfde. Vervolgens excuseerde Alexa zich om even naar het toilet te gaan, waardoor ik gelukkig niet over koetjes en kalfjes hoefde te praten.

De drankjes, met een schaaltje gemengde noten erbij, werden gebracht net toen zij terugkwam, en er viel een opgelaten stilte. In het verleden, onder normale omstandigheden, toostten Alexa altijd op onze vriendschap of op een van de gala's die we samen organiseerden. Maar we waren geen vriendinnen meer en zij en ik zaten niet langer in dezelfde commissies. Ik staarde naar de roze champagne, naar de opstijgende belletjes, niet wetend wat ik moest zeggen.

Alexa begon. Met haar perfect gemanicuurde vingers tilde ze de flûte naar haar lippen. 'Dank je, Nat, dat je bent gekomen. Het betekent veel voor me.' Ze nam een slokje. Woordeloos deed ik dat ook.

Geen toost.

Ze zette haar glas neer en keek me ernstig aan. 'Weet je, ik kom nooit meer op maandag bij Pierre Michel.'

Ik wist zeker dat ze mij opzettelijk ontliep zoals ik haar ontliep. Onze paden hadden elkaar al meer dan twee jaar niet meer gekruist. Niet één keer.

Ze ging door. 'Ik heb vanavond het jaarlijkse galadiner van de bibliotheek. Dit is de eerste keer dat ze het op een maandag houden... dus moest ik mijn haar laten doen.'

Ik knikte. Ik was vroeger dol op dat evenement. Maar toen Alexa voorzitter van de Circle of Friends werd, was ik uit de commissie gestapt.

Alexa staarde naar haar drankje en toen keek ze mij aan, met een getergde uitdrukking op haar gezicht. 'Het spijt me dat jij er niet bij zult zijn.'

'Het wordt vast een heel mooie avond.' Ik nam nog een grote slok van mijn kir om niet te hoeven uitweiden.

Er viel weer een stilte. Alexa stak haar vingers in het schaaltje noten en roerde er nerveus in zonder ervan te eten. Uiteindelijk verbrak ze de stilte. 'Nat, ik heb me altijd vreselijk gevoeld over die dag bij Neiman.'

Die dag, de lunchafspraak die mijn leven voor altijd veranderde. Er bijna een einde aan maakte.

Mijn ogen boorden zich in de hare. 'Alexa, jíj ging met mijn man naar bed!'

Ze knipperde nerveus met haar ogen, waar weer tranen in stonden. 'Maar weet je... Dat heb ik niet gedaan.'

Woede kroop in mijn bloedsomloop. 'Ik geloof je niet!' beet ik haar toe.

Een traan rolde uit haar ooghoek; ze veegde hem weg. De uitdrukking op haar gezicht werd wanhopig. 'Het is echt waar. Ik zweer het op het leven van mijn kinderen.'

De ironie van die woorden stak me. En Anabels leven dan? Vechtend tegen mijn eigen tranen liet ik haar doorgaan.

'Nat, luister alsjeblieft.' Haar normaal zo stoutmoedige stem klonk nu klein. Berouwvol. Ik weerstond een slok van mijn kir en knikte. Ze bedankte me zachtjes.

'Op de maandag voor díé dinsdag kwam Matt aan het eind van de middag langs om Noahs portfolio met hem door te nemen. Maar Noah was nog niet thuis van zijn werk. Hij stond vast in het verkeer. Omdat hij nog zeker een uur op zich zou laten wachten, bood ik Matt iets te drinken aan. Dat was wel het minste wat ik kon doen.

Hij wilde een Campari met soda en liep met me mee naar de keuken. Terwijl ik zijn drankje mixte bij het aanrecht kletsten we wat, en toen kwam hij ineens achter me staan. Hij blies in mijn nek. Toen drukte hij zich tegen me aan. Ik werd er heel ongemakkelijk van en zei dat hij terug moest gaan naar de woonkamer.'

Ik verschoof op mijn stoel, bang voor waar dit verhaal heen zou gaan. Ik nam een grote slok van mijn kir terwijl Alexa doorging.

'Hij zei dat ik mooi was en vroeg of ik wel wist wat ik met hem deed. Voordat ik iets kon zeggen trok hij mijn arm naar achteren en legde mijn hand op zijn erectie. En hield hem daar. Hij pinde me tegen het aanrecht, stak zijn andere hand tussen mijn benen en begon te wrijven. Ik zei dat hij moest ophouden, maar dat deed hij niet. Toen draaide hij me om en kuste me terwijl ik probeerde hem af te weren. Ik bleef smeken dat hij moest ophouden, maar dat weigerde hij. Hij zat aan mijn borsten en aan mijn kruis. Toen trok hij zijn gulp open. Ik hoorde de rits, maar ik was te bang, vond het te walgelijk om te kijken. Ik smeekte hem nog een keer om te stoppen, maar dat deed hij niet. Toen, tot mijn afgrijzen, schoof zijn hand omlaag achter de band van mijn spijkerbroek en in mijn slipje. Ik wilde net gillen toen ik Noahs auto de oprit op hoorde komen. Matt sprong vloekend bij me weg. In paniek deed hij zijn gulp dicht terwijl ik ervandoor ging.'

Ze zweeg even; haar mascara begon door te lopen door haar tranen. Zwarte sporen op haar wangen. Ik had me over de tafel moeten buigen om ze weg te vegen met een servetje, maar ik was te aangeslagen. Te verstijfd van shock. Ze veegde ze zelf weg.

'Toen Noah naar de keuken kwam, deed Matt alsof er niets was gebeurd. Ik was zo ontdaan, ik speelde mee, maar ik had me nog nooit zo geschonden gevoeld.'

Ze ademde in door haar neus en slaakte een luide zucht. 'Er gaat geen dag voorbij dat ik er niet aan terugdenk. Me afvraag waarom ik niets deed. Niets zei.' Ze zweeg weer en hield haar waterige blik op mij gericht. 'Natalie, kun je me ooit vergeven?'

Mijn hart, dat was verteerd door haat voor deze vrouw, had een koprol gemaakt terwijl ze haar verhaal vertelde. Ik liet mijn diep begraven haat los en mijn hart zwol van medeleven. Ik legde mijn hand over de hare. Hij was ijskoud. Ze vertelde de waarheid.

'Er valt niets te vergeven. Maar waarom heb je me dit niet eerder verteld?'

Ze snoof. 'Ik wilde het wel. Ik was het van plan. Maar toen ging Anabel... en daarna werd jij ziek. Ik ben naar haar herdenkingsdienst gekomen. Zat achter in de zaal. Heb de ogen uit mijn kop gehuild.'

'Dank je dat je er was.'

Er waren honderden mensen naar de herdenkingsdienst gekomen (behalve Matts ouders, die op een cruise waren en niet op tijd terug konden zijn). De kapel zat vol met al haar vrienden van de middelbare school, hun ouders en leraren, zelfs nog van de basisschool. Daarnaast waren talloze vrienden van ons, zelfs mensen die we jaren niet hadden gezien, gekomen om de laatste eer te bewijzen, en ook zakenrelaties. Er werden een heleboel mooie woorden gezegd, maar niet door Matt en mij, want wij waren er fysiek en emotioneel niet toe in staat.

We zagen er verschrikkelijk uit. Ik had het geluk dat mijn zwarte sluier de blauwe plek op mijn wang, mijn gezwollen rode ogen en ontbrekende tand verborg. Matt had foundation over de krassen in zijn gezicht gesmeerd en er wat pleisters op geplakt, en hij zei tegen iedereen die ernaar vroeg dat hij gewond was geraakt bij het redden van een bange zwerfkat. Zelfs de politie die naar ons huis kwam om onderzoek te doen naar Anabels dood geloofde dat verhaal, en ook het mijne: dat ik tijdens het tuinieren tegen een boom was gelopen. En ook ons gezamenlijk afgesproken verhaal: dat onze koortsige dochter moest zijn flauwgevallen bovenaan de trap. Het ooit perfecte stel had het perfecte stel leugens bedacht. Tot onze opluchting spraken Paige en Will ons niet tegen.

Ik was blij dat ik Alexa niet had gezien bij de dienst, want God alleen wist hoe ik dan zou hebben gereageerd. Op de begrafenis, waar alleen Matt, Paige, Will en ik bij waren, stortte ik in toen ze Anabels kist in het graf lieten zakken. De pijn was zo erg dat ik hem niet kon verdragen. Mijn arts vertelde me later dat ik een zenuwinzinking had gehad. Ik bleef meer dan zes maanden in een delirische toestand in bed, met doorlopend verpleegkundigen om me heen die me eten gaven en wasten. Ironisch genoeg was babyvoedsel het enige wat ik door mijn keel kon krijgen. Alsof babyvoedsel eten míjn kindje zou terugbrengen. Mijn Anabel. Een angstige Paige en Will kwamen elke avond naar me toe om me welterusten te wensen, maar ik zag Matt amper en dacht dat hij beneden op de bank sliep. Ik wist het niet. Het kon me niet schelen. Hij was de laatste persoon op de wereld met wie ik een bed wilde delen. De laatste die ik ooit nog wilde zien.

Mijn kinderen waren mijn elixer. Als een goochelaar die een konijn uit de hoge hoed toverde, vond ik de kracht om mijn leven weer op te pakken. Om een moeder te zijn omwille van hén. Het kostte een heleboel fysio- en andere therapie, inclusief relatietherapie met Matt. Uiteindelijk, met behulp van Xanax, kon ik Matt vergeven, hem weer vertrouwen en mijn verdriet loslaten, al zou het diepe litteken in mijn hart nooit meer verdwijnen.

Alexa boog haar hoofd, en toen ze me weer aankeek zag ik een mengeling van berouw en schaamte in haar ogen. 'Het spijt me dat ik je niet heb gecondoleerd.'

Mijn deelneming met je verlies. Hoe vaak had ik die betekenisloze woorden niet gehoord? Hoe zouden ze hebben geklonken als ze werden uitgesproken door de vrouw van wie ik dacht dat ze verantwoordelijk was voor de dood van mijn dochter? Ik onderdrukte een huivering.

'Ik begrijp het. Dat kon je niet.' Het schuldgevoel en de pijn die ze al twee jaar met zich meedroeg, bevrijdden haar. Ik kneep in haar koude hand.

Haar ogen boorden zich in de mijne. 'Nat...'

'Ja?'

'Ik moet je nog iets anders vertellen.' Er was een lichte aarzeling in haar stem te horen en ze kauwde op haar lip.

Ik vertrok geen spier. Ik wilde een einde maken aan dit gesprek, wist niet of ik nog meer wilde horen. 'Wat?'

'Beloof je dat je niet boos zult zijn?' Ze klonk als een klein meisje dat een koekje van haar beste vriendin had gepikt en op het punt stond dat op te biechten. Haar gezicht verbleekte. Een spiertje in haar kaak trilde. Ik had haar nog nooit zo gezien.

'Beloofd.' Ik had meteen spijt van mijn belofte en voelde een tinteling van angst.

Ze slikte. Knipperde met haar ogen. Toen haalde ze diep, bevend adem. 'Matt en ik hebben een geschiedenis.'

Ik voelde dat ik ineenkromp, dat mijn wenkbrauwen omhoogkwamen. 'Hoe bedoel je?'

'Ik heb hem leren kennen toen ik tijdens mijn studie een jaar in het buitenland was, in Londen. In een of andere pub. Hij was op zakenreis.'

Ik wist hoe oud Alexa was en maakte een rekensommetje. Dat moest een paar jaar voor ik Matt leerde kennen en Anabel had gekregen zijn geweest.

'Wat gebeurde er tussen jullie?'

'Ik werd dronken en ging met hem mee naar zijn hotel. We hadden seks en...'

'En wat?' Ik hield mijn adem in, bang voor wat er zou komen.

Ze nam een grote slok uit haar glas, en toen praatte ze heel snel door. 'Ik raakte zwanger.'

Mijn ogen werden zo groot als schoteltjes. 'Zwánger?'

'Het was wild en impulsief. We gebruikten geen van beiden voorbehoedsmiddelen...'

'En?'

Ze peuterde aan haar duimnagel. 'Ik kreeg zijn kind.' Haar nagelriem begon te bloeden. 'En stond het af.'

Ik probeerde mijn shock en het misselijke gevoel dat in me bovenkwam weg te slikken. 'Een jongen of een meisje?'

'Een meisje. Ze werd stilletjes bij me weggehaald voordat ik haar überhaupt te zien had gekregen. Ze ging naar een of ander rijk, onvruchtbaar Brits stel. Een gesloten adoptie.'

Wat betekende dat zij geen contact kon opnemen met hen, en andersom.

'Weet Matt hiervan?'

Hebben mijn kinderen een halfzusje... ergens in Engeland?

Ze schudde haar hoofd. 'Nee, ik heb het hem nooit verteld. Ik zag hem jarenlang niet meer... totdat Noah en ik van New York naar LA verhuisden nadat de kinderen waren geboren.' Ze nam nog een slokje van haar kir. 'Geloof me, het was nogal een shock. Ik heb geprobeerd hem te ontlopen, maar dat is lastig als je je in dezelfde kringen begeeft.'

'En je man? Weet Noah het?'

'Hij weet niks.' Ze friemelde met haar diamanten trouwring, draaide hem rond haar vinger. 'Nat, je moet me beloven dat je het ze niet vertelt. Vooral Noah niet. Het zou ons huwelijk kapotmaken.'

Ik verwerkte haar woorden. Mijn huwelijk was al kapotgemaakt door de daden van mijn man.

'Alsjeblieft, Nat, kun je het geheimhouden?' smeekte mijn voormalige beste vriendin.

'Ja. Maak je geen zorgen.' Ik was de beste geheimenbewaarder die ik kende. Mijn huid tintelde.

Alexa glimlachte opgelucht. 'Bedankt, Nat. Ik sta bij je in het krijt.'

'Je bent me niks schuldig.'

Alexa's glimlach vervaagde. 'Jawel. Ik ben je de héle waarheid schuldig. Je moet het weten.'

Mijn hart begon te bonken. 'Wat moet ik weten?'

'Er zijn er nog meer...' Haar gedempte stem, nu in volledige roddelmodus, stierf weg.

Nog meer buitenechtelijke liefdeskinderen?

'Ik snap het niet. Waar heb je het over?'

'*The Lunch Bunch.* De vrouwen die met Matt lunchen in zijn kantoor of de suite die hij in het Century Hotel heeft.'

Een koude golf van misselijkheid rolde over me heen. Ik voelde mijn keel dichtknijpen, mijn maag zich omdraaien. Mijn mond ging open, maar er kwamen geen woorden naar buiten.

'Iedereen weet het van hem.'

Iedereen behalve ik.

Terwijl Matts smerige geheimpjes aan me vraten, me uitholden, kwam de ober langs met de lunchmenu's en vroeg of we iets wilden bestellen. Meende hij dat nou? Ik moest nu al bijna overgeven. Alexa sloeg de menu's namens ons allebei af, maar bestelde wel nog een rondje.

'Wie nog meer?' wist ik uiteindelijk uit te brengen, toen mijn behoefte om het te weten sterker werd dan de shock.

'Nat, dat kan ik je niet vertellen. Ik zal alleen zeggen... minstens tien vrouwen die je kent. Ze noemen hem Matt de Hengst.'

Matt en zijn grote pik. Ik dacht terug aan mijn zenuwinzinking. Was dat waarom hij zelden bij mij was? Had hij al mijn vriendinnen genaaid terwijl ik praktisch een kasplantje was? En misschien alle mooie verpleegsters? En waar ging hij heen op de avond van het FAFAK-gala na het Tanya-incident? Hij was met Lance naar boven gegaan om droge kleren aan te trekken, maar ik zag hem pas weer bij het dessert. Had hij een van mijn vriendinnen genaaid, onder mijn eigen dak?

'Natalie, gaat het wel?' vroeg Alexa.

Eén klein woordje. Eén vette leugen. 'Ja.'

'Ik hoop dat je het niet erg vindt dat ik je dit vertel.'

'Ik ben er blij om.' Mijn stem bevatte totaal geen emotie.

Haar typerende brede glimlach verspreidde zich over haar met botox behandelde gezicht. Ze dronk haar fonkelende roze drankje op. 'Ik heb je ontzettend gemist, Nat. Kunnen we weer vriendinnen zijn?'

Meende ze dat nou? Zonder nog een woord te zeggen rende ik het restaurant uit en gaf over op de stoep terwijl de valet mijn auto haalde.

Ik viel door een konijnenhol.

En wist niet of ik weer boven zou kunnen komen.

35
Paige

De wekker van mijn telefoon.

Het bekende deuntje bleef doorgaan tot ik mijn hand onder mijn kussen stak en het uitzette. Ik deed eerst één oog half open, en toen het andere. Mijn oogleden waren zo zwaar dat ze dichtgemetseld leken.

Ondanks de peptalk van Jordan had ik amper geslapen. Ik had liggen woelen en draaien, niet in staat Lance en Tanya uit mijn hoofd te zetten. Mijn menstruatiekrampen hielpen ook niet bepaald. Uiteindelijk was ik ergens in de vroege ochtenduurtjes ingedommeld, en in het gunstigste geval had ik twee uur geslapen.

Ik voelde me beroerd. Mijn ogen prikten. Mijn brein was mistig. En ik had nog steeds krampen. Als ik er net zo slecht uitzag als ik me voelde (waarvan ik overtuigd was), dan kon ik vandaag echt niet naar school. Me concentreren in de klas. Gymmen. En bovenal: Lance onder ogen komen. Of Tanya. Zelfs het vooruitzicht dat ze haar tas openmaakte en er een gietijzeren pan in vond in plaats van haar laptop kon me niet motiveren.

Omdat ik mijn bed niet uit kon komen, appte ik mijn moeder, zei dat ik ziek was en thuis moest blijven. Mam reageerde met een droevige emoji. Ze zei dat ze een dienblad met wat hete thee en toast met plantaardige boter voor mijn deur zou zetten voordat ze naar pilates ging en dat ze mijn vader zou vragen om Will en Tanya naar school te brengen. Alleen al het lezen van die naam maakte me nog zieker.

Ik schoof terug onder mijn dekbed en wist nog een paar uurtjes te pitten. Toen ik even na tien uur weer wakker werd, voelde ik me daadwerkelijk een stuk beter. Ik rolde mijn bed uit en liep naar de badkamer. Tot mijn verbazing was Blanca daar bezig, met een emmer en een dweil en schoonmaakmiddelen.

'*Hola!*' zei ik, en ik gaf haar een knuffel.

Ik was dol op Blanca. De joviale, hardwerkende Salvadoraanse werkte al jaren voor ons. Ik had haar geholpen met studeren om het Amerikaans staatsburgerschap aan te vragen. Ze was praktisch familie. Meer een moeder voor me dan mijn eigen moeder, die liever met filantropische dingen bezig was.

'*Hola, mí chiquita! Tu mamá me dijo que no te sientes bien.*'

'Ik voel me al een stuk beter.'

Alleen kon ik wel kotsen toen ik Tanya's kant van de badkamer zag. Het was zoals gewoonlijk een rampgebied. Haren en tandpasta in de wasbak, haar verzorgingsproducten chaotisch door elkaar. Ik vond het sneu dat Blanca alles moest schoonmaken en haar zwijnenstal van een kamer moest uitmesten. Ik verontschuldigde me voor de toestand van de badkamer.

Blanca trok een gezicht. '*Tanya... muy sucia. Como una puerca!*'

Ik lachte toen ze zei dat Tanya een varken was. Kon het niet laten om luid te knorren. Blanca knorde nog harder, en we lagen in een stuip van het lachen. Toen we uitgelachen waren zei ik tegen onze huishoudster dat ik Tanya's kant van de badkamer zou schoonmaken. Ze protesteerde, maar ik drong aan. Uiteindelijk gaf ze toe. Natuurlijk was ik niet van plan om in de buurt te komen van die wasbak. Vooral niet zonder hazmat-pak. Het varken mocht zich opwinden zoveel ze wilde. Ik zou gewoon tegen mijn moeder zeggen dat ik bijna de hele dag in de badkamer had gezeten, zodat Blanca er geen gezeur mee zou krijgen.

Toen Blanca weg was, begon ik aan mijn normale ochtendroutine en ging douchen, waardoor ik me nog beter voelde. Mijn krampen waren gestopt. En op de een of andere manier hadden de hete stralen van de douche me van Lance verlost. Terwijl ik me afdroogde, probeerde ik me voor het eerst Tanya's reactie voor te stellen als ze haar laptoptas openmaakte en de gietijzeren pan ontdekte. Ik wist zeker dat ze uit haar plaat ging. Aan de ene kant had ik daar graag bij willen zijn, maar dan zou de rest van mijn dag waarschijnlijk hels zijn geweest. Ik zag haar er wel voor aan dat ze me lijfelijk aanviel, dat ze me misschien zelfs met de zware metalen pan op mijn hoofd zou slaan. Haar kliek achter me aan zou sturen. Godzijdank was Will de hele dag op excursie en had hij na school nog een bijeenkomst van de roboticaclub, anders zou zijn leven ook gevaar lopen.

Met het gezoem van Blanca's stofzuiger in mijn oren keerde ik terug naar mijn kamer en trok een joggingbroek, een hoody en mijn Crocs aan. Omdat de toast en thee die mijn moeder had neergezet inmiddels koud waren, ging ik naar beneden om een ontbijtje te maken. Bij een beker kokosmelk en een kom granola overpeinsde ik mijn dag. Er waren drie dingen die ik dringend moest doen.

Het eerste kostte me nog geen minuut. Ik ontvolgde Tanya en Lance op Instagram, maar besloot mijn @SpyGirl2-handle te houden voor het geval ik me nog eens bedacht. Ik was gehecht geraakt aan de avatar die ik had gemaakt.

Toen dat gebeurd was, ging ik door met taak nummer twee en liep de zijdeur uit naar het schuurtje van mijn vader. Hij was de minst handige man ter wereld en had uiteindelijk onze klusjesman gevraagd het ding te bouwen. Pap kon amper een peertje verwisselen, maar had allerlei gereedschap omdat mannen dat nu eenmaal hadden. Ik opende de deur en vond meteen wat ik zocht, hangend aan de muur.

Een bijl.

Terwijl ik gewapend met de bijl naar mijn atelier beende, voelde ik me net Thor. Ik zwaaide de deur open en liep meteen door naar mijn werkbank. Daarop stond het beeldje van Lance in hardloophouding dat ik hem voor kerst had willen geven. Ik wikkelde beide handen om het houten heft van de zware bijl en liet hem op het standbeeldje neerkomen. *Knots.* Het beeldje, waar ik meer dan een maand hard aan had gewerkt, spatte binnen een paar seconden uit elkaar.

Ik was nog niet klaar.

Met een maniakale grijns bleef ik op de stukken aardewerk inhakken tot ze tot stof gereduceerd waren. *Stof zijt gij, en tot stof zult gij wederkeren*. Lance was officieel dood voor mij. En ik was officieel een bijlmoordenaar.

Door met taak nummer drie. De foto. De klassenfoto van Indio High die ik in Tanya's koffer had gevonden. Ik moest de kopie inscannen die ik had gemaakt, hem naar Mary sturen en vragen of zij het droevige meisje met de rode cirkel om haar hoofd kende.

Nadat ik met Beer een blokje om had gelopen, ging ik terug naar mijn nu dankzij Blanca keurig opgeruimde kamer en pakte mijn telefoon. Alsof ik al niet in opperbeste stemming was, had ik tientallen schreeuwerige appjes van Tanya. De meeste waren dingen als:

Jij trut! Waar is mijn computer?

GEEF ANTWOORD!!

Jij hebt grote problemen!

GEEF ANTWOORD!!!

Je leven is voorbij! Wacht maar af!

GEEF ANTWOORD VERDOMME!!!!

Ik was niet van plan om te antwoorden. Laat haar maar briesen! De pleuris zou uitbreken als ze thuiskwam van school, maar eigenlijk verheugde ik me daar wel op. Ik zou gewoon tegen mijn moeder zeggen dat ik de hele dag had geslapen en dat mijn telefoon uit stond. Ik had zelfs een verklaring voor als ze me beschuldigde van het stelen of verstoppen van haar laptop, maar laten we niet op de zaken vooruitlopen.

Eerst dit. Ik appte Mary Burton met de vraag of ze me kon helpen iemand te identificeren. Ik vertelde over de klassenfoto van Indio High die ik haar wilde sturen. Ze was meer dan bereid om te helpen en had haar computer alweer op de wifi aangesloten. Ze gaf me haar e-mailadres.

In de verwachting dat ik later die dag wel een appje of mailtje van haar zou krijgen, was ik verbaasd toen dertig seconden later mijn telefoon al ging. Het was Mary. Ik nam meteen op. Het was leuk om haar stem weer te horen. En om haar te zien toen we besloten te facetimen.

'Mop, ik herkende dat omcirkelde meisje meteen en moest je bellen.'

Mijn hartslag versnelde. 'Wie is ze?'

'Ze heet Billie Rae Perkins.' Ze zweeg even. 'Of eigenlijk moet ik zeggen, ze héétte Billie Rae Perkins. Ze zat in mijn huiswerkklas en volgde biologie bij mij. Heel slim, maar ook heel stil. Een beetje een einzelgänger. Ze zat altijd met haar neus in een boek; een of ander sprookje of een klassieker. Ik zag haar nooit omgaan met de andere leerlingen. Niet één. Ze was best knap, maar ze keek altijd zo droevig... zoals op deze foto.'

Ik bleef hangen bij Mary's gebruik van de verleden tijd. 'Wat is er met haar gebeurd?'

'Het is een vreselijk verhaal.'

Dat wekte mijn nieuwsgierigheid. Ik was een en al oor en liet haar uitpraten.

'Dat arme kind. Ze woonde in het Shadow Hills-woonwagenkamp met haar moeder. Dat meisje was graatmager... kwam altijd naar school met hetzelfde: een boterham met pindakaas en jam in een bruine papieren zak. Eén keer kwam ze helemaal zonder lunch, dus leende ik haar een dollar zodat ze iets warms kon kopen, en dat schrokte ze op alsof ze uitgehongerd was.

Een paar keer kwam ze naar school met een blauw oog. En een keer met een kapotte lip. Een andere keer met gips om haar pols. Elke keer als ik vroeg wat er was gebeurd, zei ze dat ze ergens tegenaan was gelopen of was gevallen. Ik vermoedde iets anders. Dat ze werd mishandeld. Ik nam contact op met de sociale dienst, maar die vond geen bewijs van mishandeling door haar moeder. Plus, ik had die vrouw ontmoet en ze leek me best aardig.'

'Wat deed haar moeder?' vroeg ik, terwijl ik een schrift en pen uit mijn rugzak pakte. Ik moest aantekeningen maken zodat ik niets zou vergeten.

'Volgens onze informatie was ze huisvrouw. Maar één ding: ze rookte. Billie Rae's kleren, of de weinige kleren die ze had in elk geval, stonken altijd naar sigarettenrook.'

'En haar vader?'

'Volgens de schoolgegevens waren haar ouders uit elkaar. Bij zijn beroep stond: *Gaat je niks aan.*'

Wauw. Hoe ik ook klaagde over mijn ouders, vergeleken hiermee konden ze opgaan voor 'Beste ouders van het jaar'.

'Hoe heetten ze?'

'Jolene en Roy Perkins.'

'Leven ze nog?'

'Dat is iets wat ik wel zeker weet.' Ze verschoof haar halve brilletje. 'Het antwoord is nee. Ze zijn bruut vermoord.'

'Ho!' Die had ik niet zien aankomen. 'Wanneer is dat gebeurd?'

'Mei 2000. Het einde van Billie Rae's tweede jaar.'

Toen ze vijftien of zestien was, rekende ik snel uit. Ik drong aan op meer details.

'Haar ouders waren in de vroege ochtenduurtjes allebei doodgestoken. Roy was zeker op bezoek. Ze vonden Jolene op de slaapbank en Roy op de vloer.'

'En Billie Rae? Was zij in orde?'

'Dat arme meisje werd vermist. De politie dacht dat de moordenaar van Roy en Jolene haar had meegenomen.'

'Hebben ze de moordenaar ooit gevonden?'

'Nee... nooit. En haar ook niet. Het zal nu wel een cold case zijn.'

'Denkt u dat de moordenaar Billie Rae ook heeft vermoord?'

Mary's lippen werden een grimmige streep. 'Ik kijk te veel politieseries. Ze zeggen dat als een ontvoerde persoon niet in de eerste vierentwintig uur wordt gevonden, de kans groot is dat diegene dood is.'

Maar er waren ook meisjes die jarenlang door vreemden gevangen werden gehouden en dan ontsnapten. Sommigen, zoals Elizabeth Smart en Jaycee Dugard, hadden hun aangrijpende verhalen gedeeld in memoires en hadden een waardevolle invulling aan hun leven kunnen geven.

Voordat ik de kans had om dat te zeggen, vroeg Mary: 'Mop, ik vergeet het je bijna te vragen. Waar heb je die foto gevonden?'

Ik beet op mijn lip. Waarom had ik die vraag niet zien aankomen? Hoewel ik snel kon nadenken, aarzelde ik even. 'Geloof het of niet, maar in de kelder van ons huis.' Mary wist niets van onze kleptomane uitwisselingsstudent en mijn instinct gaf me in dat ik dat zo moest houden. En ze wist niets over ons huis, dat niet eens een kelder had.

'Dat is heel vreemd,' mompelde ze.

Nog wat snel denkwerk. 'Misschien waren de vorige eigenaren van ons huis familie van Billie Rae?' vroeg ik hoopvol.

'Hmm. Misschien.' Mary leek niet erg overtuigd. Ik kon het haar niet kwalijk nemen. Anders dan mijn zus en Tanya was ik geen geboren actrice.

'Maar nu ben ik echt geïntrigeerd, Mary. U hebt zeker niet toevallig nog krantenartikelen liggen over de moord of het onderzoek?'

'Sorry, mop, nee. Maar je kunt er vast online wel iets over vinden. Google op *The Desert Sun* en *Redlands Daily*. De zaak had alle krantenkoppen gehaald. *Dubbele moord in woonwagenkamp Shadow Hills.* Misschien kun je nog een keer hierheen komen en met de politieagenten praten die destijds onderzoek deden. Ik zou het leuk vinden om jou en je broertje weer te zien! Dan zorg ik dat ik een flinke voorraad zelfgemaakte limonade en chocoladekoekjes voor jullie klaar heb staan.'

Ik begon te glimlachen. Tot haar blijdschap zei ik dat een volgend bezoekje er misschien best eens in zat voordat we afscheid namen.

Op mijn telefoon waren nog een stuk of tien vernietigende berichtjes van Tanya binnengekomen.

Maar ik had wel wat beters te doen dan ze te lezen.

De rest van de middag bleef ik in mijn bed, om onderzoek te doen naar de moord op Jolene en Roy Perkins en de verdwijning van hun tienerdochter Billie Rae. Ik nam alleen even pauze om te lunchen, een heerlijke vegan burrito die Blanca had gemaakt.

Mijn zoektocht met Google leverde niet veel op. Een paar krantenartikelen, slechts één ervan met foto's van Billie Rae en haar ouders

Jolene en Roy. Billie Rae leek veel op haar moeder, met muizig haar, ernstig en mager, maar ze had haar vaders borstelige wenkbrauwen en scherpe jukbeenderen. Hij zag er eng uit met zijn neusring, grote nektattoo en de stoppels op zijn kin met kuiltje. Hij had iets wat me bekend voorkwam, maar ik kon er de vinger niet op leggen. Misschien had ik te veel afleveringen van *Breaking Bad* gekeken.

Maar ik ontdekte wel meer over de moorden. Ze waren doodgestoken met keukenmessen. Er werden geen vreemde vingerafdrukken op hen gevonden; de moordenaar moest handschoenen hebben gedragen. Er waren geen sporen van braak of een worsteling, dus was het waarschijnlijk een bekende geweest.

Er waren een paar mogelijke motieven. Jolene was een werkloze alcoholist die mannen oppikte in plaatselijke bars. Roy had een strafblad en enorme gokschulden, dus misschien was een van haar scharrels door het lint gegaan of had een van zijn schuldeisers besloten een voorbeeld te stellen. De artikelen schilderden hen af als tuig en waren voornamelijk gericht op de veilige terugkeer van hun vermiste en waarschijnlijk ontvoerde dochter Billie Rae. Er werd een tiplijn van de politie genoemd waar mensen anoniem heen konden bellen, met de belofte dat alle tips vertrouwelijk zouden worden behandeld.

Nadat ik de artikelen had gelezen, stelde ik een Google Alert in voor eventuele nieuwe online artikelen waarin werd gesproken over Billie Rae Perkins en/of vermiste meisjes. Misschien kwam er nog een doorbraak in deze cold case.

Ik keek op de klok. Kwart voor vier. Tanya zou zo wel thuiskomen.

Ik zette mijn computer uit en haalde diep adem. Even overwoog ik nog mijn kamer te barricaderen, maar ik wilde zien hoe pissig ze was vanwege haar vermiste laptop.

Ik sprong van mijn bed en liep naar beneden, een glimlach vol zelfvertrouwen om mijn lippen. Straks zou het losgaan, maar ik was er klaar voor.

36

Natalie

Matt de Hengst.

Die woorden brandden in mijn brein.

De bourbon brandde op mijn tong.

En elke keer als ik een slok van die bittere drank nam, liep er een gloeiend spoor van mijn keel naar mijn maag.

Dit waren geen naamloze, gezichtsloze vrouwen. Het waren vrouwen die ik kende. Mijn vriendínnen.

Matt had een voorliefde voor blondines en was een benenman. Ik dacht aan alle vrouwen die ik kende en die aan dat profiel voldeden. Carolyn... Olivia... Gillian... De lijst ging maar door. Hoe kon ik die vrouwen ooit weer onder ogen komen, in de wetenschap dat ze misschien wel met mijn man naar bed waren geweest? Hoe kon ik leven met de woede en vernedering?

En, nog onverdraaglijker, hoe kon ik leven met Matt? Het bed met hem delen? Ik had net gedacht dat ons huwelijk weer opkrabbelde, met meer en betere seks, maar nu dít. En bovendien bleef ik maar denken aan de dochter die hij met Alexa had. Hoe ze eruitzag, wat ze deed, waar ze woonde. En waren er nog meer? Maar één ding was zeker...

Ik háátte hem.

Aangespoord door de bourbon reageerde ik me af op de groenten die ik aan het snijden was voor het avondeten. *Hak. Hak. Hak. Hak.* Elke haal van het glinsterende, vlijmscherpe keukenmes harder en sneller. Ik voelde me net zo'n Japanse teppanyakichef die een showtje gaf met zijn hakmessen en jongleertrucs.

Ik was doodsbang voor messen. Ik omklemde het heft en bleef supergeconcentreerd omdat ik bang was in mijn vinger te snijden. Maar terwijl de bourbon zich door mijn bloedsomloop verspreidde, ebde mijn luciditeit weg en begon mijn geest spelletjes met me te spelen. Terwijl ik twee dikke rode tomaten doorsneed, stelde ik me voor dat ik Matts ballen eraf hakte. *Hak. Hak.* En terwijl ik een grote courgette in plakken sneed, zag ik Matts dikke pik voor me. *Hak. Hak. Hak...*

Toen ik met mijn mes aanviel op een pompoen, drong er een bekende stem door mijn concentratie heen.

'Hoi, mam. Wat ben je aan het maken?'

Paige.

Ik keek op zonder mijn sinistere handelingen te onderbreken, en een plotselinge, scherpe pijn schoot door mijn linkerwijsvinger. Bijna meteen gilde ik het uit; ik vloekte hardop en keek omlaag. Ik had bijna mijn vingertop afgehakt. Helrood bloed gutste uit een diepe jaap en stroomde over de snijplank.

Paige rende met een gezicht vol afschuw naar me toe. 'O god, mam! Gaat het wel?'

'L-lieverd, pak even wat keukenrol,' stamelde ik.

Ze rende naar de houder en kwam met een dikke prop naar me toe. 'Geef me je hand.'

Ik stak mijn bonzende vinger uit en ze vouwde de keukenrol eromheen en drukte erop. Binnen een paar seconden was de dikke witte prop rood van het bloed. Ik begon me weeïg te voelen.

'Mam, hou dat papier stevig om je vinger.' Met mijn andere hand kneep ik hard terwijl zij naar de gootsteen rende, waarna ze terugkeerde met een geruite theedoek. Snel, zonder een spier te vertrekken, verruilde ze het doorweekte stuk keukenrol voor de beter absorberende theedoek.

Ik moest even terugdenken aan haar jeugd, hoe stoïcijns Paige altijd was wanneer ze een knie schaafde tijdens een of andere jongensachtige activiteit. Ze liet nooit een traan bij bloederige wonden. Een beetje jodium en een pleister en ze was alweer klaar om verder te spelen. Zo anders dan Anabel, die bij het geringste schrammetje huilde. Hysterisch. Ik was net als Paige een stoïcijns kind geweest, maar dat had ook wel gemoeten. Tranen waren mijn vijand. Het was beter om ze weg te vegen of te verbergen dan dat ze van je gezicht werden gemept.

Het afschuwelijke gebons van mijn vinger haalde me terug naar het hier en nu. Het bloed uit de snee ging dwars door de theedoek heen. Ik werd almaar weeïger vanbinnen.

'Paige, lieverd, kun jij boven een paar pleisters voor me halen?'

'Mam, pleisters zijn niet genoeg. Ik denk dat je naar de spoedeisende hulp moet.'

Ik woog die optie af met mijn wazige hoofd terwijl er een andere stem door de keuken schalde.

'Paige! Vuile dief! Waar is mijn computer, verdomme?'

Tanya.

37
Paige

Met dodelijke blikken beende Tanya naar me toe. Ze smeet haar laptoptas op het keukeneiland en ritste hem open. Ze rukte er de gietijzeren pan uit en zette hem met een klap op het aanrecht. Beter dan op mijn hoofd, dacht ik, terwijl ik inwendig een zucht van verlichting slaakte.

'Waar is mijn laptop?' vroeg ze briesend.

Ik haalde mijn schouders op. 'Ik heb geen idee waar je het over hebt.'

Haar wenkbrauwen kropen naar elkaar toe en ze sperde haar neusgaten open. 'Bullshit. Jij hebt mijn computer gepikt en verstopt.'

Ik keek haar perplex aan. 'Huh?' Niet schuldig.

'Kijk me recht in de ogen en zeg dat je mijn computer niet hebt gepikt.'

Ik deed wat ze vroeg, en het viel me op dat ze mijn kettinkje met het gouden hartje droeg. Ze had het gebroken kettinkje kennelijk laten maken of vervangen, of Lance had haar een nieuwe gegeven. Het zou me niet verbazen als hij er een voorraadje van had. Hoe dan ook, het kon me geen moer schelen. Ik was zo klaar met die eikel. Ze mocht hem hebben. En die ketting ook.

Toen ze bij mij niets bereikte, richtte ze haar aandacht op mijn moeder, zonder haar bloedende vinger op te merken. 'Natalie –'

Ik kapte haar af. 'Laat mijn moeder hierbuiten. Zie je niet dat ze gewond is?'

'Wat is hier aan de hand?' vroeg mam met een klein, bevend stemmetje.

Tanya trok een gezicht, en toen veegde ze de pan van het aanrecht. Hij kletterde op de vloer. 'Je rotkind heeft mijn laptop gepikt!'

Mijn moeder, haar ogen glanzend van pijn, keek mij aan. 'Paige?'

'Dat heb ik helemaal niet gedaan.'

'Leugenaar!' blafte Tanya met een woedend gezicht.

'Bewijs het!' daagde ik haar uit.

'Ik ga dit hele huis op zijn kop zetten!'

'Ga je gang. Ik wed dat je hem niet zult vinden.'

'Vertel me waar hij is!'

Ik grijnsde naar haar. 'Ik heb hem niet aangeraakt. Misschien heeft een van je zakken van vrienden hem gisteravond tijdens je verjaardagsfeestje gestolen. De verandadeuren stonden open en ze konden zo het huis in lopen. En je kamer.'

Mijn moeder kwam tussenbeide. 'Alsjeblieft, meiden, ik voel me niet lekker. Kunnen we het hier later over hebben?' Ze zag er bleek uit door het bloedverlies.

'Mam, je moet even gaan liggen en je vinger omhooghouden.'

Tanya bond niet in. Voor ik het wist lagen haar handen om mijn nek alsof ze me wilde wurgen. 'Geef hem terug, Paige!' Ze begon te knijpen.

Mijn moeder slaakte een kreet. 'Tanya, waar ben je in vredesnaam mee bezig?'

'Blijf van me af!' wist ik uit te brengen. Ze verstrakte haar greep. Ik begon te hoesten, naar adem te happen.

'Tanya!' riep mijn moeder vol afgrijzen, zwakjes trekkend aan de arm van onze uitwisselingsstudent. 'Laat Paige nu meteen los!'

'Wat is hier verdomme aan de hand?' vroeg een nieuwe, norse stem.

Het was mijn vader, die bij de zijdeur stond met mijn broertje.

Tanya liet me los en draaide zich naar hem om. 'Matt, Paige heeft mijn laptop gestolen en wil hem niet teruggeven!'

'Dat heb ik niet gedaan, pap. Geloof me alsjeblieft!'

Dat kon ik wel vergeten. In zijn ogen was ik zowel een leugenaar als een plagiator.

Hij keek naar me met samengeknepen ogen, en toen keek hij naar mijn moeder voor antwoorden. Zij was lijkbleek en stond te tollen op haar benen. Ze zag eruit alsof ze elk moment kon flauwvallen.

De paniek stak de kop op. 'Pap! Mam heeft een heel diepe snee in haar vinger. Ze heeft een heleboel bloed verloren. Ik denk dat je met haar naar de spoedeisende hulp moet.'

Rood van woede stampte Tanya op de vloer. 'Matt, dóé iets! Zeg tegen je dochter dat ze me mijn laptop teruggeeft!'

Mijn vader negeerde haar en rende naar mijn moeder toe. Hij bekeek de met bloed doordrenkte theedoek om haar vinger. Voorzichtig vouwde hij hem open, en toen hij de jaap in haar vinger zag, keek hij verschrikt. Er gutste nog steeds bloed uit, waardoor haar hele hand rood was.

Met grote ogen van afgrijzen bekeek hij de diepe snee. 'Jezus, Nat. Bijna tot op het bot. Paige heeft gelijk. Je moet naar de eerste hulp.'

Tot mijn schrik duwde ze hem weg. 'Laat me met rust, Matt.' Haar stem klonk hees. Gepijnigd. Maar toen werd haar lichaam slap.

Net op tijd ving mijn vader haar op en tilde haar op. Moeiteloos, alsof ze niets woog. 'We gaan naar Cedars.'

'Pap, ik wil met jullie mee!'

'Nee, Paige. Blijf hier! Pas op je broertje.'

'En mijn computer dan?' krijste Tanya.

'Daar hebben we het wel over als we terug zijn. Ga intussen in huis zoeken. Hij ligt vast wel ergens.'

'Best,' beet ze hem briesend toe.

En toen draaide ze zich om en keek mij vernietigend aan. Als blikken konden doden, dan was ik nu dood.

Er liep een rilling over mijn rug. Er kon vanavond iemand doodgaan. Ik kon doodgaan.

Impulsief pakte ik het mes dat mijn moeder had gebruikt.

Terwijl Tanya de keuken uit stormde, hield ik het vast, voor de veiligheid.

Orkaan Tanya.

Of eigenlijk leek ze meer op een tornado terwijl ze door het huis raasde en alles op haar pad overhoopgooide. Will en ik deden aan schadebeperking. We volgden haar van kamer naar kamer. Ruimden haar rotzooi op terwijl zij roekeloos kussens van banken gooide, stoelen omkieperde, kasten leeghaalde, hoeken van kleden omvouwde en meer van zulke dingen. We wilden niet dat onze arme moeder thuiskwam in deze rotzooi. Terwijl ik dicht bij Tanya bleef, met het keukenmes achter mijn rug, zei ik tegen Will dat hij de rest van de keukenmessen in het schuurtje moest leggen en het moest afsluiten met het hangslot. Die meid was krankzinnig. Veiligheid voor alles.

'Dus dit is wraak,' brieste ze terwijl ze onze woonkamer op zijn kop bleef zetten. Ze groef nu in de drankkast, smeet als een dolle flessen op de vloer. 'Ik heb je vriendje ingepikt, dus heb jij mijn laptop gepikt.'

'Ik heb je computer niet gestolen,' zei ik nonchalant.

'Serieus, Paige, soms denk ik dat je een betere actrice bent dan ik.'

Ik verwerkte dat. Ze gaf zo goed als toe dat ze nep was – een bedriegster – maar ik had nog steeds niet het bewijs dat ik nodig had.

'Ik zweer het op Beers leven: dat heb ik niet gedaan.' Ik had meteen spijt van mijn woorden, want ik wilde onze geliefde hond niet in gevaar brengen. Ik hoorde hem buiten blaffen.

Toen ze niets vond in de drankkast, greep ze een van de flessen van de vloer – een dure cognac – en maakte hem open. Met haar hoofd in haar nek nam ze een paar grote slokken en toen keek ze mij aan, met vals glanzende ogen. 'Trouwens, loser, je ex-vriendje is geweldig in bed.'

Een steek van pijn. Ik haalde diep adem en glimlachte inwendig. Tijd om haar te laten weten dat ze de verkeerde naaide. Mij.

'O, heeft hij je ge*shagged*?'

'Huh?' Ze fronste haar voorhoofd. Onze zogenaamde Engelse uitwisselingsstudent had blijkbaar nog nooit een Austin Powers-film gezien.

'Je weet wel...' Ik maakte wat overdreven bewegingen met mijn heupen tot ze het snapte. 'Ik hoop maar dat hij een condoom heeft gebruikt.'

Ze grinnikte. 'Dat maakt niet uit. Ik ben aan de pil.'

'O, heeft hij je niet verteld dat hij herpes heeft?'

Ze keek verschrikt. Ik moest mijn lippen op elkaar persen om niet hysterisch te gaan lachen. Ze nam nog een grote slok cognac.

'O, en trouwens, drinken is slecht en kan geboorteafwijkingen veroorzaken. Hebben ze je dat niet geleerd op je chique kostschool?'

'Val dóód!' krijste ze zonder een spoortje van haar nep-Britse accent. 'Je bent gewoon jaloers en zielig. En lelijk!' Met de fles in haar hand beende ze weg.

Ik voelde me een beetje duizelig van triomf, liep naar de drankkast en begon de flessen er weer in te zetten. Godzijdank had ze ze niet kapotgegooid. Glasscherven en plassen drank opruimen zou uren hebben geduurd. Terwijl ik de laatste fles opruimde, kwam mijn broertje binnen.

'Jemig!'

Ik draaide me naar hem om. Hij staarde met grote ogen naar de puinhoop; ik had nog niet alles in de normale staat kunnen terugbrengen. Kussens en boeken lagen nog steeds overal verspreid. Een van de banken lag op zijn kant.

Terwijl ik Will wilde vragen me te helpen met opruimen, hoorde ik luide, snelle voetstappen. Er ging een alarmbelletje bij me af.

'Ze gaat naar boven!' Mijn kamer zat op slot, maar die van mijn broertje niet. 'Willster, wat als ze je kamer afbreekt?' Mijn voornaamste gedachte: die gestoorde gek zou de robots slopen waar hij weken aan had gebouwd.

Mijn broertje glimlachte droogjes. 'Maak je geen zorgen, Pudge. Ik heb Beer in mijn kamer gezet. De deur is dicht, maar hij wordt gek als hij haar hoort of ruikt. Geloof me, daar gaat ze echt niet naar binnen. Dus laten we eerst deze zooi opruimen.'

Wederom werd ik eraan herinnerd hoeveel ik van mijn broertje hield. Hij was zo slim. Hij zou het beslist ver schoppen in het leven.

Toen de woonkamer bijna weer op orde was, hoorden we Beer woest blaffen. Tanya kwam weer naar beneden gehold en keek ons vuil aan. 'Ik wed dat je mijn laptop in de kamer van die kleine etter hebt verstopt. Ik vind hem wel! Intussen ga ik buiten zoeken.'

'Succes!' zei ik terwijl ze naar de openslaande tuindeuren stampte. Gelukkig zat mijn atelier op slot en kon ze daar niet in komen. Omdat ik wist dat ze wel even buiten zou zijn, aangezien we een grote achtertuin hadden met een heleboel plekken waar je dingen kon verstoppen, vroeg ik Will of hij honger had. Hij was uitgehongerd, en ik ook.

Mijn moeder had de groenten al gesneden, dus maakte ik een pasta primavera met een eenvoudige salade. Will schrokte zijn eten naar binnen. Geen idee waar hij het liet, zo mager als hij was.

Terwijl we aan het keukeneiland zaten, vertelde ik hem over mijn gesprek met Mary. En het onderzoek dat ik had gedaan naar Jolene en Roy Perkins en hun dochter Billie Rae. Ik liet geen enkel detail weg.

'Wauw! Wat griezelig!' zei hij na het doorslikken van zijn laatste hap pasta. Zijn bord was helemaal leeg.

'Ja, supergriezelig.' Ik schepte wat salade op. 'Zet je Sherlock-hoed maar weer op.' Ik lachte toen hij een hoedje vouwde van een servet en het op zijn hoofd zette. 'Oké, waarom denk jij dat Tanya die oude foto van Indio High had?'

'Daar heb ik over nagedacht, mijn beste Watson.' Hij pikte nog wat pasta van mijn bord. 'Ik denk niet dat het willekeurig was.'

Ik woog zijn woorden af toen voetstappen naar de keuken kwamen stormen. Tanya. Nog steeds razend. Haar handen tot vuisten gebald.

'Heb je je laptop al gevonden?' vroeg ik luchtig.

'Nee, maar wel dít, boven.' Ze stak haar arm uit en opende een vuist. Ik herkende het witte ding in haar hand meteen: de spycam. Zij wist ook wat het was. 'Dus jullie bespionéérden me?' beet ze ons toe.

Ik haalde mijn schouders op en staarde haar met een lege blik aan. Will deed me na.

Haar giftig samengeknepen ogen richtten zich op Will. 'Dus, kleine viezerik... heb je ervan genoten als ik me uitkleedde? Rondliep in mijn ondergoed? Heb je met jezelf gespeeld onder de dekens?'

Die arme kleine Will verbleekte. Zoiets zou niet eens bij hem opkomen.

'Laat mijn broertje hier buiten!' siste ik terwijl ik het gerammel van sleutels hoorde.

Ik draaide mijn hoofd opzij. De zijdeur zwaaide open. Mijn ouders waren thuis. Ze schuifelden de keuken in. Mijn moeder was nog steeds bleek, haar gewonde vinger ingepakt als een mummie.

'Hoe gaat het met je vinger?' vroeg ik.

Haar ogen waren glazig en haar gezicht benepen, alsof ze dronken was van vermoeidheid. 'Ik overleef het wel.' Een korte stilte. 'Tien hechtingen en een spalk.'

Arme mam! 'Heb je honger? Ik heb eten gemaakt.'

'Dank je, lieverd, maar nee. Ik wil alleen maar naar boven en gaan liggen.'

'Doet je vinger pijn?'

'Ja. Ze hebben me pijnstillers gegeven.'

'Je moeder moet rusten,' zei mijn vader koel.

Ik voelde afstandelijkheid tussen mijn ouders. De man die haar galant naar de auto had gedragen, stond nu een halve meter bij haar vandaan. Geen lichamelijk contact. Geen oogcontact.

Hij maakte zijn stropdas los. 'Natalie, ik slaap beneden in de woonkamer.'

'Prima.' Het woord kwam amper over haar lippen.

Ze liepen allebei een andere kant op. Geen kus. Geen knuffel.

Wat was er met mijn ouders aan de hand?

38

Natalie

Ik lag wakker in ons kingsize bed. Alleen.

Woelend en draaiend.

Ik kon niet slapen.

Mijn vinger bonsde. Maar dat was nog niets vergeleken met mijn pijnlijke hart.

Op weg naar de eerste hulp had ik seks geroken. De geur van ontrouw hing om mijn man heen, maar ik had niet de kracht gehad om hem ermee te confronteren. In plaats daarvan hadden we de rit in stilte afgelegd. Hetzelfde op de terugweg. Hij had niet eens gevraagd hoe mijn vinger voelde. Stilte is vaak luider dan woorden. Hij wist dat ik het wist. Vooral toen ik hem had gevraagd ergens anders te gaan slapen en hij zonder discussie akkoord was gegaan. Het idee om een bed met hem te delen stootte me af, en bovendien had ik ruimte nodig om na te denken.

Ik werd bestookt door vragen.

Hoe moest ik samenwerken met de vrouwen in mijn commissies zonder steeds te denken dat ze met mijn man naar bed waren geweest? Met ze naar pilates gaan? Met ze spinnen bij Soul Cycle? Misschien had Matt met mijn instructeurs geslapen. Een paar daarvan waren langbenige blondines.

Wanneer moest ik hem hiermee confronteren? Hem al zijn misstappen laten opbiechten? En de grootste vraag van allemaal: wat ging ik doen? Bij mijn overspelige echtgenoot blijven, of bij hem weggaan?

Slechts één ding was duidelijk: ik moest niet in een neerwaartse spiraal terechtkomen. Ik mocht niet instorten zoals de vorige keer en een zombie worden.

Deze keer moest ik sterk zijn voor mijn kinderen. Voor mezelf.

Ik had middelen.

Ik had Xanax.

Je weet wat ze zeggen. De eerste keer is het zijn schuld. De tweede keer de jouwe.

Nee, ik zou me niet te kakken laten zetten. Niet deze keer. Nooit meer.

Geen grotere feeks dan een bedrogen vrouw.

Vooral een vrouw met mijn achtergrond.

Ik nam een pijnstiller, sloot mijn ogen en liet de slaap over me heen komen. Ik zou alle kracht nodig hebben die ik verzamelen kon.

39
Paige

De volgende ochtend was ik verbaasd mijn moeder in de keuken aan te treffen, waar ze het ontbijt uitstalde op het keukeneiland: muesli-repen, bosbessenmuffins, vers fruit en sinaasappelsap.

Ze droeg haar Lululemon-sportkleren en zag er al veel beter uit dan gisteravond. Uitgerust, met weer wat kleur op haar gezicht.

'Mam, hoe is het met je vinger?' Ik zag dat ze haar linkerhand niet gebruikte. Gelukkig was ze rechtshandig.

'Hij doet niet meer zoveel pijn,' antwoordde ze terwijl ze koffie voor zichzelf inschonk. 'Bedankt voor je bezorgdheid.'

'Waar is pap?' Meestal was hij als eerste beneden.

Ze nam een slok uit haar dampende beker en haalde haar schouders op. 'Hij had zeker een vroege bespreking.' De toon van haar stem zei iets anders.

Ik liet het gaan. 'En Will?' Mijn broertje de vroege vogel was altijd eerder beneden dan ik.

'Hij is met Beer wandelen omdat ik dat nu niet kan.' Ze keek naar haar verbonden vinger. Onze lobbes moest met twee handen in bedwang gehouden worden; als hij een eekhoorn zag, ging hij erachteraan.

Voordat ik nog meer kon zeggen kwam Tanya als een windhoos de keuken in.

Ze wierp mij een minachtende blik toe en wendde zich tot mijn moeder, maar zonder naar haar vinger te vragen. 'Natalie, je zult na school met me moeten gaan winkelen.'

'Ik kan vandaag niet. Ik heb een belangrijke bespreking.'

'Zeg die dan af! Ik heb een nieuwe laptop nodig. Ik heb overal gezocht, maar kan hem nergens vinden.' Ze wierp mij nog een vuile blik toe, maar toen grijnsde ze. 'Nou ja, dan heb ik straks in elk geval de nieuwste MacBook Pro. Dankzij jóú.'

Graag gedaan. Ik grinnikte inwendig terwijl ze een mueslireep pakte.

Na een snelle hap richtte ze haar blik weer op mijn moeder. 'Als jij niet met me mee kunt, Natalie, dan moet ik Lance maar vragen.' Gelukkig vroeg ze het mij niet. 'Ik heb alleen je creditcard nodig.'

'Tanya, lieverd, ik kan je mijn creditcard niet geven.'

Ze fronste haar wenkbrauwen. 'Waarom niet?'

'Gewoon.'

'Wat moet ik dan? Ik heb een laptop nodig voor school.'

'Kun je je éígen bankpas niet gebruiken? Of een van je vaders kaarten?'

'Eh... de mijne is net verlopen en ik heb geen toegang tot die van papa.'

Ik geloofde haar niet. Er klopte hier iets niet.

Mijn moeder pakte een muffin. 'Vraag Matt dan. Hij laat je vast wel zíjn creditcard gebruiken.'

Tanya kneep haar ogen tot spleetjes. 'Best. Ik zal hem appen. Misschien kan hij naar de Apple Store in Century City komen, aangezien hij daar toch in de buurt werkt. Of beter nog, ik ga wel even bij zijn kantoor langs.'

'Ik raad je aan eerst te bellen of appen voordat je naar zijn kantoor gaat.' Een subtiele sneer van mijn moeder. 'Hij heeft misschien een belangrijke vergadering. Of een afspraak buitenshuis. Vooral als je rond lunchtijd gaat.'

Voor de deur werd drie keer getoeterd. Ik herkende dat geluid.

'O, daar heb je Lance al.' Tanya's gezicht klaarde op. 'Ik moet ervandoor. Ta-ta!'

Ze schonk koffie voor zichzelf in, nam een paar slokken en gooide de rest in de gootsteen. Die slons zette niet eens haar mok in de vaatwasser. Mijn blik bleef op haar gericht terwijl ze de keuken uit walste. Mijn hart deed pijn toen ik de auto hoorde wegrijden.

Mijn moeder keek me niet-begrijpend aan. 'Waarom ben je niet met ze meegegaan?'

Lusteloos pakte ik een mueslireep uit, en na een diepe zucht kwam ik met mijn nieuws. 'Mam, het is uit tussen Lance en mij.'

Ze leek eerder bedroefd dan geschokt. 'O, lieverd toch! Arme schat, kom eens hier.'

Ze spreidde haar armen en ik liet me door haar omhelzen, me in haar magnetische moederkrachtveld trekken.

Ze streek met haar goede hand mijn haar glad. 'Wanneer is dat gebeurd?'

'In het weekend.'

Er kwam een mengeling van bezorgdheid en medeleven over haar heen. 'Lieverd, wat erg. Gaat het wel?'

Ik knikte en nam een hap van mijn knapperige reep. 'Prima.' Waarheid: het deed nog steeds pijn. Ik was immers een mens.

Ik vroeg me af of mijn moeder wist dat hij was vreemdgegaan met Tanya. Dat die twee nu een stelletje waren. Voordat ik haar dat kon vertellen kwam Will binnenzetten, met een uitgelaten Beer aan de riem. Onze hond sprong tegen het aanrecht op en pikte de rest van Tanya's mueslireep.

'Paige,' zei Will buiten adem terwijl hij een muffin pakte, 'ik mag niet te laat op school komen. Ik ben huiswerkbegeleider vanochtend.'

Aan de ene kant wenste ik dat ik nog een dagje thuis kon blijven. Dat ik Lance en Tanya niet samen hoefde te zien. Maar ik had te veel op het programma staan vandaag, waaronder twee tentamens, een presentatie en basketbaltraining.

Met een zwaar gemoed pakte ik mijn autosleutel en liep achter Will aan naar mijn Jeep.

Terwijl ik wachtte tot hij zijn gordel omhad, kon ik het niet laten even op Tanya's Instagram te kijken.

Gal kwam in mijn keel omhoog toen ik een selfie van haar en Lancehole zag, zoenend, met de hashtag *#Instalove* en een heleboel hartjes. Misselijk sloot ik de app af en gooide mijn telefoon in mijn rugzak voordat alle weerzinwekkende commentaren binnenstroomden waarin ik werd afgezeken.

Mijn moeder wist dan misschien niet wat er speelde, maar de rest van de wereld wel.

Ook iedereen op Coldwater Academy.

De Instagram-koningin had haar koning gestrikt.

Ik haatte hem, maar haar nog meer.

Zo erg dat ik haar wel kon vermoorden.

40

Paige

In de dagen erna gebeurde er niet veel, als je niet meetelde dat ik in een dip raakte. Tanya kreeg een splinternieuwe laptop, dankzij mijn vader. Zij en Lance paradeerden hand in hand op school rond terwijl ik probeerde het niet te zien. Jaloezie en verdriet gloeiden op mijn wangen. De worsteling was echt. Ik miste het om een vriendje te hebben.

Ik verheugde me op de herfstvakantie, over minder dan een week. Dan zou ik even het verliefde stelletje niet meer hoeven te zien en had ik de kans om naar mijn oma te gaan, van wie ik zeker wist dat ze een bron van troost zou zijn. Meer dan ooit wenste ik dat Tanya haar bezemsteel zou pakken om terug te vliegen naar waar ze verdomme ook vandaan kwam. De gedachte om nog eens zes maanden met haar te moeten samenleven was ondraaglijk. Will en ik hadden niet veel vooruitgang geboekt met het achterhalen van haar werkelijke identiteit. Of met uitvogelen wat de connectie was tussen haar en Billie Rae Perkins. We werkten al bijna drie maanden aan 'De zaak-Tanya Blackstone alias Operatie Tanya'. Sherlock en Watson schoten niet erg op.

Omdat mijn moeder niet kon koken met haar verbonden vinger bestelden we die week bijna elke avond eten. De ene keer Italiaans. Dan weer Thais. Nog maar eens sushi. Bij elke bestelling kwam er iets veganistisch voor mij mee. Mijn moeder was beleefd tegen mijn vader, maar ze leek veranderd. De vonk was weg. Iets wat onuitgesproken bleef. Er werd amper gepraat, en dan vooral door Tanya. Ik was altijd blij als het eten achter de rug was en ik naar mijn kamer kon. Will voelde het net zo. We wisten geen van beiden wat er met onze ouders aan de hand was, maar wat het ook was, het kon niet goed zijn.

Op zondag, de avond voor onze week herfstvakantie, gingen we naar een chic fusion-restaurant waar mijn vader graag kwam.

'Jammer dat Tanya niet mee kon vanwege haar opstel,' zei mijn moeder. Ze schoof met haar eetstokjes haar wokgerecht over haar bord heen en weer. 'Ze zou dit restaurant geweldig hebben gevonden.'

Ik slikte een hap kruidige vegan noedels door. 'Is dat wat ze jou heeft verteld?'

Ze keek me aan. Het werd tijd voor het nieuwsbulletin.

'Eigenlijk is ze uit met Lance. Hij is vreemdgegaan met háár, daarom had ik het uitgemaakt. Nu zijn zij tweeën samen.'

Terwijl mijn vader reageerde met onverschilligheid, raakte Lance' ontrouw een snaar bij mijn moeder. Haar gezicht betrok. 'Ik wíst wel dat er iets tussen die twee speelde. Dat is onacceptabel. Ik zal eens een hartig woordje met Tanya spreken.'

'Laat maar, mam. Ik ben er al overheen.'

Hoewel ik de tranen voorbij was, gaf ze me een knuffel. 'Lieverd, je moet nooit bij een man blijven die je bedriegt.' Ze glimlachte droogjes naar mijn vader, die tegenover haar zat. 'Toch, Matt?'

Mijn vader verbleekte. 'Ik zal de rekening vragen, dan kunnen we ervandoor. Ik moet nog inpakken voor ons uitje.'

Toen we thuiskwamen voelde er iets niet goed. Meestal hoorden we Beer dan al blaffen in de achtertuin of in Wills kamer. Nu was het huis spookachtig stil.

'Beer!' riep Will. 'We zijn thuis!'

Geen kefje. Geen blafje. Helemaal niets. Ik kreeg een akelig voorgevoel.

'Misschien ligt hij te slapen in mijn kamer,' zei Will, maar er kroop ongerustheid in zijn stem.

Ik liep achter hem aan naar boven, en allebei beklommen we de trap met twee treden tegelijk. Ik voelde een steekje van opluchting toen ik zag dat zijn slaapkamerdeur dichtzat. Maar toen Will hem opendeed, slaakten we allebei een kreet. Beer was weg!

'Hij moet hier ergens zijn!' Paniekerig, ademloos, holde ik achter hem aan terwijl hij door de gang rende, onderweg alle deuren opengooide en Beer riep. De deur van Tanya's kamer stond op een kier. Mijn keel kneep samen. 'Will, wacht jij hier. Laat mij eerst naar binnen gaan.'

Met mijn hart in mijn keel stapte ik aarzelend naar binnen. De kamer was zoals gewoonlijk een zwijnenstal. Haar bed onopgemaakt. Haar dressoir vol ondergoed. Overal slingerden kleren.

En daar was hij. Beer. Op de grond. Languit. Roerloos. Ogen dicht. Zijn tong uit zijn bek. Een plas braaksel om hem heen. Bijna in tranen sloeg ik mijn hand voor mijn mond. 'O god!'

'Beer! Beer!' klonk Wills hysterische stem achter me. Hij rende naar zijn roerloze hond toe en dook snikkend boven op hem. 'Beer, Beer! Wakker worden! Ik ben het, Will!'

Onze hond verroerde zich niet. Mijn hart begon in een miljoen stukjes te breken. Verdriet zoals ik nog nooit had beleefd spoelde over me heen. De tranen bleven maar komen. Ik veegde ze weg en zag een spoor van kauwgompapiertjes. Bekende verpakkingen van zilverfolie. Trident. De kauwgom die Tanya onophoudelijk kauwde en waarvan ze een voorraadje in de la van haar nachtkastje bewaarde. Mijn adem stokte. De la stond wijd open. Er lagen een paar lege, aangevreten blauwe kauwgomverpakkingen bij het nachtkastje. Het viel allemaal op zijn plek. Terwijl wij uit eten waren, moest zij Beer uit Wills kamer hebben gelaten en naar haar kamer hebben gelokt, waar ze expres de la had laten openstaan. Onze hond at alles, zelfs kauwgom. We wisten allemaal dat Trident xylitol bevatte, een suikervervanger die giftig was voor honden. Vaak dodelijk. Daarom haalden we nooit producten met xylitol in huis, zelfs niet de pindakaas van Whole Foods waar we dol op waren.

Terwijl Will bleef huilen, boven op Beer, schreeuwde ik uit volle borst om mijn ouders. Ik kon Will niet alleen laten, nog geen seconde.

'O god!' krijste mijn moeder toen ze met mijn vader pal achter haar Tanya's kamer in stapte en mijn huilende broertje bij Beer zag. 'Wat is er gebeurd?'

'Beer is vergiftigd,' wist ik uit te brengen, met mijn ogen nog vol tranen. 'Ik denk dat hij dood is!'

Mijn vader rende naar Will en Beer toe. Zo voorzichtig mogelijk maakte hij Will van de roerloze hond los, maar mijn broertje verzette zich. 'Nee, pap, nee!' snikte hij. 'Laat me!'

De pijn op mijn moeders gezicht was bijna tastbaar toen ze zich naar Will toe haastte en haar armen om hem heen sloeg. Hij huilde tegen haar borst terwijl mijn vader neerhurkte en een hand op Beers rug legde. 'Jongens, hij ademt nog! Hij leeft nog! Snel! Bel de dierenarts!'

Die taak viel mij toe. Er was geen tijd te verliezen, dus ik pakte mijn telefoon. Ik wist wel beter dan onze eigen dierenarts te bellen, want het was zondagavond, dus belde ik de noodkliniek waar we een keer met Beer naartoe waren geweest toen hij zijn poot had opengehaald aan een glasscherf. Met bonkend hart moest ik naar een stom muziekje luisteren dat een eeuwigheid leek te duren voordat ik iemand aan de telefoon kreeg. Ik legde razendsnel de situatie uit.

'Mam, pap! We moeten met hem naar het dierenziekenhuis van West LA. Met spoed!'

'Hoe krijgen we hem naar beneden?' vroeg mijn moeder, nog steeds met Will in haar armen.

Will keek heel even naar mijn vader. 'Pap, jij moet hem dragen!'

Beer woog zeventig kilo. Hoe fit mijn vader ook was, hij kon hem onmogelijk tillen. Bovendien had hij rugklachten door een tennisblessure.

'Pap, til hem op!' riep Will nog een keer.

Tot mijn stomme verbazing knielde mijn vader neer en tilde onze zware lobbes op. *Waar een Will is, is een weg.* 'Kom mee, jongens. We gaan!'

Terugdenkend aan wat ik van de kliniek had gehoord, graaide ik snel alle kauwgompapiertjes en geopende Trident-pakjes bij elkaar. Ze moesten weten hoeveel milligram xylitol Beer had binnengekregen.

Tien enerverende minuten later zaten we in mijn Jeep. Mijn vader achter het stuur, mijn moeder naast hem op de passagiersstoel. Will en ik zaten achterin, met die arme bewusteloze Beer over onze benen gedrapeerd.

Kom op, Beer, hou vol! bad ik terwijl we naar het dierenziekenhuis aan de andere kant van de stad scheurden, zonder te stoppen voor rode lichten. Ik was nog nooit in mijn leven zo bang geweest.

Drie lange, slopende uren later waren we weer thuis; het was bijna middernacht. Beers prognose was niet goed. Het artsenteam dat hem had behandeld schatte dat hij ongeveer vijfentwintig kauwgompjes had gegeten: bijna vijfduizend milligram dodelijke xylitol. Als hij iets lichter was geweest, zou hem dat zeker fataal zijn geworden. Hij lag in coma en had hypoglycemie en mogelijk leverschade. Ze deden nog meer bloedonderzoeken en hadden hem een infuus gegeven. Zijn leven hing aan een zijden draadje. De komende vierentwintig uur waren kritiek. We zouden moeten afwachten.

Tanya was nog steeds niet thuis. Waarschijnlijk nog op stap met Lance. Gelukkig voor haar, want als ze thuis was geweest, had ik misschien een mes in haar hart gestoken of chloor door haar keel gegoten. Of het pistool van mijn vader opgezocht en haar laten zien dat ik ook wist hoe je ermee omging.

Arme Will. Hij was niet opgehouden met huilen. Hij had de hele rit op weg naar de kliniek gehuild, terwijl we daar waren, en op weg terug naar huis. Ik had hem nog nooit zo gezien. Ik trok snel mijn pyjama aan, draafde door de gang en klopte op zijn deur. Ik hoorde hem snikken aan de andere kant van het dikke hout.

'Will, ik ben het,' zei ik terwijl ik nog eens klopte. Geen reactie. Ik negeerde zijn WEGBLIJVEN-bordje en ging naar binnen.

Het nachtlampje was aan en mijn broertje zat in zijn Star Wars-pyjama ineengedoken op zijn hoge bed, met zijn knieën tegen zijn borst, hartverscheurend huilend. Zonder het te vragen klom ik naar boven, ging bij hem zitten en sloeg mijn armen om zijn schokkende dunne schouders. Soms was het moeilijk te geloven dat mijn broertje op een dag niet meer zo klein zou zijn. Dat ik tegen hem op zou kijken.

Hoe droevig ik ook was, ik voelde nog iets ergers. Schuldgevoel. Vreselijk, vreselijk schuldgevoel. Het was mijn schuld dat Beer misschien wel doodging. Ik had Tanya's laptop gestolen, dus probeerde zij het leven van onze hond te stelen, wetend hoe dierbaar hij ons was. Uit wraak. Een hartverscheurende, krampachtige mengeling van schuldgevoel, verdriet en spijt ging door me heen en de tranen sprongen me in de ogen. Omdat ik ze niet kon binnenhouden, stroomden ze over mijn wangen.

'Het... het spijt me zo, Willster,' bracht ik verstikt uit. 'Kun je me ooit vergeven?'

'H-hoe bedoel je?' sputterde hij.

'Het is allemaal mijn schuld.'

Hij keek me aan. Zijn tranende ogen rood en opgezet. Zijn sproetige wangen nat van de tranen. Zijn mopsneus lopend als een kraan. 'H-hoe bedoel je, Pudge?'

Ik begon te snikken. 'Als ik Tanya's laptop niet had gestolen, zou dit allemaal niet zijn gebeurd.' *Ik loog tegen haar en zwoer op het leven van onze hond dat ik de waarheid sprak.* 'Dan zou Beer nog hier zijn. Hier, slapend op de vloer.'

Hij pakte mijn hand. 'Het is niet jouw schuld, Pudge. Geef jezelf niet de schuld. We waren handlangers.'

'Ben je boos op me?'

'Ga weg!' Hij glimlachte een beetje.

'O, Will!' Ik omhelsde hem, en hij omhelsde me terug. Ik kneep harder. Voelde zijn hart bonken tegen het mijne. We hadden samen zoveel doorgemaakt. Door dik en dun. Will was er altijd voor mij geweest, en ik voor hem. We pasten op elkaar. We hadden elkaar.

Uiteindelijk maakten we ons van elkaar los.

Zijn tranen stopten, en de mijne ook.

'Pudge,' zei hij, 'blijf je vannacht bij me?'

'Tuurlijk.' Eigenlijk moest ik er niet aan denken om alleen te slapen.

'Nog één ding. Wil je met me bidden voor Beer?'

Ik woelde door zijn haar. 'Ja... natuurlijk.'

Voor de tweede keer vanavond bad ik. Tot vandaag had ik jaren niet gebeden. In feite kon ik me de laatste keer niet eens herinneren. Hoewel we af en toe naar de kerk gingen, was ik niet gelovig. Misschien geloofde Will wel. Het maakte niet uit. Samen bogen we het hoofd, vouwden onze handen en baden in stilte voor Beer.

Ik bad ook heel hard dat Tanya haar verdiende loon zou krijgen.

41
Paige

Herfstvakantie. Een week vrij van school.

Er was goed nieuws.

En er was slecht nieuws.

Het goede nieuws: Beer had de vergiftiging overleefd.

Het slechte nieuws: hij moest een week in de dierenkliniek blijven terwijl wij in San Francisco waren om Thanksgiving te vieren bij mijn grootouders. De artsen zeiden dat ze hem aan het infuus en onder observatie wilden houden. Er bestond nog steeds een risico op leverschade en bloedstolsels, maar ze waren optimistisch dat hij volledig zou herstellen.

Nadat we hem twee keer hadden gezien, op maandag en nog een keer op dinsdagochtend voordat we op reis gingen, waren Will en ik dolblij met zijn vooruitgang. Op maandag waren zijn ogen glazig en was hij lethargisch. Op dinsdag was hij alweer bijna zijn normale zelf, kwispelend en blaffend omdat hij mee naar huis wilde. Het personeel had ons verteld dat iedereen daar verliefd was geworden op onze grote, lollige hond en ze beloofden dat ze extra goed voor hem zouden zorgen. We konden zelfs met hem facetimen. En terwijl wij weg waren, zou Blanca elke dag bij hem op bezoek gaan, beloofde ze. Hopelijk konden we hem op de terugweg weer ophalen.

We reden altijd naar San Francisco. Vroeger gingen we altijd met mijn moeders Range Rover, maar omdat ze die had ingeruild voor een Mercedes-cabrio huurde mijn vader een ruime Lincoln Navigator. Ik keek altijd uit naar dit tripje omdat we dan de pittoreske Highway 1 langs de kust namen en een tussenstop maakten bij Big Sur, Monterey of Carmel. Deze keer, door ons late vertrek en de kregelige stemming van mijn vader, namen we de saaie Highway 5 naar het noorden, waar weinig anders te zien was dan boerderijen en koeien. Mijn moeder zat voorin, las modetijdschriften en zei heel weinig tegen mijn vader, en Will en ik zaten achterin. Will speelde videogames op zijn iPad, ik had mijn schetsboek op schoot, en Tanya lag op de achterste bank kauwgom te kauwen en te klagen. De haat die Will en ik voor haar voelden was niet te beschrijven. Ze ontkende in alle toonaarden dat ze iets met de vergiftiging van Beer te maken had en zei dat het een stom ongeluk was geweest. Dat ze misschíén per ongeluk *(expres!)* haar la had laten openstaan in haar haast om zich klaar te maken voor haar date met Lance.

'Dat stomme, valse beest is toch nutteloos,' had ze me verteld, 'en zou eigenlijk afgemaakt moeten worden.'

Als we háár konden laten afmaken, zouden Will en ik geen moment aarzelen.

We waren in recordtijd in San Fran. Iets minder dan vijf uur. Het hielp dat we het vakantieverkeer hadden ontweken door op dinsdag te gaan rijden, en het zou waarschijnlijk hetzelfde zijn als we op zaterdag weer naar huis gingen. We checkten in bij ons favoriete hotel aan Union Square, waar we altijd logeerden. Dit jaar in een driekamersuite. Hij was prachtig, op het feit na dat ik een kamer zou moeten delen met Tanya. Maar dat ging níét gebeuren. En Tanya was degene die er stampij over maakte. Een uur later zat ik in mijn oma's elegante, met kunst gevulde appartement in Nob Hill, waar ik een van de logeerkamers deelde met Will. Echt niet dat ik hem alleen zou laten met de hondenmoordenaar.

Thanksgiving was bijzonder voor me omdat ik dan tijd kon doorbrengen met mijn oma, die ik aanbad. Op woensdagochtend, terwijl Will naar het Exploratorium-wetenschapsmuseum ging met opa, gingen oma en ik naar het museum voor moderne kunst. Het was een van mijn favoriete museums op de wereld, en ik had er al een heleboel bezocht. Ik was dol op de architectuur, het natuurlijke licht en de permanente collectie, en tot mijn grote blijdschap was er een speciale Brancusi-tentoonstelling. Geloof me, het was niet zo'n moeilijke keus:

winkelen met *Natanya* of naar het museum gaan met oma. *Duh.*

We waren bij het museum toen het om tien uur 's morgens opengign en dwaalden erdoorheen. Mijn oma, een groot kunstverzamelaar en sponsor van het museum, zat in de raad van bestuur en had een paar van haar eigen stukken aan het museum geschonken. Ik vond het geweldig om ze te zien, en de plaquette die erbij hing – *Geschenk uit de collectie van Marjorie en Martin Merritt* – vervulde me altijd van tintelende trots. Ik hoopte dat een van mijn sculpturen op een dag in dit museum zou worden tentoongesteld.

We werkten ons vanaf de bovenste verdieping naar beneden, bekeken al mijn favoriete stukken en brachten een uur door in de Brancusi-tentoonstelling.

Naderhand gingen oma en ik lunchen in het museumcafé. Dat deden we altijd als we hier waren. We vonden een tafeltje voor twee met uitzicht op de adembenemende beeldentuin. Het was mijn eerste kans om oma alles te vertellen. Gisteravond was dat lastig geweest, aangezien tante Cecilia was langsgekomen en al haar aandacht had opgeëist, maar nu wilde oma net zo graag met mij praten als ik met haar.

'Paige,' begon ze terwijl ze de dop van een flesje bruiswater draaide, 'heb je al van RISD gehoord?'

Er trok een glimlach over mijn gezicht. 'Ik ben toegelaten!' Ik had bericht gekregen na ons bezoek aan Beer op maandag.

Mijn oma lachte stralend en klapte verheugd in haar handen. 'Dat is schitterend! Ik ben zo blij voor je!'

'Jij bent de eerste die het hoort, op Will na.' De glimlach gleed van mijn gezicht. 'Ik heb het nog niet aan pap en mam verteld. Mam zal blij zijn, maar pap gaat door het lint. Hij heeft me al honderd keer verteld dat hij niet van plan is schoolgeld voor een kunstopleiding te betalen.'

'Mijn lieve kind, je hoeft je nergens druk om te maken. Ik ben meer dan bereid het lesgeld te betalen, hoeveel het ook is.'

Mijn ogen vielen bijna uit mijn hoofd. 'Serieus? Meen je dat echt, oma?' Ze was de erfgename van een spoorwegimperium, financieel onafhankelijk, en had het geld van haar man niet nodig. Of van haar gefortuneerde kinderen.

Ze knipoogde naar me. 'Ik lieg nooit... althans niet tegen mensen van wie ik hou.'

Ik sprong van mijn stoel, rende om de tafel heen en gaf haar een knuffel. 'O, oma! Ik hou zoveel van je! Ik weet niet hoe ik je moet bedanken.'

'Mijn lieve kleindochter, dat heb je net gedaan. Laten we nu eten. Ik ben uitgehongerd.'

Ik ging terug naar mijn stoel en we vielen op onze tofoeburgers aan.

Oma prikte met een vork in haar salade. 'En heeft dat vriendje van je al van Brown gehoord? Lance, toch?'

'Lancehole,' corrigeerde ik haar. 'Weet ik niet. Kan me ook niet schelen.'

Oma's wenkbrauwen kropen omhoog.

'Het is uit.'

Haar wenkbrauwen gingen nog verder omhoog. 'O?'

'Tanya, onze uitwisselingsstudent, heeft hem van me gepikt.'

Dat maakte oma boos. Haar gezicht betrok en haar lippen werden een streep. 'Die verachtelijke feeks! Ik had al geen goed gevoel over haar toen ik haar bij jullie thuis ontmoette. Ze was afstotelijk en nep. Zelfs haar Engelse accent kwam nep op me over.'

Ik vertelde haar alles wat Will en ik over haar hadden ontdekt. Dat ze voordat ze bij ons kwam wonen geen social media had, dat we geen van beiden iets konden vinden over haar vader de zogenaamde diplomaat, en dat ze haar laptop had gestolen van een aardige gepensioneerde vrouw in Redlands terwijl ze zich voordeed als iemand anders. En toen vertelde ik haar over die arme Beer, dat we ervan overtuigd waren dat zij had geprobeerd hem te vergiftigen. Haar zieke wraak op ons omdat we haar computer hadden teruggegeven aan de rechtmatige eigenares.

Oma was vol afschuw. 'Dat meisje is een gevaar voor jullie. We moeten van haar af zien te komen!' Ze zweeg even. 'Heeft ze voedselallergieën?'

Ik schudde mijn hoofd. 'Niet dat ik weet.'

'Hmm.' Fronsend dacht ze na.

'O god, oma! Je overweegt toch niet om haar te vergíftigen?' Al moest ik toegeven dat ik wel genoot van die heerlijk valse gedachte. De perfecte wraak. Zij vergiftigde onze hond; laten wij haar vergiftigen.

Ze lachte warm en hartelijk. 'Nee, lieverd, natuurlijk niet.' Toen tuitte mijn elegante oma haar lippen, speelde met de prachtige parelketting die ze altijd droeg en glimlachte duivels naar me. 'Maar we gáán haar uitschakelen.'

Ik luisterde naar haar plan en glimlachte net zo gemeen terug.

En vroeg me af: had ik haar duivelse geest geërfd?

42
Paige

De volgende dag was het Thanksgiving. Oma diende de maaltijd, die ze altijd door een cateraar liet brengen, het liefst aan het eind van de middag op. Om vier uur gingen we al aan tafel.

Terwijl oma in de keuken toezicht hield op de cateraars, zat de rest van ons in de elegante beige woonkamer, omringd door kostbare Rothko's, Pollocks en Picasso's. Er brandde een vuurtje in de open haard. Het borstbeeld dat ik van mijn oma had gemaakt stond tussen de meesterwerken van mijn grootouders op de schoorsteenmantel. Ik kreeg honger van het heerlijke aroma van de feestmaaltijd en ging zelfs even twijfelen aan mijn besluit om vegan te worden omdat de geroosterde kalkoen zo lekker rook.

Bij de hors d'oeuvres en drankjes (cocktails voor de volwassenen, bruisende appelcider voor de kinderen) hoorde ik dat mijn flamboyante oom Trevor, een beroemde etaleur die gevraagd werd bij warenhuizen overal ter wereld, net uit Londen was teruggekomen.

'Wat deed je daar?' vroeg ik, vol ontzag voor zijn tomeloze energie. Hij leek totaal geen last te hebben van een jetlag.

'Ik had een klus bij Harrods. Moest hun etalages inrichten voor kerst.' Hij nam een slokje van zijn Manhattan. 'Je zou ze moeten zien! Echt een winterwonderland. Schitterend!'

Vanuit mijn ooghoeken zag ik mijn vader en tante Cecilia met hun ogen rollen. De gehaaide zakenman en de dure scheidingsadvocaat keken neer op het 'frivole' beroep van mijn oom. Bovendien waren ze jaloers, want Trevor, de jongste, was overduidelijk het lievelingetje van mijn oma.

De broers en zussen, steeds met twee jaar ertussen – waarbij Cecilia met haar vijftig de oudste was – hadden het in hun jeugd al niet goed met elkaar kunnen vinden en hadden nog steeds een ruzieachtige relatie. Het gezin waarin mijn vader was opgegroeid, was net zo disfunctioneel als dat van ons. Maar ik was toch dol op ze. Ze waren mijn enige familie; mijn enige grootouders. Mijn moeder was enig kind en haar ouders, die ook geen broers en zussen hadden gehad, waren omgekomen bij een verschrikkelijke brand vlak voordat mijn vader en moeder elkaar leerden kennen. Hun huis was helemaal afgebrand, met alle herinneringen erin. En geen spoor op internet. Dorothea en Clement Taylor bestonden niet meer. En mijn moeder praatte er niet graag over omdat ze er te droevig van werd.

'Wat opwindend, Trevor!' riep mam. Zij was net zo dol op mijn oom de *bon vivant* als ik. 'Trouwens, onze uitwisselingsstudent komt uit Londen.'

Ik keek naar Tanya, die verveeld voor zich uit staarde en er met haar gedachten totaal niet bij leek. 'Tanya, ga je vaak naar Harrods?'

Ze schrok. 'Huh? Sorry, ik zat niet op te letten.'

Ik herhaalde mijn vraag.

Ze wurmde heen en weer op haar stoel. 'Eh, ja.'

'Wat is je lievelingsverdieping?'

'Papa en ik logeren meestal in het penthouse als hij in de stad is.'

Mam en Trevor keken haar allebei perplex aan. Ik wenste dat mijn oma die opmerking had kunnen horen. Elke Brit ter wereld wist dat Harrods het beroemdste warenhuis van Londen was, en geen vijfsterrenhotel.

Voordat ik haar terecht kon wijzen mengde mijn dovige opa zich in het gesprek. 'En, Tanya. Mijn zoon Matthew vertelt me dat je je hebt aangemeld voor Stanford.' Hij vermeed oogcontact met mij en ik wist niet of mijn vader hem over het plagiaatschandaal had verteld. De kans leek me klein, want opa had vorig jaar een milde hartaanval gehad en een bypass ondergaan, en pap wilde vast niet dat zijn vader zich zou opwinden.

Tanya grijnsde. 'Ja, dat klopt.'

'Heb je al iets gehoord?'

'Ja. Ze wachten nog op een transcript van mijn school in Engeland.'

Mijn vader sprak de overtuiging uit dat ze zou worden toegelaten, terwijl Will en ik elkaar geamuseerd aankeken. Engeland, m'n reet. Die griet was zo nep als maar kon.

En vandaag zouden we dat eindelijk bewijzen.

Het gesprek tussen mijn vader en zijn familie ging nu over sport. Of het footballteam van Stanford hun langjarige rivaal Berkeley zou verslaan. Bij de verwijzing naar Berkeley voelde ik een steekje van opwinding. Morgen ging ik op bezoek bij mijn bestie Jordan. Ze zou me rondleiden op de campus en ik kon misschien zelfs blijven slapen.

'Pardon,' zei mijn broertje, waarmee hij mijn gedachten onderbrak. 'Even naar het toilet.' Hij stond op en keek mij met twinkelende ogen aan. De opwinding tintelde op mijn huid terwijl ik hem nakeek.

Zittend naast mijn moeder nam Tanya een paar slokjes van haar cider; ze leek weer verveeld. Ze gaapte zelfs. Toen ging haar mobiel. Het was een opvallende ringtone: 'Oops!... I Did It Again' van Britney Spears.

'O! Dat moet míjn vriendje zijn, Lance.' Met een zelfingenomen glimlach keek ze naar mij. 'Excuseer me even. Ik ben zo terug.' Ze sprong van de bank en rende de kamer uit. Al onze bagage stond in een van de logeerkamers, want oma vond het vreselijk als er tassen en jassen over de stoelen en de vloer slingerden. En ze stond absoluut geen mobieltjes toe bij familiebijeenkomsten.

Perfect. Alles verliep volgens plan.

De gesprekken gingen door. Mam vroeg Cecilia wat ze van ene Jason Nussbaum vond.

Mijn tante kneep haar ogen samen. Ze zag er mooi uit met haar grijzende bruine haar los om haar schouders, maar als ze het in de rechtszaal in een strakke knot droeg, was ze vast intimiderend. Een niet te onderschatten tegenstander. 'Hij is een slang... kleedt de echtgenoten van zijn cliënten helemaal uit. Hoezo?'

'Een vriendin zoekt iemand.' Mijn moeder glimlachte.

Ik nam me voor om zijn naam te googelen. *Jason Nussbaum.*

Tanya keerde terug en leek een beetje nijdig, en een heel zelfingenomen Will kwam achter haar aan. Ze gingen allebei weer zitten.

Ik keek Tanya aan. 'Hoe is het met Lancey?' sarde ik. 'Heb je hem de groeten van me gedaan?'

Ze snoof. 'Dat was hem niet. Het was een stom spamtelefoontje.'

'O, nou ja.' Schouderophalend pakte ik een gevulde champignon van de schaal en propte hem in mijn mond.

Er werd nog meer over koetjes en kalfjes gekletst, tot we schrokken van een gil.

Oma! Ze kwam de woonkamer in rennen, met een schort voor en totaal over haar toeren.

'Moeder, wat is er?' vroeg mijn vader.

'Mijn parels! Ze zijn weg! Iemand heeft ze gestolen!'

'Wát?' riep mijn moeder.

'Ze lagen op mijn dressoir, en nu zijn ze weg.'

'Marg... Ik bedoel mevrouw Merritt... heeft een van de hulpen ze misschien gestolen?' opperde Tanya.

'Onmogelijk! Ik heb deze cateraar al jaren. Zij zouden nóóit zoiets doen!'

Will mengde zich erin. 'Oma, toen ik naar het toilet ging, zag ik Tanya jouw kamer in gaan.'

Tanya sprong zo snel overeind dat er appelcider op de beige vloerbedekking spetterde. Ze keek kwaad naar Will. 'Dat is helemaal niet waar!'

Ik klakte met mijn tong. 'Zien is geloven.'

Haar gezicht werd knalrood, haar stem een paar decibel luider. 'Hij is verdomme een leugenaar!'

'Jíj bent de leugenaar,' kaatste mijn broertje terug.

Cecilia, de advocaat, droeg haar steentje bij. 'Ze is onschuldig tot het tegendeel is bewezen.'

'Je hebt gelijk.' De blik van mijn oma stuiterde tussen die twee heen en weer. 'Er is maar één manier om erachter te komen.' Ze keek naar mijn broertje, mijn trawant. 'Will, zou jij Tanya's rugzak even uit de logeerkamer willen ophalen?'

'Dat kan ik zelf ook wel,' snauwde Tanya.

'Zodat je het bewijs kunt wegmoffelen, zeker,' spotte mijn oma. 'Jij blijft hier!'

Niemand, zelfs Tanya niet, sprak mijn oma tegen. Will sprong overeind. In een wip was hij terug met Tanya's rugzak.

'Geef die aan mij, rotjoch! Hij is van mij!' Tanya probeerde de tas uit zijn handen te grissen.

Te laat. Mijn broertje had hem al aan oma gegeven, die naar de woedende Tanya keek. 'Ik hoop dat je het niet erg vindt, maar ik ga er even in kijken.'

'Ga uw gang. Ik heb niks te verbergen.' Ze plofte terug op de bank en sloeg haar armen over elkaar.

Oma zette de tas voor mij op de salontafel, maakte hem open en begon de inhoud uit te stallen, het ene item na het andere. Zodat ik alles goed kon zien.

Lipgloss. Telefoon. Zonnebril. Een pakje Trident-kauwgom. De sleutels van ons huis. Een haarborstel. Nagellak. Spiegeltje. Een paar losse tampons. Een potje CBD-gummies...

En een heleboel verfrommelde kassabonnetjes, die mijn oma gladstreek. Een ellenlange bon van een Walmart in Redlands voor verschillende schoonheidsproducten, waaronder platinablonde haarverf, wat kleding en tassen. De datum op de bon was 27 augustus; de dag dat ze Mary's laptop en geld pikte. Een bonnetje voor een Greyhound-buskaartje van Redlands naar LAX van de dag erna; de dag dat we haar hadden opgepikt bij de internationale terminal.

Yes! Nog steeds geen paspoort, maar we hadden nu concreet bewijs dat Tanya niet uit Engeland kwam; ze was niet vanaf Londen Heathrow gevlogen. Will en ik keken elkaar even aan.

'Ziet u wel? Ik ben onschuldig,' kraamde Tanya uit.

'Ik ben nog niet klaar!' kaatste mijn oma terug, met haar hand nog in de tas. De woede op haar gezicht maakte plaats voor triomf. Met een valse glans in haar ogen rukte ze nog één ding uit de tas. 'Mijn parels!' Het erfstuk met de diamanten sluiting bungelde onder haar benige hand.

We slaakten allemaal kreten.

Tanya's onderkaak zakte naar de vloer. 'Wat?!'

Oma keek haar vernietigend aan. 'Jij hebt mijn parels gestolen, jongedame!'

Tanya knipperde met haar ogen alsof ze een luchtspiegeling zag. 'Niet wáár!'

'Lieg niet! Dit bewijst het.' Oma tilde de ketting op en het diamanten sluitinkje ving het laatste restje van het latemiddaglicht. 'En denk maar niet dat ik vergeten ben hoe je naar mijn parels keek toen ik je voor het eerst ontmoette.'

'Ik ben erin geluisd! Waarschijnlijk door die nietsnut van een kleindochter van u.' Tanya barstte in huilen uit. Ik genoot van elke minuut van haar theatrale vertoon, want voor één keer fakete de actrice niet. Snikkend keek ze mijn moeder aan. 'Natalie, alsjeblieft... vertel haar dat ik nooit zoiets zou doen!'

Mijn geschokte moeder sloeg haar armen om haar heen. Tanya huilde op mijn moeders schouder, maakte haar winterwitte kasjmiertrui nat. Mam streek haar haar glad. 'Sst... We doen allemaal wel eens slechte dingen.'

Met rode ogen keek Tanya haar aan. 'Geloof jij me ook niet?'

'Bied Matts moeder gewoon je verontschuldigingen aan, Tanya. Ik weet zeker dat ze je dan vergeeft.'

'Dat kun je wel vergeten!' siste mijn oma. 'Die meid is een ordinaire dief! Ik wil haar mijn huis uit hebben, nu meteen! Je moet haar terugsturen naar waar ze ook vandaan komt. En dat is beslist niet Groot-Brittannië. Ze is hartstikke nep. Een gevaar voor iedereen!'

Mijn moeders gezicht raakte verhit. Ze keek naar mijn vader, toen naar Will en mij, en schoot overeind. 'Matt, kinderen, kom, we gaan. Als Tanya hier niet welkom is, wil ik ook niet blijven. We gaan wel in het hotel eten.'

'Best.' Het eerste woord dat mijn vader had gezegd sinds de ontdekking van de parels.

Will en ik zeiden niets.

'Natalie,' zei oma, 'het is niet nodig om de Thanksgiving van de kinderen te verpesten.'

Ik keek mijn ouders aan. 'Mam, pap... Will en ik willen bij opa en oma blijven.' Will knikte instemmend. 'Bovendien blijven we hier slapen, niet in het hotel.'

Ze legden zich erbij neer. Mijn broertje en ik keken toe terwijl mijn ouders en de nog steeds snikkende Tanya het schitterende vooroorlogse appartement verlieten.

De ergste Thanksgiving ooit? Nee, de beste ooit. Oma had zelfs speciaal vegan gerechten voor mij besteld. Heerlijk. En ondanks het Tanya-incident voerden we gezellige gesprekken en hadden we lol met oma en Trevor.

Ik hielp oma met afruimen en gaf haar voor het eerst in mijn leven een high five. Daarna een stevige knuffel. Haar duivelse plan om Will met een onbekend nummer naar Tanya te laten bellen nadat hij de parels in Tanya's tas had gestopt, was geslaagd.

Tanya Blackstone was de beste actrice ter wereld, maar vanavond...

Vanavond gaat de Oscar naar... Marjorie Merritt.

En Will en ik verdienden er ook allebei een voor onze bijrollen.

43
Natalie

Dit moest de ergste Thanksgiving ooit zijn. Nou, behalve die na Anabels dood, die ik had gemist omdat ik te ziek was om naar San Francisco te reizen; volgestopt met kalmeringsmiddelen en aan mijn bed gekluisterd met vierentwintiguursverpleging.

Toen we terugkwamen bij het hotel ging de nog steeds huilende Tanya meteen naar bed, bewerend dat ze geen trek had. Ik kon het haar niet kwalijk nemen, en eigenlijk had ik zelf ook niet veel eetlust.

Omdat hij aandrong, ging ik met Matt mee naar het hotelrestaurant. Mijn emoties stuiterden alle kanten op. Ik had vreselijk veel medelijden met onze uitwisselingsstudent en was nog steeds ontdaan vanwege de beschuldiging van mijn schoonmoeder, en bovendien was ik, ondanks het belastende bewijs, er niet van overtuigd dat Tanya die parels inderdaad had gestolen.

Maar ik begon wel steeds meer bedenkingen te krijgen over onze gast. Haar gedrag was de laatste tijd grillig geweest. Vreemd. Toen ik haar had geconfronteerd met haar relatie met Lance, had ze dat weggewuifd en gezegd dat alles was toegestaan in liefde en oorlog. Toen had ze Paige beschuldigd van het stelen van haar laptop en haar bijna gewurgd. En dan waren er nog die steeds frequentere driftbuien en tirades. Door haar extreme ups en downs begon ik me af te vragen: heeft ze soms een bipolaire stoornis?

Boven op die onrustbarende gedachte kwam nog mijn diepe minachting voor mijn overspelige echtgenoot. Het zou lastig worden om met hem te gaan eten zonder in zijn bedrieglijke gezicht te spugen. Mijn enige troost: in elk geval vermaakten de kinderen zich met hun grootouders, tante en oom. Ik hoefde hen niet bij deze puinhoop te betrekken.

Het was verrassend druk in de eetzaal. Zonder reservering hadden we geluk dat we nog een tafeltje in de hoek konden krijgen. We bestelden allebei het Thanksgiving-diner met kalkoen. Matt begon met een glas bourbon en ik met een wodka-martini. Ik had iets sterkers nodig dan een glas wijn om te kalmeren en het komende uur te doorstaan.

Onderweg hierheen had ik besloten niets over zijn misstappen te zeggen tot ik een advocaat in de arm had genomen. Ik had aanstaande maandag een afspraak bij Jason Nussbaum. En was enorm blij dat Cecilia zijn reputatie als slang had bevestigd.

Zij had geen idee dat ze hem misschien binnenkort tegenover zich zou krijgen... in de rechtbank.

Ons eten werd gebracht. Alles was koud. Het vlees uitgedroogd. De vulling papperig. De aardappelpuree klonterig. De sperziebonen doodgekookt. We aten in stilte. De kou tussen ons evenaarde die van de glansloze maaltijd.

Ik goot mijn tweede drankje naar binnen, maar proefde het amper. Ik zou met mijn man moeten doen wat de boer met de kalkoen deed...

Met hem leven tot volgend jaar Thanksgiving. Uiterlijk, hoopte ik.

44
Paige

'Wauw! Het uitzicht is fantástisch!' Ik stond naast Jordan voor een panoramavenster in de beroemde toren van Berkeley, de Campanile. Het vorstelijke beaux-artsgebouw, voltooid in 1916, was de op drie na hoogste klokkentoren ter wereld.

Vanaf hier had je een adembenemend uitzicht over San Francisco, de omliggende heuvels en de Golden Gate-brug, en over de campus van Berkeley met zijn schitterende architectuur en uitgestrekte tuinen.

Plotseling galmden er klokken, en ik kromp ineen.

'Wat is dat, Fly?' Ik moest schreeuwen om het lawaai te overstemmen.

'Het carillon. Drieënzestig klokken die op vaste tijden gedurende de dag luiden. Dit zijn de klokken van twaalf uur. Berkeley geeft zelfs een cursus waar je kunt leren ze te bespelen.'

'Wat cool.'

Ik was enthousiast over het panoramische uitzicht en die magische klokken. En dolblij dat ik weer eens tijd kon doorbrengen met mijn beste vriendin. We hadden elkaar sinds augustus niet meer gezien, en hoewel we regelmatig facetimeden, was dat niet hetzelfde. Ze was zoals altijd topfit. Haar ontkroesde haar was nu weer terug in de natuurlijke toestand – een hoge afro – en ze straalde.

Na een rondleiding over de rest van de campus gingen we lunchen bij een gaaf Vietnamees tentje aan Telegraph Avenue, de iconische hoofdstraat van Berkeleys hippiecultuur.

We bestelden de specialiteit van het restaurant, een vegan noedelsoep die ze *pho* noemden, en praatten non-stop. Fly vertelde me over haar vakkenpakket en haar irritante kamergenote. 'De enige zwarte griet die alleen kan slapen terwijl ze naar witte ruis luistert.' Ik lachte me rot. Daarna vroeg ze naar mij.

Ik kon niet wachten om haar mijn grote nieuws te vertellen. 'Wat dacht je? Ik ben toegelaten bij RISD!'

'*No way*!'

'Jawel!'

'Niet te geloven!' Ze sprong op en liep om de tafel heen om me een knuffel te geven. 'Alleen jammer dat we elkaar dan niet in de weekenden kunnen zien,' zei ze voordat ze terugkeerde naar haar stoel en van onderwerp veranderde. 'En, Sweetpea, vertel. Hoe staat het ervoor met Tanya?'

Via appjes en FaceTime had ik Jordan op de hoogte gehouden. Ze wist zelfs van Beers vergiftiging. Nu vertelde ik haar over Thanksgiving en hoe oma, Will en ik Tanya hadden gesaboteerd door oma's parels in haar rugzak te stoppen, zodat het zou lijken alsof ze een dief was. 'En zo konden we ook kijken wat ze nog meer in haar tas verstopte.'

Haar wijd uiteen staande bruine ogen lichtten op. 'Meid, wat vals! Je oma is geweldig! Hebben jullie iets ontdekt?'

'Hard bewijs dat ze niet uit Engeland komt. Eerder uit Redlands. Oma zei tegen mijn ouders dat ze haar de deur uit moesten zetten. Haar naar huis moesten sturen.'

'Vet! Doei, uitwisselingsstudent uit de hel!'

'Als ik ooit een boek over haar ga schrijven, dan wordt dat de titel.'

Fly lachte. 'Hé, wil je het gaan vieren met een potje basketbal na de lunch?'

'Tuurlijk!'

Kort daarna, op een basketbalveldje in de buurt, bewees mijn bestie dat ze haar magie nog niet kwijt was. Air Jordan was zelfs beter dan ooit.

'Je hebt me ingemaakt, Fly,' zei ik terwijl ik haar hijgend een high five gaf.

Even later pingelde mijn telefoon. Een Google Alert.

Met bonzend hart klikte ik de melding open.
Het was een nieuwsbulletin.

Vroeg in de middag zijn er verkoolde menselijke resten gevonden door twee tieners op een wandeltocht door Tahquitz Canyon in Palm Springs. De politie denkt dat het lichaam van een jonge vrouw is, en dat het daar al minstens tien jaar lag. Er wordt onderzoek gedaan.

Er liep een rilling over mijn rug. Palm Springs was niet ver van Indio. Het lag praktisch naast elkaar.
Was dat, na al die jaren, Billie Rae Perkins?

45
Natalie

Op de maandag na het Thanksgiving-weekend reed ik naar Jason Nussbaums kantoor. Het stond in Century City, niet ver van Matts werk. Gelukkig zaten ze niet in hetzelfde gebouw, en ik had opzettelijk een afspraak laat in de middag gemaakt, zodat er weinig kans bestond dat ik mijn man zou tegenkomen. Of eigenlijk mijn aanstaande exman. De gedachte aan dat voorvoegseltje maakte me nog steeds weeïg.

Jasons kantoor zat op de bovenste verdieping en was strak en mannelijk, minimalistisch ingericht met zwartleren banken, chroom en glas. Een jonge blondine met flinke borsten zat achter de receptie. Ik meldde me daar.

Ze tuurde op haar computerscherm en keek me toen met een gemaakt glimlachje aan. 'Gaat u toch zitten. Er komt zo iemand om u op te halen, mevrouw Merritt.'

Die woorden, mevrouw Merritt, galmden in mijn oren terwijl ik plaatsnam op een van de leren banken. Ik was mijn halve volwassen leven mevrouw Merritt geweest. Iedereen kende me als Natalie Merritt. Zou ik na de scheiding mijn meisjesnaam weer gaan gebruiken? *Natalie Taylor*, zei ik in mezelf. Eigenlijk wilde ik haar nooit meer zijn. Hoewel die naam mijn leven had veranderd, zaten er te veel slechte herinneringen aan vast. Bovendien zou het beter zijn voor Will en Paige als ik dezelfde achternaam had als zij, hoe ik die nu ook verachtte. Mijn gedachten werden onderbroken toen een andere blondine met grote borsten, alweer een twintiger die een kloon had kunnen zijn van de receptioniste, me kwam halen.

Jason Nussbaums hoekkantoor was ruim, met een panoramisch uitzicht op het centrum van Los Angeles en de oceaan en ongeveer net zo ingericht als de receptie, behalve dat Jason achter een enorm rozenhouten bureau zat. Er stond een boekenkast met in leer gebonden juridische naslagwerken.

Ik bekeek hem. Ondanks de ingelijste bul van de NYU-rechtenopleiding, de awards en lofbetuigingen aan de muren kwam hij op me over als nogal een gladjanus. Hij was halverwege de vijftig, met zwart geverfd achterovergekamd haar, een rossige zonnebank-teint, een flikflooierige glimlach en oogverblindend witte facings op zijn tanden. Het was overduidelijk dat hij van alles aan zijn uiterlijk had laten doen en waarschijnlijk was hij ouder dan hij eruitzag.

Hij stond op en liep om zijn bureau heen. Hij was groot, met brede schouders en grote handen, en droeg een onberispelijk donker maatpak en een fris wit overhemd met open kraag. Een opzichtige pinkring trok mijn aandacht, maar hij had geen ring om zijn ringvinger. Ik wist niet of de scheidingsadvocaat getrouwd, gescheiden of single was. Zijn burgerlijke staat stond niet vermeld in zijn vijfsterrenbeoordelingen op Yelp of in zijn uitgebreide biografie.

Hij stelde zich voor en gaf me een hand, maar kneep zo hard dat het pijn deed. Hij verbrijzelde bijna mijn botten. Dat hoorde zeker bij zijn meedogenloze reputatie.

'Waar wilt u dat ik ga zitten, meneer Nussbaum?' vroeg ik, door hem van mijn stuk gebracht. Zijn donkere kraalogen, waarmee hij wat van een fret weghad, hielpen ook al niet. En zijn zware aftershave maakte me onpasselijk. Hoewel ik mijn rode powersuit van Chanel droeg, dat ik ook vaak naar directievergaderingen aantrok, voelde ik me machteloos.

Hij bekeek me van top tot teen, al leek hij eerder mijn nettowaarde te beoordelen dan mijn modegevoel. *Ka-tsjing, ka-tsjing.* 'Waar je wilt. En zeg alsjeblieft Jason. Ik heb het liefst dat we elkaar tutoyeren, Natalie, als je dat goed vindt.' Zijn norse stem met Brooklyns accent paste bij zijn stoere, ruwe randjes. 'Het is beter voor ons allebei als we je niet bij je getrouwde naam noemen.'

'Dat is prima.' Ik schuifelde naar een van de clubzetels bij de salontafel. Ik liet me erin zakken, zette mijn tas op de donkere hardhouten vloer en kruiste mijn enkels. Hij nam schuin tegenover me plaats, op de hoek van de leren bank, en boog zich naar voren, met zijn benen gespreid en zijn handen ertussen verstrengeld. Een houding die ik weerzinwekkend vond bij een man. *Zo zat hij ook altijd.* Dus hield ik mijn blik op zijn gezicht en afgewend van zijn kruis.

'Vergeef me, Natalie. Ik ben vergeten te vragen of je iets wilt drinken. Koffie? Thee? Misschien een Perrier?'

'Nee, dank je.' Ik had dorst van de zenuwen, maar was bang dat ik zou knoeien.

Zijn frettenogen schoten naar zijn secretaresse, die nog bij de deur van zijn kantoor stond. 'Schatje, ik wil graag koffie. Je weet hoe ik het lekker vind.'

Schatje. Ik kromp ineen bij dat woord en hoe achteloos hij het zei.

Misschien naaide hij haar, dacht ik toen ze verdween. Een paar minuten later was ze terug met een beker koffie. Ze zette hem op een onderzettertje op de glazen tafel tussen ons. Hij dronk zijn koffie zwart en sterk.

'Kan ik nog iets anders voor u halen, meneer Nussbaum?' vroeg Schatje met een zwoele stem en een spoortje van een accent. Uit haar hoge jukbeenderen leidde ik af dat ze mogelijk Slavisch of Russisch was.

'Nee, dat is alles, Lola.'

Bij het horen van die naam begon mijn brein te gonzen. *Wat Lola wil, dat krijgt Lola.* Ineens dacht ik aan Anabel. In haar tweede jaar, vlak voordat ze overleed, had ze de rol van Lola gespeeld in de schoolproductie van *Damn Yankees.* Ze was de ster van de show geweest.

Ik zette die bitterzoete herinnering van me af terwijl Jason welllustig naar zijn voluptueuze secretaresse lachte; zij knipoogde terug. Ja, dus. Hij naaide haar. Wat Jason wil, dat krijgt Jason, dacht ik terwijl ze heupwiegend de kamer uit liep en de deur achter zich sloot. Misschien kon hij me een schikking van tien miljoen dollar en het huis bezorgen.

Jason richtte zijn aandacht weer op mij en nam een slok van zijn inktzwarte koffie. 'Dus, Natalie, we weten allebei waarom je hier bent.'

Ik knikte.

'Goed zo. Laten we eerst de harde feiten behandelen, zodat we elkaars tijd niet verspillen. Ik reken zeven-vijftig per uur en een voorschot van tienduizend.'

Ik slikte. 'Hoeveel denk je dat de scheiding zal kosten?'

'Dat zou niet meer dan honderdduizend moeten zijn. Het voorschot wordt daarop in mindering gebracht. Ik weet dat mijn tarief misschien exorbitant klinkt, maar ik zeg altijd: je krijgt waarvoor je betaalt.'

Matt geloofde datzelfde. Er liep een rilling over mijn rug.

'En je moet het bekijken als een investering in je toekomst.' Hij nam nog een slok koffie. 'Geloof me, het zal je niet tegenvallen.'

Mijn kaakspieren bewogen mee terwijl ik hoofdrekende. Ik had het geld – iets meer dan honderdduizend dollar in een potje – maar ik zou moeten gaan bezuinigen zodra Matt hier lucht van kreeg en me de toegang tot zijn creditcards en onze gezamenlijke bankrekeningen ontzegde. Geen Manolo Blahniks meer, geen wekelijkse föhnbeurten bij de kapper of privé-pilates meer. En dat was nog maar het begin. De offers leken niet te overzien... maar toen dacht ik weer aan de opmerking van Matts zus. *Hij is een slang... kleedt de echtgenoten van zijn cliënten helemaal uit.*

'Dat is geen probleem.' Ik huurde Jason Nussbaum ter plekke in. 'Ik kan een cheque uitschrijven voor het voorschot.'

Er trok een tevreden grijns over zijn gezicht. 'Uitstekend. Doe dat straks maar, als je langs de receptie komt.'

Ik kwam in de verleiding om te vragen of ik de cheque nu meteen kon uitschrijven, om het maar achter de rug te hebben zodat ik me niet meer kon bedenken, maar deed dat niet.

En door.

In het uur erna bespraken we mijn zaak. Matts verméénde ontrouw. Zijn nettowaarde. Of we huwelijkse voorwaarden hadden. Het vastgoed en andere gezamenlijke bezittingen. Onze kinderen, die ik hier niet bij betrokken wilde hebben. Of in elk geval zo weinig mogelijk. Onze scheiding zou hun hart breken en ik liet mijn advocaat weten dat ik openstond voor gedeelde voogdij, of wat ook maar het minste gedoe zou geven en het beste zou zijn voor de kinderen. Hij begreep het en legde vervolgens uit dat ik, omdat Matt en ik geen huwelijkse voorwaarden hadden opgesteld, recht had op de helft van alles. Misschien meer, inclusief de alimentatie.

'We gaan de scheiding aanvragen op grond van onoverbrugbare verschillen. Dat is beter voor de kinderen. Dan hoeven ze niets te weten van de indiscreties van je man.'

Daar was ik het mee eens. Mijn vertrouwen in deze man nam toe. In mijn hart wist ik dat ik de juiste keus had gemaakt. 'Hoelang zal het hele proces duren?'

'Min of meer een jaar. Behalve als je man de scheiding aanvecht, want in dat geval duurt het langer.' Hij zweeg even. 'En kost het je een stuk meer.'

De moed zonk me in de schoenen en inwendig kreunde ik. Een jaar was heel lang. En God mocht weten hoeveel meer geld het nog zou gaan kosten. Eerlijk gezegd wílde ik het niet weten.

In plaats daarvan vroeg ik: 'Moet ik tegen Matt zeggen dat ik wil scheiden? En jou heb ingehuurd?'

'Nee, doe dat níét.' Hij trok zijn neus op. 'We moeten eerst concrete bewijzen verzamelen dat hij vreemdgaat; dat zal helpen bij de alimentatieregelingen. Ik ga een van mijn vriendjes hierop zetten, een privédetective, en laat hem je man schaduwen. Om een paar foto's van hem te krijgen met zijn broek op zijn knieën.'

Huiverend vroeg ik me af of ik het aan zou kunnen om foto's te zien van mijn man in bed met een andere vrouw, laat staan als het een van mijn vriendinnen was.

Jason dronk zijn koffie op. 'Trouwens, dat kost je nog eens tweehonderd per uur, maar het zou niet lang moeten duren. Hij is echt goed.'

Ik kreeg steeds meer het gevoel dat deze scheiding míj zou uitkleden.

'O, en trouwens, wees voorbereid op wat andere onkosten links en rechts, zoals voogdij-evaluaties voor de kinderen, onroerendgoedtaxaties en financiële analyses.'

Mijn keel kneep dicht. Ik had echt wat water nodig. 'Hoeveel gaat dát kosten?'

'Tussen de vijfentwintighonderd en vijfduizend. Niet meer dan dat.'

In stilte vervloekte ik Matt. Die klootzak! Ik zou elke cent nodig hebben die ik kon bemachtigen. Draaiend aan mijn verlovingsring kwam er een idee zo stralend als de perfecte vijfkaraats diamant bij me op. Ik kon deze ring belenen! Een klein fortuin innen als mijn geld opraakte. Ik zou hem immers toch niet meer nodig hebben. Of willen houden.

Ik monterde op terwijl Jason met me meeliep naar de deur. 'Nog één ding, Natalie. Ik wil dat je het bed blijft delen met je man, hoe moeilijk dat ook mag zijn, totdat we hem de scheidingspapieren overhandigen. Dat zal helpen je bedoelingen te maskeren en je niet verdacht maken bij hem of iemand anders in je familie. Het is het beste om hem te verrassen.'

Ik knikte, al ontstond er een pijnlijke knoop in mijn maag. Ik zou het bed moeten delen met de vijand.

Maar in elk geval was ik goed in doen alsof.

46
Natalie

Toen ik om kwart over vijf thuiskwam, was ik doodop. Het had me na de bespreking met Jason Nussbaum al mijn zelfbeheersing gekost om mezelf niet te trakteren op een beetje winkeltherapie in het dure Century City-winkelcentrum.

Ik liep meteen door naar de koelkast en schonk een glas chardonnay voor mezelf in. Ik nam het glas – en de fles – mee naar de woonkamer, waar ik me op een van onze zachte banken installeerde, mijn schoenen uittrapte en mijn voeten op de salontafel legde, iets wat ik normaal nooit deed in deze formele kamer. Ik moest even chillen. Ontspannen.

Ik was klaar voor een tweede glas toen Tanya de kamer in kwam, bijna in tranen.

Ik zette mijn glas op tafel. 'Wat is er?'

'Natalie, ze trappen me van Coldwater!'

Mijn wenkbrauwen schoten omhoog. 'Hoe bedoel je?'

'Mijn vader heeft het lesgeld niet betaald. En ik kan hem niet bereiken.'

'Waarom niet?'

'Weet ik niet. Ik heb hem duizend keer geprobeerd te bellen, te appen en te mailen. Geen antwoord. Hij reist veel naar arme landen. Misschien heeft hij geen wifi of mobiel bereik, of misschien heeft hij een nieuw telefoonnummer, of misschien is er wel iets met hem gebeurd. Wat als hij ergens wordt gegijzeld? Of er een terroristische aanslag is geweest? Of hij een dodelijke ziekte heeft opgelopen?' De sluizen gingen open.

Ik probeerde haar te troosten. 'Het gaat vast goed met hem.' Ik voelde me schuldig. Ik had zelf geen extra moeite gedaan om hem te bereiken, zoals bellen met de Britse ambassade.

'Ik hoop het,' snikte ze. 'Maar intussen, Natalie, moet ik je om een enorme gunst vragen.'

Ze veegde haar tranen weg met de rug van haar hand. Ik wachtte tot ze doorging.

'Kun jij het lesgeld voorschieten? Het moet voor het einde van de maand binnen zijn.'

Ik verwerkte dat. Het schoolgeld voor Coldwater was bijna vijftigduizend dollar. Nu, met Jason Nussbaum in de picture, kon ik zo'n bedrag niet ophoesten, hoe graag ik haar ook zou helpen.

'Het spijt me, lieverd, maar dat kan ik nu niet doen.'

'Waarom niet?' Ze snufte. 'Papa betaalt je wel terug.'

'Het kan gewoon niet. Waarom vraag je Matt niet?'

'Dat heb ik gedaan! Hij zei nee. Hij is kwaad op me, denkt dat ik de parels van zijn moeder had gestolen. Wat niet zo is... Ik zweer het op mijn leven. Hij wil me weg hebben. Naar huis.'

Mijn hart brak voor haar, maar ik moest mijn nieuwe, harde realiteit onder ogen zien. 'Het spijt me heel erg, lieverd. Maar echt, op dit moment, met wat er allemaal speelt, is het waarschijnlijk beter zo.'

'Hoe bedoel je? Ik dacht dat je van me hield als van een dochter.'

'Dat is ook zo.' En toen tuimelden de woorden gewoon naar buiten. 'Maar Matt en ik gaan scheiden.'

Ik had er meteen spijt van. Nu lagen de kaarten op tafel.

Tanya's mond viel open. Haar stem werd een paar decibel luider. 'Hoe kon je dat dóén?'

Met stomheid geslagen keek ik toe terwijl ze de halflege wijnfles pakte en hem tegen de muur smeet. *Pats.* De fles spatte in stukken uiteen.

'Ik haat je, Natalie!' schreeuwde ze zonder een spoortje van haar Engelse accent, en toen stormde ze de kamer uit.

Ik zat te trillen als een rietje. Misschien reageerde ze zich alleen maar af, maar die gewelddadige daad had me totaal van mijn stuk gebracht. Vooral in mijn kwetsbare toestand. Deze dag was zojuist van kwaad tot erger gegaan.

En wie weet wat de rest van het jaar zou brengen.

De vreselijke realiteit van wat ik aan het doen was, kwam met een klap bij me binnen. Iets waarvan ik had gezworen dat ik het nooit zou laten gebeuren. Een bittere mengeling van schuldgevoel, verdriet en zelfminachting gloeide binnen in me.

Ik brak ons gezin op.

47

Natalie

De eerste envelop kwam precies een week na mijn bespreking met Jason Nussbaum. De eerste maandag van december.

Ik vond hem in de brievenbus. Er stond alleen *Merritt* op. Met het idee dat het een briefje van een buur was die een kat kwijt was, of een makelaar die aanbood ons huis voor ons te verkopen, scheurde ik de witte envelop open. Er zat één opgevouwen velletje papier in. Ik vouwde het open.

Een korte boodschap, in blokletters geschreven met een rode stift:

IK WEET WAT JE GEDAAN HEBT

Mijn maag draaide zich om. Van wie kon dit komen? En waar verwees die persoon naar? Ik had zovéél gedaan. Dingen die ik had geprobeerd te begraven. Ik las de boodschap nog een keer en er schoot me iets te binnen. Misschien was dit cryptische briefje bestemd voor Matt. Had hij, behalve mij bedriegen en een onwettig kind ergens in Engeland verwekken, misschien iets illegaals gedaan, zoals handelen met voorkennis? Ik zag die hebberige rotzak er wel voor aan. Omdat ik er niet zeker van was, verscheurde ik het briefje en gooide het weg.

Ik vergat het hele voorval tot er de maandag erop nog een boodschap kwam. Eén woord, geschreven in rode blokletters:

BITCH!

Deze keer wist ik dat het voor mij bestemd was. Er liep een rilling over mijn rug. Impulsief belde ik mijn dure advocaat, Jason Nussbaum.

Toen ik hem over de briefjes had verteld, vroeg hij of ik er een foto van kon appen.

'Weet je man dat je een scheiding aanvraagt?' vroeg hij toen hij de foto had gezien.

Ik aarzelde voordat ik antwoordde. Ik had het in een moment van zwakte per ongeluk aan Tanya verteld. Had zij Matt ingelicht?

Ik hield het vaag, zei niets over Tanya. 'Ik weet het niet zeker. Hij heeft niks gezegd en is zich niet anders gaan gedragen.'

'Als hij het weet, probeert hij je misschien te stangen. Wat je ook doet, laat dit briefje of andere die je krijgt aan niemand zien. Vooral niet aan je man. We laten hem schaduwen en het gaat goed.'

Een steek van angst ging door mijn borst. Dus hij had foto's. Mijn man, die seks had met mijn vriendinnen. Misschien met anderen. Toen ik ophing, voelde ik me totaal niet beter. Eigenlijk had het kostbare telefoontje van vijftien minuten me een nog slechter gevoel gegeven. Veel slechter.

Emotioneel uitgeput besloot ik een dutje te doen op de bank in de woonkamer. Ze konden de pot op bij de Ladies of Hancock Park met hun jaarlijkse kerstlunch bij het Wiltern Theater, een van de vele evenementen rondom de feestdagen waar ik deze week eigenlijk naartoe moest. De helft van al die 'dames' had waarschijnlijk toch het bed gedeeld met mijn man. Ik kon ze niet onder ogen komen... ze mijn schaamte niet laten zien terwijl ze me achter mijn rug om uitlachten.

Net toen mijn ogen zwaar werden, ging mijn telefoon, die ik op de salontafel had laten liggen. Duf graaide ik ernaar. *Onbekende beller.* Tegen beter weten in ging ik rechtop zitten en nam op.

'Hallo?'

Stilte aan de andere kant van de lijn.

'Hallo. Is daar iemand?'

'Jij... zult... boeten... voor... wat... je... hebt... gedaan.' De angstaanjagende stem klonk alsof hij elektronisch was gemanipuleerd. Een hese fluistering. Ik kon niet bepalen of het een mannen- of een vrouwenstem was.

Mijn adem stokte. Alle zenuwen in mijn lichaam waren gespannen. 'Met wie spreek ik?'

Klik.

De verbinding was verbroken. Het toestel trilde mee met mijn hand. Ik kon amper ademen. Ondanks Jasons waarschuwing over Mutts mogelijke bangmakerij voelde ik iets ergers. Iets veel ergers.

Ik hapte naar adem, en terwijl mijn mond openviel schoot er eerst zurig-heet braaksel in mijn mond en toen naar buiten. Tranen brandden in mijn ogen. Ik stortte in.

'Mam, gaat het wel?' klonk een ongeruste stem toen ik weer kokhalsde. Zwakjes keek ik op. Het was Paige, die met een verschrikt gezicht naar me toe kwam hollen. 'Mam, wat is er?'

'Lieverd,' kraste ik met brandende keel, 'haal even een stuk keukenrol voor me. En een koud washandje.'

'Ik ben zo terug.' Ze rende weg.

Toen een andere bekende stem. 'Natalie, ben je ziek of zo?' Tanya. Ze bleef op afstand.

Ik keek haar aan. 'J-ja, ik denk dat ik een griepje heb.'

Ze trok een walgend gezicht. 'Ieuw! Dan blijf ik liever uit je buurt. Met het kerstfeest van mijn school al overmorgen en onze trip naar Hawaii die eraan komt, wil ik niet dat je me aansteekt.'

Ze rende de kamer uit en ik hoorde haar de trap op hollen. Het maakte niet uit dat ze niet had gezegd: 'Ik hoop dat je snel opknapt.' Die woorden hadden geen betekenis voor me.

Voorovergebogen sloeg ik mijn handen voor mijn gezicht.

Dit zou alleen nog maar erger worden.

En dat was ook zo.

48

Natalie

Misschien had ik wel echt iets opgelopen, want er heerste griep. Ik bleef de rest van de week in bed, stond alleen op om naar het toilet te gaan of kroop de trap af om in de keuken iets te eten. Meestal hield ik het bij thee. Ik at amper iets en wist zeker dat ik een paar kilo was afgevallen. Misschien wel vijf. Ik zag er niet uit. Graatmager. Met ingevallen wangen, uitstekende ribben en een fletse huid.

Ik cancelde alle evenementen rondom de feestdagen, van feestelijke lunches tot elegante cocktailpartijtjes, en al mijn liefdadigheidsactiviteiten zoals eten uitdelen aan daklozen en speelgoed naar kinderen in ziekenhuizen brengen. Ik liep met alles achter, inclusief kerstcadeautjes kopen voor iedereen in de familie en al onze hulpen. In elk geval voelde ik niet de behoefte om cadeaus te kopen voor mijn vriendinnen. Zij mochten Matt hebben. En hij had geluk als ik hem een zak houtskool gaf.

Ik had geen kracht. Ik kon me nergens op concentreren. Het enige positieve van deze beproeving was dat ik mijn bed niet hoefde te delen met Matt. Die klootzak sliep op de bank in zijn kantoortje en vertelde de kinderen dat hij niet ziek wilde worden voordat we naar Maui gingen.

Ik had de boekingen voor Maui nog niet afgerond. Ik had wel een suite in het Four Seasons gereserveerd, maar had moeite om vluchten te vinden. En dat laatste werd gecompliceerd door het feit dat Tanya haar paspoort kwijt was. Wat ook betekende dat ik geen ticket naar Engeland voor haar kon kopen, aangezien ik besloten had dat het voor iedereen beter zou zijn als ze na de feestdagen naar huis ging. Ik belde het Britse consulaat en legde hun de situatie voor, maar helaas waren ze volgeboekt met afspraken en zouden ze vanaf kerstavond een week gesloten zijn. Paige had gelijk gehad: ik had om haar paspoort moeten vragen en het bij de onze in de kluis moeten bewaren.

De maandag erop voelde ik me wat sterker. Ik kwam uit bed, nam voor het eerst in meer dan een week een hete douche en kleedde me aan. Met gewassen en geföhnd haar en een beetje make-up was ik weer een beetje mens. Ik trok een skinny jeans aan die nu om mijn benen fladderde en een kasjmiertrui, at een fatsoenlijk ontbijt en nam zelfs een kop koffie. Hoewel ik nog steeds niet klaar was voor grote sociale evenementen, kon ik wel weer iets doen.

Online shopping was een geschenk uit de hemel. Binnen een uur kon ik al mijn last-minute kerstcadeaus kopen. Voor de kinderen, Tanya, Matts familie, Blanca, en zelfs voor Beer. Met Matts creditcard, waar ik nog steeds toegang toe had, trakteerde ik mezelf op een nieuwe badjas en plaid van kasjmier. Waarom niet? Ik verdiende ze en zou alle troost en warmte nodig hebben die ik krijgen kon in de tumultueuze maanden die voor me lagen.

En Matt? Die zou zijn eigen speciale cadeautje krijgen.

Zonder met hem of de kinderen te overleggen cancelde ik het reisje naar Hawaii. Bijna besloot ik om helemaal geen vakantie te boeken, maar mijn innerlijke stemmetje schreeuwde me toe dat ik de kinderen nog één vakantie met het gezin moest gunnen – met hun vader – voordat we gingen scheiden. Dat ik ze niet over de scheiding moest vertellen tot na de feestdagen. Ja, deze feestdagen zouden memorabel worden, maar niet op een goede manier. En in elk geval betaalde Matt alles.

Nadat ik verschillende opties had bekeken, besloot ik dat we zouden gaan skiën in Big Bear, op een paar uur rijden, iets wat we al een paar jaar niet meer hadden gedaan maar wat we allemaal leuk vonden. We konden logeren in het nabijgelegen hondenvriendelijke Lake Arrowhead Resort en Spa. Gezichtsbehandelingen en massages laten doen, en in de jacuzzi zitten als we geen zin hadden om te skiën. Zelfs Beer kon mee; hij was dol op sneeuw.

Het beste van alles was dat we nu niet hoefden te vliegen, en dat loste het Tanya-probleem op: zij kon met ons mee. Ik had haar de afgelopen week amper gezien en was er meer dan ooit van overtuigd dat het arme schaap mogelijk mentale problemen had. Toch zou ik haar vreselijk missen als ze naar Engeland terugging. Ik was van haar gaan houden als van een dochter, met haar goede en slechte kanten. Ik moest maar hopen dat ze toegelaten werd op Stanford, zodat ik haar daar kon bezoeken. Of ze kon hierheen vliegen en een paar weekenden bij ons doorbrengen. En ik kon professionele hulp voor haar zoeken.

Terwijl ik de hotelreserveringen voltooide, ging de bel. Ik sprong van mijn kruk aan het keukeneiland en haastte me naar de voordeur. Terwijl ik op adem kwam, gluurde ik door het spionnetje. Er was niemand. Aarzelend opende ik de deur. Op het stoepje lag een grote witte envelop. Een man met een helm op reed weg op een motorfiets. Toen hij uit het zicht was verdwenen, bukte ik me en pakte de envelop.

Hij was zwaar, en mijn naam stond erop geschreven met dikke rode letters, bijna net zulke blokletters als op de anonieme, dreigende briefjes die ik had gekregen voor ik ziek werd. De envelop was dichtgeplakt met tape.

Ik voelde mijn hartslag versnellen. Was dit weer een poging om me te intimideren en van mijn stuk te brengen? Er liep een rilling over mijn rug. Ik durfde hem niet te openen. Toen ik op het punt stond hem in de vuilnisbak te gooien ging mijn mobiel. Ik wurmde de telefoon uit mijn zak, keek op het schermpje en zuchtte van verlichting. Het was mijn advocaat. Ik nam op.

Nussbaum begon meteen te praten. 'Ik heb net de belastende foto's bij je laten bezorgen.'

'In een bubbelenvelop?'

'Ja. Heb je al gekeken?'

'N-nog niet.'

'Nou, we hebben een goede zaak. Geweldig, eigenlijk. Ben je alleen?'

'J-ja.'

'Mooi. Maak open. Ik denk dat je blij zult zijn.'

Manoeuvrerend met de telefoon in mijn hand pelde ik de tape los en liet de inhoud uit de envelop glijden.

Tientallen glanzende zwart-witfoto's. Met trillende vingers bladerde ik erdoorheen.

De ene foto na de andere van mijn man die seksuele handelingen verrichtte met vrouwen die ik kende. Mariel. Heather. Christina, en anderen. Alles van zoenen in zijn kantoor en neuken op zijn bureau tot wilde seks in een hotelkamer.

'Hé, Natalie, ben je er nog?' Jasons stem klonk door de telefoon, maar de woorden stierven op mijn lippen en ik kon niet praten.

Ik dacht dat mijn griep over was, maar nu keerde hij met volle kracht terug. Met de foto's en mijn telefoon tegen me aan gedrukt rende ik naar het gastentoilet en gaf over.

Mijn ziekte had een naam. Geen varkensgriep. Geen SARS. Geen Covid.

Eén woord van vier letters.

Matt.

Ik herstelde me snel van mijn initiële shock. Mijn kracht en vastberadenheid verbaasden me. In plaats van door te slaan werd ik gesterkt door de misselijkmakende foto's. Dus toen Matt twee dagen later de woonkamer in kwam stormen terwijl ik de laatste hand legde aan onze kerstboom, was ik klaar voor hem.

'Wat krijgen we verdomme nou!' schreeuwde hij terwijl ik net een kerstfiguurtje aan een tak wilde hangen. De tinnen man uit *The Wizard of Oz*, van Anabel gekregen.

'Pardon?' Ik bleef gewoon doorgaan met waar ik mee bezig was en draaide me niet om.

Zijn zware, snelle voetstappen klonken achter me, en voor ik het mannetje kon ophangen griste Matt het uit mijn hand en draaide me om.

Ik staarde hem aan. Zijn gezicht was knalrood. Zo rood dat het leek alsof hij een hartaanval had. *Was het maar waar.* Hij liet het tinnen mannetje op de vloer vallen en balde zijn vuisten langs zijn lichaam. Zo strak dat zijn knokkels wit werden.

'Gaat het wel, Matt?' vroeg ik rustig.

Een adertje bolde op in zijn nek. 'Hoe kon je me dat aandoen?'

Ik knipperde zogenaamd verward met mijn ogen. 'Wat heb ik gedaan?'

'Scheidingspapieren laten bezorgen, precies tijdens een belangrijke vergadering.'

'O... dát.'

'O... dát,' deed hij me na. 'Natalie, waarom heb je niet gezegd dat je wilde scheiden?'

'Waarom heb jij niet gezegd dat je de helft van mijn vriendinnen naaide? Moet ik soms een paar fotolijstjes inpakken en onder de boom leggen?'

Betrapt. Zijn gezicht werd gesloten alsof er een doek was gevallen. Hij veegde met zijn hand over zijn voorhoofd. 'Nat, laten we weer in therapie gaan. We komen er wel uit.'

'Nee, Matt. We kunnen niet meer terug.'

'Alsjeblieft. Laten we het nog één kans geven.' Zijn wanhopige gezicht was zielig, maar maakte me alleen maar feller. Vastberadener. Even harteloos als de tinnen man.

'Néé, Matt.'

'Arrowhead zal goed voor ons zijn. Ons helpen genezen.'

'De enige reden dat ik de vakantie niet afzeg, is vanwege de kinderen. Het zal hun laatste familievakantie zijn met ons samen.'

'Weten ze het?' Zijn stem klonk kleintjes. Verslagen.

'Nee. Alleen Tanya weet het. Het verbaast me dat ze niks tegen je heeft gezegd.'

'Nee, ze heeft niks gezegd.' Hij slaakte een diepe, gelaten zucht. 'Wanneer gaan we het Paige en Will vertellen?'

'Het lijkt me het beste om dat na de feestdagen te doen. Ik wil hun kerst niet verpesten.'

Matt was het daarmee eens. Vervolgens vertelde ik hem dat zodra we het nieuws hadden bekendgemaakt, ik wilde dat hij het huis verliet.

Hij zag er aangeslagen uit. 'Ik ga iets te drinken pakken, en dan ga ik mijn zus bellen.'

Daarop slofte hij naar de bar. Terwijl hij bourbon voor zichzelf inschonk, bukte ik om de tinnen man op te rapen. Ik hing hem in de boom naast de handgeschilderde notenkraker. En glimlachte.

Ik had net de noten van mijn mán gekraakt.

Eén punt voor mij.

49

Natalie

Kerst verliep gladjes. Het was zelfs feestelijk.

Op kerstavond maakte ik lamsbout en een speciaal vegan gerecht voor Paige en gingen we met z'n allen naar de nachtmis in de Saint Andrew-kerk. Op kerstochtend werd iedereen vroeg wakker en verzamelden we ons in pyjama rondom de kerstboom om de cadeautjes open te maken. Meestal zat Beer dan bij ons, maar ik hield hem buiten met zijn nieuwe kauwspeeltje vanwege Tanya. Het goede nieuws was dat we hem niet waren kwijtgeraakt, en misschien was dat wel het beste kerstcadeau ooit.

Om te voorkomen dat het cadeaupapier in het rond vloog, openden we om de beurt onze pakjes, te beginnen met Will. Toen was Paige aan de beurt, gevolgd door Tanya. Will en Paige waren blij met hun cadeaus.

Maar Tanya leek teleurgesteld. 'Natalie, een stom boek en een cadeaukaart voor Urban met maar tweehonderd dollar erop?'

'Gebruik hem maar snel,' grapte Paige, in de wetenschap dat Tanya na nieuwjaarsdag naar huis zou gaan. Er was totaal geen warmte tussen die twee. Ik had mijn dochter verteld over het probleem met het lesgeld, maar niet de echte reden waarom ik het me niet kon veroorloven om onze uitwisselingsstudent te laten blijven.

Tanya wierp Paige een vuile blik toe en staarde fronsend naar de cadeaukaart.

'Je zult ervan opkijken hoeveel je ermee kunt kopen, aangezien vanaf morgen alles in de uitverkoop gaat,' zei ik monter.

'Het zal wel,' pufte ze terwijl ze halfhartig door het modeboek dat ik voor haar had gekocht begon te bladeren. Verveeld keek ze me weer aan. 'O, trouwens, Natalie, sorry dat ik niks voor jou en Matt heb gekocht. Ik had er geen tijd voor, en bovendien wilde Paige niet met me gaan winkelen.'

Ze wierp Paige nog een blik toe. Paige grijnsde nu openlijk vijandig. Ik werd boos. Het laatste wat ik wilde, was ruzie met kerst.

'Geen probleem. We hebben al zoveel.' Ik voelde een steekje van gekwetstheid. Ze had ook zelf iets kunnen maken, al was het maar een kaart.

'Mam, pap... jullie beurt,' zei Paige.

Matt en ik, die uitstekend toneelspeelden voor de kinderen, maakten onze cadeaus open. Een paar Lalique-flûtes en een magnum Veuve Clicquot van Matts ouders, prachtige Burberry-sjaals van Trevor uit Londen, en een Visa-cadeaukaart van wel vijftig dollar voor mij van zijn zus, die niet één attente molecule in haar hele lichaam had. Ze zou me waarschijnlijk helemaal niets hebben gestuurd als ze had geweten dat Matt en ik gingen scheiden. Als laatste opende ik het cadeau van Will en Paige: hetzelfde als altijd... een mooi, in leer gebonden fotoalbum ter ere van onze jaarlijkse familiekerst. Ik voelde een steekje van bedroefdheid. Dit zou waarschijnlijk het laatste album in zijn soort zijn.

Toen alle cadeaus waren uitgepakt propte ik het cadeaupapier in een vuilniszak.

'Mam, pap, wat hebben jullie elkaar gegeven?' vroeg Paige terwijl ik het laatste stukje papier opraapte.

'Eh... we hebben dingen op bestelling laten maken.' Mijn stem sloeg over. 'Maar ze zijn niet op tijd aangekomen.'

'Wat dan?' Paige' wenkbrauwen gingen nieuwsgierig omhoog en haar blik schoot tussen mij en Matt heen en weer.

Het viel me op hoe mager mijn man eruitzag. Zijn huid was flets en hij had donkere wallen onder zijn ogen. De scheiding hakte erin bij hem, en dat vond ik prima. Paige' blik bleef bij hem hangen toen er een spiertje in zijn kaak trilde.

'Als we dat vertellen, verpesten we de verrassing. Geloof me, we hebben elkaar nog nooit zoiets gegeven,' zei hij.

Dat was waar. Matt had de scheidingspapieren gekregen, en ik had... niets gekregen. Ik had me er al bij neergelegd dat ik nooit meer fonkelende sieraden van Matt zou krijgen. Een lage prijs om van hem af te zijn.

Mijn scherpzinnige dochter keek argwanend naar mij en wisselde toen een blik met haar broertje. Ze wist beslist dat er iets speelde.

'Matthew, kinderen, waarom gaan jullie niet naar de televisiekamer terwijl ik hier even opruim en het ontbijt maak. Er zijn een paar mooie kerstfilms op tv.'

'Mam, kan ik je helpen?' vroeg Paige, die achterbleef terwijl de anderen aftaaiden. Ik twijfelde er niet aan dat ze me wilde uithoren. Uitzoeken wat er gaande was tussen mij en haar vader. Tot mijn opluchting had Tanya het haar kennelijk nog niet verteld.

'Dat hoeft niet, lieverd. Ik red me prima en heb liever dat je de anderen gezelschap houdt.'

Ze deed met tegenzin wat ik vroeg. Er liep een rilling over mijn rug toen ze wegliep. Ik zag er als een berg tegen op om haar en Will te vertellen dat we gingen scheiden.

In de keuken maakte ik roerei, worstjes en roergebakken tofoe met champignons voor Paige. Ik had duizend verschillende manieren geleerd om tofoe klaar te maken sinds ze vegan was geworden. Je kon het wokken en er zelfs lasagne mee maken; allerlei heel lekkere gerechten.

Terwijl ik de eieren in een schaal schepte, ging mijn telefoon. Ik haalde hem uit de zak van mijn nieuwe kasjmieren ochtendjas, mijn cadeautje aan mezelf, en keek op het schermpje. Onbekend nummer. Ondanks de warmte van mijn ochtendjas rilde ik. Begonnen de telefoontjes van de obscene fluisteraar weer? Het laatste was twee weken geleden. Of misschien waren het mijn schoonouders, die in Europa vakantie vierden, om ons vrolijk kerstfeest te wensen. Aarzelend nam ik op en drukte de telefoon tegen mijn oor.

Stilte.

Toen...

'Ho. Ho. Ho.' De fluisteraar! 'Ho!'

'Wie je ook bent... laat me met rust!' siste ik in de telefoon.

Klik.

De telefoon ging opnieuw. Moest ik opnemen? Ik deed het.

'Natalie...' Alweer de fluisteraar! 'De Kerstman vond je niet zo lief dit jaar.'

Deze keer daagde ik die raspende stem uit. 'Wat wil je?' Iedereen wilde wel iets.

'Ik wil je dood hebben.'

Klik.

Ik beefde over mijn hele lijf. Voordat de telefoon nog een keer zou gaan belde ik de enige persoon die ik in vertrouwen kon nemen. De enige die me advies kon geven.

Mijn advocaat. Jason Nussbaum.

Godzijdank nam hij meteen op.

'Jason, met Natalie. Sorry dat ik je stoor op eerste kerstdag.' Net als ieder ander op de wereld had hij een vrije dag en zijn kantoor was gesloten.

'No problemo, schat. Ik ben Joods. Kerst is niet mijn ding. Bovendien werk ik sowieso vierentwintig-zeven. Ook met de feestdagen.'

Met zevenhonderdvijftig dollar per uur kreeg ik in elk geval waar voor mijn geld, al zou dit telefoontje me een rib uit mijn lijf kosten. Jasons Chanoeka-cadeau.

'Hé, hoe vond Matt je kerstcadeau? Zijn zus heeft me al een hatelijke mail gestuurd. Maar maak je geen zorgen, ik trek me niks van haar aan.'

'Jason, dit gaat niet om Matt. De fluisteraar belt me weer. Met obsceniteiten en dreigementen.' Ik vertelde hem over de laatste twee telefoontjes.

'Ik heb Dino trouwens gesproken.' Dino was de privédetective die hij had ingehuurd om Matt te schaduwen.

'Wat zei hij? Kon hij de telefoontjes traceren?'

'Nee. Ze komen van wegwerptelefoons.'

'Wegwerptelefoons?'

'Ja, goedkope prepaid-toestellen. Gebruiker onbekend. Ontraceerbaar.'

'Wie denk jij dat het is?'

'Ik denk nog steeds dat het je man is. Of misschien zijn zus of een van haar trollen. Mijn vermoeden is dat ze proberen je uit te putten. Bewijzen dat je geestelijk labiel bent. Als ze dat kunnen aantonen, is het mogelijk dat je echtgenoot de volledige voogdij krijgt over de kinderen.'

Ik rilde bij die gedachte. Ik kon niet zonder Paige en Will leven. Anabel verliezen was al pijnlijk genoeg geweest. Er schoot me nog iets angstaanjagends te binnen. 'Denk je dat mijn leven in gevaar is? Of dat van mijn kinderen?'

Het bleef heel even stil. 'Neuh. Je man is dan misschien een zak, maar hij is geen moordenaar. Ik heb Dino hem laten natrekken. Hij is brandschoon. Meneer Goed-In-Bed is een totaal heilig boontje. Hij heeft niet eens parkeerboetes gehad.'

'Wat moet ik doen?' vroeg ik, enigszins opgelucht.

'Een nieuw telefoonnummer nemen.'

'En moet ik Matt dan níét mijn nieuwe nummer geven? Hem blokkeren, misschien?'

'Als je advocaat raad ik je dat af. Er is geen bewijs dat je fysiek gevaar loopt. Bovendien hebben jullie kinderen. Hij moet contact met je kunnen opnemen.'

Helaas had hij gelijk. Want stel dat Matt ging skiën met de kinderen en er iets vreselijks met een van hen gebeurde? God, ik zou doodgaan als ik niet wist wat er aan de hand was.

Een andere stem aan de andere kant van de lijn haalde me uit mijn gedachten.

'*Zolotse*, ik wacht op je.' Lola. Jasons weelderige secretaresse. Ik had gelijk gehad. Hij naaide haar inderdaad.

'Hé, Nat, ik heb gezelschap. Moet ophangen. Vrolijk kerstfeest. Hou vol, en we spreken elkaar snel.'

Arrowhead kon me niet snel genoeg komen. Het eerste wat ik ging doen, was een bezoekje brengen aan de spa. Badderen in de jacuzzi en mezelf trakteren op een stevige massage. De stress uit elke cel van mijn lichaam laten kneden.

Op kosten van mijn man. Laat hem maar betalen voor zijn fouten.

50

Natalie

Matt en ik besloten met twee auto's naar Lake Arrowhead te rijden, voor het geval een van ons eerder naar huis wilde.

Na onze schreeuwende ruzie toen alle kinderen naar bed waren, was dat beslist een mogelijkheid. De ruzie ging erom dat ik hem het huis uit wilde hebben. De knallende, nare, rondvliegende-borden-ruzie was geëindigd met de woorden 'Val dood, Natalie' en mijn aanstaande ex die de keuken uit stormde. En dat was nog maar de helft.

Dus nam Matt zijn BMW. Paige reed in haar vierwielaangedreven Jeep en Will, Beer en ik gingen met haar mee. Tanya reed met Matt mee.

'Mam, waarom rij jij niet met pap mee?' vroeg Paige terwijl we achter hem aan reden. Ik kon aan haar stem horen dat ze wist dat er iets was. 'En ik snap niet waarom we twee auto's nodig hebben. Als we om wat voor reden dan ook een extra auto nodig hebben, kunnen we die daar ook huren.'

Ik verzon een smoes. 'Ik dacht niet dat je twee uur in een auto zou willen zitten met Tanya. En bovendien kan Tanya niet met Beer in één auto.' Dat was nog waar ook, en Paige liet het daarbij.

Er was niet veel verkeer op Highway 10 en we kwamen vroeg bij de afrit naar Arrowhead/Big Bear aan, ondanks ons late vertrek omdat ik een lang, frustrerend uur aan de telefoon had gehangen met een medewerker van Verizon om mijn mobiele nummer te veranderen. Toen Will vroeg waarom ik een ander nummer nam, zei ik dat ik de laatste tijd onrustbarende spamtelefoontjes kreeg. Wederom de waarheid. Ik gaf mijn nieuwe nummer alleen aan hem, Paige, Tanya, en met tegenzin ook aan Matt. En één andere persoon: mijn advocaat. De rest van de wereld zou moeten wachten. Al zag ik Matt er wel voor aan om mijn nummer te delen met zijn zus en/of de persoon die hij mogelijk betaalde om me lastig te vallen. Wat betekende dat ik nog steeds gebeld kon worden door de fluisteraar.

De kronkelende bergweg tussen de dennen voegde een extra halfuur aan onze rit toe. Er lag sneeuw op de grond en omdat er in de komende vierentwintig uur nog meer sneeuw werd verwacht, moest Matt een stop maken om een paar hardwerkende locals sneeuwkettingen om zijn banden te laten leggen. Hij verdiende ze om zijn nek. Of beter nog, om dat ongetemde ding tussen zijn benen.

Tijdens onze rit omhoog kwam er steeds meer sneeuw bij. Van een dun laagje naar minstens zeven centimeter. Tegen de tijd dat we vroeg in de middag het Lake Arrowhead Resort en Spa bereikten, was het een winterse sprookjeswereld. Het onlangs gerenoveerde hotel leek net een luxe alpenlodge. De pittoreske setting met het verse laagje witte poedersneeuw van afgelopen nacht op de grond en de torenhoge cipressen was wonderschoon.

We lieten de auto's bij de valet achter. Zodra ik de feestelijke, naar dennen geurende lobby met zijn enorme, prachtig versierde kerstboom en het laaiende vuur in de open haard in stapte, wist ik dat hierheen komen het juiste besluit was geweest. Met Matts creditcard in mijn hand liep ik door om in te checken, terwijl de anderen bij de deur op een kruier wachtten om onze bagage en skispullen naar de kamers te brengen.

Omdat ik geen suite had kunnen krijgen, had ik twee kamers gereserveerd voor de kinderen. En een kamer voor Matt en mij. Paige en Will deelden een kamer met Beer, terwijl Tanya een kamer voor zich alleen had. Ik wenste dat ik ook een eigen kamer had kunnen boeken – weg van Matt – maar er waren geen kamers meer vrij en het zou te veel vragen oproepen bij de kinderen. Gelukkig hadden we een kamer met twee queensize bedden. Als Paige of Will vroeg waarom we geen tweepersoonsbed hadden, zou ik gewoon zeggen dat die er niet meer waren. En dat was ook zo. Het resort was extreem populair en maanden van tevoren volgeboekt voor de kerstvakantie. Ik had al enorm veel geluk gehad dat ik nog last-minute had kunnen boeken dankzij andere annuleringen. Hoewel onze kamers niet naast elkaar lagen, waren ze wel allemaal op dezelfde verdieping en hadden ze een prachtig uitzicht op het glinsterende blauwe meer.

Toen we eenmaal gesetteld waren, gingen Matt en de kinderen met Beer naar buiten voor wat sneeuwpret. Er was een heuvel in de buurt waar je kon sleeën. Ik bleef met Tanya in het hotel om te lunchen.

'Je had met ze mee moeten gaan, Tanya,' zei ik, terwijl we genoten van caesarsalades en friet in het uitstekende restaurant van het resort. 'Je zou het leuk hebben gevonden.'

Ze zat tegenover me, gekleed in een schattige knalroze aprèsskioutfit die van Anabel was geweest. Er ging een steek van verdriet door me heen; de laatste keer dat we hier waren, was Anabel er nog bij. Een lang weekend. Vier maanden later was ik haar kwijtgeraakt, en binnenkort zou ik Tanya ook kwijtraken, al was het dan bepaald niet op dezelfde manier. Ondanks haar grillige gedrag dacht ik aan alle fijne tijden die we samen hadden beleefd. Ik zou haar echt ontzettend gaan missen. Helaas was het gewoon niet mogelijk dat ze bij ons bleef.

Onze uitwisselingsstudent schoof haar wollen muts met pompon naar achteren. 'Eerlijk, Natalie, ik had er geen zin in. Ik ben geen sneeuwmens. Ik ben nog steeds echt teleurgesteld dat we niet naar Maui zijn gegaan.'

'Dat was gewoon niet voorbestemd,' antwoordde ik, zonder te zeggen dat het kwijtraken van haar paspoort dat reisje onmogelijk had gemaakt.

'Het zal wel.' Ze nam een slokje witte wijn, dat ze te danken had aan de knappe, flirterige jonge ober die niet om haar legitimatie had gevraagd. 'Dus, Natalie...' Met uitgestoken pink plukte ze een frietje uit de papieren puntzak en doopte het in het bakje mayo. 'Heb je je nog ergens over bedacht?'

Ik trok één wenkbrauw op. 'Hoe bedoel je?'

Ze draaide het dunne frietje heen en weer tussen haar vingers. 'Je weet wel... Over het betalen van mijn lesgeld zodat ik bij jullie in LA kan blijven.'

Ik nam een flinke slok van mijn cabernet. 'Het spijt me. *Les jeux sont faits.*'

Ze trok haar neus op. 'Wat betekent dat?'

'O. Ik dacht dat je wel Frans had geleerd op je Britse kostschool.' Ik had online gelezen dat drie jaar Frans er verplicht was. 'Maar goed, los vertaald betekent het: de teerling is geworpen.' Ik nam nog een grote slok van mijn wijn en keek haar recht in de ogen. Mijn hart deed pijn. 'Mijn lieve meisje, je kent mijn situatie. Je moet terug naar huis. Ik heb geen keus.'

Ze stond op van tafel en keek me met felle ogen aan. 'Ik heb ook geen keus.'

Ze smeet het onopgegeten frietje op tafel en stormde weg. Alweer zo'n woede-uitbarsting. Haar extreme moodswings manifesteerden zich steeds vaker. Ik was bang dat ze totaal zou doorslaan tijdens deze vakantie en Paige en Will zou vertellen dat Matt en ik gingen scheiden.

Terwijl ze uit het restaurant verdween, ging mijn telefoon. De fluisteraar? Mijn maag verkrampte angstig terwijl ik het toestel uit mijn tas haalde. Gelukkig was het Paige. Maar meteen sloeg mijn opluchting om in ongerustheid en begon mijn hart te bonken.

Was er iets gebeurd met haar of Will?

51
Paige

'Hoi, mam!' Ik hield mijn telefoon tegen mijn oor, want het was te lawaaiig om hem op de speaker te zetten of te facetimen. Mijn stem moest concurreren met het luide geroezemoes van gezinnen aan de tafels om ons heen. Plus het eindeloze gegil van kinderen die de besneeuwde heuvel af sleeden.

'Paige, is alles goed?' Mams stem klonk gespannen.

'Ja, we vermaken ons kostelijk. En Beer ook. Hij rent de hele tijd de heuvel op en af. Hij is zelfs op een slee gaan zitten en naar beneden gegleden. Om je rot te lachen.'

'Wat leuk.' Ze klonk kalmer.

'We hebben je een paar foto's geappt. Heb je onze sneeuwpop gezien?'

'Eigenlijk had ik nog niet naar mijn berichtjes gekeken. Ik doe het zo, na de lunch.' Een korte stilte. 'Waar is je vader?'

Meestal zou ze vragen: *Waar is pap?* Er klopte iets niet aan de manier waarop ze nu vroeg waar hij was. Haar toon klonk ijzig; niet grappig bedoeld.

'Bij de kiosk om nog een paar hotdogs en warme chocomelk te halen. En een veggieburger voor mij.' Door het sleeën, en vooral het tien keer weer tegen de heuvel op klimmen, hadden we trek gekregen.

'Mooi.'

'Hij komt al terug.' Ik tuurde zijn kant op. 'Wil je hem spreken?'

'Nee,' zei ze afgemeten. 'Ik zie jullie straks wel in het hotel. Geef Will een zoen van me, en veel plezier.'

We hingen op.

Ik keek naar mijn broertje. Hij zag er schattig uit in zijn dikke rode jack en beanie. Zijn sproeten staken af in de zon, ook al had hij zich ingesmeerd. 'Willster...'

'Ja, Pudge?' Hij nam een grote hap van zijn hotdog en slikte hem door.

'Vind jij niet dat mam en pap raar doen?'

'Hoe bedoel je?'

'Ik weet niet... alsof er een afstand tussen hen is. Het is ook raar dat we met twee auto's hierheen zijn gereden. En mam ging vroeger altijd met ons mee sleeën.'

Will gaf het laatste stukje van zijn hotdog aan Beer, die naast hem op de sneeuw lag. Onze kliko van een hond slokte het op en keek hem aan in de hoop dat er nog meer kwam.

'Nou?' vroeg ik.

'Ik denk dat mam gewoon gestrest is. Je weet wel, door kerst en alles.'

'Heb je gezien hoeveel ze is afgevallen?' Het leek wel alsof ze in twee weken vijf kilo was kwijtgeraakt. Al haar kleren hingen om haar lijf. Ik was ongerust. Het laatste wat ik wilde, was dat ze een zenuwinzinking kreeg zoals nadat Anabel overleed. Het was vreselijk geweest voor Will en mij dat we mam maanden achtereen niet om ons heen hadden gehad. Ik was van plan om haar op een dag te vertellen hoe bang ik in die tijd was geweest. Hoe erg ik haar had gemist.

Will pakte een frietje en doopte het in de ketchup voordat hij het verslond. 'Ja, ik heb het gezien.'

'Maak je je daar geen zorgen om?'

'Nou, ze heeft de griep gehad.'

'Ja, maar dan nog.'

'Hé, jongens!' De stem van mijn vader. Hij kwam naar ons toe, het knerpen van zijn Sorel-laarzen op de sneeuw werd met elke stap luider. Hij zette het kartonnen doosje met ons eten op tafel. 'Will, de worstjes waren op, dus ik heb burgers besteld. En nog een veggieburger voor jou, Paige.'

De vettige lucht van gegrilde plakken vlees stootte me af. Na het gesprek met mijn moeder had ik geen trek meer. Mijn vader plofte op de plastic stoel naast Will, tegenover mij.

'Mam heeft gebeld.'

'Dat is leuk.' Zijn stem was ijskoud, net als zijn gezicht. 'Tast toe voordat het koud wordt.'

We pakten ieder een in papier gewikkelde burger en een dampend hete chocomelk. Ik nam een slokje van mijn sojamelk om de kilte te verdrijven die zich onder mijn jas verspreidde en die niets te maken had met de plotselinge daling van de temperatuur.

Mijn maag verkrampte.

Ik voelde het gewoon.

Er was beslist iets gaande met mijn ouders.

52

Natalie

Een massage van negentig minuten was precies wat ik nodig had. Terwijl ik op mijn buik op de massagetafel lag en de sterke vingers van de masseuse mijn rug en schouders bewerkten, voelde ik de stress uit de strakke knopen in mijn spieren wegglijden. Ik zuchtte toen ze dieper groef met haar duimen, terwijl de zachte muziek en aromatherapie me hielpen ontspannen. In mijn zen-achtige toestand moest ik op enig moment zijn ingedommeld. Ik schrok van haar stem.

'We zijn klaar.'

Mijn ogen gingen open. 'Is het afgelopen?'

De gespierde jonge vrouw met de magische handen knikte. 'Ik hoop dat je het prettig vond.'

Ik ging zitten, drukte het zachte laken tegen mijn borst, zei dat het zalig was en bedankte haar uitgebreid terwijl ze me een bekertje komkommerwater aanbood. Ik dronk het gulzig leeg.

'Veel water drinken,' vertelde ze me terwijl ze me van de tafel hielp. 'Dat helpt de afvalstoffen af te voeren.'

Ze hielp me in mijn spa-badjas en ik trok rubberen badslippers aan. Uit mijn zak haalde ik twee briefjes van twintig: twintig procent fooi. Ik kon aan haar gezicht zien dat ze dat heel gul vond. Dank je, aanstaande ex, dat je dit mogelijk hebt gemaakt. Ik zette hem snel weer uit mijn hoofd. Waarom zou ik mijn euforische toestand door gedachten aan hem laten verpesten?

Ik ontmoette Tanya in de kleedkamer. Na haar driftbuitje in het hotelrestaurant was ze teruggekomen om haar verontschuldigingen aan te bieden en had ik gevraagd of ze zin had in een dagje spa met mij. Ze was er gretig op ingegaan, en terwijl ik werd gemasseerd had zij een gezichtsbehandeling ondergaan. Zij droeg ook een badjas van de spa en slippers, en met haar lange, witgouden haar in een hoge paardenstaart zag ze er stralend uit. Haar smetteloze huid gloeide, haar dikke donkere wenkbrauwen waren perfect geëpileerd.

'Hoe was het?' vroeg ik, alsof ik dat niet al wist.

'Zoooo heerlijk!' Ze sloeg liefdevol haar armen om me heen. 'Dank je, Natalie.'

'Heel graag gedaan. Zullen we eerst naar de jacuzzi gaan en dan naar de sauna? En naderhand naar de bar voor een glaasje champagne?'

Een glimlach trok over haar stralende gezicht. 'Perfect.'

Daar ging mijn plan om veel water te drinken.

We keerden terug naar het restaurant en kozen deze keer een tafeltje voor twee in het bargedeelte. Een nieuwe ober – ook al diep onder de indruk van Tanya – bracht ons een gekoelde fles Veuve Clicquot en vulde onze flûtes. Een paar bubbels bruisten over de rand.

'Op een gelukkig nieuwjaar,' proostte ik terwijl ik met mijn glas tegen het hare tikte. Het komende jaar zóú gelukkig worden als ik eenmaal was gescheiden van Matt. Het kon me niet snel genoeg gebeuren, vooral aangezien Jason voorspelde dat ik er straks warmpjes bij zou zitten.

Tanya nam een slokje champagne en hield haar blik op mij gericht. Toen beet ze op haar lip. 'Natalie, ik ben bezorgd om je.'

Ik hield mijn hoofd scheef. 'Waarom? Het gaat prima met me.'

'Vanwege Matt.' Ze draaide de steel van haar flûte tussen haar vingers. 'Ik denk dat hij gevaarlijk is.'

Ik fronste mijn voorhoofd. 'Hoe bedoel je?'

'Nou, onderweg hierheen zei hij een paar echt enge dingen.'

'Wat dan?'

'Nou, hij zei bijvoorbeeld: "Als Natalie denkt dat ze me gaat uitkleden, dan staat haar nog wat te wachten." En hij zei: "Ik vermoord haar als ze stomme dingen probeert." En dit: "Ze zal niet weten wat haar overkomt."'

Ik verwerkte dat tijdens een grote slok champagne en zette mijn glas neer. 'Dat zegt hij alleen maar omdat hij kwaad op me is. Hij meent het niet echt.'

'Dat dacht ik ook, in het begin. Maar toen we een tussenstop maakten omdat ik even moest plassen, haalde ik mijn rugzak uit de kofferbak en zag ik...'

'Wat zag je?' Ik voelde een gonzende onrust.

'Zijn pistool!'

Ik knipperde een paar keer met mijn ogen. 'Weet je dat zeker?'

'Natuurlijk weet ik het zeker. Ik schrok me kapot!'

Ik zweeg onthutst. Matt had nog nooit zijn pistool meegenomen op vakantie.

Tanya dempte haar stem tot een fluistering en ging door. 'Natalie, ik denk dat hij je gaat vermóórden!'

Binnen een tel waren de fijne effecten van de ontspannende massage verdwenen. Een golf van misselijkheid ging door me heen terwijl ik dacht aan de ruzie tussen ons voordat we hierheen waren gegaan. Matt had dingen door de keuken gegooid toen ik zei dat ik hem per 1 februari het huis uit wilde hebben. Hij had een mes gepakt en gedreigd: 'Ik zweer je dat ik je ter plekke zou vermoorden als dat ongestraft kon', en vervolgens had hij het lange mes in het hakblok gestoken. Behalve tijdens de ruzie die was uitgemond in Anabels tragische val van de trap, die door mij was begonnen, had ik hem nog nooit zo agressief gezien. Ik was doodsbang en vroeg me nu af of hij dat echt had gemeend.

Tanya onderbrak mijn turbulente gedachten. Er was angst in haar ogen te zien. 'Wat als hij de perfecte moord voorbereidt, op dit moment? Hij is totaal gestoord!'

Mijn hart ging tekeer; mijn hoofd liep om. Wat als hij inderdaad een manier had bedacht om me ongestraft te vermoorden? Misschien was hij van plan me vannacht in mijn slaap dood te schieten en me onder de sneeuw te begraven. Omdat ik zo mager was, zou het hem geen moeite kosten om zich van me te ontdoen. Misschien gooide hij mijn lijk wel in het ijskoude meer, zodat het zelfmoord leek. Ik had immers een geschiedenis van psychotische depressie. De mogelijkheden waren angstaanjagend en eindeloos.

Met trillende lippen stak Tanya haar arm over de tafel en kneep in mijn hand. 'O, Natalie, ik zou dóódgaan als hij jou iets aandeed!'

Ik klokte mijn champagne naar binnen. En toen de rest van de fles. Een ijzige kilte verspreidde zich door mijn lichaam. 'Dat doet hij niet,' grauwde ik.

Ik betaalde de rekening en haastte me het restaurant uit.

Ik moest Matts pistool vinden.

53

Natalie

Met een bonkend hoofd en een op hol geslagen hart zocht ik naarstig naar het pistool. Ik keek in alle laden, in de safe en zelfs onder zijn matras. Tegen de tijd dat ik klaar was, had ik elke centimeter van onze kamer afgezocht. Ik had zelfs op het besneeuwde balkon gekeken, gravend in het ijzig witte poeder tot mijn vingers gevoelloos waren.

Nada. Het ding was nergens te vinden.

Wat betekende dat hij het bij zich had.

Shit.

In paniek wankelde ik naar de minibar en pakte er een flesje Johnny Walker Black uit. Whisky was Matts voorkeursdrankje, nooit het mijne, maar nu, op van de zenuwen, was het precies wat ik nodig had. Ik draaide de dop eraf en dronk rechtstreeks uit het flesje. De bittere vloeistof brandde zich een weg door mijn keel naar mijn maag, maar kalmeerde me niet echt.

Net toen ik er nog een wilde pakken, werd er een grote witte envelop onder de deur door geschoven. Ik ging hem pakken. Alleen ons kamernummer stond erop. Mijn toch al snelle hartslag schakelde nog een tandje bij. Terwijl de envelop meetrilde met mijn hand, overpeinsde ik of ik hem moest openmaken. Toen ik dat toch deed, had ik er meteen spijt van.

Er zat één vel papier in:

JIJ BENT DOOD VOOR MIJ

Weer allemaal rode hoofdletters. Als een dolle verscheurde ik het briefje, rende naar de badkamer en spoelde de stukken door de wc. Toen belde ik Jason, die ik meteen had moeten bellen nadat ik gehoord had over het pistool. Stom van me. Tot mijn wanhoop werd ik doorgeschakeld naar zijn voicemail. Zonder een boodschap in te spreken gooide ik mijn telefoon op het nachtkastje.

Het moest Matt zijn. Maar waarom wilde hij me geestelijk martelen? Was het niet genoeg dat hij me wilde vermoorden? Morgen kon ik wel het avondeten van een roedel coyotes zijn. Of een stel hongerige beren.

Ik probeerde Jason nog een keer. Weer nam hij niet op.

Ik vloekte hardop. Alle vloeken die ik kende.

Wat moest ik doen? Ik kon moeilijk de beveiliging van het hotel of het alarmnummer bellen en zeggen dat mijn man me ging doodschieten. Ik had geen enkel bewijs. Ze zouden denken dat ik gek was. Paranoïde waanideeën had.

Terwijl ik nog een flesje whisky naar binnen goot, ijsbeerde ik door de kamer als de gestoorde vrouw die ik was, zoekend naar antwoorden. Het was zinloos. Half dronken, half opgefokt kon ik niet helder nadenken.

Het enige waar ik aan kon denken, was nog een borrel nemen. En dat deed ik.

Ik stortte me op het bed.

Nam een Xanax in.

En raakte buiten westen.

54
Natalie

'Natalie Merritt, sta op alstublieft.'

Langzaam, aarzelend, stond ik op. Met gebogen hoofd staarde ik naar de spuuglelijke oranje overall die ik aanhad. Hij jeukte en paste me slecht, en ik haatte die oranje kleur bijna net zo erg als ik polyester haatte. Ik wilde het ding van me af scheuren, samen met de boeien om mijn polsen en enkels.

'We hebben een vonnis.' Trillend keek ik in de strenge ogen van de rechter. Hij leek als twee druppels water op de man die ik haatte. En die ik net zo erg vreesde als het vonnis.

Zijn ogen waren net messen, scherp en op mij gericht. 'Wat u hebt gedaan is een misdaad. Hoe kon u dat doen? De jury bevindt u unaniem schuldig aan het roekeloos in gevaar brengen van een kind. Tweemaal doodslag. U wordt ook schuldig bevonden aan het vermoorden van uw echtgenoot, éénmaal moord met voorbedachten rade.'

'Nee!' Ik herkende die stem. Paige! Zij en Will waren elke dag naar mijn proces gekomen, hadden achter me gezeten in de rechtszaal. 'Laat mijn moeder met rust! Ze is geen slecht mens! Alstublieft!' Ik hoorde dat ze hartverscheurend begon te snikken. Het deed te veel pijn om me om te draaien en naar haar te kijken.

De rechter trok zijn lip op. 'Het hof veroordeelt u tot honderddertig jaar gevangenisstraf zonder kans op vervroegde vrijlating.'

'Neee!'

Ik hoorde mezelf gillen terwijl ik overeind schoot, badend in het koude zweet. Mijn ademhaling was oppervlakkig, mijn lichaam beefde. Ik ademde in en uit door mijn neus en probeerde te kalmeren.

Mijn hartslag vertraagde, mijn ademhaling werd rustiger. Het was maar een nachtmerrie, een vreselijke nachtmerrie. Om dat zeker te weten kneep ik mezelf. Het deed pijn. Ik leefde nog! Mijn man had me niet doodgeschoten. En hij leefde ook nog. Lag te pitten op het bed naast het mijne. Ik hoorde hem zachtjes snurken. Waar wachtte hij op? Was hij van plan me op klaarlichte dag dood te schieten?

Ik had geen idee hoe laat het was. De gordijnen zaten dicht, dus het was pikdonker in de kamer. Ik graaide naar mijn telefoon op het nachtkastje. Het was bijna middernacht. Ik was urenlang van de wereld geweest in mijn nu vochtige, bezwete kleren.

Ik schakelde de zaklantaarn-app in, zwaaide mijn benen over de rand van het bed en liep op mijn tenen naar de kast om een schone pyjama aan te trekken. Omdat ik geen idee had in welke la ik die had gelegd, trok ik er willekeurig een open. Ik stak mijn hand erin en tastte rond.

Onder een opgevouwen trui raakten mijn vingers iets hards en kouds, van metaal. Ik pakte het. Mijn hand trilde. Mijn hart bonkte. Ik had de zaklantaarn niet nodig om te weten wat het was.

Het was Matts Magnum, en hij was een stuk zwaarder dan ik had verwacht. Tanya had het niet verzonnen. Hij had het ding meegenomen. Ze had gelijk. De doodenge realiteit raakte me met de snelheid van een kogel. Eventuele twijfels die ik nog had gehad verdampten als water. Voordat ik hem kon uitkleden, zou hij míj uitschakelen!

Me doodschieten!

Ik omklemde het pistool met bonkend hart en een verdoofd lichaam. Wat moest ik doen? Ik kon het naar buiten gooien, maar dan zou Matt wakker worden. En ik was heel slecht in gooien. Hij zou het morgenochtend meteen vinden. Ik kon het ergens verstoppen, maar dat was te riskant en potentieel te lawaaiig. Weer overwoog ik het alarmnummer of de beveiliging van het hotel te bellen, maar wat moest ik dan zeggen? *Mijn man heeft een pistool en gaat me vermoorden.* Dat was belachelijk. Zijn wapen was geregistreerd en legaal. Bovendien hielden de mensen in deze omgeving van jagen. En als het niet eens geladen was (iets wat ik niet controleerde), wat voor poot had ik dan om op te staan?

Er was voorlopig maar één ding dat ik kon doen. Zorgen dat ik veilig was.

Het pistool bij me houden.

Ik sloeg de pyjama over, keerde terug naar mijn bed en stopte het wapen onder mijn kussen. Ik voelde het onder me terwijl ik naar het plafond staarde. Alsof het pistool geladen was met Xanax, een patroon van ovale witte pilletjes in mijn aderen schoot, werd ik ineens rustig.

Ik zou een nachtje slapen over het pistool. En over hoe ik morgen met Matt zou omgaan.

55
Matt

We waren dan misschien op vakantie, maar om zes uur 's morgens was ik klaarwakker. Ik wilde nog een poosje skiën voordat er vanmiddag weer een sneeuwstorm losbarstte. Een paar fijne afdalingen zouden me misschien wat endorfine opleveren. Ik had er dringend behoefte aan. Een vakantie zou ontstressend moeten werken, maar ik was allesbehalve ontspannen. Eerder een tikkende tijdbom.

Deze scheiding viel niet te vermijden. Ik wilde het alleen maar achter de rug hebben. In elk geval had ik een manier bedacht om met Natalie om te gaan. Ze zou het niet fijn vinden wat ik voor haar in petto had, maar ik had geen keus. Ik was echt niet van plan me door haar te laten ruïneren. Of mijn kinderen te laten afpakken.

Tien minuten later was ik in mijn skikleding beneden en bestelde ik een ontbijtje bij de snackbar van het hotel. Het restaurant ging pas om zeven uur open, maar ik was tevreden met een papieren beker koffie, een amandelcroissant en mijn plekje op de bank in de stille, verlaten lobby.

Het eerste wat ik deed was Will appen, ook een vroege vogel, om hem te laten weten dat ik naar Sugarloaf ging en begin van de middag terug zou zijn. Hij kon aan Paige en hun moeder doorgeven waar ik was. Natalie was de laatste die ik wilde spreken. Gisteravond had ze tot mijn opluchting al liggen pitten toen ik naar onze kamer terugkeerde, en vanochtend was ze nog steeds diep in slaap. Helemaal van de wereld.

Nog even, en ze zou dood zijn voor mij.

Ik nam een paar slokjes van mijn gloeiend hete koffie en een hap van de croissant. Hij was van gisteren en bij lange na niet zo lekker als de croissants die Nat bij haar favoriete Franse bakkerij haalde. Of de croissants waarmee ik was opgegroeid.

Ik was een gelukskind. Ik had alles gekregen wat ik wilde en alles bereikt waarop ik had gehoopt. Met mijn knappe uiterlijk en bankrekening was ik de man die alle andere mannen benijdden. Met wie alle andere mannen wilden ruilen. Maar nu zou dat stom van ze zijn. Verdomd, ik wilde mezelf niet eens zijn. Mijn wereld raakte uit het lood. Stortte in.

Ik had het weer verpest. En niet zo'n beetje. Terwijl ik zelf altijd gedisciplineerd was, leidde mijn pik een heel eigen leven en was hij onverzadigbaar. Na het Alexa-incident had ik een psychiater in de arm genomen, zowel om met mijn verdriet om te gaan – het verlies van Anabel – als met mijn ontrouw. Hij zei dat ik een persoonlijkheidsstoornis had. Een compulsieve seksuele gedragsstoornis. In lekentermen: ik was seksverslaafd. Waarschijnlijk veroorzaakt door een bazige moeder en een dominante vader. Mijn manier om tegen hen in opstand te komen.

Hij had gelijk. De impulsen waren al op jonge leeftijd begonnen; ik was nog niet eens aan het puberen toen ik al stiekem in pornoblaadjes keek (iets wat je nooit zou vinden in het eerzame Merritt-huis) en onophoudelijk met mezelf speelde, fantaserend over mijn knappe lerares van groep acht, juffrouw Turner. Blond en met benen tot aan haar oksels; wat snel mijn type zou worden. Op de middelbare school en de universiteit kon ik mijn fantasieën uitleven met de prachtigste meisjes op de campus. Tussen het neuken, pornovideo's kijken op de computer en goede cijfers voor mijn schoolwerk door, kreeg ik toch een uitstekende opleiding op Stanford. Nadat ik was afgestudeerd van de business school verhuisde ik naar LA en startte mijn eigen bedrijf. Lekkere wijven – blond, langbenig en slim – waren dun gezaaid op Stanford, maar in de City of Angels barstte het ervan, en met mijn uiterlijk, charisma en succes kon ik kiezen uit modellen, beginnende filmsterretjes en assistentes.

Ik was een van die kerels met een agenda. Een levensplan. Op mijn dertigste wilde ik mijn eerste miljoen hebben. Dat lukte. Op mijn vijfendertigste wilde ik vijf miljoen op de bank hebben, trouwen en een gezin stichten. Ik won de jackpot toen ik Natalie Taylor ontmoette. Het bedrijf waar zij me voor enthousiasmeerde, leverde twintig miljoen op toen ik het verkocht en ze gaf me drie geweldige kinderen.

Maar hoeveel ik ook van mijn vrouw en kinderen hield, toch kon ik hem niet in de broek houden. En de al even mooie vriendinnen van mijn mooie vrouw (onder anderen) konden niet wachten tot ik hem eruit haalde. Mijn leven was perfect totdat het dat niet meer was, toen Natalie het ontdekte van mijn misstap met haar beste vriendin Alexa Roth. Een vrouw met wie ik al eens een affaire had gehad toen ze nog een mooie Amerikaanse uitwisselingsstudent van twintig was. Ik was haar tegengekomen tijdens een zakenreis naar Londen en had haar suf genaaid. Al wist mijn vrouw daar niets van.

De sessies bij mijn zielenknijper duurden een paar maanden. Hij gaf me medicijnen die mijn seksuele honger zouden moeten onderdrukken, maar ik werd er depressief van en kon me niet concentreren op mijn werk. Het andere alternatief was groepstherapie, maar ik was echt niet van plan om in een kringetje te gaan zitten met een stel psychopaten om over mijn seksuele fantasieën en escapades te praten. Dus dumpte ik mijn psychiater en liet me gewoon maar gaan. Verdiend, als je het mij vroeg. Natalie was half in coma na de dood van onze dochter en ik kreeg geen seks van haar. Uiteindelijk zijn je eigen handen niet meer genoeg en spring je bijna uit je vel. En haar aardige vriendinnen maakten het zo gemakkelijk. Het bleef niet bij lunchen. En het stopte ook niet toen Nat hersteld was van haar inzinking. Was het maar waar.

Een bekende, mierzoete stem onderbrak mijn mijmeringen.

'O, hoi, Matt!'

Voordat ik mijn hoofd kon omdraaien, zat Tanya in een leunstoel naast me. Ze droeg een knalroze outfit met hoody en kauwde kauwgom.

'Wat doe jij zo vroeg op?' vroeg ik, niet heel blij om haar te zien.

Sinds het incident met de parelketting was onze relatie gespannen geworden. Afstandelijk. Met alles wat ik op mijn bordje had, was ik blij dat ze binnenkort terugging naar Engeland.

Ze haalde haar schouders op. 'Weet ik niet. Ik kon niet slapen.'

'Wil je iets te eten?'

Ze hield haar blik op me gericht. 'Nee, hoeft niet.' Een stilte. 'Je hebt het verkloot, Matt.' Er lag een wilde blik in haar ogen die ik nooit eerder had gezien. Een dreigende klank in haar stem.

Ik haalde diep adem. 'Bedoel je omdat ik het niet voor je opnam toen mijn moeder je van diefstal beschuldigde?'

Ze grinnikte. 'Dat zou leuk zijn geweest, maar dat is niet waar ik het over heb.'

'Waar heb je het dan wel over?'

Haar lippen krulden in een grijns. 'Ik weet het van jou, Matt. Wat je hebt gedaan.'

Ik kreeg kippenvel. 'Wat weet je?'

Een duivelse glimlach trok aan haar lippen. 'Ik heb je betrapt op je kantoor met een van Natalies vriendinnen, die ik op haar gala had ontmoet. Die dag dat ik naar Century City moest voor een nieuwe laptop.'

Shit.

'Jullie gingen als konijnen tekeer. Je had niet eens in de gaten dat ik er was.' Ze lachte. 'Geen wonder dat je in zo'n goeie bui was toen je naar de Apple Store kwam.'

Ik voelde warmte langs mijn nek omhoogkruipen en mijn wangen kleuren. Een laagje zweet vormde zich op mijn voorhoofd terwijl mijn hart verkrampte van angst. 'Tanya, laten we dit tussen ons houden. Zeg het alsjeblieft niet tegen Paige of Will.'

'Misschien.' Ze liet een kauwgombel klappen. 'Mag ik je wat vragen?'

Ik zei schoorvoetend ja.

'Is het je ooit opgevallen hoeveel we met elkaar gemeen hebben?'

'Ja,' zei ik behoedzaam. 'We houden van veel dezelfde dingen.'

'Ja, dat ook, maar is het je ooit opgevallen hoeveel we qua uiterlijk op elkaar lijken?'

Er was inderdaad een vage gelijkenis. We hadden allebei bruine ogen met lange wimpers, opvallende wenkbrauwen en een kuiltje in onze kin. En haar handen met lange vingers leken veel op die van mij. En die van Paige.

'Niet echt.'

Ze hield haar hoofd schuin. 'Heb ik je ooit verteld dat ik geadopteerd ben?'

Dat hoorde ik voor het eerst. Natalie had er nooit iets over gezegd. Misschien wist zij het ook niet.

'Nee.' Ik hoorde de spanning in mijn stem. Mijn huid tintelde.

'Nou, het is zo. Een of ander Amerikaans meisje had me afgestaan... *Waar wil ze naartoe?*

Ik weet alleen dat ze een uitwisselingsstudent was, net als ik... die voor haar studie een jaar een Londen zat.'

Een wilde gedachte sprong in mijn hoofd. Ik had een heleboel vrouwen genaaid, maar slechts één sprong eruit.

Alexa Roth.

Ik was haar gisteren onverwachts tegengekomen in de lobby. We hadden koel en beleefd hallo tegen elkaar gezegd en waren allebei doorgelopen. Het kon niet. Dat zou ze me hebben verteld. Of toch niet? In gedachten vergeleek ik Alexa en Tanya. Ze waren allebei blond, met hoge jukbeenderen, amandelvormige ogen en eindeloze benen.

En grote tieten.

O god. Het zou kunnen. Maar wacht! Als ik een kind had met Alexa, dan zou ze nu eenentwintig zijn. Tanya was pas achttien... dat had ze althans gezegd. Loog ze? Had ze me opgespoord via zo'n populaire site waar je DNA kon laten onderzoeken?

'Waar denk je aan, Matt?' vroeg Tanya zogenaamd bedeesd terwijl ik aan mijn onderlip pulkte.

'Niks.' Ik moest van dit onrustbarende onderwerp af en terug naar het veel dringendere. 'Tanya, ik moet...'

'Wat?' Ze smeet me dat woord toe als een handgranaat.

'Ik wil dat je belooft dat je Paige of Will niet over mijn indiscretie vertelt.'

Ze hield haar blik op mij gericht, vouwde haar handen op schoot en draaide met haar duimen. 'Wat is je dat waard, Matt?'

Jezus. Die meid chanteerde me. Ik had naar mijn moeder moeten luisteren en haar meteen na Thanksgiving moeten wegsturen. Terug naar Londen.

'Nou?' hoorde ik haar zeggen terwijl ik mijn slapen masseerde.

Ik gooide er maar wat uit. 'Honderdduizend om je mond te houden.'

Ze rolde geërgerd met haar ogen. 'Dat is niet waar ik op uit ben.'

'Oké. Tweehonderd.'

Ze klakte met haar tong. 'Je zit er zó ver naast.'

Woede borrelde in me op en mijn bloeddruk steeg. 'Verdomme! Hou op met die spelletjes en zeg gewoon wat je wilt!'

'Ik wil dat je het bijlegt met Natalie en mijn lesgeld voor Coldwater betaalt. Laat me in jullie huis blijven wonen tot ik naar Stanford ga.'

'Ik weet niet of dat mogelijk is.'

Met een kwade blik grauwde ze: 'Máák het mogelijk.' Toen stond ze op. Haar gezicht verzachtte. 'O, en papalief? Ik hoop dat we vandaag nog steeds naar die nieuwe schietbaan gaan.'

Er was maar één doelwit dat ik in gedachten had. Eén persoon die ik wilde neerschieten.

De roes die ik normaal altijd kreeg als ik de uitdagende hellingen af suisde, werd overschaduwd door alles wat ik aan mijn hoofd had. Bovenal de mogelijkheid dat de kinderen zouden ontdekken dat ik hun moeder had bedrogen. Wie weet hoe ver Tanya, mijn gestoorde misschien-wel-dochter, zou gaan? Eén ding was zeker: Will en Paige zouden allebei niet bij mij willen wonen als ze wisten wat ik had gedaan. Ze zouden niet eens bij me op bezoek willen komen. Ze zouden me de rest van hun leven haten.

Om het nog erger te maken was het verrekte koud. De temperatuur bleef maar dalen. Ook al was ik dik ingepakt, de wind kwam door mijn ski-jack heen. Trok in mijn botten. Bovendien kwam de sneeuw, die was begonnen met lichte wervelingen toen ik hier aankwam, nu in dikke vlokken omlaag. De pistes waren leeggelopen en er waren nog maar een paar andere skiërs. Ik stond bovenaan een volgende helling en zei tegen mezelf dat dit de laatste zou zijn. Het was te riskant, en bovendien wilde ik terug naar het hotel.

Zodra ik terug was, zou ik mijn zus bellen. Cecilia was slim. Sluw. Zij zou weten hoe ik met Tanya om moest gaan. Misschien kon zij een manier bedenken om ervoor te zorgen dat Natalie zich bedacht over de scheiding. Veel stellen die elkaar niet konden uitstaan, bleven toch onder hetzelfde dak wonen omdat het gemakkelijker was. En goedkoper. En dat zou het Tanya-probleem oplossen. Misschien een frisse start zijn voor Nat en mij. Vooral als ik weer in therapie ging.

Een win-winsituatie voor iedereen.

Halverwege de steile helling vol bomen moest ik stoppen met nadenken over de puinhoop waarin ik was beland en me uitsluitend op het skiën concentreren. De sneeuwbui was omgeslagen in een volledige sneeuwstorm. Het geruis van de wind vermengde zich met het geruis van mijn ski's, knarsend over het ophopende witte poederlaagje. Adrenaline pompte door mijn aderen terwijl ik over het verraderlijke terrein navigeerde en probeerde rechtop te blijven in deze levensgevaarlijke omstandigheden. Vanachter mijn skibril kon ik amper een halve meter voor me uit kijken.

Niets dan sneeuw.

Ik vloekte in stilte.

Tot ik niet meer kon vloeken.

Alles werd zwart.

56

Natalie

Het werd ochtend. Volledig wakker keek ik in het bed naast het mijne. Matt was weg. Misschien was hij gaan hardlopen langs het meer; dat deed hij vaker.

Het pistool lag er nog. Precies waar ik het had neergelegd. Ik slaakte een zucht van verlichting. Zolang ik het in mijn bezit had, was ik veilig voor mijn man.

Ik hield het wapen vast alsof mijn leven ervan afhing, liep naar het raam en opende de gordijnen. Gisteren was het zonnig geweest, maar vandaag was het bewolkt. Het meer was grijs. Ik herinnerde me dat er voor vroeg in de middag een sneeuwstorm was voorspeld, met naar verwachting een halve meter sneeuw in de komende vierentwintig uur.

De ringtone van mijn telefoon haalde me uit mijn chaotische gedachten. Ik speurde het meer af. Matt was nergens te zien. Een valse gedachte schoot door mijn hoofd. Misschien zou hij tijdens het hardlopen dood neervallen door een hartaanval; dat was mogelijk, want zijn vader had ook een hartafwijking. Ik glimlachte in mezelf. Dan hoefde ik me niet meer druk te maken dat Matt me iets zou aandoen. En het zou me de moeite van een kostbare, uitputtende echtscheiding besparen. En omgaan met die gladjanus van een advocaat. Ik zou alles erven. Het huis. Onze bezittingen. Plus de vijf miljoen van zijn levensverzekering. En het allerbelangrijkste, het zou voorkomen dat ik overhaaste dingen deed. Ik mocht dan zijn voortkomen uit het kwaad, ik was geen Lady Macbeth. Ik wilde niet dat mijn nare droom een voorspelling werd. Het pistool trilde in mijn hand. Ik was er nooit dol op geweest, was er eigenlijk altijd bang voor geweest. Nog steeds. Maar zolang ik het had, kon me niets overkomen.

Ik kwam bij mijn telefoon aan voordat hij stopte met overgaan. Ik was opgelucht toen ik zag dat het Tanya was.

Ik nam op. 'Goedemorgen, lieverd.' Dankzij het pistool in mijn hand klonk mijn stem zelfverzekerd en zelfs vrolijk. 'Is alles goed?'

Ze slaakte een hoorbare zucht. 'O, Natalie, godzijdank dat je opneemt. Ik was zó ongerust.'

'Waarover?'

'Je weet wel. Over Matt. Over jóú.'

Mijn vinger kromde zich om de trekker van het pistool. Onwillekeurig. Ik kon er niets tegen doen. 'Liefje, je hoeft je helemaal nergens zorgen om te maken. Het gaat prima met me, en alles is onder controle.'

'Fiew!' zuchtte ze. 'Wil je samen ontbijten?'

'Tuurlijk. Heel graag!' Aangezien ik gisteravond niet had gegeten was ik uitgehongerd. 'Geef me een paar minuutjes om te douchen en me aan te kleden. Ik zie je beneden in het restaurant. Kies maar vast een plekje uit als jij er eerder bent dan ik.'

Terwijl ik ophing, zag ik dat de accu van mijn telefoon nog maar voor vijf procent geladen was. Ik legde hem terug op het nachtkastje en sloot hem aan op de lader. Ik kon hem net zo goed hier laten liggen om op te laden terwijl ik ging brunchen. En bovendien, als ik hem hier liet, zou mijn maaltijd in elk geval niet ruw worden onderbroken door de fluisteraar.

Wat ik niet zou achterlaten, was het pistool. Misschien dat Matt niet echt van plan was om me te vermoorden, maar ik kon geen risico nemen. Ik wist immers als geen ander waar zelfs de meest onschuldige mensen toe in staat waren. Huiverend stopte ik het koude metalen wapen in mijn tas. Samen met mijn potje Xanax.

Een kwartier later was ik beneden. Gedoucht en aangekleed in een modieuze ivoorwitte legging, een Ierse visserstrui en een paar roomwitte, met bont beklede Uggs. Met mijn grote bruine Prada-tas over mijn arm, extra zwaar vanwege het pistool, beende ik de eetzaal in, waar Tanya al aan een tafeltje zat. Ze zwaaide naar me.

'Ik ben uitgehongerd,' zei ik terwijl ik tegenover haar plaatsnam.

Zij keek ongerust. 'Natalie, ik hoop dat je niet kwaad op me bent.'

'Waarom?'

'Omdat ik je dat verteld had over Matt.'

Ik glimlachte geruststellend. 'Natuurlijk niet. Ik ben er juist blij om.'

'Ben je niet ongerust?'

'Totaal niet.' Ik onderdrukte een grijns. 'Geloof me, Matt gaat helemaal niks doen.' *Hij heeft het niet in zich. En hij heeft de middelen niet.* 'Laten we naar het buffet gaan voordat ze alles weghalen.'

Terwijl ik aanstalten maakte om op te staan, vulden twee uitbundige woorden mijn oren.

'Natalie, dahling!'

Ik herkende die hese stem ogenblikkelijk, maar toen ik opkeek, moest ik even met mijn ogen knipperen. Het was Alexa Roth, alleen was haar golvende haar nu platinablond en steil geföhnd. Ze had ook een pony laten knippen. Ik zweer het je: met al die botox had ze Tanya's oudere zus kunnen zijn. De gelijkenis tussen hen was griezelig.

Gekleed in een gevoerde witte Chanel-jumpsuit beende ze naar ons toe, met haar dochter Rachel aan haar zijde. Rachel zat op Coldwater en was laatstejaars, net als Paige en Tanya. Ik herkende haar bijna niet. Ze had haar rossige haar heel kort laten knippen en pikzwart laten verven. Met de gedrongen bouw en donkere ogen van haar vader had ze nooit veel op haar moeder geleken, maar nu leek het wel alsof die twee van verschillende planeten kwamen.

Onwillig liet ik me door Alexa omhelzen.

'Nat, ik had geen idee dat jij hier zou zijn.'

'Het was last-minute,' zei ik vlak. 'Mátt en de kinderen zijn er ook.'

'Ja, ik heb hem gisteren even gezien in de lobby.'

Verdomme. Ik had gehoopt dat als ik over Matt begon, ze een smoes zou bedenken om door te lopen, maar ze bleef staan en richtte haar aandacht op mijn gast. 'En jij moet Tanya zijn. Natalies Engelse uitwisselingsstudent. Ik heb zoveel over je gehoord van mijn dochter.'

'Hoi, Rachel,' mompelde Tanya. Ik bespeurde enige vijandschap tussen hen. Rachel, net als Paige, leek me niet haar type.

Onbehaaglijk zei Rachel 'hoi' terug en trok toen aan Alexa's mouw. 'Mam, laten we gaan. Ik wil niet te laat komen voor mijn snowboardles.'

'Raye, relax.'

Haar dochter trok een gezicht terwijl Alexa's blik op mij gericht bleef. 'Sorry, dahling. Ik moet ervandoor. Maar misschien kunnen we later nog bijpraten? Naar de spa gaan of afspreken op de piste?'

Met zo weinig mogelijk woorden zei ik dat we nog een afspraak zouden maken. Alexa en haar dochter vertrokken.

'God, ik dacht dat ze nooit meer weggingen,' pufte Tanya terwijl ze haar stoel naar achteren schoof.

'Zeg dat wel. Kom, we gaan eten!'

Vijf minuten later waren we terug bij onze tafel met borden vol roerei, gerookte zalm, worstjes en vers fruit. We aten met smaak, en tussendoor namen we slokjes van onze schuimige lattes.

'Natalie,' zei Tanya, snijdend in een dikke worst. 'Ik heb een beetje een probleem.'

Mijn ene wenkbrauw ging omhoog. 'Wat is er dan?'

'Niks belangrijks, maar de snowboots die je me hebt geleend, passen me niet.'

Ik had haar Anabels bijna nieuwe laarzen geleend. Haar oudroze Ugg Adirondacks.

'Ze zijn maat achtendertig, en ik heb maatje eenenveertig.'

'O. Dat was ik totaal vergeten.' Anabel en ik hadden bijna identieke smalle, kleine voeten. Paige had maatje veertig. Breed.

'Met de vele sneeuw die ze voorspellen, zou ik heel graag laarzen hebben die passen.' Ze nam een hap ei. 'Kunnen we na de brunch een nieuw paar gaan halen?'

Ik nam een slokje koffie en overpeinsde dat. 'Lieverd, ik kan niet.

Ik moet andere dingen doen.' *Zoals bedenken wat ik met het pistool moet doen voordat Matt terugkomt en ontdekt dat het weg is.* 'Maar ik zal Paige vragen om met je mee te gaan. Er is een mooie winkel met ski- en snowboardspullen langs Highway 18, waar ze veel keus zouden moeten hebben in snowboots. Ongeveer twintig minuten rijden.'

Ze glimlachte. 'Dat zou super zijn.'

Perfect. Ik zou wat tijd alleen hebben om mijn plan uit te werken. Maar nu had ik eerst iets anders dringends. Mijn blaas.

'Tanya, lieverd, ik moet even naar het toilet.' Ik keek naar de monsterlijk grote tas aan mijn voeten. 'Kun jij even op mijn tas passen? Ik ben zo terug.'

Haar glimlach werd breder. 'Natuurlijk. Ik zal hem met mijn leven bewaken.'

57
Natalie

Toen ik terugkwam op de kamer was Matt tot mijn opluchting er nog steeds niet. Het was al bijna halfeen. Omdat mijn telefoon voor vijftig procent opgeladen was, belde ik Paige en vroeg of ze met Tanya naar de skiwinkel kon rijden voor een paar laarzen.

'Moet dat, mam? Kun jij het niet doen?'

'Nee, ik heb iets belangrijks te doen.' *Zoals uitvogelen hoe ik voor eens en voor altijd van je vaders pistool afkom.* 'Het kost je maar een uurtje, en je kunt beter gauw vertrekken voordat het hard gaat sneeuwen.' Ik stond voor het raam en zag dat de hemel en het meer donkerder waren geworden en er al sneeuwvlokken dwarrelden.

'Best.' Het klonk afgemeten.

'Gebruik je eigen bankpas, dan betaal ik je later terug.' Voordat ik ophing, vroeg ik naar Will. 'Is hij bij je vader?'

'Nee, hij is niet bij pápa.' Ik bespeurde gepikeerdheid in haar stem. 'Pap is naar Big Bear gereden – naar Sugarloaf – om nog even te skiën. Will is hier bij mij en kijkt een Harry Potter-film.'

'Mooi.' Dat betekende dat Matt de komende uren niet terug zou zijn. Ik zei tegen Paige dat ze voorzichtig moest rijden en hing op.

Net toen ik ophing, verstoorde een luide klop op de deur mijn overpeinzingen. Matt?

Ik liep erheen.

'Wie is daar?' vroeg ik. Ik kon niet voorzichtig genoeg zijn.

'Thomas van de receptie. Ik heb een envelop voor u.'

Behoedzaam opende ik de deur. Voor me stond een jongeman in uniform, niet ouder dan twintig. Hij overhandigde me een grote witte envelop, identiek aan degene die ik de vorige dag had gekregen, met ons kamernummer erop geschreven in zwarte stift.

'Dank je, Thomas.' Ik pakte de envelop aan. 'Weet je toevallig wie dit bij de receptie heeft afgeleverd?'

'Nee, sorry, mevrouw. Mijn dienst is net begonnen.'

Ik bedankte hem opnieuw en deed de deur dicht, die ik vervolgens op slot draaide. Ik verspilde geen tijd, maar maakte de envelop open en haalde er een velletje papier uit. In rode blokletters stond erop:

WRAAK IS EEN GERECHT DAT KOUD WORDT OPGEDIEND

Een van Matts lievelingscitaten. Het kwam uit de achttiende-eeuwse Franse klassieker *Les Liaisons Dangereuses*, beroemd gemaakt door Marlon Brando als Don Vito Corleone in de film *The Godfather*. Als Matt het zei, deed hij het raspende maffia-accent van Brando na. In gedachten kon ik hem horen. Vroeger vond ik het grappig; nu niet meer.

Ik verfrommelde het briefje, gooide het in de prullenbak en liep terug naar het raam. De kantachtige sneeuwvlokken waren nu groter en kwamen sneller omlaag. Er lag al een nieuw laagje op de grond. Binnen een uur zou het sneeuwbuitje omslaan in een winderige storm. Ik was ongerust om Paige en Tanya en hoopte dat ze terug zouden zijn in het hotel voordat het gevaarlijk werd op de weg.

Ondanks mijn zorgen was de sneeuwval biologerend. Een schitterende dans van de natuur. Morgen zou er een halve meter donzig, vers wit poeder op de grond liggen, met sneeuwhopen van twee meter of meer. Ik vond het heerlijk om buiten te zijn op de ochtend na een fikse sneeuwbui. Wegzinken in het zacht glinsterende witte tapijt, als de berijpte bomen in de stralende zon fonkelden als Swarovski-kristallen.

Het visioen van een winterwonderland vulde mijn hoofd en ineens, als bij toverslag, kwam er een levendige fantasie in me op. Morgen zou ik Matt overhalen om weer naar Big Bear te gaan. Voor een sneeuwschoenentocht in het stille, besneeuwde bos. Iets wat we graag samen deden. Om 'dingen' te bespreken. De hoop op verzoening zou hem overhalen.

Zoals altijd zouden we ons eigen pad banen, ver bij andere mensen vandaan. Ik zou hem voorop laten gaan en pal achter hem lopen. Als hij niet oplette, zou ik het pistool tevoorschijn halen en hem van dichtbij door zijn hoofd schieten. Hij zou niet eens horen dat ik de trekker overhaalde omdat het geknerp van onze sneeuwschoenen het geluid zou overstemmen. *Pang!*

Niemand zou me horen, en zelfs al hoorde iemand het schot, dan zou diegene waarschijnlijk denken dat er iemand aan het jagen was, wat in deze omgeving was toegestaan. Als hij dan tegen de grond ging, niet wetend wat hem was overkomen, zou ik voor de zekerheid nog een keer schieten. Met mijn skiwanten zou ik een berg sneeuw over hem heen scheppen zodat hij niet meer te zien was. Hem daar laten liggen. Dan wachten tot de zon bijna onderging, zogenaamd in paniek de politie bellen en zeggen dat mijn man en ik elkaar waren kwijtgeraakt in het donkere, besneeuwde bos. Dat ik had gezocht en gezocht en hem steeds opnieuw had geroepen. Misschien was hij wel aangevallen door een beer, zou ik huilend roepen.

Ik wist van mezelf dat ik een uitstekende actrice was. Ik acteerde immers al mijn hele volwassen leven, deed me voor als iemand anders. Dit was gewoon een nieuwe rol voor me: de arme, bezorgde echtgenote, die al snel de arme, rouwende weduwe zou worden. Tegen de tijd dat ze zijn lijk vonden, wat een paar dagen kon duren aangezien er nog meer sneeuw was voorspeld, zou hij stijf bevroren zijn. Een beetje zoals de angstaanjagende Jack Nicholson in *The Shining*.

De politie zou constateren dat hij was doodgeschoten, maar ze zouden nooit kunnen bewijzen dat ik het had gedaan. Zonder voetafdrukken dankzij de verse laag sneeuw, zonder vingerafdrukken dankzij mijn wanten en zonder losse haren dankzij mijn skimuts, zou er geen bewijs zijn. Bovendien zou Matts pistool dan allang weg zijn. Voor ik terugging naar het hotel wilde ik het in Big Bear Lake gooien. Ze zouden het nooit vinden.

Bovendien was het geen geheim dat hier rare snuiters rondhingen. Mannen en vrouwen die zich om wat voor reden dan ook hadden teruggetrokken uit de samenleving en als kluizenaars in blokhutten woonden, met geweren naast de deur. Naar verluidt waren er moordenaars bij.

Des te beter.

Ja, wraak was een gerecht dat koud werd opgediend.

Mijn ringtone onderbrak mijn heerlijk boosaardige fantasie en rukte me terug naar de realiteit. Dat moest Paige zijn, om te vertellen dat zij en Tanya terug waren. Ik rende naar het nachtkastje waar het toestel nog aan de lader hing en keek op het schermpje. Het was een onbekend nummer. *Niet weer!*

Het moest de fluisteraar zijn, maar nu had ik er genoeg van. Woedend en onbevreesd nam ik op. 'Oké, Matt. Ik weet dat jij het bent, of je ellendige zus! Je kunt ophouden –'

Tot mijn verbazing kapte een sombere mannenstem me af. 'U spreekt met agent Axelrod van het bureau van de sheriff in Big Bear. Spreek ik met Natalie Merritt?'

'Ja, dat ben ik.' Mijn stem stierf weg.

'Het spijt me dat ik u dit moet vertellen, maar er is een ongeluk gebeurd.'

Mijn hart bonkte zo hard tegen mijn ribben dat ik niet kon ademen. Mijn grootste angst! Paige had een auto-ongeluk gehad! 'M-mijn dochter?'

'Nee, mevrouw Merritt. Het gaat om uw man.'

Ik zuchtte diep. Mijn hart vertraagde, maar ging nog steeds tekeer. 'Wat is er gebeurd?'

'Hij heeft een skiongeluk gehad. Tegen een boom gebotst.'

'I-is hij oké?' Ik was verbaasd over de trilling in mijn stem.

'Hij is gevonden door een andere skiër en met de traumahelikopter naar het ziekenhuis van Bear Valley gebracht.'

'Hoe is hij eraan toe?'

'Hij is in kritieke toestand. Volgens de ambulanceverpleegkundigen is hij onderkoeld en heeft hij mogelijk ruggenletsel. Voordat hij het bewustzijn verloor, vroeg hij om u.'

Vroeg hij om mij?

Dat onverwachte nieuws maakte me sprakeloos. Ik wist niet wat ik moest zeggen. Hoe ik moest reageren terwijl dit de man was die ik vanuit het diepst van mijn wezen haatte. over wiens moord ik net had gefantaseerd.

Een mentale reset. Mijn borst verstrakte alsof ik een korset droeg. Spijtgevoel stroomde door me heen. Wat voor waanzin had me bezeten? Mijn overactieve verbeelding in de greep gehad? Hoe had ik kunnen overwegen de vader van mijn kinderen te vermoorden? De man van wie ik ooit had gehouden, en misschien nog steeds wel een heel klein beetje. De man die me alles had gegeven na jaren van niets. Jaren van verwaarlozing. De tranen sprongen me in de ogen. Schuldgevoel en verdriet vulden elke vezel van mijn wezen.

Ja, het was maar een fantasie geweest, een gestoord soort wishful thinking, maar ik haatte mezelf toch.

Ik was niet langer die persoon. Hoe had ik ooit kunnen overwegen mijn man te vermoorden?

De agent onderbrak mijn droevige, berouwvolle, hartverscheurende gedachten. 'De auto van uw man staat nog bij Big Bear geparkeerd. We zullen proberen hem te laten slepen naar uw accommodatie...'

Ik was zo overstuur dat ik het even niet wist. Eindelijk schoot het me weer te binnen. 'Lake Arrowhead Resort en Spa.'

'Het is misschien alleen vandaag nog niet mogelijk vanwege het barre weer.'

'Morgen is ook prima,' stamelde ik.

'Ik zal u het nummer van het ziekenhuis geven als u wilt bellen.'

Graaiend naar de pen en het notitieblokje op het nachtkastje lukte het me om het op te schrijven. 'Dank u, agent.'

'Graag gedaan, mevrouw. Ik raad u alleen ten sterkste aan om niet te proberen bij hem op bezoek te gaan tijdens de sneeuwstorm. De wegen zijn al ijzig en glad, en met de sneeuwstorm is het zicht nul. Blijf veilig waar u bent en hoop dat uw man het redt.'

Hij hing op. Ik kwam bij zinnen. Belde meteen het ziekenhuis.

Matt had zijn rug gebroken en werd geopereerd. De verpleegster die ik sprak, had geen idee hoelang het zou duren. Ze zei dat iemand me zou bellen als hij eruit was. *Als hij eruit kwam.* Ik gaf haar mijn nummer voor het geval ze dat nog niet hadden.

Daarna belde ik Matts ouders. Ze waren in Italië, maar ze moesten dit weten. Ik belde naar Marjories nummer in de hoop dat ze zou opnemen.

De telefoon ging een paar keer over, en toen kreeg ik de voicemail. Ik sprak een dringende boodschap voor mijn schoonmoeder in. 'Marjorie, met Natalie. Bel me zodra je dit hoort. Matt heeft een skiongeluk gehad en wordt geopereerd.' Aangezien het in Rome negen uur later was, dus nu zo'n beetje midden in de nacht, zouden ze waarschijnlijk liggen te slapen en zou ze mijn boodschap pas morgenochtend horen.

Ik ijsbeerde door de kamer. Wie moest ik nog meer bellen? Ik beet op mijn lip. Natuurlijk... de kinderen. Ik moest het ze vertellen. Vragen buitelden door mijn hoofd. Hoe moest ik dit verschrikkelijke nieuws aan Will en Paige overbrengen? Hoe zouden ze reageren? Hoe kon ik ze troosten terwijl ik ging scheiden van hun vader en mezelf niet eens kon troosten.

God, geef me kracht.

Ik zoog mijn longen vol lucht en belde Paige. Geen antwoord. Ik kreeg meteen haar voicemail. Ik sprak geen boodschap in, maar belde snel het nummer van Will. Hij nam wel op.

'Hoi, mam.'

'Will, is Paige bij jou?'

'Nee, ze is nog niet terug.'

'Heb je iets van haar gehoord?'

'Nee.'

De ongerustheid golfde door me heen. Ze had een halfuur geleden al terug moeten zijn. Misschien zat ze vast in het verkeer door de weersomstandigheden. Al het verkeer vertraagde tot een kruipgangetje tijdens een sneeuwstorm.

'Gaat het wel, mam?'

'Will, ik moet ophangen. Bel me zodra je zus terug is.'

'Okidoki.'

Met een fel gebaar hing ik op, omdat ik er plotseling aan dacht dat ik Paige' locatie kon nagaan met de locatie-app die ik op haar telefoon had gezet: *Find Me.* Voor hetzelfde geld zat ze gewoon in de hotellobby.

Maar voordat ik dat kon doen, werd ik weer gebeld.

De politie van San Bernardino.

Waarom belde die me?

Er was maar één antwoord mogelijk.

Doe normaal. Blijf kalm.

58
Paige

De sneeuw kwam hard en dicht omlaag. Sneller dan mijn ruitenwissers het konden wegvegen. *Woesj. Woesj.* Met mijn gehandschoende handen stevig om het stuur hield ik mijn ogen op de weg gericht en reed langzaam. Gelukkig leidde Tanya me niet af; ze zat op de passagiersstoel kauwgom te kauwen en was met haar telefoon bezig. Waarschijnlijk aan het appen met Lance, die met zijn ouders op vakantie was in Cabo. Hoe eerder we terug waren in het hotel, hoe beter. Ik hoopte maar dat Tanya niet zou treuzelen in de skiwinkel en honderd paar laarzen wilde passen.

'We zijn er,' zei ik toen ik voor de winkel parkeerde. 'Ga jij maar naar binnen, dan wacht ik hier.' Ik liet de motor draaien en haalde mijn bankpas uit mijn telefoonmapje. 'Hier is mijn betaalkaart. Schiet op, en gebruik hem alleen voor een paar laarzen.'

Snuivend maakte ze haar gordel los en sprong uit de auto. Terwijl zij de winkel in liep, pingelde mijn telefoon met een Google Alert: een link naar een artikel in *The Desert Sun*. Met ingehouden adem klikte ik erop. Het was een kort artikel, amper voorpaginawaardig.

Een maand nadat twee tieners een verkoold lichaam aantroffen in Tahquitz Canyon heeft de politie van Palm Springs vastgesteld dat het lichaam waarschijnlijk dat van Billie Rae Perkins is, het vijftienjarige meisje dat twintig jaar geleden vermist raakte nadat haar ouders bruut waren vermoord in een woonwagenkamp in Indigo. Hoewel er geen gebitsgegevens konden worden vergeleken, is wel vastgesteld dat de overblijfselen dateren uit de tijd dat zij verdween, en er waren in die periode geen meldingen van andere vermiste meisjes in de omgeving. De politie onderzoekt nog of ze het slachtoffer was van een misdrijf en of haar dood verband hield met de onopgeloste moorden. Er zijn nog geen verdachten aangehouden.

Het artikel gaf me het gevoel dat de zaak hiermee afgesloten was, al was het pijnlijk. Arme Billie Rae. Er ging een rilling over mijn rug terwijl ik me probeerde voor te stellen wat ze had doorstaan. Als iemand haar in brand had gestoken en voor dood had achtergelaten, hoopte ik dat die persoon gevonden werd en zijn verdiende loon kreeg. Dat hij zou branden in de hel. Ik wilde net Will en daarna Mary Burton bellen om te vertellen wat ik had ontdekt, toen ik zag dat Tanya in een paar lichtbruine snowboots de winkel uit kwam.

Ze sprong weer in mijn Jeep en gooide het tasje met haar Docs op de achterbank. Ze zette haar rugzak tussen haar voeten en bekeek zuchtend haar nieuwe laarzen. 'Ik wilde eigenlijk roze, maar het moet maar zo.'

Inwendig rolde ik met mijn ogen terwijl ik de parkeerplaats af reed. Ik wilde terug naar het hotel. Ik had haar wel genoeg gezien voor vandaag. Bij het volgende verkeerslicht gaf ik richting aan om te keren.

'Doe je knipperlicht uit,' beval ze. 'We gaan nog niet terug naar het hotel.'

'Hoe bedoel je?' Ik keek opzij, en toen werden mijn ogen groot van schrik.

Ze richtte een pistool op me!

'God, wat doe je, Tanya?'

'Waar lijkt het op, freak?' Het nep-Britse accent was verdwenen, vervangen door een Amerikaans accent. Haar stem klonk bitter en broos. 'Ik richt een pistool op je. En als je niet doorrijdt naar het noorden, vrees ik dat ik de trekker zal moeten overhalen.'

Mijn hartslag bonkte in mijn oren. Angst. Een angst zoals ik nooit eerder had gekend. Maar ik zou haar niet laten zien dat ik bang was. Ik zette de richtingaanwijzer uit en reed door naar het noorden. 'Je bent gek!'

'Dat hebben ze me verteld, ja.' Voor mijn geestesoog zag ik een grijns om haar lippen.

'Hoe kom je aan dat pistool?'

'Van je vader. Hij had het meegebracht. Er is een nieuwe schietbaan in Big Bear en hij had beloofd dat we ernaartoe zouden gaan. Dankzij hem ben ik een behoorlijk goede schutter geworden. Heel goed, zelfs. Je zou me eens moeten zien als ik op de doelwitten schiet.'

Eigenlijk had ik een foto op Instagram gezien, gemaakt bij de LA Gun Club, waarop ze mijn vader omhelsde en zijn pistool in haar hand had. De hashtags: *#hotshot*, *#gunslinger* en *#daddysgirl*. Destijds vond ik het eerder afstotelijk dan intimiderend.

Ze lachte vals. 'Wat dacht je? Jij wordt mijn volgende doelwit. En ik ben niet van plan te missen.'

Een heftige rilling ging door me heen toen die woorden tot me doordrongen. Wilde ze míj neerschieten?

Kauwgom kauwend ging ze door. 'Ik was nog aan het bedenken hoe ik dat pistool van je vader kon pikken, maar toen maakte je moeder het gemakkelijk voor me.'

'Hoe bedoel je?'

'Tijdens onze brunch vanochtend vroeg ze of ik even op haar tas kon passen terwijl zij naar de wc ging. Zodra ze weg was, snuffelde ik er even in om geld te pikken, maar kijk nou eens, het pistool zat erin.'

Een steek van schrik. Wat deed mijn moeder met mijn vaders pistool? Ze haatte dat wapen. Wilde dat hij het wegdeed.

Ik zette die gedachten van me af en concentreerde me op het rijden. De sneeuw werd almaar dichter en er was steeds minder zicht. 'Waar gaan we heen?'

Tanya liet een weerzinwekkende kauwgombel klappen. 'Green Valley Lake. Het is niet ver.'

Ik had er nooit van gehoord. 'Waar ken je dat van?'

'Ik ben hier in de buurt opgegroeid. Een van de families bij wie ik woonde, ging er een keer met me kamperen. Geloof me, ik ben écht geen kampeertype. Serieus, zie ik eruit als iemand die van het primitieve leven houdt?' Ze rolde met haar ogen en tilde haar vrije hand op om haar perfecte manicure te laten zien. 'Nou, daar heeft dat tuig voor geboet.' Ze klakte met haar tong. 'Zo sneu dat hun vijfjarig joch een ongelukje kreeg. Ik paste op hem... nou, min of meer. In elk geval toen dat ettertje in het meer viel. En ik kon hem niet redden, want ik kon ook niet zwemmen.'

Als ik mijn handen niet stevig om het stuur moest houden vanwege de gladde weg en de verblindende sneeuw, dan was een ervan naar mijn mond gevlogen. Ik hoorde dat ik mijn adem naar binnen zoog. Ze had een klein jochie laten verdrinken. Zij was verantwoordelijk voor zijn dood. Een nieuwe, angstaanjagende realiteit drong zich aan me op.

Ik zat vast in mijn auto met een psychopaat. Een moordenaar! En ik zou haar volgende slachtoffer worden.

Ik keek haar van opzij aan. Haar mond was grauwend vertrokken en haar ogen glinsterden waanzinnig. Ze had het pistool op schoot, maar hield het nog steeds stevig vast. Moest ik het risico nemen om ernaar te graaien?

Maar ze zag me kijken en richtte het weer op me. 'Haal het maar niet in je kop!'

Met bonzend hart richtte ik mijn blik weer op de weg. 'Zijn we er al bijna?'

'Nog tien minuten. Ik zeg het wel als je moet afslaan. O, en trouwens, het mooie van dat meer is dat de camping in de winter gesloten is. Er is daar niemand... nou, behalve een paar seriemoordenaars misschien.'

De verwarming in de auto stond voluit, maar ik rilde. Vragen bestookten me even snel en heftig als de vallende sneeuwvlokken. Waarom gebeurde dit? Waarom ik? Wat moest ik doen? Mijn hoofd liep om, en toen ging mijn telefoon. Ik keek op het schermpje. Het was mijn moeder! Misschien kon zij me helpen.

'Tanya, dat is mijn moeder. Ik moet opnemen.'

'Néé, dat moet helemaal niet! En geef haar maar de schuld. Dit komt allemaal door háár!'

Wat had mijn moeder hiermee te maken?

Voordat ik dat kon vragen begon mijn Jeep te sputteren. Te glibberen en te glijden op de ijzige weg.

'Wat is er aan de hand?' vroeg mijn gestoorde passagier terwijl ik het stuur omklemde en hoopte dat ik niet van de weg zou raken.

Bij mijn volgende bevende ademteug sloeg de motor af en kwamen we helemaal tot stilstand. Ik keek op het dashboard. De tank was leeg.

'De benzine is op.'

'Wát?' Ze sloeg met haar vuist op het dashboard. Beter dan de knal van het pistool. 'Jij stomme idioot!' Haar maniakale ogen bleven op mij gericht. 'Laat je telefoon hier en stap uit, verdomme! En geen stomme dingen doen, anders lig je straks dood langs de weg. Aas voor de coyotes. Kies maar.'

Aarzelend deed ik wat ze me opdroeg. Zij stapte ook uit, met het pistool in haar hand. Toen ik in de ijskoude buitenlucht stond, overwoog ik het op een lopen te zetten, maar wat zou ik daarmee bereiken? Met de verraderlijk ijzige weg en verblindende sneeuw zou ik waarschijnlijk uitglijden en vallen, en dan zou zij op me schieten.

'Ga voor me lopen zodat ik je kan zien,' riep ze terwijl ze om de Jeep heen liep, luid genoeg om de gierende wind te overstemmen. 'En steek je handen op.'

Klappertandend deed ik weer wat ze vroeg, wensend dat ik mijn handen in mijn zakken kon stoppen voor de warmte. Met de windfactor voelde het als min twintig. 'Waar gaan we heen?'

'We gaan een kort wandelingetje maken. Ik ga je het meer laten zien waar dat rotjoch in viel. Jij gaat misschien ook een stukje zwemmen. Lopen! En denk eraan, geen stomme dingen doen.'

Rillend van angst en van de kou ploegde ik door de sneeuw. Ik hoorde haar vlak achter me, haar nieuwe laarzen knerpend op het witte poeder. Misschien zou ze uitglijden en haar nek breken. Dan had ik een kans om aan deze nachtmerrie te ontkomen.

Wensdenken dus.

'Het is echt ruk om jou te zijn,' blafte ze.

59
Natalie

Eerst dat telefoontje over Matts ongeluk. En nu dit. De telefoon trilde mee met mijn hand. Mijn stem trilde in mijn keel.

'H-hallo?'

'U spreekt met rechercheur Mendez van de politie in San Bernardino. Spreek ik met Natalie Merritt?'

'J-ja.' Mijn keel was zo dichtgeknepen dat ik amper een woord kon uitbrengen. Ik trilde over mijn hele lijf. Ik voelde me net een stemvork.

Mijn leven zoals ik het kende, was voorbij.

'Kent u een Tanya Blackstone?' vroeg de beller.

'Ja.' Ik was haast met stomheid geslagen. Dat was niet de vraag die ik had verwacht. 'Dat is onze Engelse uitwisselingsstudent. Ze woont sinds eind augustus bij ons.'

'Is ze nu bij u?'

'Nee, ze is op pad met mijn dochter Paige... met Paige' auto, om laarzen te kopen. Ik denk dat ze nu op weg terug zijn.'

'Mevrouw Merritt, we hebben bewijs dat uw uitwisselingsstudent niet is wie ze beweert te zijn.'

'Hoe bedoelt u?'

'Begin vorige maand had uw zogenaamde uitwisselingsstudent een auto-ongeluk, correct?'

'Ja.' Ik liet me op de rand van mijn bed zakken.

'Volgens de politie van Los Angeles had ze geen officiële legitimatie bij zich; geen paspoort of rijbewijs. Het is in dergelijke gevallen routine dat we een foto van het slachtoffer maken en een DNA-monster nemen...'

'En?'

'We hebben een werkachterstand en haar DNA-onderzoek raakte kwijt, maar we hebben net van de politie in Los Angeles gehoord dat haar foto en DNA overeenkomen met een vermiste jonge vrouw in onze database. Haar naam is Bree Walker.'

'Dat is belachelijk! Tanya komt van een heel goede familie in Londen. Ze heeft een prachtig Brits accent en is al maanden een heel fijne gast in ons huis.'

'Mevrouw Merritt, hebt u ooit contact gehad met haar ouders?'

'Nee. Haar moeder is overleden, en haar vader reist veel. Hij is diplomaat.'

'Op die manier. Misschien met iemand anders?'

'Nee. Ze is enig kind. Ik weet niet of ze nog andere familie heeft. Ze heeft het er in elk geval nooit over gehad.' En ik heb er nooit naar gevraagd, dacht ik erachteraan.

'Hebt u ooit haar paspoort gezien?'

'Nee. Dat is ze onlangs kwijtgeraakt.'

'Mevrouw Merritt, de jonge vrouw die bij u woont, hééft geen paspoort. Ze is nog nooit het land uit geweest.'

'Ik geloof u niet. Ik heb haar gevonden via een legitiem studentenuitwisselingsprogramma.'

'Ik weet dat dit moeilijk voor u is, maar het is belangrijk dat u naar me luistert. Ik heb u net een foto van Bree Walker geappt. Ik wil dat u er even naar kijkt en me dan vertelt of dit de jonge vrouw is die bij u woont.'

'Wacht even, alstublieft.' Ik opende mijn berichtjes. Mijn ogen werden groot terwijl ik de foto bekeek. Het meisje had korter, donkerder haar en een voller gezicht, maar was onmiskenbaar Tanya. Precies dezelfde gelaatstrekken. Die amandelvormige ogen, hoge jukbeenderen en het kuiltje in haar kin. En die opvallende donkere wenkbrauwen.

Beverig keerde ik terug naar het telefoongesprek. 'Het is onmogelijk, maar zij is het.'

'Luister goed, mevrouw Merritt, naar wat ik u ga vertellen.'

Ik zoog mijn longen vol lucht. Mijn zwijgen spoorde hem aan om door te gaan.

'Bree Walker is mentaal labiel. Ze was als baby achtergelaten bij een kerk in de buurt van Palm Springs.'

Mijn maag draaide zich om en mijn borst verstrakte terwijl er gal omhoogkwam in mijn keel. Ik sloeg mijn linkerhand voor mijn mond zodat ik hem niet zou onderbreken. Of overgeven.

'Ze werd gevonden door een non en kwam in het systeem terecht. Ging van het ene pleeggezin naar het andere. Al vanaf jonge leeftijd vertoonde ze extreem agressief gedrag, zowel bij haar pleeggezinnen als op school; ze heeft pleegouders en andere gezinsleden gestoken met keukenmessen en leerlingen en leraren aangevallen met scharen, potloden en andere scherpe voorwerpen. Ze heeft zelfs geprobeerd iemand te vergiftigen. Toen ze in hechtenis was genomen, is ze geëvalueerd door een kinderpsychiater, die constateerde dat ze een sociopaat met schizofrene neigingen en een ernstige borderline-persoonlijkheidsstoornis was.'

Mijn hoofd tolde. Mijn mond was verlamd. Ik kon geen woord uitbrengen, dus liet ik hem doorgaan.

'Omdat ze een gevaar werd geacht voor de samenleving, werd ze vorig jaar opgenomen in een psychiatrische kliniek in Redlands, maar eind augustus, nadat ze een medewerker daar in zijn oog had gestoken met een plastic vork, stal ze een overall en wat medicatie en ontsnapte. Sindsdien was ze op de vlucht, woonde ze in kraakpanden en gebruikte ze verschillende schuilnamen. Op de een of andere manier, we weten nog niet precies hoe, wist ze naar Los Angeles te komen en heeft ze zichzelf bij uw gezin naar binnen gekletst. Waarom ze uw familie uitkoos, is ons niet duidelijk.'

Voor mij was dat wel duidelijk. Zo kristalhelder dat mijn brein pingde als een fonkelend glas in een vaatwasmiddelreclame.

De sombere stem van de rechercheur haalde me terug naar het hier en nu. 'Mevrouw Merritt, we denken dat u en uw familie mogelijk in groot gevaar verkeren. Zonder medicatie kan haar gedrag extreem onvoorspelbaar zijn. De mogelijkheid bestaat ook dat ze gewapend en gevaarlijk is. De politie van Los Angeles is op weg naar uw huis om haar in te rekenen.'

'We zijn niet thuis,' stamelde ik. 'We zijn weg. Bij het Lake Arrowhead Resort en Spa.'

Een korte stilte aan de andere kant van de lijn, en toen... 'Oké, blijf daar. Vanwege de extreme weersomstandigheden in die omgeving kunnen we daar mogelijk pas morgen zijn. Laat haar in de tussentijd níéts merken van ons gesprek. Hou uw familie dicht bij u. Begrepen?'

'J-ja, rechercheur, dank u. Ik moet ophangen.' Ik hing meteen op en belde Paige.

De telefoon bleef eindeloos overgaan.

Alsjeblieft Paige, neem op! Neem op! schreeuwde ik inwendig toen ik haar voicemail weer kreeg. En toen hoorde ik tot mijn afgrijzen...

De mailbox is vol en u kunt momenteel geen nieuwe boodschap opnemen. Probeer het later nog eens.

Ik drukte mijn ene hand tegen mijn hart, de andere tegen mijn mond. Mijn dochters leven liep gevaar! En het was allemaal mijn schuld.

Mijn hart bonkte als een keteltrom. Ik moest haar waarschuwen! Haar vinden!

In paniek belde ik de skiwinkel. Godzijdank nam er iemand op. Ik beschreef Paige en Tanya, maar de medewerkster had alleen 'dat onbeschofte meisje in de roze ski-outfit' gezien. Daarna belde ik Tanya's nummer. De telefoon ging een paar keer over, en toen kreeg ik de voicemail. Ik wist dat ze expres niet opnam. Maar al zou ze opnemen, wat zou ik dan zeggen?

Ik weet wie je bent...

Ondanks mijn verwarde toestand dacht ik ineens aan de Find Melocatie-app op mijn telefoon. Ik opende hem, hopend en biddend dat Paige terug was in het hotel of er dichtbij. Maar de moed zonk me in de schoenen. In plaats van bijna terug te zijn bij het hotel, gaf de gps-tracker aan dat ze erbij wegreed. Mijn enige troost was dat de auto bewoog; het leek erop dat ze geen ongeluk hadden gehad. En niet op weg waren naar het ziekenhuis waar Matt heen was gebracht. Ik had nog steeds geen update over zijn toestand, maar op dit moment was dat wel het laatste waar ik aan dacht.

Met tollende gedachten sprong ik op van het bed en begon te ijsberen, elke stap gedreven door paniek. Paige' leven liep gevaar! Elke minuut, elke seconde telde. Ik verdronk in een zee van machteloosheid en hopeloosheid. Schuldgevoel en wanhoop.

Jij zult boeten voor wat je hebt gedaan.

Bijna hyperventilerend greep ik mijn tas op zoek naar de Xanax. Mijn hart bleef bijna stilstaan. Het potje pillen zat erin, maar het pistool was weg!

Slechts één iemand kon het hebben meegenomen.

O god! Tanya! Ik was zo stom geweest om mijn tas bij haar te laten tijdens de brunch.

Rechercheur Mendez' woorden tolden door mijn hoofd. *De mogelijkheid bestaat ook dat ze gewapend en gevaarlijk is.*

'Mogelijkheid' was een eufemisme.

De angstaanjagende waarheid was dat ze inderdaad gewapend en gevaarlijk was.

60

Natalie

Van top tot teen in mijn skikleren gehuld rende ik door de gang en bonsde paniekerig op de deur van de kamer die Will met Paige deelde. Ik kon bij niemand anders dan mijn zoon terecht.

'Will, ik ben het, mam! Doe open!' Ik klopte nog een keer en hoorde Beer blaffen.

Mijn zoon deed snel open. Beer stond naast hem. Hij zag meteen de paniek op mijn gezicht. 'Mam, wat is er?'

'Will, Paige zit in de auto met Tanya. Haar leven is in gevaar!' Razendsnel vertelde ik hem wat ik van de politie had gehoord, dat onze uitwisselingsstudent een psychopaat was, al liet ik weg wat ik verder nog over haar wist.

Will keek me geschrokken aan. 'We moeten achter haar aan! Laten we pap zoeken. We kunnen met zijn auto gaan.'

'Hij is nog niet terug van het skiën,' zei ik, even over zijn leven-of-doodsituatie heen stappend.

'En het autoverhuurbedrijf?'

'Dat is gesloten vanwege de storm.' Ik vertelde hem dat een Uber bellen ook geen optie was.

'Mam, ik heb een idee!'

Met knopen in mijn maag luisterde ik naar hem, en toen omhelsde ik mijn slimme zoon. 'Blijf hier! Ik hou je op de hoogte!'

'Nee, mam, ik ga met je mee!' Voor ik kon protesteren, trok hij snel een warme jas aan. 'En Beer gaat ook mee. Hij heeft nog een appeltje met Tanya te schillen.' Will pakte snel de lange roodleren hondenriem van de deurklink, bevestigde hem aan Beers halsband en greep een sjaal van zijn zus mee. 'Beer kan de geur van Paige oppikken als ze de auto uit is gegaan.' Hij gaf de hond een aai over zijn kop. 'Kom mee, jochie. We gaan!'

'Nee, Will!' smeekte ik. 'Het is te gevaarlijk. Tanya heeft je vaders pistool!'

'Maak je geen zorgen, mam, Beer heeft echt nog een appeltje te schillen met Tanya.' Hij keek naar de enthousiast aan de riem trekkende hond. 'Toch, jochie?' Beer keek hem met grote bruine ogen aan en blafte bevestigend. Voor ik ze kon tegenhouden, waren ze de deur al uit.

Ik even later ook.

Het was bitterkoud buiten. De snijdende wind prikte in mijn wangen en sneeuwvlokken zo groot als spruitjes wervelden om ons heen. Rillend, terwijl onze adem in witte wolkjes naar buiten kwam, stonden Will en ik voor de hotelingang met Beer, die zich niets leek aan te trekken van het gure weer.

Binnen één ijskoude minuut spotte Will een kandidaat. 'Mam, daar! Ga ervoor!' riep hij.

Met hem en Beer op mijn hielen holde ik naar een vrouw van middelbare leeftijd die net uit een witte Highlander was gestapt. Het portier stond nog open, omdat ze wachtte op iemand die haar SUV kon parkeren. Ik had andere plannen.

'Mevrouw, ik heb een ernstig noodgeval. Ik moet uw auto lenen.'

'Pardon?' Ze keek me perplex aan. Beer blafte naar haar, maar ze was niet geïntimideerd.

'U hebt me wel gehoord,' zei ik.

'Waag het niet om mijn auto aan te raken.' Met een gezicht dat net zo vals stond als dat van Beer rukte ze me aan mijn elleboog bij haar auto weg.

Ik schudde me los en gaf haar een flinke zet. Met iets tussen een kreun en een gil in belandde ze op haar stevige achterste op het ijzige grind.

Rood van woede griste ze haar telefoon uit haar tas en maakte een foto van me. 'Ik ga hier melding van doen bij het management! Een aanklacht indienen voor mishandeling! En diefstal! Mijn man is advocaat. Hier kom je niet mee weg!'

Omdat we geen moment te verliezen hadden sprong ik in de wagen. Will zette Beer achterin en kwam op de stoel naast me zitten. Ik deed mijn gordel om, startte de motor en drukte het gaspedaal in.

'Mam, dat was zo vet!' riep Will terwijl ik de oprit af scheurde. 'Je leek Wonder Woman wel!'

Ik bedankte hem en glimlachte, maar dat duurde niet lang. Wonder Woman had een belangrijke missie uit te voeren. Het leven van zijn zus redden!

Terwijl ik Highway 18 op reed, gooide ik mijn telefoon naar hem toe. 'Will, je moet me helpen. Open de Find Me-app en vertel me waar Paige is.'

Even later... 'Mam, het lijkt erop dat ze net van de 18 af is gegaan en nu naar Green Valley Lake rijdt.'

Nu was ik maar wat blij dat Will mee was; ik had dit niet zonder hem gekund. Hij was de yin voor mijn yang. Mijn *Top Gun*-maatje. Terwijl ik mijn blik op de weg hield, programmeerde hij Green Valley Lake in de gps. Normaal lag het op een halfuur rijden, maar met de sneeuwstorm en een gangetje van ongeveer vijftien kilometer per uur zou het minstens een uur duren om daar te komen. Ik controleerde de wijzer van de tank, die gelukkig vol zat; ik wilde niet zonder brandstof komen te staan in de middle of nowhere tijdens een sneeuwstorm.

Ik keek mijn zoon even aan, die mijn telefoon nog vasthield. 'Will, probeer haar te bellen.'

'Oké.'

Weer nam ze niet op, en haar berichtenbox was nog steeds vol. Ik slikte mijn wanhoop weg. Met een hart dat tikte als een tijdbom reed ik zo hard mogelijk door de storm. Ik was de enige auto op de gevaarlijk gladde, besneeuwde weg. Zelfs terwijl de ruitenwissers als supersonische metronomen heen en weer zwiepten, met mijn koplampen en de voorruitverwarming aan, kon ik amper meer dan een meter voor me uit kijken. We zaten midden in een levensgevaarlijke sneeuwstorm. Ik bad maar dat we geen ongeluk zouden krijgen. Van de weg zouden raken, tegen een boom botsen of in een ravijn storten.

En ik bad dat ik op tijd bij Paige zou zijn.

'Will, waar is ze nu?'

'Nog steeds op de weg naar Green Valley Lake. Dezelfde plek. Niet ver van het meer.'

'Dat betekent dat ze niet meer rijdt, toch?'

'Ja. Misschien is ze ontsnapt en heeft ze haar telefoon laten liggen.'

Ik voelde een sprankje hoop. Dat werd snel weggevaagd door een vloedgolf van angst. Paige kon in de auto zitten of eruit zijn. Hoe dan ook kon ze gewond zijn. En erger nog, dood! O god, had Tanya haar neergeschoten? Was ik te laat? Ik had al één kind verloren, ik kon het niet verdragen om er nog een te verliezen.

En als haar iets vreselijks overkwam, dan was dat mijn schuld omdat ik Tanya had binnengehaald. Hoe kon ik dan met mezelf leven? Ik haatte mezelf meer dan ik ooit eerder had gedaan.

Een vreselijk, misselijk gevoel balde zich samen in mijn maag. Mijn ogen prikten van de tranen. Omdat ik Will niet bang wilde maken hield ik mijn diepste, donkerste angsten voor me en bad nog maar een keer. *Alsjeblieft, God. Laat haar in orde zijn!*

Met bonkend hart ging ik Highway 18 af naar Green Valley Lake Road, en vijf minuten later kwamen we aan bij een verlaten, besneeuwd voertuig. Een Jeep Cherokee.

Will zag hem tegelijk met mij. 'Mam, kijk! De auto van Paige!'

Ik stopte. Van hieraf leek het er niet op dat er iemand in de Jeep zat. Al kon ik er niet zeker van zijn, want het was lastig te zien door de getinte ruiten en een laag sneeuw. 'Will, wat moeten we doen?'

'We moeten gaan kijken.'

Ik huiverde. Wat als Paige dood achter het stuur zat? Of in de achterbak lag? 'Blijf jij in de auto met Beer terwijl ik ga kijken.'

'Echt niet, mam. Wij gaan mee.'

Will was niet meer te houden. We sprongen tegelijk uit de SUV, Will met Beer aan de riem in zijn ene hand en de sjaal van Paige in de andere.

We schraapten wat sneeuw van de ruiten en tuurden naar binnen.

Tot mijn grote opluchting zat er niemand in de auto. *Godzijdank! Er is nog hoop.* Ik zuchtte toen Will het portier aan de passagierskant probeerde.

'Mam, de auto zit niet op slot.' Hij trok het portier open. 'Hou Beer even vast.' Hij gaf mij de riem en kroop de auto in. 'Paige' rugzak ligt hier. En ook haar telefoon.'

Ik had niet eens tijd om te protesteren.

'Zie je het pistool ergens?'

Ik keek met mijn hart in mijn keel toe terwijl hij de auto doorzocht.

'Ik kan het niet vinden.'

Mijn tanden klapperden. Dat betekende dat Tanya het nog bij zich had. 'Will, doe de achterklep open. Weet je welke knop je moet hebben?'

'Serieus, mam?' Met een 'duh'-blik bediende hij de hendel. Ik hield mijn adem in terwijl ik de achterklep opende. Paige lag er niet in. En het pistool ook niet. Ik haastte me terug naar Will, die nu op zijn hurken in de sneeuw zat.

'Kijk, mam! Voetafdrukken.'

Hij wees ernaar. Met de vallende sneeuw waren ze lastig te zien, maar hij had gelijk. Twee paar voetafdrukken. De voorste een beetje breder dan de achterste. Die waren beslist van Paige en Tanya (ik kon nog steeds niet aan haar denken als Bree). Tanya liep achter mijn dochter, maar in elk geval wist ik nu dat ze nog leefde.

Jij zult boeten voor wat je hebt gedaan.

Die woorden stuiterden door mijn hoofd terwijl de sneeuw om ons heen wervelde. Wacht! Misschien was Tanya op geld uit! Ik kon haar geld aanbieden – al was het een miljoen – om Paige te laten gaan. Het was een poging waard.

Huiverend trok ik één handschoen uit, haalde mijn telefoon uit mijn ski-jack en appte naar haar nummer. De moed zonk me weer in de schoenen. Door het slechte weer, de afgelegen locatie of allebei had ik geen bereik. Dat betekende dat Will ook geen bereik had. Een volgende golf van angst stortte zich als een lawine over me heen. Zonder mobiel bereik in deze totaal verlaten omgeving konden we wel doodvriezen!

Will kapte mijn tumultueuze gedachten af. 'Mam, ze zijn op weg naar het meer. De sporen lopen nog een stukje door. En Beer werd al helemaal gek toen hij Paige' geur oppikte.'

'Willikins, wat moeten we doen?' Ik had hem al een eeuwigheid niet meer bij zijn babynaam genoemd, maar op dit moment voelde het goed.

Met een paar woorden legde hij uit waaraan hij dacht.

Met pijnlijk gemengde gevoelens van liefde en haat, schuldgevoel en verdriet, hoop en angst, stapte ik weer in de Highlander met Will en onze hond. Ik reed langzaam door, kijkend naar de sneeuwvlokken die op de verwarmde voorruit smolten als tranen.

Omdat ik het zelf niet meer wist, moest ik op het plan van mijn geniale zoon vertrouwen.

Dit was een zaak van leven en dood.

61

Paige

Green Valley Lake was anders dan Big Bear Lake en Lake Arrowhead. Het meer was aanzienlijk kleiner, met nergens tekenen van beschaving. Het werd omringd door torenhoge dennen gehuld in spookachtig witte gewaden. Het kampeerterrein was verlaten en er lagen alleen wat met sneeuw gevulde roeiboten langs de oever.

Gebombardeerd door de sneeuw, in de gierende wind, stonden we tegenover elkaar aan het eind van een lange, besneeuwde pier die uitstak over het diepe, deels bevroren water. Op nog geen meter bij me vandaan, met haar rug naar het meer, hield Tanya het pistool op mij gericht. Onder de donkere hemel was ze een roze waas in een zee van wit. Ik had het ijskoud, voelde me bijna verdoofd, en door de hoogte van twee kilometer voelde ik me een beetje licht in mijn hoofd. *Focus, Paige, focus!* Ik moest tijd rekken. Mijn leven stond op het spel. Van zo dichtbij zou ze niet missen als ze op me schoot. Dan zou ik worden doorgekrast, zoals op de foto's die ik had gevonden, maar dan permanent.

'Tanya, waarom doe je me dit aan?' Ik rilde en probeerde mijn tintelende vingers en tenen te negeren.

'Vraag maar aan je moeder.' Ze hield het wapen op me gericht. 'O nee, daar krijg je helaas de kans niet meer voor.'

Mijn adem kwam in dampende wolkjes naar buiten. Hete tranen, deels van de kou, deels van angst, lekten uit mijn ogen en bevroren op mijn wangen. Ik zou een maaltijd worden voor een roedel hongerige wolven. Vannacht zouden ze om me vechten...

Toen hoorde ik plotseling een stem.

'Tanya! Doe dat pistool weg! Laten we praten.'

Mijn moeder!

Ik draaide haar kant op, en terwijl ik dat deed, greep Tanya me van achteren vast. Ze sloeg haar ene arm in een wurggreep om mijn nek en met de andere hand drukte ze het ijskoude pistool tegen mijn hoofd.

Ik was zo goed als dood.

62

Natalie

Paige leefde nog!

Ik wilde God op mijn knieën danken, maar wist dat ik mijn aandacht erbij moest houden. Dat ik Tanya één stap voor moest blijven. Ik had hier te maken met een psychopaat. Ze hield mijn dochter gegijzeld, met het pistool van mijn man tegen haar slaap gedrukt. Ze kon elk moment schieten.

'Tanya,' riep ik van ongeveer zes meter afstand. 'Laat Paige gaan.'

'Néé! Alleen als je haar de waarheid vertelt.'

De verschrikkelijke waarheid. De leugens van mijn leven. De leugens die ik had verborgen. Een ijzige, heftige rilling ging door me heen terwijl zij verder tierde, met een stem vol gif en zonder een spoortje van haar Britse accent.

'Vertel het haar, Natalie. Vertel haar wie je écht bent! Wat je hebt gedaan. Anders schiet ik haar door haar kop!'

Ik wilde háár nooit meer zijn. Nóóit! Maar nu Paige' leven op het spel stond, had ik geen keus.

'Paige –'

Tanya kapte me af. 'Kom dichterbij zodat we je beter kunnen horen. Ik wil niet dat je geliefde Paige ook maar één woord mist.'

Aarzelend zette ik tien piepkleine pasjes dichterbij, mijn laarzen knerpend op de dikke deken van sneeuw. Ik gleed bijna uit, maar wist me te herstellen.

'Dichterbij!'

Ik liep nog een paar voorzichtige passen door. Nu stond ik op de pier, recht tegenover hen, zo dichtbij dat ik de angst in Paige' ogen kon zien, en de waanzin in die van Tanya.

'Ga door!' blafte Tanya.

'Paige...' Ik keek mijn dochter recht aan. 'Mijn echte naam is Billie Rae Perkins...'

Paige knipperde verbaasd met haar ogen. 'Dat kan niet... Billie Rae is dood!'

Tanya grinnikte. 'Dat zou je wel willen. Bevestig het, Natalie!'

'Paige, het is waar.' Haar mond viel open. 'Alsjeblieft, je moet me geloven.'

Tanya grijnsde. 'Vertel haar nu wie ík echt ben.'

Ik rilde zo erg dat ik amper kon praten. 'Paige, Tanya is mijn dochter... mijn ándere dochter... mijn eerste kind.'

Nu had ik de bom gegooid. Het vreselijke geheim dat ik al mijn hele volwassen leven met me meedroeg.

Een van de vele.

Paige' ogen werden groot als schoteltjes. 'Wat? Je wist dit, en je hebt het ons nooit verteld?'

'Nee. ik ben er net achter gekomen.'

'Ga door!' brulde Tanya, die het niet kon schelen hoe ik het verhaal aan elkaar breide. 'Vertel haar alles.'

Ondanks de gierende kou voelde ik mijn gezicht gloeien van schaamte terwijl Paige naar me bleef staren. Met een droge mond vond ik mijn stem weer. 'Ik heb haar kort na haar geboorte in de steek gelaten. Haar op de stoep van een kerk achtergelaten.'

Tanya spuugde haar kauwgom naar me toe. 'Dat was de gróótste fout van je leven, Billie. Je hebt mijn leven verpest! Weet je hoe het is om in het systeem te zitten? Pleegzorg? Om van de ene klotefamilie naar de volgende te gaan? En dan in een gesticht gestopt te worden omdat iedereen denkt dat je gek bent, terwijl je alleen maar kwaad bent? Pissig omdat mensen misbruik van je maken? Je verwaarlozen? Geen moer om je geven?'

De waarheid was: dat wist ik inderdaad. Ik was mijn hele jeugd geestelijk en lichamelijk mishandeld. Herinneringen aan mijn jeugd flitsten pijnlijk door mijn hoofd, als een snel afgespeelde film. Ik wist alleen niet zeker hoeveel Tanya over mijn verleden wist, op het weinige na dat ik haar had verteld op de dag dat ze me hielp met het FA-FAK-gala.

'Ik... Het spijt me. Je hebt gelijk. Ik heb een fout gemaakt. Ik was een tiener... nog niet eens zestien... een alleenstaande moeder zonder geld. En met een postnatale depressie. Ik dacht niet helder na.'

Ik zweeg even, keerde in gedachten terug naar die levensveranderende dag. Vanaf het moment dat ze was geboren, was ze niet opgehouden met huilen. Voor mijn geestesoog zag ik nog steeds haar verwrongen rode gezichtje, haar gebalde vuistjes, haar natte zwarte haartjes. Alle duisternis die om haar heen hing. Ze had de genen geërfd van het monster dat me had verkracht.

Nee, ik had geen fout gemaakt.

Of misschien wel.

Ik zoog beverig mijn adem naar binnen en keerde terug naar het hier en nu. 'Tanya –'

Ze kapte me weer af. 'Ik heet Bree. B-R-E-E. Dat betekent "kracht" of "verhevene". Wen er maar aan.'

Bree, zei ik in mezelf.

'Bree, hoe ben je erachter gekomen dat ik je moeder was?'

'Ik woonde bij verschillende pleeggezinnen in en rondom de woestijn. Het gebeurde regelmatig dat vreemdelingen me vertelden dat ik zoveel leek op dat meisje dat was verdwenen. Meegegrist door een of andere gek. Mijn klootzakken van leraren zeiden hetzelfde. Ze heette Billie Rae Perkins. Ik deed wat onderzoek, telde één en één bij elkaar op en vogelde uit dat Billie me als baby had achtergelaten bij die kerk.'

Er was nog steeds een belangrijke, onbeantwoorde vraag. 'Maar hoe kwam je erbij dat ik Billie Rae was?'

'Dat was geluk. Je organiseerde een benefiet voor de geestelijke gezondheidszorg. Foto's van jou – in die grijsblauwe Dior-jurk – stonden in alle kranten en hingen aan de muren van het gekkenhuis waar ik zat. Ik las dat je hiervandaan kwam. Ik had een paar foto's van Billie Rae. Dat arme, uitgemergelde meisje met dat droevige, ingevallen gezicht en dat muizige bruine haar leek een beetje op mij. Maar ik wist het pas zeker toen ik die foto van jou zag, nu blond, maar met een brede glimlach waardoor ik het spleetje tussen je voortanden zag... precíés hetzelfde als bij mij. Toen viel het allemaal op zijn plek.'

Het spleetje dat mijn moeder ook had gehad, voordat er een tand uit haar mond was geslagen. Het spleetje dat Matt zo schattig vond, waardoor ik er nooit iets aan had laten doen.

'Ik wist zeker dat je mijn moeder was. We hebben zelfs precies dezelfde tenen, maar bij de pedicure was jij te druk met je telefoon bezig om het te zien. Om er honderd procent zeker van te zijn, heb ik een DNA-test laten doen. Ik heb wat haar uit je borstel geplukt en monsters van ons allebei naar zo'n bedrijf opgestuurd, Genex Diagnostics. De uitslag was positief: 99,8 procent kans dat je mijn moeder was. O, en trouwens, daarvoor heb ik jouw creditcard gebruikt.'

Ik had inderdaad een afschrijving van Genex Diagnostics voorbij zien komen. Destijds dacht ik dat het van het lab was dat bloedonderzoek had gedaan na mijn check-up bij dokter Lefferman.

'Natalie, je hebt het verkloot. Het enige wat ik ooit heb gewild, was een echte familie. Een moeder en vader die voor me zorgden en van me hielden.'

Ik voelde met haar mee. Ik begreep wat ze had doorgemaakt, maar ik moest haar kalmeren. Ik moest voorkomen dat ze Paige iets aandeed.

'Tanya... Ik bedoel Bree. Ik wil het met je goedmaken. Ik hou van je als van een dochter. Ik beloof dat ik je het perfecte leven zal geven. Alles wat je wilt. Je eigen cabrio. Een reisje naar Hawaii. Wat dan ook! Je mag zelfs bij ons blijven wonen.'

Ze kakelde. 'Serieus, Natalie, denk je dat je met geld alles kunt oplossen? Je bent een zieke, rijke bitch. Het is te laat. Je kunt me nóóit het perfecte leven geven. De perfecte familie. Het is jammer dat je het moest verpesten met Matt. Denk je nou echt dat ik onder jouw dak wil wonen terwijl jullie in een vechtscheiding liggen en elkaar voor altijd zullen haten?'

Paige' geschokte blik vond de mijne. Mijn hart brak in stukken. Ik vond het verschrikkelijk dat ze er op deze manier achter moest komen.

'Trouwens, ik ken ook Matts smerige geheimpje. Ik heb hem een keer betrapt op vreemdgaan toen ik naar zijn kantoor ging, maar ik heb niks gezegd. Een overspelige vader leek me altijd nog een verdomd stuk beter dan al die pleegvaders die met hun poten aan me zaten. Matt is in elk geval nog zo fatsoenlijk geweest om van me af te blijven, al durf ik door de manier waarop hij altijd naar me heeft gekeken te wedden dat hij in de verleiding is gekomen.'

Het deed me erg veel pijn om te horen dat ze seksueel was misbruikt. Maar tegelijkertijd was ik opgelucht dat Matt zich nooit aan haar had vergrepen. Heel even dacht ik aan hem, op de operatietafel, vechtend voor zijn leven. Ik hoopte dat hij het zou redden. Maar die gedachte was vluchtig. Op dit moment was er maar één persoon op de hele wereld wier leven ertoe deed. Die alles voor me was.

Paige.

'Bree, leg dat pistool neer. Als je Paige doodschiet, word je aangeklaagd voor moord in koelen bloede. Dan zit je de rest van je leven in de gevangenis. Krijg je misschien zelfs de doodstraf. Ik kan hulp voor je regelen.'

'O, kom op, mamalief! Je beloftes zijn zo afgezaagd!' Ze snoof. 'En bovendien zul jij er niet meer zijn.'

Ik verwerkte dat. Ze ging me doodschieten!

Paige wist het ook. Maar in plaats van doodsangst zag ik felle vastberadenheid op haar gezicht. 'Je komt hier nooit mee weg, Tanya!'

'Alsjeblieft zeg! Ik kom overal mee weg. Ik heb je opstel voor Stanford gestolen. Ik heb je vriendje ingepikt. Ik heb het hart van je moeder gestolen. En nu ga ik je leven stelen –'

'Je vergeet dat je mijn autosleutel had gestolen. Dat liep niet zo goed voor je af... *Scarface*!'

'Hou je bek!' gilde ze tegen Paige, haar blik nog steeds op mij gericht. Het pistool nog steeds tegen Paige' slaap gedrukt. 'Natalie, zeg je ellendige dochter maar gedag!'

Een andere stem kapte haar af.

Will!

Wat deed hij hier? Ik had hem gezegd dat hij in de auto moest blijven. Ik draaide mijn hoofd. Ik kon mijn lieve zoon amper zien in de verblindende sneeuwwervelingen. Hij stond een stukje achter Beer, los van zijn riem, die op Tanya afging. Bijna vliegend, met ontblote tanden.

Tanya's ogen werden groot van angst toen onze hond op haar afging.

Ze gilde. 'Hou hem tegen! Haal hem bij me weg!' Doodsbang liet ze Paige los.

'Paige, rennen!' brulde ik.

Ik keek Paige na terwijl ze door de dertig centimeter diepe sneeuw zo hard mogelijk de pier af rende.

Gillend deinsde Tanya achteruit, steeds dichter naar het eind van de pier. Met mijn blik op Tanya vastgepind, zag ik Will niet komen aanrennen met Beer.

'Stom rotjoch!' brulde Tanya. 'Jij verdient het ook om dood te gaan.' Met felle vastberadenheid richtte ze het pistool op hem, en ik dacht dat ik een hartaanval zou krijgen toen ze de trekker overhaalde.

Ik sprong voor mijn zoon, bereid de kogel op te vangen.

Klik.

Tot mijn onthutsing ging het pistool niet af.

Paniekerig drukte Tanya de trekker nog een keer in. *Klik.* Weer ging het niet af. Was het niet geladen?

Totaal ontdaan probeerde ze het nog eens. Weer niks. 'Wat de fuck?' mompelde ze, zonder oog te hebben voor onze grauwende hond.

'Beer, pak haar!' riep Will.

Alles ging heel snel. Beer stormde als een bliksemflits op Tanya af. Hij zette zijn tanden in haar leren laars, bijtend en trekkend alsof het ding een nieuw speeltje of een kluif was. Grommend en blaffend. Vastberaden en fel.

Angst verspreidde zich over Tanya's gezicht terwijl ze hem wanhopig probeerde af te schudden. 'Haal hem van me af!' krijste ze.

Beer werd alleen maar vastbeslotener, agressiever terwijl Tanya steeds meer in paniek raakte, machteloos in de touwtrekwedstrijd. Haar roze muts woei af, werd meegerukt in de felle wind en verdween in het donker. Haar lange blonde haar wapperde voor haar gezicht terwijl onze sneeuwminnende hond totaal in zijn aanval opging. Tanya was zijn prijs.

Met een gil verloor ze plotseling haar evenwicht en viel achterover. Met wild bonkend hart schreeuwde ik het uit toen ze in het gezwollen, half bevroren meer viel.

'Help! Help!' riep ze. 'Alsjeblieft! Ik kan niet zwemmen! Alsjeblíéíéft!' Het woord was lang uitgerekt. Een treurige jammerklacht.

Paige, Will en ik gingen bij elkaar staan en keken woordeloos, verdoofd naar haar gespartel. Haar maaiende armen. Haar hoofd dat boven het diepe, ijskoude water op en neer deinde en steeds even onderging. Het pistool nog in haar hand. De gierende wind, de wervelende sneeuw. Ik sloeg mijn armen om mijn kinderen heen en trok ze tegen me aan. Beer blafte woest naar zijn prooi, met zijn nekharen omhoog als de tanden van een kettingzaag. Zijn oorverdovende geblaf overstemde haar wanhopige kreten.

Toen, alsof hij er genoeg van had, stopte Beer met blaffen. Hij stak zijn besneeuwde snuit in de lucht en jankte het trots uit. *De roep van de natuur.* Ik had eens gelezen dat het gejank van een hond een voorbode was van de dood. Tanya bevond zich op het randje van de dood. Hij had zijn wraak gekregen.

Paige zei altijd: 'Waar een Will is, is een weg.' Ze had gelijk. Het pistool zonk. En zij ook.

We konden niets doen.

We zouden allemaal doodvriezen als we in dat ijskoude water sprongen. Ik had al te veel kinderen verloren en kon niet het risico nemen er nog een te verliezen.

Wraak was geen gerecht dat koud werd opgediend.

Het werd ijskoud opgediend.

Het smaakte bitter.

Een plotseling, onverwacht verdriet stortte zich over me heen. Hoe geestesziek ze ook was, Tanya was mijn dochter en nog veel meer. Ik had van haar gehouden en nu was ik haar kwijt. Ze zou nooit weten wie haar vader was. Dat zou alleen mijn geheim blijven, voor de rest van mijn leven.

Ik trok Paige en Will dichter tegen me aan. Na Anabels dood was ik hen tot op zekere hoogte ook kwijtgeraakt, maar nu omhelsden ze mij ook. Mijn geliefde kinderen.

Ik was verre van de perfecte moeder, maar op dit moment voelde ik me de gelukkigste moeder van de wereld.

63
Paige

Tien maanden later: oktober

Lieve oma,

Ik vind het geweldig op RISD*! Ik ben hier pas een maand, maar het is nog gaver dan ik had verwacht. De studenten zijn al net zo buitengewoon als de faculteit zelf. Voor het eerst heb ik het gevoel dat ik erbij hoor, alsof ik mijn stam heb gevonden. En Providence is ook echt cool, met tweedehandswinkels, kunstgalerieën en koffietentjes en een mix van koloniale en hypermoderne architectuur. Dank je, oma, voor het béste cadeau van mijn leven!*

Ik heb een groot vakkenpakket met kunstgeschiedenis en beeldende kunsten. Mijn mentor zegt dat hij me een heel begaafd beeldhouwer vindt en heeft me al in een klas voor gevorderden gezet. Ik werk nu met marmer! Aan het eind van het eerste jaar zal een van mijn creaties worden tentoongesteld in het RISD *Museum. Ik hoop dat je dan komt kijken.*

En wat dacht je? Ik heb een nieuwe vriend. Hij heet Aiden en komt uit New York City. Hij is opgegroeid in de West Village (zijn ouders zijn allebei kunstenaars) en is heel cool. Plus, hij is ook vegan. Hij wil modefotograaf worden en kan zelfs mij eruit laten zien als een supermodel.

Lance (weet je nog?) heeft me heel vaak geappt, gesmeekt of ik hem wil bellen, maar ik reageer er niet op. Hij is passé. Hij is niet toegelaten op Brown of zijn andere voorkeursuniversiteiten en gaat nu naar UC Davis, en hij appte dat hij het er vreselijk vindt. Dat noem ik karma. Je krijgt wat je verdient. Precies wat mijn beste vriendin Jordan altijd zegt.

Ik mis Will ontzettend, maar we facetimen dagelijks. Het gaat heel goed met hem, ondanks de scheiding van mam en pap. Doordeweeks woont hij bij mam en in de weekenden bij pap. Meteen nadat pap ons huis uit ging, zijn mam en Will naar het asiel gegaan en hebben een superschattige zwarte labrador opgehaald. Will heeft haar Pixel genoemd; ze is een meisje en is gek op Beer. Will zegt dat ze hem aan mij doet denken omdat ze twee meter de lucht in kan springen om een bal te vangen. O, bijna vergeten... Ik begin een meidenbasketbalteam!

Nog meer opwindend nieuws! Wills team heeft de eerste prijs gewonnen – een gouden medaille – in de landelijke robotwedstrijd voor middelbare scholen. O, en nog iets... Will heeft een vriendinnetje. Of nou, het is eerder een crush. Lisa, een Aziatisch meisje in zijn team. Ik ben zo blij dat mijn broertje op slimme, ongewone meisjes valt.

Nou, dat is het voor nu. Ik kan niet wachten om iedereen in de herfstvakantie te zien en alles over jullie reizen te horen.

Ik hou heel veel van je!

xx Paige

Een glimlach verspreidt zich over mijn gezicht terwijl ik de brief opvouw en in een envelop met postzegel schuif. Oma haat e-mails en appjes; ze zal zo blij zijn met mijn handgeschreven brief, een verloren kunstvorm, zegt zij, als zij en opa volgende week terugkomen van hun drie maanden lange cruise om de wereld. Ik drink mijn latte op, pak mijn rugzak, ren de koffietent op de campus uit en doe op weg naar mijn lievelingsvak de brief op de post.

De les wordt gegeven in een enorm atelier in een gebouw dat Memorial Hall heet. Er zitten maar tien leerlingen in onze klas en we hebben elk onze eigen werkplek. Vandaag draait professor Fratianne, zelf een beroemd beeldhouwer, klassieke muziek. *De vier jaargetijden* van Vivaldi – een stuk dat mijn moeder draaide op haar gala, wat nu een eeuwigheid geleden lijkt.

Er is sindsdien zoveel gebeurd. Terwijl ik aan mijn tafel zit en met een beitel een stuk marmer bewerk, denk ik aan hoe het leven van mijn ouders is gelopen. Mijn vader is door het skiongeluk vanaf zijn middel verlamd geraakt en woont nu in een gelijkvloers appartement, waar hij rondrijdt in een hypermoderne rolstoel. Will en ik zijn blij dat hij het überhaupt heeft overleefd, al lijkt mam het niet zo goed te weten. Ze zegt dat dingen gebeuren met een reden. Zij woont nog steeds in ons huis, al zal dat waarschijnlijk niet lang zo blijven als de scheiding is afgerond ('onoverbrugbare verschillen', wat dat ook betekent), maar serieus, wie zou er in dat huis willen blijven wonen met al die nare herinneringen? Will denkt dat pap een vriendin heeft – zijn blonde verpleegster. Het zou me niets verbazen.

Mijn moeder, moet ik zeggen, heeft me wél verbaasd. Ondanks alles wat er is gebeurd, is ze overeind gebleven. Ik denk dat ze nog steeds Xanax slikt en elke avond een paar glazen wijn drinkt – misschien wel een hele fles – maar als dat alles is wat ze nodig heeft om de dag door te komen, vind ik het prima. Haar scheiding van mijn vader was nogal een schok voor haar bekakte vrienden. Iedereen kletste erover, dus stopte ze met haar vrijwilligerswerk tussen al die kattenkoppen en nam een echte, betaalde baan als directeur ontwikkeling bij Girls Like Us, een non-profit die mishandelde meisjes helpt liefdevolle pleeggezinnen en een baan te vinden. In plaats van gala's te organiseren creëert ze nu marketingmateriaal en beoordeelt ze subsidieaanvragen. Ik ben zo trots op haar.

We praten nooit over wat er in Big Bear is gebeurd. De politie bestempelde de verdrinking als een ongeluk en we waren blij dat wij geen van allen gewond waren geraakt. Het was iets wat we allemaal achter ons wilden laten. Eén keer heb ik mijn moeder gevraagd wie Bree's vader was. Ze zei dat het niet uitmaakte; hij was dood. Ze was ook gesloten toen ik naar haar jeugd vroeg, en naar de avond dat haar ouders werden vermoord. Ze toonde geen emotie toen ze zei dat ze geen bijzondere jeugd had gehad en zich niets van die avond kon herinneren. 'PTSS. Post-traumatische stressstoornis,' zei ze. Het moet meer dan verschrikkelijk zijn geweest om te zien hoe haar ouders werden doodgestoken en om vervolgens ontvoerd te worden door die gek. Ik kan het me niet eens indenken.

Mijn broertje weet niet alle smerige details. Dat Tanya onze halfzus is, of eigenlijk moet ik zeggen: wás. Hij was te ver weg om mams schokkende onthullingen te horen, met de gierende wind en het geblaf van Beer. Mijn moeder wil het zo houden – 'ons geheimpje' –, in elk geval tot hij wat ouder is. Net als mijn moeder ben ik goed in geheimen bewaren, maar vaak zou ik willen dat ik hem in vertrouwen kon nemen. En Sherlock vragen of hij denkt dat de moordenaar van haar ouders onze moeder gevangen had gehouden en verkracht. En een kind bij haar had verwekt. Ik vraag me vaak af hoe zij en de baby aan hem hebben weten te ontkomen. Ik kan het niet laten om te denken: heeft ze hem vermoord?

Oma zegt dat sommige vragen beter onbeantwoord kunnen blijven. Ik denk dat ik het nooit zal weten. Voor mijn moeder bestaat Billie Rae Perkins niet meer. In haar gedachten is ze dood.

Ondanks wie Tanya/Bree was en wat ze heeft gedaan, denk ik dat mijn moeder echt van haar hield.

Ik heb me wel eens afgevraagd hoe Tanya zou zijn geweest als ze niet in de steek was gelaten, maar was opgegroeid bij ons, in ons huis. Misschien zou ze dan sportief, pittig en liefdevol zijn geweest. Een grote zus zoals ik me altijd had gewenst maar die ik nooit had gehad.

Hoewel haar lichaam nooit is teruggevonden, heeft mijn moeder een herdenking georganiseerd waar alleen zij en ik naartoe gingen. Ze gaf haar een rustplaats naast haar halfzus, mijn zus Anabel. Op beide grafzerken staat de tekst:

Een buitengewone dochter, zus en vriendin.
Let the sunshine in.

Terwijl mijn moeder huilend de twee graven vol zette met indigo-blauwe vergeet-me-nietjes, hield ik haar hand vast. Nog nooit had ik me zo close met haar gevoeld.

Het marmeren sculptuur waaraan ik werk – dat ik van plan ben tentoon te laten stellen – heet *Zussen*. Het is een duister, verwrongen, abstract en complex werk.

Na de tentoonstelling geef ik het aan mijn moeder.

64

Natalie

Een maand later: november

De woestijnwind waait in mijn gezicht terwijl ik over Highway 10 rij in mijn Mercedes, met het dak omlaag. Het is ongewoon warm voor november, bijna veertig graden, en hoewel de airconditioning voluit staat, doet hij weinig tegen de hitte. De stralende zon schijnt op me neer, maar vanbinnen voel ik me koud.

Ik ben hier meer dan twintig jaar niet meer geweest. Er is niet veel veranderd. De woestijn ziet er nog hetzelfde uit met dat glinsterende witte zand, de alsem en de cactussen. Rondom rijzen de San Bernardino-bergen de turquoise hemel in en raken de wattenbollen van wolken. Er staan campers langs de weg. Daar zitten moordenaars en seriemoordenaars. Slechte mannen. Slechte vrouwen. En misschien een paar slechte kinderen.

Na het afgelopen jaar ben ik er minder dan ooit zeker van of alle kinderen goed worden geboren maar dat gebeurtenissen in hun leven en hun socio-economische omgeving hen vormen, óf dat sommige gewoon kwaadaardig zijn door de genen die ze hebben geërfd. Kan ons DNA ons vatbaar maken voor psychopathisch gedrag en geweld, alsof het een erfelijke ziekte is? Zelfs wanneer ik nadenk over mezelf, de keuzes die ik heb gemaakt, vraag ik het me onwillekeurig af. Aanleg of opvoeding?

Ik zet de radio aan om mezelf af te leiden van die verontrustende gedachten, een willekeurige countryzender. Ironisch genoeg draaien ze ‘Take Me Home, Country Roads’ van John Denver. Ik kan niet meer ver weg zijn van de plek waar ik ben opgegroeid. Weer een koude rilling. Ik overweeg om te keren, maar dwing mezelf om door te rijden. Langs de wortels van mijn kwaad te rijden.

Vijf minuten later bereik ik mijn bestemming, maar dan schrik ik. Het woonwagenpark is er niet meer. In plaats daarvan, op de beige, droge grond waar het park vroeger stond, is nu een reusachtige Walmart met een parkeerplaats vol auto's, SUV's en busjes in alle kleuren. Ze fonkelen als edelstenen onder de hete woestijnzon.

Ik word overspoeld door opluchting. Maar uitwissen, hoe compleet ook, is niet hetzelfde als vergeten. Zelfs een gigantische Walmart kan mijn verleden niet uitwissen. Ikzelf kan mijn verleden niet uitwissen. Dat is onmogelijk. Het zal altijd alleen van mij zijn. De waarheid is: ik heb die huid nooit volledig afgeworpen. We dragen ons vroegere ik, of meerdere ikken, in lagen om ons heen terwijl de tijd verstrijkt. Vanbinnen ben ik altijd dát meisje geweest, het meisje wier zonden mijn diepste wezen vormen.

Een paar kilometer verderop ga ik de weg af en rij Indigo in. Ik volg mijn navigatie en kom aan bij een kleine kerk in New England-stijl. Sint-Ignatius. De met grind bedekte parkeerplaats is grotendeels verlaten, want het is woensdag, geen zondag. Ik druk op een knop en het dak van mijn cabrio sluit zich terwijl ik mijn gordel losmaak. Na een keer diep ademhalen stap ik uit. Voel de bedrukkende warmte. Het bedrukkende gewicht van mijn hart.

Hoewel de architectuur van de kerk niet is veranderd sinds ik hier twintig jaar geleden was, ziet hij er wel anders uit. De ooit afbladderende grijze planken tegen de muren zijn helder wit geschilderd. Er staan meer vetplanten om het gebouw heen en de bloeiende struiken zijn hoger. De gebarsten bakstenen treden naar de ingang zijn gerepareerd en er zijn nieuwe leuningen langs het trapje geplaatst. Mijn blik gaat naar het kruis dat nog altijd boven op de gevelspits staat, en dan terug naar de glazen ruitjes in de voordeur. Die is nu glanzend rood en lijkt ook pas geschilderd.

Langzaam, behoedzaam, beklim ik de drie treden naar de ingang. Ik herinner me hoe ik ze de vorige keer beklom, uitgeput van mijn levensgevaarlijke baringsbeproeving, mijn gescheurde binnenste zo intens pijnlijk, bang dat de broze bakstenen het zouden begeven en ik zou vallen. Aan mijn arm een mand met een schapenvacht erin, een geschenk van de geweldige Morongo-vrouwen die me in huis hadden genomen, en het kleine leventje dat erin lag, keek vanonder een kleurig geweven dekentje naar me op. Mijn naamloze, twee dagen oude baby. Ik kon het niet verdragen om naar haar te kijken, omdat ze me aan hém deed denken. Aan het monster, zo donker en harig, met dat kuiltje in zijn kin. Ik hield mijn blik recht vooruit, hurkte neer en zette de mand op het platje voor de kerkdeur. Ze begon te huilen. Luid, scherp, lelijk gehuil. Alsof ze schreeuwde: *Laat me alsjeblieft niet achter.* Ik wilde mijn handen over mijn oren slaan. Of haar smoren. Ik deed geen van beide.

In plaats daarvan gaf ik haar heel zachte kusjes op haar gerimpelde rode voorhoofdje en mengden mijn tranen zich met de hare. Ze stopte met huilen en graaide naar me alsof ze mijn hart wilde vastgrijpen, klemde haar vingertjes om mijn vinger. Ik weet nog hoe krachtig haar greep was, alsof ze me niet wilde loslaten.

'Je bent sterk, kleine meid. Volg je dromen. Doe het beter dan ik,' fluisterde ik.

Voordat ik me kon bedenken, stond ik op en liet haar achter... én het meisje dat ik zelf was.

Zonder om te kijken haastte ik me het trapje af. De tranen stroomden over mijn wangen terwijl ik naar het Greyhound-busstation rende. Met het geld dat ik onder de matras van mijn moeder had gevonden kocht ik een enkeltje naar Los Angeles. De stad van engelen. De stad van dromen. Alleen op de achterste bank, terwijl de bus over Highway 10 reed, bleef ik maar aan mijn baby denken. Aan het vreselijke wat ik net had gedaan. Ondanks de identiteit van haar vader was ze nog steeds mijn vlees en bloed. In tranen bad ik dat ze in een liefdevol huis bij een kinderloos echtpaar terecht zou komen. Dat ze nooit honger zou hebben of zich ongeliefd zou voelen. Of op hem zou lijken.

Ik weet nu dat mijn gebeden niet beantwoord werden. En ik denk dat God me heeft gestraft door me Anabel af te pakken. Zijn eigen wrede spelletje van oog om oog.

Karma.

Ik schrik van het luiden van de kerkklokken en word terug gesleurd naar het hier en nu. Ik klem mijn vingers om de gewreven messing deurklink en trek de kerkdeur open. Hij is zwaarder dan verwacht. Ik laat hem achter me dichtzwaaien. Hij ploft zachtjes als ik de kapel in stap. De airconditioning is een welkom respijt na de verzengende hitte.

Ik ben nog nooit in deze kerk geweest. Hoewel mijn moeder een godvrezende vrouw was en zei dat God me zou neerslaan als ik me niet gedroeg en al haar rotklusjes deed, gingen we nooit samen naar de kerk. Meestal was haar kater te erg. En ik had geen vervoer om er zelf heen te gaan. Ik wist van de kerk omdat we erlangs reden in haar smerige, gebutste Pinto als ze een pakje sigaretten of een fles drank nodig had.

Ik blijf verstijfd staan en kijk om me heen. Deze kerk is heel anders dan de Saint Andrew, de prachtige kerk waar ik heen ga in Los Angeles. Maar de eenvoud heeft een eigen schoonheid. Mijn blik dwaalt van het gewelfde plafond naar de houten banken met plaats voor bijna tweehonderd mensen en de gebrandschilderde ramen die de zon binnenlaten. Versterken. Rechts zie ik een paar nonnen kaarsjes aansteken; ze zien er even oud uit als de kerk en ik vraag me af of een van hen mijn achtergelaten baby heeft gevonden. Ik ga het niet vragen. Ze merken me geen van beiden op. Als ze weg zijn, steek ik twee kaarsjes aan en prevel een gebedje. Voor hén.

Kort daarna zie ik de biechtstoel. Ik haal diep adem, verzamel moed en loop ernaartoe. Een goudkleurig kruis staat op het dakje van de houten kast en voor het raampje in het biechthokje staat een houten stoel.

Ik verman me en neem plaats. De stoel is hard en oncomfortabel. Ik raak mijn voorhoofd, borst en schouders aan en mompel: 'In naam van de Vader, de Zoon en de Heilige Geest... Amen.' En dan vouw ik mijn handen op schoot om te bidden.

Door de doorschijnende rode stof voor het raampje zie ik de schaduw van een priester. Zijn profiel. Hij ziet er verrassend jong uit. Mogelijk knap.

Ik schraap mijn keel, en met een beverige zucht begin ik.

'Zegen me, vader, want ik heb gezondigd.'

'Mijn kind, wanneer was je laatste biecht?'

Zijn kalmerende stem is laag en melodieus. Een balsem.

'Vader, vergeef me, want ik heb nooit eerder gebiecht.'

Hij knikt. 'Er valt niets te vergeven. Voor iedereen is er een eerste keer.'

Opgelucht dat hij niet boos of veroordelend klinkt, zet ik door. Mijn stem wordt sterker.

'Vader, dit zijn mijn zonden...'

'Ik heb mijn vader vermoord.' *Zelfverdediging.*

'Ik heb mijn moeder vermoord.' *Omdat ze niets deed terwijl hij me verkrachtte.*

'Ik heb een kind in de steek gelaten.' *Dat me aan hem herinnerde.*

'En toen toegekeken terwijl ze verdronk.' *Haar voor dood achtergelaten.*

'Ik heb een ander kind de trap af geduwd. Ze brak haar nek. Het was een ongeluk.' *Of misschien niet.*

'Ik overwoog mijn man te vermoorden.' *Ik heb de kans nooit gekregen.*

Ik zwijg even om op adem te komen. 'Vader, ik heb nog één bekentenis... Nadat ik mijn ouders doodstak, kreeg ik een lift van een meisje van buiten de stad, een paar jaar ouder dan ik, een aspirant-actrice. Ze was op weg naar Los Angeles maar wilde een tussenstop maken bij Tahquitz Canyon om bij de waterval te gaan kijken. Halverwege brak er een bosbrand uit. Terwijl we het pad af renden om te ontkomen, struikelde ze over een steen en stootte haar hoofd.'

Ik slik bij de herinnering, langs de brok in mijn keel.

'In paniek, omdat het vuur op ons af kwam, liet ik haar liggen en stal haar identiteit.'

Tranen trekken brandende sporen over mijn wangen. Ik kan ze niet tegenhouden.

Ze heette Natalie Taylor.

'Vader, van die zonden heb ik oprecht spijt.'

Ik zak op mijn knieën en bid om vergiffenis.

Epiloog

Tiffany

Drie maanden eerder: augustus

'Ik ben zo blij dat ik hier ben, mevrouw Richmond. Ik was nog nooit in Miami geweest.'

'Zeg maar Catherine,' zegt ze terwijl we in haar Audi-cabrio over de drukke I-19 rijden. 'We zijn zo blij dat jij onze gast bent.'

Een warme tropische bries laat mijn paardenstaart tegen mijn wangen wapperen terwijl ik de Miami Dolphins-pet die ik op het vliegveld heb gepikt op mijn hoofd druk zodat hij niet afwaait. Ik vertel haar niet dat ik nog nooit in een cabrio heb gezeten, want dat is niet waar. Ik heb geleerd dat je leugens, net als families, verstandig moet kiezen.

Mijn nieuwe gastvrouw, fit en zongebruind, strijkt haar perfect geblondeerde bob achter haar oren. 'Je zult het hier heerlijk vinden! Er is zoveel te doen. Wacht maar tot we naar South Beach gaan. Zo mooi! En je kunt hier fantastisch winkelen.'

Urban, ik kom eraan, met mijn lichaam dat er beter uitziet dan ooit.

'Ik kan niet wachten!' Ik kauw op mijn Trident-kauwgom en laat een bel klappen. 'Ik ben zo blij dat papa me naar een universiteit in Amerika liet gaan. De Universiteit van Miami klinkt super.'

Catherine grinnikt. 'Grappig genoeg vindt mijn brainiac van een dochter Quinn het er vreselijk en wil ze volgend jaar naar Oxford.'

Ta-ta! Ze heeft geluk als ze dit jaar überhaupt overleeft.

Gelukkig heeft ze geen moorddadig klein broertje. Maar wel een heel knappe oudere broer, Zach, die rechten studeert aan dezelfde universiteit. Een huwelijkskandidaat. *Tiffany Richmond.* In mijn hoofd zingt die naam op mijn tong. Er zit een methode achter mijn waanzin, voor het geval je het nog niet doorhad.

Kletserige Cathy onderbreekt mijn romantische fantasie. 'We hebben een schattig hondje. Een Maltipoo. Ze heet Pouf. P-O-U-F.' Ze kijkt in de achteruitkijkspiegel. 'Maar ik moet je waarschuwen: ze is nogal een keffertje en een enkelbijtertje.'

'Geen punt.' In elk geval is ze klein. Met een beetje geluk kan ik Pouf *poef* laten doen. Op magische wijze laten verdwijnen.

Mijn gastvrouw/toekomstige schoonmoeder zet de richtingaanwijzer aan. 'Hier moeten we eraf. We zijn er nu bijna. Wacht maar tot je ons huis ziet. Het lijkt wel een mediterrane villa in het zuiden van Frankrijk, en we hebben een zwembad. Ik hoop dat je van zwemmen houdt.'

Mijn hart stottert. De herinnering aan mijn val in het ijskoude meer, dat ik me vastklemde aan een stuk drijfhout en op wonderbaarlijke wijze meedreef naar een veilige plek, laat me huiveren. Ik was bijna verdronken.

Dan dringt de meest ziekmakende, hartverscheurende gedachte zich aan me op... Mijn moeder, mijn bloedeigen moeder, liet me daar sterven. Daar kom ik nooit overheen en misschien, heel misschien, zal ze ervoor boeten en...

Ik zet die gedachte van me af en verander van onderwerp. 'Hé, mag er muziek aan?'

'Natuurlijk, lieverd. Waar hou je van?'

'Van oldskool dingen.'

'Ik ook!' Ze zet de radio aan. Heel hard. 'Ik hou nu al van je als van een dochter!'

Britney Spears is geweldig. Hoe kun je niet van haar houden na alles wat zij heeft doorstaan?

Ik zing mee.

Oops, I did it again...

Dankwoord

Als eerste, dank aan het hele Bookouture-team omdat ze me hebben verwelkomd in hun geweldige 'familie' en *De logé* een heerlijk thuis hebben gegeven. Heel veel dank aan mijn briljante redacteur Jess Whitlum-Cooper, voor haar gepassioneerde steun voor *De logé* vanaf het begin, en omdat ze zo hard heeft gewerkt om van dit boek het allerbeste te maken wat het kon zijn. Dit was voor mij de eerste keer dat ik met een redacteur bij een grote uitgeverij werkte, en ik geef toe dat ik het eng vond. Maar mijn angst bleek ongegrond, want Jess maakte er een heel leuke ervaring en wederzijds tevredenstellende samenwerking van. Dank je voor de lange telefoontjes, je montere gevoel voor humor en omdat je er altijd voor me was. Ik heb ervan genoten om je uitdagingen aan te gaan, om het boek gestroomlijnder en 'pittiger' te maken. Ik ben dol op dat woord, Jess, en had me geen betere redacteur kunnen wensen!

Een collectief bedankje aan mijn tekstredacteur en proeflezer met arendsogen, Donna Hillyer en Becca Allen, mijn geweldige omslagontwerper, de voorlezers van mijn audioboek, en alle andere hardwerkende leden van de redactionele, marketing- en publiciteitsteams die hebben geholpen dit boek waar te maken. Ik wil ook het hoofd buitenlandse rechten bij Bookouture bedanken, Richard King, en Sara Barszczowska van Harper Collins Duitsland omdat ze in mijn boek geloofden. Het was heerlijk om met jullie allemaal samen te werken en ik hoop het binnenkort weer te doen.

Ik ben ook veel dank verschuldigd aan mijn bètalezers, die een vroege versie hebben gelezen. Een speciaal bedankje aan mijn lieve vrienden en mede Bookouture-auteurs Freida 'McFab' McFadden en Arianne Richmonde, die me met hun brute eerlijkheid en aanmoediging aan het denken hebben gezet over een van de belangrijke plotwendingen en me uiteindelijk hebben geholpen dit boek gepubliceerd te krijgen. Ik wil auteurs Lorraine Evanoff en Auden Dar bedanken voor hun inzichtelijke suggesties, liefde en steun, en ook Marti Jentis, Lisa Saunders, Stephanie Burdette en Judy Zweifel, die het concept heeft gelezen dat ik naar Bookouture had gestuurd.

Zoals altijd ben ik dankbaar voor de steun van mijn familie en mijn geliefde harige kinderen Pepper en Poppy, omdat ze zoveel rekening met me hielden terwijl ik met dit boek bezig was. Een kus voor mijn man, die me met een paar lastige stukjes heeft geholpen. Je hebt wat van me tegoed! Meer dan een etentje!

In deze wereld van social media moet ik ook de bloggers, Bookstagrammers en BookTokkers bedanken die *De logé* hebben gelezen en gerecenseerd. Jullie zijn zo fantastisch! Ontzettend bedankt!

Een knuffel en een gesigneerde paperback gaan naar mijn mooie en briljante vriendin Angela Weltman, die vele jaren geleden verhalen vertelde over een boosaardige uitwisselingsstudent die bij haar familie kwam wonen. Zij was niet bepaald zo boosaardig als Tanya, maar ze was wel mijn inspiratie. Wie had destijds kunnen bevroeden dat haar streken tot dit boek zouden leiden!

En last but not least, enorm veel dank aan jullie, mijn lezers en luisteraars! Jullie zijn de reden dat ik schrijf.